星際美男聯萌
2
未婚妻們齊來襲
U0025804
張廉
插畫／Ai×Kira
Kadokawa Fantastic Novels DX

Contents

第1章　舞會開始

第一星國星盟官方配對的公母活體骨董——東方白與蘇星雨，在大家的翹首盼望中，正式開始踏上巡迴展的旅程。整個星際的巡迴展並非到每個星球，那樣只怕一百年也展不完。所以，只選擇第一星國各種族政權所在的星球，也等於是皇族所在的星球了。

第一星國已知的種族約為一百七十八種，巡迴展分為三次，第一次為六十個，預計在三個月內結束旅程，返回地球稍作休息，然後再開始第二次星際巡迴展。

這六十個星球裡包括靈蛇號成員的家鄉——藍爵的利亞星、月的派瑞星、小狼的獸皇星和巴布的巨岩星。靈蛇號的所有成員裡，只有迦炎的身分最平民化，但也不普通，他是人類中最強的戰士，成為靈蛇號的守護者。

和小狼踩著滑翔器在靈蛇號內的賽道裡追逐，我已經可以把滑翔器運用得靈活自如，儘管藍爵還是提心吊膽地在下面看著。

小狼在前，我在後，滑翔器還有攻擊功能。小狼為了參加銀河滑翔器大賽，一直在努力。據說到時還會啟動武器系統，所以廝殺會非常激烈，想必會讓所有人更加興奮。

我瞄準小狼，輕語：「發射。」

立時，鐳射從滑翔器下發射，射向小狼。他立刻調整滑翔器向上躲開，連人帶滑翔器一起後翻，正好停在我上方，然後掏出了槍。雖然這只是訓練用的武器，沒有殺傷力，但打中還是很疼的。

他揚唇對我一笑：「小雨姊姊，結束了。」說罷，他扣下了扳機，我沒有猶豫地側翻，和他一樣頭朝下，用滑翔器擋住了他的攻擊。

這就是銀河滑翔器大賽好玩的地方，不僅僅測驗速度、技巧，還有各種戰術。武器啟動後可以發動攻擊，而你唯一可以用來防禦的東西，就是你腳下的滑翔器；至於其他防禦方法，會在賽道中以機關的形式被啟動。

聽起來是不是很好玩？就像跑跑卡丁車遊戲的真實版。所以，這些天被小狼薰陶得讓我也很想參加這個比賽。

在我倒下躲過小狼攻擊時，卻看見了龍。他沉著臉站在我的面前，一身深藍銀邊制服，散發出皇族的貴氣和一種王者的無形威懾力。

「龍？」我倒掛在他面前，臉正好對上他陰沉的臉。

很少看見龍沉臉，因為他的臉上一直是溫和的笑容。

滑翔器自身的引力系統，讓我很穩固地「黏在」滑翔器上，沒有掉下去。

「下來。」他沉沉地說，我隱隱感覺到似乎發生了什麼事？

在他面前調整時，小狼興奮地飛下來，他還是穿著一身女孩服裝。他從滑翔器上躍下，站在龍的面前說：「龍！讓小雨姊姊和我參加銀河滑翔器大……」

「不行。」還沒等小狼說完，龍已經直接否決，沒有給小狼半絲申訴的機會。

我跳下滑翔器，同情地拍了拍小狼的肩膀。他生氣地瞪著龍，似乎認為龍會因為他充滿殺氣的眼神而同意。然而，龍根本無視他威脅的眼神。

「這是怎麼了？」藍爵跑了過來。

龍看他一眼，轉身沉語道：「你和小雨跟我來。」

發生什麼事了？我和藍爵有些莫名地對視一眼，跟在龍的身後。

小狼給了龍一個大大的鬼臉：「哎——」晃晃尾巴繼續他自己的訓練。可見他不會放棄。

到會議室的時候，龍調出一段影片，影片在會議桌上顯現，是月夢遊到我房間，然後藍爵匆匆趕來的畫面。立時，坐在位置上的我和藍爵尷尬地側開臉，沉默不言。

「這件事多久了？」龍雙手撐在桌上嚴肅地看我們。

「從離開地獄監獄開始。不過，龍，你別誤會，月是夢遊……」我尷尬地順了順長髮。

「我知道。」龍沉沉打斷了我的話：「我看得出是夢遊。」

他此刻顯得很平靜，但渾身散發出來的寒氣，讓人無法忽視。

然後，我們三人陷入長時間的沉默，龍撐在桌面上的雙手微微擰緊。我覺得很奇怪，至少在我看來這並非什麼大事。我疑惑地看向藍爵，他應該明白龍為何生氣。但是藍爵始終低著頭，銀藍的短髮最近有些長了，完全遮住了他的臉。

「爵……」龍再次開口，我看著他擰眉轉向藍爵：「小雨不知道的事情，你應該知道。」

「月不會亂來的。」藍爵抬起臉立刻解釋。

「我不是說他亂來！」龍忽然拔高了聲音。我在旁一怔，他生氣而又努力隱忍地看著藍爵。

「爵，月是派瑞星未來女王伊莎指定的丈夫，他這樣出入小雨的房間，如果傳出去，月就不僅僅是叛逃罪了。」

「月只是思念母親罷了！」藍爵忽然站起，大聲地說：「他需要小雨的溫暖！否則他會生病的！」

「你是想讓他被判死刑嗎？」

龍的一聲厲喝，讓藍爵立時收住了聲音，撇開臉，擰眉抿唇。

「呼……」一聲長長的嘆息，從龍的鼻息裡傳出，帶出一絲沉重。

我怔怔坐看，從沒想到事情會演變得那麼嚴重。

「爵，每個種族的律法不同，派瑞星女王選定的男人，必須是處子！莫說不可與人通姦，更不能與別的女人來往，他必須對女王絕對忠貞。這你是知道的。」

藍爵沒有說話，龍繼續嘆語：

「但現在月每晚出入小雨房間，若是傳到伊莎的耳朵裡……」

「不會傳出去的！」爵著急地轉回臉，認真地如同發誓：「靈蛇號上誰會出賣我們？即使傳出去，我可以作證，我可以解釋！」

「爵……」龍的目光越發深沉無奈：「靈蛇號上我們八個男人，只有小雨一個女人，你應該知道網路上在瘋傳什麼。我們身為靈蛇號成員，行事更要小心謹慎，我們代表的不僅僅是自己，也代表著自己整個種族，還有背後的皇族。你忍心連累小雨嗎？」

藍爵變得沉默，低下臉，無力地靠回自己的椅背。

我和東方不能接觸網路，所以始終不知道網路上對我們的評價、傳說或是謠言。不過，就算是活在自己的年代，想到一艘飛船上，八個男人加一個女人，也足夠讓鄉民浮想聯翩，捏造出各種事實了！

龍說得對，他們身分特殊，代表的不僅僅是個人，他們的一言一行都在公眾眼中。如果稍有不慎，讓人捉住一點小小的把柄，便讓他們有機會將捏造出來的故事變成真的事實。

「之前在地球，我們光明正大，那些八卦記者也無從找把柄……」

「啊……難怪那時伊莎要殺我……」我想起了那天晚上。我不小心的輕喃打斷了龍的話。

他和藍爵一起吃驚地朝我看來：「什麼？伊莎要殺妳！」

「嗯！」我點了點頭。說起來，這件事一直也沒提起過。

「那晚小狼變身，抓住了月的尾巴，導致他休克，我只好對月施以人工呼吸，正好被……」

「妳對月做人工呼吸！」藍爵驚訝地睜圓了眼睛，滿臉通紅。

龍也顯得有些驚訝：「小狼變身我知道，可是妳對月做人工呼吸的事，月從沒提過。」

「雖然只是人工呼吸，但提起來還是有些尷尬，所以我們都沒提。」我說完後看了一眼臉紅的藍爵：「爵，你怎麼又臉紅了？又不是對你做人工呼吸！」

藍爵有些羞窘地匆匆低下臉：「我……我替月不好意思……」

「噗哧！」我忍不住笑了，繼續大大方方地說：「當時正好被伊莎看見，她差點殺了我。我那時還在疑惑，就算是一個吻，伊莎也犯不著殺我。不過，現在知道了派瑞星對男人純潔度的要求，我才算明白。但伊莎知道實情後，也沒有殺我。所以，我覺得伊莎是一個明事理的女人，她將來也會成為一位偉大的女王陛下。」

我看向龍，他已經坐下，雙手交握在下巴處，不知在深思何事。

「如果龍覺得這次的事情不妥，有洩露的風險，那我今晚睡別的地方……」

「沒用的……」藍爵在旁嘆氣般地說：「月的嗅覺很靈敏，他選擇小雨，必然是潛意識中已經牢牢記住了小雨身上的氣味。無論小雨躲在哪裡，他都會找到……」

心裡有些吃驚，月的嗅覺難道比狗還靈敏？不過，自從跟這群外星人一起，我也越來越了解他們。

比如小狼，還真有點狼和狗的特性。他開心的時候尾巴會亂搖，還喜歡舔自己喜歡的人，比如有一次我看到他要舔月，當然，被月阻止了……

而月喜歡溫暖的東西，他常常手捧一杯不知名的溫熱紅色液體，然後滿足地在那裡站很久。後來，我偷偷去瞧他喝剩的杯子，嚐了一口，才發現那是……血，所以他們被稱作吸血鬼還是有道理的。而這點，靈蛇號上的人從沒跟我提及，應是擔心我會害怕嗜血的月。

至於藍爵，他每天必須泡在水池裡，這個習性據說跟人魚族很像。由此，我才知道真的有人魚族。藍爵如果不泡在水池裡，精神力會下降，包括精神、體能以及其他各種數值也會隨之下降。

所以，靈蛇號上的這些外星王子們，都有著自己不同的習性。

「小雨，那晚月被小狼打暈，那最後誰打敗了小狼？」

沒想到，龍在長久的沉默後，卻問起誰打倒了小狼。我看著他，他回我深邃的眼神。

「如果沒有人打敗小狼，他必會離開房間，在學園裡肆虐。可是當晚很安靜，所以，必是有人制服了他，是誰？」

我淡淡答道：「我。」

當答案從我口中而出時，龍深邃的眼眸倏然瞇起：「妳？」

「是小雨妳？」藍爵驚訝地扣住了我的手臂：「妳怎麼可能是小狼的對手？」

「說起來，捉他還真不容易。我當時其實在洗澡，然後有了某種直覺，之後我就……」

我笑呵呵地把當時的情形大致提了遍，在藍爵越來越吃驚的目光中揚起壞笑。

「到現在小狼還不知道是誰打了他，所以，你們可千萬要幫我保密。啊！對了，我親了小狼，他們獸皇星應該不會太計較吧？」

藍爵的臉上露出一絲氣悶，放開我轉過臉，悶悶地說道：「不會！他們是通婚制，父親的女人，兒子如果喜歡，可以給兒子。同樣，兒子的妻子，父親如果喜歡，兒子也可以給父親。經常幾個男人共用一個女人，或是幾個女人共用一個男人，在他們獸皇星沒有太大的禁忌。」

聽完也不覺得太驚訝，因為每個種族的律法不同，婚配制度也自然不同。這樣的婚配跟古代的突厥有點像。

「看來，只能告訴月了。」龍擰起眉，右手點落會議桌，像是要呼喚月。

藍爵立刻起身，幾乎是撲上會議桌似地扣住龍的手，著急地看他：「龍，那樣月會自責的。」

我們不跟月說，還是因為他的性格，怕他難堪、怕他覺得佔了我的便宜，陷入深深的自責。

藍爵異常認真焦急地看著龍，龍也在他的目光中變得猶豫。

「龍，月好不容易開始信任一個除了自己母親以外的女人，如果讓他知道實情，他肯定會再次遠離女人，我不想再看他總是一個人孤零零的……」

藍爵切切的話語和真摯的神情，讓龍無法立刻做出決斷。

「刷！」會議室的門突然開了。

月面無表情地走進來，看到藍爵扣住龍的手時，目露淡淡的疑惑。而龍和藍爵也看向了月。

「什麼事？」龍依然淡定從容，而藍爵則有些匆忙地收回手坐回原位。

「到維多利亞星了。」月說的時候，看到了我，淡淡的眸子裡也露出了疑惑：「你們……在說什麼？」

我和藍爵不約而同地看向龍，龍臉上的神情已經恢復平靜，淡淡地說：「沒什麼。」

月靜靜看我們一會兒，轉身要離開。

「月。」聽見龍叫住他，月轉身，月牙色的長髮隨著他轉身輕動。龍看著他：「月，你一直喜歡大家一起睡，不如從今晚開始，我們一起睡吧？」

派瑞星是一個喜歡一起睡的種族。那晚……月說過，還問我需不需要懷抱？看來月對派瑞星男人忠貞的問題，並不看重。或者，他是在有意地叛逆。

包括他弟弟夜……

我們都看著月，但月的眼神卻開始變得冷淡。

「不用，我現在覺得一個人睡很舒服，不需要你們。」說罷，他冷淡轉身，月牙色的長髮甩過我們的面前。

看到這個場景，忽然感覺有種龍被月睡過卻被無情拋棄的冷酷感。龍擰起眉，顯然已經沒有更好的提議。月，你這個「睡得很舒服」，是因為跟我睡啊……

我也皺起眉，和藍爵一起愁眉不展。月這是把我當母親的替代品了，真是頭疼。

「月在沒見到母親前，會這樣一直夢遊下去。如果不在小雨那裡獲得安睡，長久下去對他的身體不好……」藍爵對月的情況非常擔憂：「如果他的身體狀況不穩定，我很擔心他會……」

他沒有說下去，似是有什麼顧忌地瞄了我一眼，隨後憂慮地看向龍。

龍在感應到他目光裡的訊息後，也深鎖雙眉，陷入憂愁。

「會怎樣？」我忍不住追問。

藍爵的目光微微閃爍，注視著龍。龍依然擰眉深思。

藍爵避開我的目光，匆匆低臉：「沒、沒什麼？」

「真沒什麼？」我已經分明感覺到了他的心虛。我想了想，看向他：「最近，我發現了派瑞星一個有趣的特性。」

「什、什麼？」藍爵顯得有些緊張。

他和龍是完全不同的。你永遠無法猜到龍心裡在想什麼，但是藍爵任何表情，都會在他的臉上第一時間看到。

於是，我淡然說道：「我發現派瑞星需要定時喝血。」

「小雨妳！」藍爵吃驚地看我，隨即焦急地對龍說：「龍！小雨知道了！」

龍並未太驚訝，而是面露一絲微笑看我道：「以小雨的洞察力和狡猾性，發現這個祕密是遲早的事。」

我淡淡地笑看他們：「所以，你們是想說如果月身體出現問題，很有可能到處咬人嗎？」

龍的神情，在那一刻變得有些嚴肅。

藍爵嘆氣點頭：「派瑞星人雄性喜歡雌性的血，雌性喜歡雄性的血，尤其是處子，血的氣味會格外芬芳。」

「喔……」我點點頭，隨口說：「那我可得小心了……」

在我說出這句話時，會議室裡的氣氛變得有些詭異。

藍爵愣愣看我，龍微微側開目光。我奇怪地看藍爵，他的銀瞳倏然睜了睜，整張臉又開始發紅。

我撫額：「爵，你能不能不要動不動就臉紅？你這樣我很尷尬……」

「對、對不起……」他匆匆地低下通紅的臉蛋。

藍爵真是老實，這都什麼年代了，說起這些他還會臉紅。在我的字典裡，王子這類東西肯定早就不是處子了。

「咳！」龍輕咳一聲起身：「維多利亞星到了，月的事回來再說。」

我們點點頭，跟他一起離開會議室。

雖然馬上就要去新的星球，但是我並沒太大的興奮。不過維多利亞星上，有我和東方要見的一個人。自從那晚之後，東方沒再對我動手動腳。雖然他本身還是放蕩風騷，但總算對我放尊重。

和藍爵、龍走在走廊上，我疑惑地問：「既然派瑞星對男子要求如此嚴格，那麼夜為什麼可以亂來？」

我還記得第一次見到夜的時候，那個妖嬈、風流的男人。我詢問藍爵，藍爵顯得有些難以啟齒，猶豫不言。

「因為夜是被伊莎拋棄的男人。」

寂靜的走廊裡響起龍的聲音。我有些吃驚地看他，他面無表情地繼續一邊走一邊說：

「伊莎其實喜歡月，但夜喜歡伊莎。因為月的關係，夜和伊莎吵了一架，於是伊莎拋棄了夜。一個棄夫，對於伊莎來說，已經不再重要。夜既被伊莎拋棄，又非派瑞星純種血統，所以派瑞星對他在外的所作所為漠不關心。」

「所以……月和夜的關係……一直不好……」藍爵在旁邊輕輕地、小心翼翼地說：「月也不喜歡別人在他面前提起夜，夜是他們家族的恥辱。」

我聽完，忍不住感嘆：「說到底，還是得不到的最好。月如果讓伊莎早些得到，伊莎現在也不會追他追那麼緊。咦？這不等於在說月也是個處子？」

「咳咳咳咳……」藍爵一下子咳嗽起來，又是滿臉通紅。

我笑了，龍在旁邊也微微笑起。

我們遠遠地看見了遠處修長的月牙身影，他雙手依然習慣性地插在白褂兩側的口袋中，清清冷冷站地在那裡，像在等我們。

我和龍相視一笑，藍爵忍住咳嗽，略帶心虛地和我們一起朝他走去。月看似孤寂，但並不代表他喜歡孤寂。空中明月雖然只有一輪，但是他有眾星為友。所以我們就是月的星，讓他不再孤寂。

維多利亞星是以星球裡的貴族維多利亞家族命名的。發現維多利亞星的正是這個家族，他們跟龍的家族一樣古老，擁有古地球的歐洲血統。

星際拓荒後，發現了很多適合人類居住，不必用環境改造器改造的星球。這些星球被古地球的古老家族佔據，並且命名。

在下飛船前要去看一個人，那就是東方。之前月說他還沒有痊癒，所以一直是木乃伊狀態。今天到了維多利亞星，東方該拆封了。

大家站在月的醫療室裡，一起看月替東方拆繃帶。東方帶勾的目光始終落在我的臉上，唇角上揚：「寶貝兒！等我拆了繃帶，妳就會知道妳的官方配對我是多麼匹配妳！」

大家的目光紛紛朝我而來，我輕蔑一笑。

「怎麼，以前你不是一直覺得我配不上你？現在你整容卻反而降格了？」

「沒辦法！」他攤手聳肩：「誰教寶貝兒妳殺人的時候那麼性感……」

「閉嘴！」月冷冷地打斷東方的話，東方笑著聳聳肩。

我在旁雙手環胸狡猾地笑。漸漸地，東方白完美無缺的臉出現在我們的眼前。再也沒有瑕疵、沒有可怕的疤痕，只有白皙無瑕的肌膚和自然透紅的完美膚色。

「怎麼樣？」龍微笑地問我，宛如東方白只是一件物品。

東方白還是踐踐地看我，我在眾人的目光走上前，直接摸上他的臉。在那一刻，房內男人們開始目光閃爍，神色各異。

「是不是愛上我了？」東方白賤賤地問。

我驚嘆地撫摸他細膩如同初生嬰兒般的肌膚。

「如果整容後能得到這樣的皮膚，我也想整一次。」

「噗哧！」月在旁邊低頭笑了。隨即，大家也紛紛笑了起來。

東方白挑挑眉，臉沉了下來，狹長的眼睛瞇起，露出相當傲慢和不悅的神情，似乎因為我沒有被他英俊容貌所迷倒而十分不滿：「大嬸，我看妳要好好治治眼睛了。」

果然對他好，他就寶貝兒寶貝兒地叫；一奚落他，立馬降格為大嬸。

我看看他被我用鐳射劍割斷的頭髮，退後一步擰眉。

「嘶……你沒了那條小辮子，看起來就是不夠賤。把頭髮養長吧！我還是喜歡你那個賤樣。」

說完，我轉身走人，身後慢慢傳來東方白由輕到響的大笑聲：「哼哼哼……哈哈哈……」

在房間裡，伊可幫我換上了深藍色的禮服，因為要見維多利亞公爵。這件禮服依然是龍挑選的，如同深淵大海一般的藍，有股隱約的神祕感。不知道是不是因為我膚色比較白，龍喜歡讓我穿深色的衣服，黑色、深藍、酒紅、深紫……都是他常選的顏色。

「主人主人，今天這個髮型怎麼樣？」

伊可把我兩旁的長髮編成了細細的小辮，然後圈在了腦後，米色的髮帶纏在髮辮上，讓我看起來像是歐洲中世紀的公主殿下。是不是因為今天要見的是古歐洲貴族，所以特意讓我做歐風打扮？

龍從門外走進來，他手裡是一個精美的黑色木盒。我轉身站在他的面前，他柔和的目光看遍我每一處，我問他：「怎麼樣？可以了嗎？」

一旁的伊可兩隻耳朵緊張地纏在一起。龍看了我一會兒，滿意地點頭，那一刻，伊可才大大鬆了口氣，蹦跳起來：「主人，我去幫妳拿鞋。」

「嗯！」伊可從我腿邊跳過，往衣櫥方向去了。現在整個靈蛇號，我的衣服最多。

龍走到我面前，目光停落在我那露在圓領外空蕩蕩的脖子，露出淡淡的微笑：「還缺點東西。」

「什麼？」我下意識地問。

慢慢地，他在我面前打開了那個雕滿鏤空花紋的精美木盒，立時，深藍寶石暗沉而神祕的光芒在盒中閃耀。眼中的藍寶石，顏色如同大海深淵一般暗沉內斂。但是，卻有一種無形的神祕力量吸引人的目光。它像是海洋的漩渦，把人的視線瞬間吸入，然後越拉越深，讓我想起了龍深邃的眼神。

他輕輕提起藍寶石的項鍊，在伊可蹦回時，隨手放下木盒，讓伊可頂在腦袋上。然後，他解開項鍊，走到我的身後，雙臂在我臉旁緩緩落下，輕輕地為我戴上了藍寶石的項鍊。

寶石的冰涼觸上我的肌膚，我也感覺到了寶石的重量。我想起自己的長髮，把它們束攏在胸前，露出乾淨的後頸。

「哇！」伊可在下面顯得很激動：「水之心真迷人！」她一直盯著我看。

一雙手輕輕落在我的肩膀上，傳來龍手心的溫度，接著帶著我一起轉身，再次面對前方懸空的鏡子。我看到佩戴上首飾後的自己，一件迷人的首飾，立刻為整個裝扮加了分。

龍依然在我身後，雙手放在我的肩膀上，溫和地看鏡子裡戴上藍寶石項鍊的我。我凝視他，他的目光在鏡中和我相交。

「龍，我發現你有個和小狼一樣的習慣。」

「什麼？」他溫溫和和地問。

「喜歡打扮女人。」當我脫口而出時，他在我身後笑了，深邃的目光裡是高深莫測的笑意。

「水之心來自於仙女座的水藍星……」

他的雙手離開我的肩膀，從伊可的頭頂再次拿回木盒，裡面還有戒指、手鍊、腳鍊和耳墜。

「那顆星只有冰晶和藍寶石。兩百年前，古地球人發現了那顆星，帶回這種藍寶石，打造了這套水之心——海神之戀的首飾。這是骨董，所以正好配妳。」

他一邊笑著說，一邊替我戴上手鍊，輕輕抬起我的右手，在我的中指套上戒指。然後拿起耳墜，站到我的面前，認真地要幫我戴上。

忽地，他一愣：「妳沒有耳洞嗎？」

我對他揚起了笑：「不錯，你不會想要現在幫我打耳洞吧？那樣可就破壞了我的完整性喔！」

我對他壞壞地眨眨眼睛。而他只是對我一笑，依然俯向我，在他的氣息靠近臉龐之時，我的眼中映入他耳朵上晶亮精緻的耳釘。

他輕輕捏住了我左側的耳垂：「這副耳墜是兩用的，妳沒有耳洞也可以。」

說著，他開始輕捏我的耳垂，我身體一緊，微微有些不適。然後，耳垂被重物夾住，指尖輕彈我的耳垂，耳墜搖擺了一下，沒有掉落。我擰起眉，耳朵上突然多了點東西，感覺很不舒服。

他再俯到我另一側，我嗅到他身上那股好聞的香味，視線不由得看向別處。龍是一個優雅的男人，他很注重衣著，就像他此刻精心打扮我一樣。

小狼也喜歡打扮我，但小狼有他自己的喜好，有時搭配得好，有時就比較災難。但我並不介意，因為那也是小狼一份心意，而且他樂在其中。但是龍不一樣，隱約覺得還有……別的東西……只是……摸不著、猜不透、看不懂……

他為我戴上另一只耳環後，退後一步再次細細看我，在他深邃和專注的目光中，我盡量保持平常。因為被一個男人這樣盯著瞧，心情始終無法保持平靜。

「很好。」他說，滿意地點頭：「水之心很配妳的氣質，神祕、內斂，還有……」

他頓住了口，微微失神的視線看落別處。

「那腳鍊還需要嗎？」伊可忽然問。

「不用！」沒想到，我和龍異口同聲。

我們看向彼此，然後笑了。

龍拿起盒子，裡面只剩下腳鍊，走過我身旁時抬手放在我的肩膀上，看著前方說：「水之心也是骨董，是為了搭配妳而給妳戴的，別弄丟了。」

他像是警告似地拍拍我的肩膀，我看向別處嘟囔著：「那還不如給我戴贗品呢！」

「呵……這是我第一次聽一個女人說寧願戴贗品。伊可，不用給小雨噴香水，我希望她能保持她最乾淨的一面。」

「是。」

我也不喜歡噴香水。

當我和東方會合時，他身穿一身歐式王子殿下的禮服。荷葉邊的領口和袖口，明明是優雅的設計，穿在他身上偏偏帶出一分痞氣，有種不羈王子的感覺。鈕釦、袖口，無一不是人工縫製，金線繡成的花紋美麗而精美。

不過，他顯得很不舒服，修長的手指一直在拉包裹脖子的領口。他是一個不喜歡束縛的人。他的頭髮也被修剪過，徹底成了黑色的短髮，和龍一樣，但龍是直髮，他的髮尾末梢微微向外捲。他帥氣的臉和有些痞的性格，可以讓他輕鬆駕馭任何髮型。

靈蛇號上，他是另一個黑髮黑瞳的男子。龍、他和我，都是純種的中國人。

除了他，其他人也是歐式宮廷裝的打扮。靈蛇號的成員，今天一個個成為英俊的王子殿下。龍是黑色銀紋的王子服，月一襲月牙色、藍爵整身銀藍、迦炎穿得像騎士，而巴布則著金裝。小狼歡樂地穿著公主裙出來，結果被大家攆回去，換上一件淡紫小王子服，上面滿是他痛恨的鈕釦。

胖叔依然留守，看著我們大家「呵呵」地笑。

我愣愣地看著他們，今天我們要去的到底是什麼樣的星球？我彷彿聞到了童話般夢幻和浪漫的氣息。

東方白看見我時，流裡流氣地吹起口哨：「看來他們在打造妳上花了不少錢。」

他提起我的右手，藍爵顯得有些緊張，像是想來拉開我和東方。

龍微笑地攔住他，看著東方彎腰俯身，難得優雅地吻在我中指的戒指上。

我笑看他：「你總算有件能入得了我眼的衣服，那麼，你準備好了嗎？東方王子？」

「當然！」他賤賤地笑了，起身時隨手拿起我的手，挽上他的胳膊：「請讓本殿下為您效勞，星雨公主殿下。」

我們一同看向登入口的小型飛船，是的，我和東方都準備好了。

★★★

小型飛船離開了靈蛇號，飛入眼前這個和地球一樣美麗的星球。

當飛船緩緩停下，門開啟時，我們這對第一星國裡的骨董準夫妻，站在高高的台階上。陽光灑落在我們的身上，東方優雅地揮手微笑，我在他身邊環視四周。我有些驚訝的是，這個星球上的建築不但是古歐洲的風格，而且還是中世紀的。讓我宛如穿越千年，回到了那古老的歐洲大陸。

這裡看不到後來的現代玻璃大樓或是高樓大廈，只有彩瓦彩牆。家家戶戶把牆面刷成豔麗的顏色，窗台上也都擺滿了鮮花，猶如進到了繽紛多彩的童話王國。

「歡迎星龍、星凰！」

「歡迎！」

「我們好愛你們！」

「你們一定要幸福！」

單純的人們、單純的心，就像每個童話的結局——王子和公主從此過著幸福的生活。

人們或在兩旁，或在自家窗台，或在房頂熱烈地歡迎我們的到來。遠處跑來一輛六匹馬拉著的精美寬大馬車，當雪白的白馬跑近時，我陷入了一陣驚訝，那些馬居然是獨角獸！

這裡真的是一個童話的王國。

「在下維多利亞星的布洛特·德·維多利亞，特來迎接星盟主席、靈蛇號成員，以及星龍、星凰……」

當公爵說話時，我的視線才從美麗的獨角獸上拉回，然後看到了一名金髮碧眼的歐陸美男子。金色長捲髮大部分梳在腦後，用金色絲帶束起，還打了一個漂亮的蝴蝶結。鬢邊各留下一縷，和他的瀏海一起隨風飛揚。同樣精美的歐式宮廷裝，宛如白馬王子降臨面前。

維多利亞星一切的一切都那麼的童話、那麼的夢幻，是女孩心中的嚮往。

「喔！這就是美麗的星凰嗎？」他朝我伸出手，映入眼簾的是潔白手套、紅寶石戒指。

我微微提裙朝他一禮，一時間，兩邊歡迎的人自覺地安靜下來，看著他們的公爵大人。我要伸手放入他手中時，忽然星龍從我身邊躍出，王子般的衣衫飛揚，站在迎接我的馬車前，也就是那位公爵的身邊。

然後他對公爵揚唇一笑：「真是抱歉，公爵大人，我和星凰沒有得到星盟主席的允許，不可以隨便亂碰的。」

公爵臉上的笑容微微一僵。東方向我伸出了手，我對他微微一笑，手放入他的手中，他優雅地彎腰，把我接入馬車。

「喔！歡迎星龍、星凰……」

歡呼聲再次響起，公爵尷尬地看向龍和眾人。龍回以微笑，帶著眾人進入馬車，站在他的身邊。公爵抽出摺扇，打開來遮唇，附到龍的耳邊不知說些什麼，大家分開坐下。與此同時，獨角獸們奔跑起來。

東方扶我坐下，我們坐在最前端。他的手放在我身後的椅背，在呼呼的風中輕輕說道：「小心布洛特．德．維多利亞。」

我佩服地看他：「你居然記得住？我已經不記得了！」

他驚為天人地看我：「拜託！精明的蘇星雨居然記不住一個人名？」

我理所當然地看他。

「我大腦要儲存更重要的東西，所以有時會用代號來記一個不太重要的人。」

「代號？比如？」東方對我賤賤地挑眉，要我舉例。

我笑道：「比如金毛。」

他雙眼一睜，「噗」一聲哈哈哈地笑了。

我們的馬車飛馳在童話氣息的國度裡，沿途人們的打扮也帶有中世紀貴族的味道。

「總之妳要小心，這是迦炎說的。他把維多利亞星打造成童話國度，就是為了吸引美麗的少女們前來旅遊，然後看到可口的就下手。」

我立刻認真點頭，每個童話裡都有一個邪惡的陰謀。只是沒想到，童話裡的白馬王子，這次變成了邪惡魔王。

「我會小心的。」我說。

東方含笑點頭：「據說公爵有一樣神祕的東西，可以讓女孩瞬間愛上他，然後被他誘騙上床，所以迦炎要妳務必小心。」

「什麼東西？」

東方聳聳肩：「正因為連龍他們也不知道，所以只能提醒妳小心。妳是超級骨董，有些邪惡的人或許會覺得跟古人上床很與眾不同呢！」

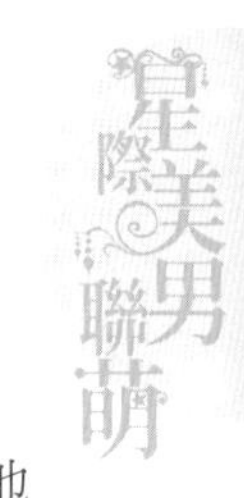

他賤賤地伸手，手指就要點上我的臉，我抬手擋住：「只可遠觀，不可褻玩。」

他又壞壞地笑了，面朝我側坐，單手抵住他已經完美的臉龐，笑看我的側臉。

我心裡記下了東方的話，到底什麼「神器」能讓女人瞬間愛上一個男人？當然，賤人東方白不忘提醒我，如果發現這「神器」幫他留著。呿！男人，哎……

馬車一路進了城堡，古色古香的城堡上空還有飛龍環繞。飛龍是從一些原始星球裡捉來的，而獨角獸都是人造生物。既然人能造人，造造童話裡的生物自然不難。當然，人魚族們在這裡也找到了不錯的工作。

我們參觀了公爵大人的城堡、公爵大人的童話城、公爵大人的美人魚王國，這裡的每一樣東西，都是公爵大人的。然後，我們順便被人參觀。

維多利亞整顆星就是顆旅遊星，每年來這裡旅遊度假的人數多不勝數，但只有貴族才能在這裡擁有一座城堡。住在這裡的平民，只是打工族。

中午是在天空花園吃的飯，豪華的餐桌從頭到尾要走上三分鐘。吃飯時，天鵝和飛龍會從天空花園邊飛過，十分壯觀。

「我相信晚上的舞會，會令大家非常驚喜。」公爵神祕地笑看靈蛇號成員。

龍坐在他的對面，微笑看他：「那我們拭目以待。」

公爵放下精美的刀叉，打開絲綢摺扇，看向我和星龍。

「我知道兩位也想和本星球的其他冰凍人見面，本公爵已經做好安排，晚上他們也會來。至於唐別，他已經在花園裡，你們可以先去找他敘舊。」

我微笑看他：「多謝公爵大人。」

「不……請叫我的名字……我美麗的星凰……」他含情脈脈地看我，多情的王子殿下又開始放電了。

在大家目光中，我含笑一禮：「對不起，我記不住。」

他的笑容僵了僵，長長的捲髮在風中輕輕飄揚。

「哼……」東方在一旁笑，月、藍爵、小狼、迦炎和巴布他們的臉上也露出各自不同的笑容。只有龍依然微笑如常，手拿刀叉請公爵繼續用餐，說起了別的事，讓公爵從僵硬狀態裡恢復。

這個天空花園是一個移動的空中建築，現代的高科技使童話故事裡的天空花園成了真。當我們在花園吃飯的時候，它也在緩緩飛行。

因為龍與公爵依然有話說，所以我和東方去找唐別，但是藍爵和迦炎還是緊跟在我們身邊。當我們逛到空中花園一座大型的歐式噴泉時，看到了一個坐在輪椅上的人。那是一個成年的東方男子，黑髮、黑瞳，是純正的中國人，長得眉清目秀，但一臉正氣，他正坐在輪椅上欣賞噴泉。

美麗層疊的花園，如同灰姑娘與王子跳舞的噴泉，潺潺的泉水在陽光中閃亮珍珠一般的華彩，美不勝收。

東方和我同時停下了腳步，心裡對那個男子有一種莫名的親切感，而同時，東方已經勾上我的脖子，靠到我的耳邊輕語：「唐別。」

他就是唐別？沒想到會是……

「東方，請你不要亂碰小雨。」藍爵又像往常一樣發揮對一件骨董的保護慾。

東方嗤笑一聲，手離開了我的脖子。藍爵不悅地站到我和東方之間，成為一道保護我的屏障。

就在這時，唐別似乎感覺到我們，朝我們看來，目光裡閃過一抹激動。我緩步上前，藍爵立刻跟上來，我對他微笑：「爵……」

我深深看他，他愣了愣，眨眨眼低下了臉，白淨的皮膚在我的目光中又紅了起來。我想他應該明白我的意思，我不想他跟我跟得太近。

我走向唐別，唐別有些激動地朝我而來，輪椅似乎受他的意志控制。他朝我伸出手。

「妳好！星凰一號，我在網路上看到了很多關於妳的傳說。」

我羡慕地握住他的手：「沒想到你能上網，我卻看不到。」

他同情地看我：「可能因為我已經屬於個人，公爵對我看得並不是很嚴。」

他的笑容很燦爛，我笑著點頭，富含深意地問他：「那你重操舊業了嗎？」

驚訝劃過他的雙眸，我笑道：「我再為你介紹一下星龍東方白，希望我們以後能多多接觸……」

唐別在我的目光中，陷入深思。

我回頭看東方：「東方，過來見見唐別。」

我示意東方可以過來了，因為迦炎跟東方跟得特別緊，東方無法暗示唐別我們知道他的職業，並且需要他的幫助。而我比東方好些，所以能有這片刻私下談話的時間。

東方走了過來，果然迦炎如影隨形。

「你好，星龍。」唐別下意識注視東方原來有疤的臉，有些羡慕地說：「星盟幫你治好了臉？」

「嗯。」東方點點頭，唐別變得有些失落。東方拍上他的肩膀：「沒關係，以後有機會治好腿的。」

唐別看向他，我和東方則對他微笑。

在藍爵和迦炎的看管中，我們只是普通寒暄著，東方想趁舞會比較熱鬧的時候，找機會與唐別私聊。東方對迦炎很了解，迦炎是無法抗拒舞會上的美女的，所以到時迦炎必會找漂亮女孩跳舞，那時他才有機會。

當然，他也需要我的幫助，如果我們兩個一起行動，目標實在有些明顯，於是他希望我能和靈蛇號的成員們跳舞。這個小忙並不難，幸好我也會跳舞。

轉眼間日落西山，童話王國的落日也帶有童話的氣息，夕陽橘色的光芒為這裡的海灣、小屋和城堡都染上了一層朦朧的金色。然後，兩輪大小不一、淡淡的月亮慢慢升起，幸好都不是滿月。

天空花園慢慢降落在公爵所住的城堡，漸漸地，我們看到城堡天台上有三個身穿華美歐式宮廷裙的女人，站在美麗的月色之下。當看清她們的容貌時，吃驚之餘，我立刻笑著看向已經面露驚訝的藍爵、月和龍。

「這就是我給你們的驚喜。」公爵優雅地指向那三個美麗無雙女人——圖雅、伊莎，還有只在3D投影裡見過的龍的女友——夢。

這就是公爵大人給靈蛇號成員們的驚喜——他們的未婚妻們。

純真可愛的圖雅，水藍長髮高高挽起，嫩黃的公主裙突顯她的活潑。她激動地看我們降落，朝藍爵興奮揮舞雙手。藍爵的神情從驚訝變成失措，他看向我，像是尋求我的幫助。可是感情的事，我可幫不了！我只有向他點頭微笑！他像是有些慌張，慌張地避開我的目光，低下頭陷入一種焦躁之中。

他的焦慮讓我有些疑惑，而他身邊的月正開始散發寒氣，轉身直接走到最裡面，讓伊莎無法看見他。他月牙色的長髮在銀白的月光中，幾乎折射出一種冰晶的藍。看來今晚月的心情，已經完全被公爵大人這個驚喜給破壞了。

伊莎臉上的笑容也因為月的閃避而消退，她明明是那麼的美，儘管只是簡單的白裙，但白裙上卻串著細細小小像是鑽石的寶石。在月光之下，她宛如披上了星星，讓她在三個女人中顯得華貴至尊，女王的氣勢已然初現。

站在她身邊的是夢。紫中帶紅的宮廷禮服讓她顯得神祕而性感，那是龍喜歡的顏色，和今晚龍的整體穿著十分相配。一頭長長的捲髮，一部分挽成髮髻，一部分垂在胸前。夢看似平靜地站在那裡，但她的眸中閃耀著喜悅。

龍溫柔地回應夢的目光，夢甜蜜地笑，轉眼看向了我。我和東方站在唐別的身後，今晚我們不會離他太遠。

忽地，夢的視線鎖定在我身上的首飾，我想應該是水之心讓她驚訝了。大部分女人對珠寶總是有一種偏執的熱愛，她可能不會留意你今天穿了什麼，但是她會第一眼注意到你今天戴了什麼。只不過，她在驚訝什麼？難道這些首飾因為是骨董，所以常人不能輕易佩戴？

天空花園緩緩停落，天橋從平台邊緣伸出，與花園相連。那一刻，圖雅跑了上來：「爵哥哥！」

藍爵侷促地不知所措，我在他身後推了一把，他卻轉身焦急地看我。我笑著搖頭時，圖雅已經撲上了藍爵的後背：「爵哥哥，你看見我是不是很驚喜？」

藍爵微微一怔，在我們大家微笑的目光中轉身，還是有些不知所措，不知該說什麼。

忽然感覺他們其實很合適的。爵誠實真誠，而圖雅天真可愛，他們有著共通性，就是單純。而月和伊莎，不正是同樣高傲？至於龍的夢……很明顯，她跟龍一樣不簡單。

「果然夠驚喜。」小狼在旁邊咧開嘴笑，看的卻是月。

迦炎也笑看月：「喂，大公主來了，不管怎樣，你好歹看一眼啊！」

月的神情依然冷淡，冷臉看別處。伊莎走了過來，大家為她讓開路，讓她走向月。我們退到一旁，公爵打開綢扇，瞇眼笑得像隻狡詐的狐狸。

「月……」伊莎站到月的身側。

「對不起，我今天有點不舒服。」說話間，月已經倏然消失。下一刻，他月牙色的身影已在遙遙的天台之上。

「伊莎，沒關係的，過會兒讓龍好好教訓他。」夢走到伊莎的身邊眨著眼睛調皮地說，她的氣勢不亞於伊莎，她笑看龍：「龍，你說是不是？」

龍微笑點頭：「我會勸月的，伊莎大公主放心。」

「謝謝。」伊莎感激地看著龍。

龍笑看公爵：「謝謝你給我們的驚喜。」

公爵收起摺扇，優雅地彎腰行禮。

「在下的榮幸。」公爵說完起身：「舞會即將開始，希望大家玩得開心。」

「爵哥哥！我們跳舞去！」圖雅一把拽起自始至終說不出話的藍爵，歡快地跑向天台。藍爵無奈地嘆口氣看我，圖雅忽然用力扳過藍爵的臉，生氣地瞪他。

「爵哥哥！今晚你的眼裡必須只有我，不能再有那個星凰！這裡是公爵的地方，你還擔心星凰受傷嗎？公爵，今晚你要看好星凰！」

圖雅的命令，讓原本只是有些焦急的藍爵變得極度擔心，他立刻看向龍，大家的目光也不約而同地移向他。龍微微擰眉，沒有說話。而這邊公爵已經右手放上心口，唇角上揚道：「圖雅小公主放心，本公爵一定不會讓星凰有半分損傷。」說罷，他朝我伸出手。

「不用。」忽然，月又閃現我們身前，月牙色的長髮飄揚，冷冷注視公爵：「星凰是星盟的財產，我們自會看護。爵，今晚我來負責看護小……」

「月。」我打斷了他，他轉身看我，面露淡淡的疑惑。我對他微笑：「伊莎遠道而來，她是你們派瑞星的大公主殿下，如果你離開，她會孤單的，留下來陪她吧！」

月怔怔看我，我拍了拍他的手臂，轉身看向公爵，揚起甜美微笑。

「公爵大人，能帶我參觀一下城堡嗎？」

立時，所有人的目光都在那一刻朝我注視而來，藍爵的緊張、月的愕怔、小狼的驚訝、巴布的擔心，以及迦炎的玩興和龍的深沉。只有我跟公爵在一起，才能吸引他們的注意力，才能為東方和唐別製造獨處的機會。

東方第一次變得那麼安靜，緊握唐別輪椅的推把，沉眉不言。

公爵的臉上立刻浮起欣喜的笑容，已經對我彎曲手臂：「榮幸之至！」

我隨手挽上他的胳膊，他激動地帶我走下了空中花園。即使圖雅會帶走藍爵，伊莎拉走月，龍因為夢的到來，也不會把過多目光放在我身上，但依然還有小狼、迦炎和巴布。我們需要跟唐別有單獨相處的機會，即使只有片刻也夠了。

公爵的身上噴著男士用的香水，也很好聞。他對我沒有無禮的舉動，優雅得如同紳士。舞會在城堡裡舉行，夢幻的水晶燈、精美的壁畫、光亮得像是水晶的地面，還有為我們伴奏的外星美女，她們透明的翅膀如同森林裡的精靈。

舞會在我們到達後正式開始，公爵彎腰邀請我跳開場舞。我們在眾人羨慕的目光中，在水晶燈下跳舞。深藍色衣裙在燈光下飛揚，迷人的公爵像是每個少女心中的金髮王子。

我們在音樂中翩翩起舞，在眾人屏息觀看中，公爵深情地注視我，宛如已經深深愛上了我。

「沒想到星凰舞也跳得這麼好，讓我對星凰越來越著迷。」

我也微笑看他：「公爵也很迷人，像是我心目中的王子殿下。」

他笑了，笑得更加燦爛，牙齒和他精美的鈕釦一樣閃亮。

「那請星凰喚我的名字，我希望能從星凰的口中聽到我的名字。」

我還是微笑看他：「抱歉，真的記不住。」

「呵呵呵……」他這一次笑容沒有僵掉，而是笑得更加開心，目光裡是對我滿滿的寵溺和喜愛。

我想，公爵根本不需要神器來讓其他女孩愛上他，因為他本身已經如此迷人，總是含情的眼眸，可以輕易奪取女孩兒的心。

「我真是迫不及待想看看星凰還會什麼？」他摟住我的纖腰在大理石地面上旋轉，有些熱燙的溫度燒穿了他的手套，也燒穿了我後腰的衣裙。

我唇角一揚：「我會的很多，不知道公爵想看什麼？」

他那雙總是含情的碧藍眼睛，立時閃出更加璀璨的光芒，如同迷人的藍寶石。

就在這時，龍拉著夢進入了舞池來到我們身邊，在公爵拉住我旋轉時，他從旁邊插入，夢隨手拉走公爵，我們交換了舞伴。

我有些吃驚地看著面前的龍，他拉住我的手，手指插入了我的指間。他今晚也戴了一枚戒指，那像是家族徽章的戒指和我的藍寶石戒摩擦在一起。他一手圈起了我的腰，帶著我繼續在舞池裡旋轉，深邃的目光盯落我的臉龐：「妳想做什麼？」

我抿了抿唇，覺得他那樣和我手指交纏的握法很奇怪，抽出自己的手指，重新調整。他再度握住我的手，我看向一旁的夢，果然是設計好的嗎？夢正在配合龍，這或許就是她與伊莎、圖雅最大的不同之處。

「看著我，蘇星雨。」龍在我面前沉語，我轉回目光對他微笑：「我喜歡公爵，我喜歡金髮碧眼的男人。」

龍的黑瞳在我的笑容中收縮，我依然笑看他。

「每個女孩的心裡都有一位王子殿下，不是嗎？龍，你過於緊張了，這不過是旅行。今晚之後，我再也見不到公爵，和他跳支舞應該沒什麼關係吧？」

他沉下了臉，黑眸中的視線變得更加深邃，黑不見底的眸中映出我微笑鎮定的臉龐。他忽然圈緊我的腰，放落我的身體，讓我後仰。他俯了下來，貼近我的臉，近乎警告地盯著我。

「我擔心的是他不只想跟妳跳舞。」快速地說完，他再次拉起我。

我在他身前站直，他的手忽然收緊，我一下子貼上了他結實的胸膛。他目光深沉地俯視我，用他的氣勢在壓迫我，威脅我說出實話。

「蘇星雨，不要玩火！」他低沉地說，眼中是不容忽視的警告。

這時圖雅拉著藍爵進入了舞池，伊莎看向月，月擰起眉凝視我，我藉著回應他的視線避開了龍的目光，示意月至少跟伊莎跳支舞。

月側開臉，拉起了伊莎。伊莎欣喜不已，雖然月的目光始終不看她，但她似乎已經心滿意足。隨後有美女拉著迦炎入場，大家開始跳了起來，人潮漸漸遮蓋住東方和他身前的唐別。

「看來月很聽妳的話。」面前再次傳來龍的聲音。我轉回臉看面前的龍，他微微鬆開我腰間的手，我退後一步，讓我們的距離保持正常的舞伴關係。他帶著我繼續跳了起來。

「伊莎和月其實有點像。」我看著他說了起來：「從朋友的角度，我不該多管月的事，但是從女人的角度，我又覺得伊莎有點可憐，所以我覺得即使做不成戀人，現在跳一支舞應該沒有關係。就像我跟公爵共舞，他總不可能在這麼多人面前，對我做什麼吧！你說是不是，龍？」

明顯感覺到了夢的目光，她或許可以理解龍的作法，但無法長時間允許另一個女人霸佔她的龍。龍依然深沉地看我，像是要看透我的心，好知道我跟公爵跳舞背後的真正目的。隨後他放開我，讓我在他身前轉圈，於是我轉出了他的氣息，轉回到公爵身前，不禁暗暗鬆了口氣。

公爵立刻拉起我，目露哀傷：「妳離開我太久了，我真的很難過。」

我笑了：「放心，之後我不會再離開你。」

眼角裡，夢回到龍的身前，龍深沉注視的目光，很快被紛紛而來的舞者淹沒。龍一旦深沉起來，他往日的溫和不見蹤影，給人的只有無形的壓迫感。

大家一起在舞池裡歡跳，期間我還跟巴布、小狼跳了一會兒，我看出巴布好像有些心不在焉，然後問小狼，小狼說巴布想自己的女朋友了。因為其他人的女朋友都來了，巴布的巨岩星太遠，女朋友來不了。

看來女朋友對巴布很重要。

再次跳回巴布面前時，我說他可以打個電話給女朋友，然後和她在外面跳支舞。

巴布的眼睛立刻閃亮，匆匆離開了舞池。

現在的科技真好，可以讓人３Ｄ立體起來，就像上次夢忽然從螢幕裡走出來，變成「真人」站在龍的身旁。既然如此，自然可以一起跳舞。

「小雨姊姊，我們不如偷偷去參加滑翔器大賽吧！」小狼又轉回我的面前，拉著我的手偷偷摸摸地說。

我點點頭：「可以，不過我需要一塊適合自己的滑翔器。」

「這沒問題！」小狼看看左右，見一時沒有靈蛇號的成員，說了起來：「這次行程裡，會有軍火家族，到時我帶妳去挑一塊。不過，妳可千萬別說出去！」

心情立時激動起來，連心跳也止不住地加快。龍他們最最防備我的，就是接觸軍火。而現在，小狼為了參加比賽，居然要幫我去偷軍火。

小狼繼續小聲地說：「還有啊，小雨姊姊，有件事我一直沒敢告訴妳，滑翔器大賽其實是很危險的，而且每次賽場都不一樣，這次不知道會在哪兒。但無論在哪兒，都是一場競技賽，所以妳需要穿上衣甲。但龍肯定是不同意的，所以我會偷偷為妳進行衣甲訓練，妳可千萬別出賣我啊！」

這正是我夢寐以求的，我當然不會說出去！

我保持平靜地點頭，並露出為難的模樣：「我只怕我會適應不了。」

「不會的！」小狼激動起來，大眼睛閃閃發光：「最近滑翔器的訓練，已經證明小雨姊姊的體能、速度、靈敏度都接受過專業強化訓練。小雨姊姊，妳以前到底是做什麼的？我看普通特警也沒妳厲害。」

我笑了，俯到他耳邊正要告訴他我的祕密，迦炎忽然跳了過來。

「小狼！你在這兒，誰在看東方？」

小狼白了他一眼：「沒必要那麼緊張吧！東方跟唐別還有幾個冰凍人在那邊敘舊，巴布不是不在嗎？巴布去看了吧！」

迦炎立刻看看左右，巴布的身形高過所有人，可以一目了然。他看了一圈果然沒見到巴布，放心地帶著他的舞伴跳遠了。

「那就這麼說定了！」小狼激動地看我，我點點頭，俯到他毛絨絨的耳邊想要繼續跟他說小祕密，忽然有什麼細細的東西圈住了我的腰，並拽我轉身，頓時月修長的身影映入眼簾。

他微微側開目光，抬手執起了我的手，腰間的東西正慢慢離去。我猛地一怔，圈在我腰上的該不是他的……尾巴吧？

細細的尾巴一點點擦過我的腰身褪去，同時湧現一股如同手指摸過腰間的酥癢感。月的手隨即接替了他的尾巴圈上我的腰，轉圈時看到了小狼雙手環胸、鬱悶的臉。這是在欺負他尾巴不夠長，無法像月一樣圈住人。

我有些發愣地看著月，他始終不看我，微微側過臉看向別處，白皙的臉上透出薄薄的紅。

因為月的來到，安靜開始慢慢包裹我們。他的手依然冰涼，他的長髮在迷人的燈光下隨著舞姿而輕揚。

「對不起。」我先開了口，低臉道歉：「我知道你討厭伊莎，但是……」

「沒關係。」他轉回臉，在我抬眸時他的視線落在了我充滿歉意的臉上：「在社交禮儀上，今晚我確實應該陪伴伊莎，不能讓龍陷入尷尬。」

我整個人放鬆了，微笑看他。原來月是顧全大局的。

他在我的笑容中再次看向旁邊，琥珀的眼睛微微有些失神，看到他這樣的神情，我不由心疼難過起來。他顯得那麼無奈、那麼被動。

「正像龍說的，我們每個人代表的不再是自己，我們的言行舉止要對靈蛇號、對星盟、對自己的家族負責。我很羨慕龍他們，至少他們可以婚姻自主，而我……」

「真的沒辦法嗎？」我擔心地看著他落寞的臉。他搖了搖頭，落寞地看我。

「我可以一走了之，像夜一樣。但是我還有家族。我的父親、我的母親，以及我的整個家族……小雨……我真的很喜歡……」

他琥珀的瞳仁猛地收縮一下，頓住了口，帶著一絲痛苦地低下臉。

憂慮和擔心從心裡浮起，我握住他的手追問：「喜歡什麼？我能幫你什麼？」

他再次垂眸。

「喜歡靈蛇號上的一切、喜歡和你們在一起……但這一切會在我進入伊莎後宮時消失……」

「月！」我知道他的感覺，就像爵不願回自己的星球，他在靈蛇號上找到了自我、找到了生活的目標。在靈蛇號上，他們才是真正的自己。而當這一切都失去時，是多麼的無奈和悲痛。

我哀傷地看著月，為他嘆息：「如果我能幫上你什麼就好了……」

他低垂目光，不再說話。我們在安靜中跳舞。再美的樂曲也化不開月身上的哀愁。

「妳……選好男人了嗎？」他淡淡地問。我搖搖頭，也垂下臉。

「或許到最後……依然是東方……我和你有一點是一樣的，就是婚姻無法自主，但至少……我還能選一個，呵……」我苦中作樂地笑著。

他圈住我腰的手緊了緊，忽然他收緊了手，把我按在了他的胸膛上，我聽到了他深深的呼吸。我和他的命運，在他的胸腔裡產生了一種無奈的共鳴。我沒有拒絕這個擁抱，因為我知道他需要這個擁抱。我和東方無牽無掛，如果成功，我們可以一走了之，離開靈蛇號，去找尋我們的天地。而他……還有家族的牽絆。

他緩緩放開我，停下腳步，拉起我的手，靜靜看我：「我們去吃點東西吧！」

我微笑看他：「好。」

精美的食物擺放在舞池四周，嚐了嚐，是正宗地球菜，開心地吃了起來。在這裡總算有了地球的感覺，雖然是歐式的。

不知東方進行得怎樣，希望我能盡可能為他爭取時間。月始終在旁邊靜靜看我，像是下一刻他會失去靈蛇號、失去他的朋友們，也失去我這個他唯一信任的女性朋友。

我也拿起蛋糕遞給他，他微笑接過。月的笑容很淡，但很美。然後，他又蹙起了眉，視線落在遠處，我順著他的目光看到了伊莎。

伊莎正沉著臉看我，目光裡是明顯的灼灼敵意。心裡有了一股衝動，我昂首要朝她走去，忽地面前跑來了藍爵和圖雅。

圖雅拉著藍爵步出舞池，臉紅撲撲地說：「爵哥哥，我們吃東西去。」

然後她看到了我，但是她沒看到伊莎。

她不開心地站到我面前，正好擋住了伊莎投向我的目光。爵愣愣盯著我和月，神情透出一絲奇怪的尷尬。

「怎麼哪裡都能看到妳！」圖雅不開心地說。

我笑看她：「因為我和東方是今天的主角，很抱歉，讓妳不舒服了。」

「哼！爵哥哥，我們走！」圖雅又拉起藍爵，藍爵低下臉隨她默默走開。當他們走向一旁時，伊莎已經出現在我的眼前。她直接無視我，從我身旁走過要去拉月，我也伸手直接攔住了她。

她停下腳步不看我，她身上散發出高傲凜然之氣。我轉身正對她：「伊莎，妳有沒有想過什麼樣的生活更適合月？」

「小雨！」月有些吃驚地看我，就在這時，沒有走遠的圖雅和藍爵似乎聽到我的聲音，轉身望向我。

伊莎側臉看我，我在音樂中認真回視，響亮的音樂足以覆蓋我們的話音。

我正想說話，伊莎轉身對我冷笑：「難道是和妳在一起嗎？」

身旁的月怔住了身體，我依然看著伊莎。

「我們能不能用理性來思考？我知道靈蛇號上只有我一個女人，讓你們神經敏感。但是，月只有和靈蛇號在一起，才是真正的月。」

「真正的……月……」伊莎在我的話語中出了神，紅色的瞳仁中似乎想起了遙遠的過去，那段和月在一起無憂無慮的生活。

我繼續說著：「在靈蛇號上，月為自己的工作而努力，他可以把自己所學用在靈蛇號上，守護靈蛇號的生態系統，為我們提供食物、水和空氣。他還會對著他的植物微笑，伊莎，妳有多久沒有看到月的笑容了？」

伊莎緩緩回神，藍爵離開圖雅朝我們走來。我看向身旁的月，他微微低落臉龐，在他的女王面前，他顯然不想說太多關於他的事。

我轉回臉，抱歉地嘆氣：「對不起，我知道我不該多管閒事，再怎樣，那也是妳伊莎和月的事。妳是女王，而我脫去超級骨董的外衣，就只是一個普通的地球人，我……」

「小雨！」忽然，耳內響起了東方的聲音。我吃驚地止住話，耳內依然迴盪著他的話音：「妳不用說話，現在聽我說，是唐別侵入了妳的小蜘蛛。現在，我們要去嘗試侵入文明先生，建立我們自己的加密網路，妳能不能想辦法轉移靈蛇號成員的視線，因為我們要去他的房間。」

我擰起眉，繼續認真地看伊莎。

「我可能說多了，但我相信伊莎公主您是一位英明的公主殿下，希望您能設身處地去看看月到底想要什麼。對不起，我先失陪了。」我從她身邊走過。

我相信伊莎，我相信她是一位聽得進諫言的女王，如果她是真的愛月的話，她會為月考慮。

「小雨妳去哪兒？」月和藍爵異口同聲，他們各自一愣，然後擔心地朝我看來。

藍爵急急走到我面前。

「小雨，維多利亞公爵真的很危險。」他幾乎是苦口婆心地跟我說。

我笑了，握上他比我更緊張的手臂。

「我知道，但是你們都在身邊不是嗎？我又不會留在這裡過夜。」

我在他們依然擔憂的目光中，開玩笑地眨眨眼。

「而且，金髮碧眼的王子殿下一直是我心中的憧憬，所以請你們不要告訴我，他有多麼齷齪，讓我在自己童話的美夢裡多作一會兒夢好嗎？」

他們愣愣看我，忽然圖雅跑了過來，挽起藍爵的手臂嘣起嘴。

「就是就是，每個女孩兒的心裡都有一位王子殿下，只是沒想到星凰喜歡金髮碧眼的。」

圖雅似乎完全放了心。因為我喜歡金髮碧眼，而不是藍髮銀瞳。

伊莎轉身看我，紅色的瞳仁裡已經減淡對我的敵意，但神情依然平淡冷漠。

「星凰妳去吧！在人多的地方，相信他也不會對妳做什麼。」

「謝了。」我轉身之時，公爵大人已經找來，他的眼中滿溢擔心，像是真的在害怕失去我。

這位俊美的公爵殿下，在我們的年代可以獲得奧斯卡獎。不知他這像是真的沉浸在戀愛中的眼神，欺騙了多少純真的女孩兒。他在看到我時立即欣喜上前，執起我的手深情地吻上我的戒指。

「我的星凰，妳到底去了哪兒，讓我好擔心吶！」

我微笑看他：「我餓了，公爵大人。」

他露出迷人溫柔的微笑，長長的捲髮垂在臉邊，讓他的臉更加精緻小巧。他輕輕執起我的手。

「想看看我為妳準備的驚喜嗎？」

「自然。」

他將我的手挽入他的手臂，我隨他而去。

伊莎、圖雅、夢，真是抱歉，又要吸引妳們男人視線一會兒了。因為這一會兒，對我和東方白，還有三千冰凍人的未來，很重要。

公爵挽起我越過舞池，走上樓，二樓有一個空曠的大陽台，陽台上是一張古色古香的八仙桌，桌上是道道地地的——中國菜！

我驚喜上前，他優雅地拉開座椅，我順勢坐下。往外望就是兩輪大小不一的明亮彎月。

公爵坐在我的身旁，單手撐臉癡迷地看著我。我一邊吃，一邊偶爾回應他癡迷的目光。道道地地的中國菜，但沒有做出道道地地的味道。有一種金玉其外、敗絮其中的感覺。

我對他微微一笑，拿起古色古香的酒瓶起身，他立刻為我拉開座椅，一切都是那麼的紳士。我走到旁邊的陽台，他的僕人輕輕撤去了桌椅。

我的雙手放上陽台邊的矮牆，矮牆下是一個大大的水池，水池旁邊是一對對身穿中世紀服裝的年輕男女，在月光下耳鬢廝磨或是忘情擁吻。有人把手覆在我沒有拿酒瓶的左手上，我低臉看，是公爵白色的手套和他大大的紅寶石戒指。

「星凰還滿意嗎？」

「嗯！」我抽回手遙望遠處兩輪彎月：「公爵殿下，如果我脫去超級骨董的外衣，您還會這樣對我嗎？」

我轉臉看他，他臉上的笑容變得有些僵。我笑了笑，轉回臉對著明月舉起酒瓶，然後喝下酒，他在旁邊愣愣地看我。我把酒瓶放上矮牆，光潔的酒瓶表面映出了月兒的影子。

「以前無論到哪兒，總會說月亮和家鄉的一樣。可是現在，月亮不再是家鄉的月亮，這酒也不再是家鄉的酒。而身邊的王子殿下，也不是童話故事裡的王子殿下。」

我在他的目光中看向他，看入他碧藍的美麗眼睛。

「公爵大人，我聽說您特別喜歡一個遊戲。」

「什麼遊戲？」他好奇地注視我，優美的音樂裡是他如同輕喃的聲音。

「讓女人愛上你？」我笑看他。

他碧藍的眸子倏然瞇起，「啪」一聲打開摺扇，遮住了自己揚起的唇角，緩緩朝我俯來。

「那星凰愛不愛我呢？」

我淡淡看他：「哼！」

他放落綢扇，迷人地微笑：「我有一份禮物想送星凰，希望星凰喜歡。」

說著，他從口袋裡拿出一個精美的香水瓶，然後他像是在示範似地噴在了自己臉上。我疑惑看他，因為那香水沒有香味。

「現在……星凰愛不愛我呢？」他笑看我。

我的視線忽然模糊了一下，緊接著濃濃的熱情從心底湧發，我欣喜而激動地看著公爵大人，我心目中喜愛的王子殿下！

「布洛特……」我無法抑制心底對他的愛，我情不自禁地喚了他的名字，他在月光下深情微笑。

「星凰，終於聽到妳呼喚我的名字了……」他緩緩抬起手撫上我的臉，我在月光下陷入他碧藍的迷人雙眸中，仰臉朝他吻去。

忽然，冷風劃過面前，我的公爵不見了，月牙色的身影掠過眼前，竟然是月把公爵捲走了，眼前赫然出現龍黑色的禮服。

「小雨！妳清醒一下！」他深沉地說。

「龍？」我憤怒地瞪向他：「請放開我的布洛特！」

龍的眼睛瞬間瞇起，一把拉起我的手：「爵，拿杯冷水來！」

「好！好！」藍爵匆匆跑向樓下。

我憤怒地甩開龍拉住我的手，甩手就指在他的身前。

「聽著！龍宇，你是靈蛇號上的艦長，每個人都必須聽從你的命令，但我蘇星雨不是！我的隊長早在千年前就死了，現在我蘇星雨的事輪不到你管！」

在龍的雙眸銳光閃現之時，我用力推開他，因為他結實的胸膛擋住了我的公爵殿下。當他被我推開，我看到真的是月抓住公爵時，我憤然走向月，這時忽然感覺到有人想從我身後捉拿我，立刻轉身抬腿就是一掃。

深藍的裙襬在月光下飛揚，龍的手從裙襬落下時伸出，我立刻格開，他再朝我而來，我順著他伸直的手臂轉到他身前，正好背對著他，用手肘直接頂上他的胸口。

「龍！」我聽到了夢的驚呼。眼角裡也看到了趕來的夢和圖雅，還有拿著一杯水匆匆跑回來的藍爵。

龍被我的手肘逼退，我繼續朝公爵而去，龍又躍到我的面前，我怒視他：「真是糾纏不清！」

「是妳現在大腦不清！」他也生氣地回我。

聽到他這麼說我，我更氣一分，直接飛身上前，一拳一腳和他打了起來。龍的速度很快，但是很明顯感覺到他只想捉住我，所以處處手下留情。

我們打入陽台內側，夢也加入進來。我很驚訝，她和龍想一起捉住我，他們的動作很統一，像是同一個師傅教出來的。

處處都是想捉住我的手，他們想扣住我手腕、手臂、肩膀，我用太極化解他們的招數，他們如果只是想捉我，絕非我的對手。旋轉、後退、彎腰，夢的手過來，我拉住再推，借她的力把她推在龍的身上。她吃驚地撲向龍，龍的神情更加深沉。

「讓我來控制她！」忽然，圖雅在旁邊說，我立刻怒瞪她：「妳敢！」

立時，她被我的怒喝鎮住，睜大眼睛呆立在原地。而在我這片刻的分神時，腰部忽然被人從後面緊緊圈住，然後聽見龍的命令也從身後喊出：「爵，潑在她臉上！」

藍爵恍然回神，拿起水杯急急朝我潑來：「小雨，對不起了！」

清涼的水在空氣中化成一條長長的水簾，朝我而來，我在水要潑到時，向前彎腰躲過。

「啪！」一聲，我起身時，扣住龍鎖在我腰間的手，壓入麻穴，使他不得不鬆開。我脫離龍的鉗制的那一刻，手臂被龍用力拽住，他猛地拉我轉身，一隻手也瞬即扣住了我的下巴。剎那間，他的臉在我面前放大，攫取了我的唇。

我驚詫地望進他憤怒的黑眸，他緊緊扣住我的下巴，火熱飽滿的雙唇重重壓在我的唇上，密不透風。扣住我下巴的手加上力道，讓我無法閉嘴，接下去，他居然從我口中深深吸取我肺裡的空氣。

爵潑在他臉上的水順著他的五官，流入他的嘴角，也流入我們雙唇相接之處。他沒有真的吻我，而是繼續用力吸走我肺裡的空氣。

周圍好靜，靜得宛如只剩下我和他。我的視線再一次模糊，大腦變得混亂、困惑不已。

氧氣開始不夠，下意識想呼吸之時，他卻更用力地一吸。我立刻用力推開他，彎腰撫上胸口，在寂靜中大口大口呼吸：「呼……呼……」

清涼的空氣灌入胸口，瞬間衝醒了我的大腦，剛才到底發生了什麼？

「清醒了嗎？」龍深沉的聲音傳來，也帶著一絲尷尬。

我晃著頭慢慢起身，他依然挺拔地站在我的身前。我恍然驚醒，看向四周，看到了還驚訝呆立的圖雅，和滿臉通紅、陷入呆愣的爵。月把公爵隔離在遠處，滿身的寒氣，而我最尷尬的是還得面對龍的女友夢。

我擰眉憤然看向公爵，他面露無辜。

「這與我無關！」他在月的身旁雙手攤開：「真沒想到星凰會如此癡迷於我……」

可惡！

「小雨，妳還記不記得發生了什麼事？」龍握住我的雙臂，恢復往日的溫和，略微俯身平視我，對我柔聲輕問。

我看向他，他的臉上是爵潑來的水，黑色的髮絲被水潑濕，沾在他俊美硬朗的臉上。畫面開始在腦中快速倒帶，那些畫面逐漸混亂、消失，一定是那東西的作用，它正在消除我的記憶。最後的畫面裡，出現了一瓶香水。

「香水……是香水！」我立時轉身看向遠處的公爵，他的臉上浮出大大的驚訝，我指向他：「他身上有瓶香水！」

月立刻向公爵伸出手，冷語：「請公爵交出香水。」

公爵瞇瞇眼，有些氣悶地拿出香水，重重放入月的手中。

「呀！水之心的耳環呢？」當夢的驚呼聲傳來時，我立刻摸向自己失去一份重量的右耳，果然上面空空如也。

夢焦急地到我面前：「蘇星雨，妳好好想想，這可是國寶，弄丟的話，龍會很麻煩的！」

「國寶？」我也焦急起來，立刻四處查看。

龍站到我身旁：「小夢，別嚇唬她，沒有那麼重要。」

「怎麼不重要？」夢生氣起來：「水之心也是這次巡迴展的骨董之一，弄丟了，你怎麼跟女王交代？」

吃驚從心底湧現，原來水之心也是巡迴展物品。而展示首飾最好的方式，自然是佩戴在我這個骨董女人身上。不行，龍剛才幫了我，雖然方式讓我很尷尬，而且還是在他女友面前……所以，我不能再害他。

我得好好想想。

「我自會向母親交代。」

「龍，那是女王最喜歡的首飾，既然你給星凰佩戴，你應該提醒她小心保管！」

我在夢和龍的話語中走向陽台邊，我記得我站在這裡時，我的耳環都還在。我的記憶很好，因為我接受過特殊的訓練。

蘇星雨，妳可不是普通的警察，妳是受過特殊訓練的特勤人員。速記、大腦印象查找、藥物訓練、潛能激發，妳都挺過來了，那一點迷幻藥不至於影響妳的記憶！妳必須冷靜下來，一點一點搜尋，尋找蛛絲馬跡。

「小雨……真的沒關係，水之心沒有妳的安全重要……」藍爵在我身邊安慰我。

我閉上雙眸，放緩呼吸，開始在自己的腦海裡慢慢搜尋。

我被公爵那神祕的香水吸引，然後想親吻他，接著月和龍出現，月拉開了公爵，龍讓我轉身。之後，就是我跟他的打鬥。有什麼在月光中劃出一抹寶藍的光芒，然後墜落樓下。

知道了！

我睜眼往下看去，樓下的池水在月光裡波光粼粼。耳環在我和龍的打鬥中甩飛出去。因為我沒有耳洞，所以耳環是夾在我的耳朵上，劇烈運動時很容易滑脫。

我立刻摘下剩下的耳環，然後是項鍊、手鍊，統統放到藍爵手中：「爵，看好了！」

「小雨妳？」他疑惑看我。

我開始往後退，脫掉了高跟鞋，在他迷惑的目光中淡淡說了一聲：「找耳環。」

說罷，我提起長裙向前跑，在接近陽台圍欄時，我高高躍起。

「小雨！」在大家的驚呼聲中，我踩上圍欄，躍出了陽台，飛在夢幻的月色之下。在空中調整身形，頭朝下雙手伸出，深藍的衣裙在身後飛揚，也看到了藍爵伸出陽台的手臂和他焦急的臉龐。

「砰！」我跳入了下面大大的水池，沉到水底，水泡像珍珠一樣一串串從身旁湧起，身體被包裹在清涼的池水之中，耳邊是靜靜的水聲。根據印象中的光線，我推測出耳環大致掉落的方位，朝那裡游去。

不知是不是兩個月亮的關係，月光十分明亮，照透了池水，隱約有一道暗光閃過。我驚喜地朝它而去，拾起了它，果然是耳環！終於放心了，也可以讓夢和龍的爭執結束。

「砰！」又是一聲，有人跳了進來，我懸浮在水中回頭，見到層層白色的水泡中爵從裡面游出，朝我而來。他只穿著水藍色的襯衣，他那半長的長髮，銀藍的顏色融入了迷人的水中。

他朝我游來，襯衣的胸針在水中閃出一抹華光。寂靜的水中，我卻聽到了他的呼喚：

「小雨……」

是他的精神力嗎……

我立刻朝他游去，我們在水中相會，他有些生氣地看我，朦朧的月光中，他的銀瞳在水中閃亮，像是染上月光的水晶。他的眼睛似乎在水中更清澈、更明亮。他生氣地拉住我的手，轉身開始往上。

他是兩棲生物，水性和速度比我強許多。

「嘩啦！」我們浮出水面，他立刻圈起我的腰急急帶我到岸邊。我趴在水池邊喘氣，他攬緊我的肩膀，像是怕我再沉下去。

水池邊圍滿了擔憂的人。

「星凰沒事吧？」

「星凰怎麼了……」

「星凰……」

大家很善良，都在關心我。

「呼呼呼呼！」我抹著臉上的水。

「小雨妳到底在做什麼？」身邊的藍爵又焦急又生氣地問。

我舉起手放到他的面前，手指鬆開，美麗的藍寶石耳環從手中垂在近在咫尺的藍爵面前，我笑看他：「看，找到了。」

他銀色的雙瞳在片刻的驚喜後，變得無奈：「小雨妳真是嚇壞我了，如果受傷怎麼辦？」

我笑著，忽地有人把我們同時從水裡輕鬆提起，是巴布。

巴布沉著臉看我，我對他晃晃耳環，於是他放下我和藍爵，對我們發出了生氣的聲音：「嗯……」

一件外套披在了我身上，卻是帶著東方的氣味。我看向他，他撫額扠腰，指尖插入瀏海，搖頭輕語：「妳想吸引大家的目光，也不用跳樓吧……」

他的話讓大家以為我想引人注目。我看著他笑了，而他的目光裡卻蒙上一絲抱歉。

月幫藍爵拿來了他的外套，為他披上，臉色也有些難看，渾身散發寒氣。緊接著，人群慢慢散開，龍、夢、圖雅、伊莎、迦炎和小狼都朝我們而來，還有公爵大人。

公爵急急跑到我的身前，要來拉住我的手，立時，東方伸手就把我攬到懷中，用另一隻手擋住公爵伸過來的手，揚起唇角邪邪笑起。

「公爵，就算星盟准許你碰星凰，但作為她準未婚夫的我，也不允許你碰她。」

公爵不看東方，只看著我，擔心得像是要心碎了。

「沒事吧？剛才看到妳躍出陽台，妳知道我的心也……」

「別說了！」我立刻揚手打斷他。他說到一半，僵在原地，我拉攏東方的外套：「這麼冷的天還說這種肉麻話，是想凍死我嗎？」

「呵呵……」從人群裡傳來偷笑聲，小狼笑得更是大聲：「哈哈哈……公爵，你死心吧！小雨姊姊可不是一兩句甜言蜜語就能騙到手的。」

公爵揚了揚眉。

我轉向東方：「可以回去了嗎？」

他低臉瞇眼笑看我：「當然，我的未婚妻。」

是啊，我也有未婚夫，我的未婚夫就是東方白。

人群為我們散開，我走到龍的面前，把耳環放入他的手中。他擰眉沉臉看了一會兒，在東方攬住我要離開時，他嚴肅說道：「下次不准。」

我微笑點頭，公爵又殷切地說了起來：「星凰妳全身濕透，其實我已經為大家安排好了房間。」

「不敢。」我說：「公爵的房間我可不敢亂睡，還是靈蛇號的舒服。」

「嘻嘻嘻……」小狼跑到我身邊，趕開了殷勤的公爵，轉眼間，飛船從上空悄悄落下，東方扶我上了飛船。

藍爵、月、小狼和巴布也紛紛上來，龍還站在公爵面前，公爵像是祈求地看著他。龍只是微笑頷首，然後吻了吻一旁的夢，在夢擔憂的目光中走上飛船。

飛船拔地而起，這座童話的城堡、童話的城市，還有那位童話的王子也離我們越來越遠。

大家回到靈蛇號後並沒有睡，一起等月分析那瓶香水。

洗了熱水澡後，換上平時穿的衣服。靈蛇號也為我做了一套和他們同款的女式制服，穿在身上已經與戰士無異。

手隨意梳著吹乾的長髮走向月的分析室，今晚發生了很多事，多到不願去想。唯有不想，才不會尷尬。就像我對月做人工呼吸一樣，龍抽空我的氧氣，用乾淨的空氣讓我清醒，真希望今後這樣的事再也不要發生。

抬眸時，前方出現了藍爵，他看到我便頓住了腳步，我也跟著止步，我們隔著一扇門看著彼此，他也剛洗完澡，空氣裡飄盪著從我們身上散發出來的清香。然後他側開了臉，銀藍的髮已經到了他的肩膀。我一步一步走過去，發現他因為我一步一步地靠近而越來越緊張。當我站到他身邊時，他已經全身緊繃起來。看著他發紅的耳朵，我忍不住伸手捏了捏，他倏然敏感地後退，幾乎退到了牆上，緊張地睜大銀瞳看我，失措地貼著雪白的牆壁。

我雙手環胸笑看他：「爵，你到底在臉紅什麼？緊張什麼？我又不會吃了你。」

「我、我！」他失措起來，有點懊惱、有點煩躁、有點意亂地側開臉，咬緊了唇。

我想了半天也想不明白，於是放棄地搖頭。

「爵，如果你有什麼事，儘管跟我說，我們永遠是好朋友。」我伸手放上他的肩膀，他卻低下臉，顯得哀默起來。

我疑惑看他，正要問時，小狼晃了出來，在走廊上黑色的眼睛閃了閃，迅速說道：「呀，原來你們在這兒，快來！香水有結果了！」

說完，他朝我們跑來。我立刻問他：「真的有結果了？這麼快？」

「當然！」小狼瞪大了眼睛：「月很厲害的，對了，小雨姊姊，妳是不是喜歡藍眼睛？我可是聽圖雅說了。」

我笑了，為了讓她們「放心」，就讓這個誤會繼續下去吧！

小狼見我笑了，忽地拿下了微縮儀，立時一雙水汪碧藍的眼睛映入眼簾。他開心地在我面前晃，小尾巴也快樂地搖：「怎樣怎樣？喜不喜歡？喜不喜歡？」

我吃驚地看他，他晃晃微縮儀。

「現在流行黑色，所以我用黑色的，而且我和迦炎隨時要準備作戰，所以微縮儀不離眼睛。小雨姊姊要不要戴戴？我們戰鬥型的微縮儀，跟藍爵他們的不一樣喔！」

說著，他把微縮儀放到我手中，站在我和藍爵中間，挽起了我的胳膊就走。我想起藍爵，伸手就拉起了在發呆的他：「走了，還發什麼呆。」

他愣了愣，回神看著我笑了笑，難得安靜地跟在我的身旁。一直以來，他的話是最多的，原以為今晚他會對我說教很久。

在去的路上，我戴上了小狼的微縮儀，真的讓我大吃一驚，居然全方位無死角。雖然眼前畫面比較多，前後左右上下的很不適應，不過我想如果給我點時間，我應該能適應。

我早該想到小狼是藍眼睛，他是獸族，狼和狗裡面金瞳和藍瞳最多。小狼黑白的雜色和那雙藍眸，讓我想起以前養過的一隻哈士奇。那雙充滿無辜的藍眼睛水汪汪地看你，乞求你允許牠上床睡。

會議室裡的氣氛比以往更加嚴肅，桌面上懸浮著一堆我看不懂的化學結構。大家已經圍坐在會議室周圍，也包括東方。只有月站著。在我們到來後，龍看向面無表情的月：「月，開始吧！」

月點點頭，單手插在衣袋裡，手指那堆化學式，冷冷淡淡說了起來：

「經過化驗，這是一個合成的荷爾蒙誘體，主要成分是獸族的性激素。」

「我們的？」小狼驚訝地眨眨那雙碧藍清澈的眼睛。

「喔？就知道你們獸族最會催情啦！」迦炎壞壞地說，挑眉看著身邊也在賤笑的東方：「你們古人不也說妖物最媚？」

「嗯嗯！」東方壞笑地看小狼。

小狼登時氣得臉鼓鼓的：「不要胡說！我們是可以控制的！」

懶得看這兩個不要臉的男人。有他們在，再嚴肅的會議也會加上色彩。

「喔！小狼，我看你是還不知道怎麼用吧！」迦炎的揶揄讓小狼的臉瞬間炸紅，耳朵和尾巴同時豎起，渾身布滿殺氣。

「啪！」兩個賤男人又雙擊掌了。

我受不了地拍桌子：「夠了！你們兩個成年男人欺負一個孩子！」

迦炎壞笑起來：「小雨，小狼可不是孩子了，他哥哥都已經生一窩小狼狗了。」

「哦？」

「我哥哥沒有！」小狼真的生氣了。

「小狼是獸族，他們十歲已經完全成熟，可以生子。」意外地，藍爵也加入了這個話題。

我吃驚地看他：「十歲！」

他點點頭：「無論是生殖系統，還是性器官，他們都已經完全成熟。十三歲可以成婚繁殖，所以小雨，你不能再把他當孩子看了。」

「啊？」十三歲……倒有點像我們古代啊！

「你們！你們都在挑撥我跟小雨姊姊的關係！」小狼朝他們生氣地大吼：「我就是喜歡黏著小雨姊姊，你們管不著！」

說完，他伸手就挽住我的手臂，緊緊地抱緊，整個上身貼在我手臂上。如果他此刻變身，我相信他全身的毛都已經豎起。

「呵呵呵……」迦炎他們壞壞地笑，他們這是把小狼當小狗逗呢！

「咳！夠了！」月咳嗽一聲，大家不再說話。爵低下臉，臉色有些沉。

月繼續剛才的話題：

「由獸族性激素合成的噴霧劑，噴灑在自身後，會對異性的荷爾蒙產生強烈的吸引，使對方的大腦產生愛的信號，讓對方在短時間內愛上自己。但是這種噴霧受到距離的限制，只要拉開雙方的距離，然後讓對方深呼吸，盡快換入新的空氣就可以解除，所以潑水是沒用的。」

讓對方換空氣……我的臉尷尬地紅了起來，轉向別處。

「嗯……」巴布發出沉悶的聲音：「但我們動不了公爵的……」

「可惡，這傢伙用這個方法誘姦了多少女孩！好不容易找到罪證，卻拿他沒辦法？」迦炎又在嫉惡如仇了。

誘姦女孩？那傢伙果然是人渣。我最痛恨的就是強姦犯。

我立刻問迦炎：「不是有物證了嗎？」

「沒人證啊！」迦炎鬱悶地說：「只有妳記得發生了什麼，其他女孩都不記得。」

「什麼？」

他好奇地瞇起那雙紅眼睛看我。

「奇怪啊……妳怎麼會記得？妳……該不會接受過一些藥物訓練吧？」

我眨了眨眼睛，退回原位，已經隱隱感覺到龍看向我的深沉目光，還有從四處而來的探究視線。月也看著我，他對醫學、對生物的潛能一直最感興趣。而對我感興趣的，自然還有……藍爵。

他的目光已經停留在我的臉上，如果被他發覺，對他而言又是一項新發現。比如我們那個時代的人是如何做藥物訓練？

「可能是作用時間短。」月打破沉默，轉移了所有人的目光。我看向他，他看著桌面上的立體化學式：「小雨呼吸這噴霧的時間短，又被我們及時分開，所以作用時間短。這種藥想持續作用，必須在一公尺之內持久地處於這香水之中，這樣中毒也會越深。」

「啊！真是氣人，又要讓這個流氓逍遙法外了！」迦炎氣悶不已。

「他畢竟是公爵、是貴族，沒有足夠的人證物證，我們不能動他。維多利亞家族掌握了第一星國大部分的經濟命脈，女王維繫每個家族之間的平衡，也很辛苦。」

月淡淡的話，道出了星盟無法制裁這個流氓的無奈。

又是一個狡猾的、星盟動不了的人，難怪……會有阿修羅的存在。今晚阿修羅可不會來，但我蘇星雨並非星盟的人。這色狼對我用藥，不教訓一下，心裡這口悶氣難消，還害我在那麼多人面前和龍……一定要揍他！

「嘩啦！」我豁然起身，轉身就走！

「小雨妳去哪兒？」藍爵立刻拉住我。

我沒有回頭，胸悶地說：「你們說的事讓我胸悶，早知道還不如讓我跟他上床，然後等我醒來，我一刀切了他就跟你們沒有關係，還能幫你們除害！」

說完，我抽回手，直接出了門。

「刷！」有人跟了出來，我轉身看，是東方和迦炎。

東方雙手插在褲帶裡一路晃過來，好好的制服穿在他身上，總因為鈕釦大開而有一種紈褲子弟的味道。

他走到我身邊，朝我擠眉弄眼：「怎麼，想法外制裁？」

我懶得看他，繼續往前走。

他再跟上來：「我能幫妳。」

我一愣，停下腳步看他。他則轉向迦炎，迦炎勾起唇，露出一個近乎邪惡的笑。

「說實話，我真想親自動手，可是龍是不會允許的，跟我來吧！」他對我們使個眼色，我和東方立刻跟上。

他帶我們去的地方竟然是東方的房間。我們跟著他進房，東方突然一拳就直接打在他臉上，像是偷襲一樣，直接打暈了迦炎。

「喔！主人！」東方的舉動嚇壞了伊塔麗。

我似乎明白了什麼。謝謝你，迦炎。

東方拉起我就直接跑向停機艙：「妳擅長滑翔器，我擅長飛船，我們合作一次，我順便去取唐別的程式，他應該差不多好了。」

我點頭：「沒問題，我們怎麼聯繫？」

他一邊跑一邊笑指耳朵：「唐別的氣壓儀給我了，並且已經幫我弄了加密頻道，到飛船上我們對接一下，從此沒人能監聽我們。」

「嗯！」

飛船降落我們面前，東方熟練地開啟，我們一起躍入。一旦飛船離開，龍必然知道，到時他們肯定會來追我們，所以一切要快。

他迅速跑到控制台，飛船瞬間飛出了靈蛇號，朝那顆童話的星球而去。東方又在駕駛台上按了一下，艙室右邊立刻降下一個架子，上面正是滑翔器。

我有些激動地從上面抱下滑翔器，我第一次那麼正式地擁有它。放平滑翔器時，我想起自己沒帶武器：「不好，鐳射劍忘了帶。」

「不用擔心。」東方對我眨眨眼，又按了一個鍵，一個架子出現，上面都是武器：「隨便選。」

我忍不住笑了：「呵，難怪他們害怕我們逃跑，飛船上還有那麼多武器。」

「嗯，不過估計大部分都鎖住了，沒有靈蛇號船員的基因恐怕不能用。」東方聳聳肩：「但是，迦炎跟我說有一把折疊弓還可以用。」

他走過來替我選了選，拿出了一根銀黑色的短棍，棍上有一條蟠龍。

「應該就是這個了。」他仔細研究了一下，按落蟠龍的紅色眼睛，立時短棍重新組合，形成了一把弓箭。他放到我面前：「會用嗎？」

我點點頭，發現沒有弓弦：「沒有弦啊！」

「可能是能量弓。」東方又研究了一番，手握弓身，倏地一條光纖形成了弓弦。他正想試弓，我們已經飛到了古堡的上空。

「來不及了！」我直接從他手裡拿過弓，踩上滑翔器：「實在不會用，當棍子打也行。」

他笑了，幫我開啟艙門時說：「盡量拖延一下時間。」

「嗯！」我飛起時，他忽然拉住了我的手。

我回頭看他，他俊美的臉龐在月光下變得認真而複雜：「小心。」

我對他一笑，直接飛出了駕駛艙，耳內傳來他的話音：「蘇星雨，妳到底是做什麼的？」

這是透過我們對接過的小蜘蛛通話。我沉默片刻後說：「我是一名特勤人員。」

「特務？」

「嗯！差不多。」眼前是一扇又一扇窗戶，那隻金毛在哪個房間？

「那妳怎麼會是警察？」他驚疑著。

「因為我的上司……愛上了我，他不希望我陷入危險，用職權把我調離……」

有人看到了我，僵立在了窗台邊：「星、星凰？」

我冷冷看他，耳邊再無東方的聲音。

「公爵呢？」

那人僵硬地指向上方：「天空花園。」

對於我的出現，他沒想到要去拉響警報。

我朝上飛去，身邊突然飛來文明先生：「警報！警報！發現星凰攜帶殺傷性武器！警報！」

文明先生來了一堆，我拿起手裡的弓箭，文明先生的眼睛立刻變成了紅色。

「警報！警報！星凰要攻擊我們、攻擊我們！」

「對方是星凰，不能破壞！防禦、防禦！」

見它們進入防禦狀態，下面也跑來警衛，但發現似乎是我，一時都愣在了原地。

我笑了笑，拿起弓扶搖直上，衝出了城堡塔頂，在兩輪彎月下俯視天空花園。只見花園裡擺放了一張極大的床，華床四周被精美的紗帳遮蓋，波斯華毯上躺著四個赤裸的人，我看到了公爵正躺在床上，他左邊的女人正在撫摸他的身體，右邊的正伏在他的身上舔弄他的雙乳，最後一個女人趴在他的雙腿之間，黑色長髮鋪滿他的下身，小小的腦袋正一上一下忙碌著。

「啊……嗯……喔……喔……」一聲聲舒服的銷魂呻吟，正從這位公爵大人口中吐出。他享受地揚起下巴，金色的捲髮鋪滿華床，雙頰緋紅，碧藍雙眸半眯，視線迷離，一手抓住那個伏在下身的黑髮女人一上一下，手上的紅寶石戒指在月光下閃耀。奇怪的是，他依然戴著他的白色手套。

看到他用那隻手抓著那個女人的頭，又想到他也用那隻手抓過我的手，瞬間寒毛直豎，立刻拿出蟠龍弓，握緊光弦連接，勾住之時，身邊環繞的文明先生開始大叫：

「警報！警報！星凰要攻擊！」

「防禦！防禦！」他們亂飛起來，公爵也在那刻朝這邊看來。

當他驚訝地睜大眼睛時，我拉起了光弦，卻發現這不是光線，它有觸感，但我不知道是什麼。管它是什麼，我又不是科學家，我不喜歡研究這背後的原理，我只管好不好用。

毫不猶豫地拉開，瞄準公爵臉邊的長髮，然後放開。倏然間，光弦收縮，竟瞬間形成一支光箭直接射了過去。電光火石的瞬間，在他還沒回神時，光箭已經射穿了他的長髮，登時一縷金髮被切斷，最後射在了旁邊的床柱上。

床上的女人都神經緊繃地看往那根床柱，只有公爵倒是有趣地仰臉笑看我。

慢慢地，傳來「喀拉」的聲音。緊接著，床柱塌落，女人們的驚叫聲響成一片。

「啊——」

「啊——」

「救命啊——」

「警告！警告！」文明先生們又在旁邊驚恐地喊，它們是監管者，所以身上沒有殺傷性武器，大概只有電擊之類的東西。不過因為我是星凰，它們不敢動我。

我拿起弓箭對準它們：「滾開！再吵，全滅！」

立刻，文明先生們縮在了一起，大喊一聲：「撤！」然後迅速撤離！

我飛下去，公爵裹著床單從床柱下爬了出來，但他並不慌張，而是起身對我優雅地行禮。

「能再見到星凰，真是讓我激動萬分。」

我對他微笑：「我也是，既然公爵喜歡跟我玩愛上你的遊戲，那我現在也想來跟你玩貓捉老鼠的遊戲！」

我對他拉開了弓。他張開手臂，依然維持迷人的笑容：「不知星凰想怎麼玩……」

「嗖！」一支箭擦過他的肩膀，立刻飄起一絲焦煙，他僵了僵，光著腳轉身就跑。

我緊追在後，每一箭都射在他的身旁。他跑離陽台，奔入城堡，燈光明媚的城堡裡，是他上竄下跳的閃躲身影，走道裡也只有響起他一個人的喘息聲。

還不知情的家僕趕過來，看見我拿著箭追他們的主人，也嚇得紛紛躲藏，整個城堡瞬間亂作一團。

「小雨，我在唐別這裡，三樓東，妳把公爵引開。」

「知道了。」我射中公爵往前的去路，一旁有樓梯，他立刻轉了方向下了樓梯。我一邊追公爵一邊問東方：「東方，接下去你要做什麼？」

「找到那個微生物學家，他和月一樣也精通醫學，可以除掉我們的微腦細胞。那東西在，等於放了追蹤器在我們身上。」

「然後呢？」眼睛裡映著公爵裸奔的背影，金色的長髮在風中飛揚。

「然後……唐別說，並非所有星球都加入星盟，我們可以去那些中立的、漂流的星球……」

心裡多少浮起絲絲落寞，最後還是回不去地球吶……

我瞄準在前面飛奔的公爵，這時守衛機器人也都飛了過來，手中的武器瞄準我時，公爵突然停下揮手：「沒我的命令！不准傷害星凰！」

我手拿弓箭，立在滑翔器上瞇眼瞄準他：「我不會感謝你。」

他對我優雅地彎腰行禮：「沒關係，只要妳玩得高興！」

我擰起眉，弓箭往下移三寸，射出，光箭射穿了他遮住下身的床單，他渾身再次僵硬，但依然努力保持微笑。

「轟！」突然整棟城堡傳來巨大的爆炸聲，我雖然在滑翔器上，依然能感覺到空氣的震盪，和上方震落的塵灰。

公爵的眉皺了皺，依然維持笑容看我：「星凰……妳似乎……玩得有點大了……」

我也有些驚訝，冷冷俯視他：「我沒拆你房子，看來討厭你的人不少！」

他一驚，立刻大聲命令我身邊的警衛：「快去樓下！」

「是！」所有追擊我的機器人警衛紛紛從我身邊退出，忽然一束束紅光從我身旁穿過，瞬間射穿了那些警衛，它們立時消失在我身邊，化作點點星光。

好厲害的武器！不可能是東方，因為我們沒有武器。

就在這時，突然有人從公爵身後飛過，一把就攔腰扛起了他，然後飛過我身邊，極快的速度帶起一陣勁風，揚起我的長髮，我甚至看不清人影。但是那一刻，紅色的領巾飛過了我的眼角。

是阿修羅！

立時轉身，看到的是阿修羅扛著公爵急速飛離的背影。

「阿修羅！不要殺他！」我立刻掉轉滑翔器追了上去。

阿修羅直接炸開城堡的牆壁，飛上了高空，停頓在空中，就像黑夜的審判者站立在兩輪蒼白的彎月之中。

我追上去，與他一起站在夜空之下，拿起弓箭對準他：「阿修羅！放下公爵！」

他的臉深藏在他銀黑的頭盔下，我對準他的臉，我可以感覺到他頭盔下的冷酷目光和藐視一切的神情。

「星凰，如果妳覺得公爵做的事是正確的，那妳今晚來找他又是為了什麼？」他渾厚深沉的聲音，伴著金屬的質感迴響著。

我擰眉看他，依然弓箭對準他的臉：「阿修羅，把公爵交給星盟！」

「交給星盟？哈哈哈哈……」他在月下仰天大笑良久，充滿了對星盟的嘲諷和狂妄。

「交給星盟有用嗎？正因為星盟拿他沒辦法，才需要我阿修羅來制裁！」他的語氣近乎邪惡。他說完，抬起右手，手裡是一瓶香水，然後，他對準像是昏厥的公爵噴了起來。

我愣愣看他，他到底在做什麼？

「阿修羅！你在做什麼？」

公爵在他肩膀上一動不動，因為被他扛在肩上，所以香水全部噴在他的屁股上。然後，阿修羅又轉身飛了。我立刻放箭，但他在夜空中輕巧閃過，我捏緊弓箭追了上去，這時公爵慢慢醒了過來，驚恐地看著遠遠在下的地面，他一陣掙扎，伸手朝我求救：「星凰……救我……」

「啪！」阿修羅狠狠拍在他的屁股上，他登時痛得嘶吼：「啊……阿修羅！你別得意！我會加重你的賞金，讓你在第一星國無處可藏……你等著……」

「啪！」

「啊！」

只要公爵喊，阿修羅就打，打到他不敢再喊為止。阿修羅戴著頭盔，所以公爵的香水對他沒有產生作用。而他身穿衣甲，想必只是輕輕一拍，也能讓公爵痛得小菊開花。

警鐘在阿修羅飛出城堡時鳴響，紅色的警報閃爍整個夜空。

「嗚嗚……」

阿修羅終於停下，警衛、機器警察、飛船都紛紛圍了上來，把我們圍得幾乎水洩不通。而在我們下面的是既驚恐又驚奇的人群，他們都仰著臉觀看，拿著現代的通訊器拍著、錄著。

阿修羅從肩膀上抓下了公爵，像抓小雞那麼輕鬆。將公爵移到身前，一手圈住他的腰，一手扣住他的下巴，抬起他痛得暈暈乎乎的臉。

儘管阿修羅的容貌深藏在頭盔下，可是我彷彿可以看到他近乎邪惡冷酷的神情。再看看下面的人群，我恍然明白他要做什麼！

我立刻朝他大喊：「阿修羅！住手！你對公爵噴了香水，他這樣下去會死的！」

我的大吼讓公爵碧藍的眼睛驚恐得睜到最大，從暈乎中回神。現在公爵在阿修羅的手中，無人敢攻擊阿修羅。

「不，不要！不要！」公爵驚恐地大吼起來：「不要把我扔下去！」

「哼！」阿修羅冷酷地笑：「我可是幫你噴了一整瓶，既然你那麼喜歡被人愛，我就讓下面的人好好愛你。」

「不！不——我會被操死的——不……一整瓶會死人的……」公爵嚇得滿臉蒼白，大喊已經變成了嘶吼。

「放下公爵！」忽然間迦炎來了，還有小狼和月，他們圍在阿修羅周圍。阿修羅卡住公爵的脖子，伸長了手臂，一副隨時要把他扔下去的模樣，好讓他成為下面所有人的「食物」。

「放下公爵！阿修羅！」龍也到了，降落在我身邊，按落我手中的弓箭，黑色的衣甲幾乎和阿修羅一模一樣，如同兄弟般。「只要你放了公爵，我們會放你走。」

「哼。龍，我們終於正式面對面了。可惜我不會接受你的好意，因為我阿修羅想要離開，沒人能阻擋！」說罷，他就要扔公爵。

我立刻喊：「阿修羅！你應該是人們心中的英雄，而不是可怕的殺人狂！」

他停住手，變得很安靜。銀黑的頭盔下，我能感覺到他看向我的視線。

我認真地看他：「阿修羅，世上有太多不公的事情，星盟無法制裁公爵，只是因為沒有人證。所以這個世界需要伸張正義的英雄。可是！不是所有人都知道公爵背後的祕密，他們只看到你在胡亂殺人！你真的認為你的行為只是個人行為嗎？不是的！他們會認為是整顆邊緣星在反抗，你會連累邊緣星其他無辜的人！」

他不再說話，停止動作。

「阿修羅！把公爵交給我們星盟！」龍再次深沉地命令。

阿修羅轉向龍，下一刻他拿起裹在公爵身上的床單，在公爵腰間打了個結，舉到我面前。

「這份禮，是我阿修羅送給妳的，蘇星雨！」說完，他放開了手，公爵「啊……」地往下掉去，長長的床單像一條繩子在空中飛揚。我立刻往下飛，抓住了床單的一角。公爵懸掛在了空中，緊接著一陣亮光在空中炸開，讓我無法睜開眼睛。

「啊！啊！哈哈哈！星凰！我愛妳！我愛妳……」耀眼刺目的亮光中，是公爵得救後的狂吼。

亮光散去後，空中已經沒有了阿修羅的身影，只剩下龍、月、小狼和迦炎。龍揚起手，立刻月、小狼和迦炎化作三道流光，向四處飛去。

龍沒有看我這裡，直接就離去。感覺有些奇怪，但不知道哪裡奇怪，只是自己的直覺。

「星凰！快把我提上去！」公爵的嘶吼打斷了我的思路。我低下頭看，不會吧！下面的人都發狂了，不知道是不是因為阿修羅灑了一整瓶香水在他身上，居然不管男人還是女人都撲向他，現在已經在搭人塔了，難怪嚇壞了公爵。

我立刻提起他朝城堡飛去，臨近城堡時，看見了伊莎和圖雅身穿自己的衣甲正要飛出。她們看見我立刻停下，還有一個身穿紫色衣甲的女人也趕了過來，如果沒猜錯，應該是夢。

我從她們之間飛過，直接把公爵扔進了他的水池裡。

「砰！」一聲水花四濺，我不能眼睜睜看著他死，也不想再看到阿修羅殺人。他是英雄，他的手不該沾上太多的鮮血。

我躍下滑翔器，東方的飛船也緩緩降落，飄浮在水池的上方，層層漣漪被飛船的動力推開。艙門打開，他靠在了艙門邊：「寶貝兒，妳也用不著弄出這麼大動靜啊！」

我在滑翔器旁白了東方一眼：「別提了，真想戳瞎自己的眼睛。我們回去。」

「慢！」紫色衣甲的女人飛落我身前，頭盔移去，果然是夢。她沉臉看我們：「你們兩個鬧出這麼大的亂子，想一走了之嗎？」

夢似乎比龍更加嚴格。

伊莎和圖雅也褪去了頭盔，看向我們。

我鎮定看她：「那妳想怎樣？或者妳可以問問公爵大人，今晚他玩得開不開心？」

我指向水池，公爵終於游了上來，趴在水池邊喘了好一會兒。

我在夢、伊莎和圖雅的目光中走到水池畔，雙手環胸冷然俯視他：「公爵大人，你是不是想處置我呢？」

他「呼呼呼」地喘著粗氣，抬起臉對我露出他迷人的微笑，藍寶石般的眼睛在月下閃閃發亮。

「怎麼會？今晚能讓星凰高興，是我的榮幸。」

「呿！」我嫌惡地撇開臉，身下傳來他的話音：「為了星凰，我願意洗心革面、從此潔身自好！」

我有些吃驚地看他，但還是不信。他泡在水池中，金髮在身後飄揚：「記得星凰曾問我，如果脫下超級骨董的外衣，我是否會愛星凰，那時我的答案肯定是『不』，但是現在，我想說……」

「無論你想說什麼，都會成為證詞。」龍忽然出現打斷了公爵的話，公爵瞇起了寶藍石的雙眸。

「看來有人今晚收穫不小。」他說的是龍。

我看向龍，他的神情陰沉得可怕。

警衛上前撈起了公爵，他對著龍微笑：「既然工廠已經被你們發現，我也無話可說了。」

「工廠？」我疑惑著。

「阿修羅炸開了他的地下工廠。」月上前對我解釋，我點點頭，他繼續說：「製作非法藥物已經觸犯星盟的法律，所以我們雖然沒有證據控告他誘姦少女，但至少有證據治他非法製藥的罪。」

我開心地笑了，月微笑看我：「這要多謝小雨。」

「咦？我？」我有些驚訝，難道只因為我記住了那瓶香水？月微笑著，不再說話。

「星凰。」忽地又傳來公爵的話音，我看向他。「等我自由，我會不惜一切贖回星凰，讓妳在這美麗的童話世界裡幸福地生活下去！」

公爵對我揚起像是救贖者的微笑。我愣愣看他，怎麼……我還可以贖？他在警衛之間，脫下了手套，伸向我，像是要跟我打勾勾似地說：「請相信我。」

我看著那隻手發愣時，龍站到了我們之間，擋住了公爵真誠的臉，沉語：「帶他走！」

「原來……我還可以……」我立刻拉住龍的胳膊：「我真的可以贖身？多少錢？」

龍面無表情地俯臉看我，黑色的眸中是隱隱的不悅。

「是一顆星球。」月說。我驚訝地放開龍看向月，他微笑看我：「如果有人想從星盟購買小雨，需要原來一百倍的價格。這筆錢，相當於一顆比較繁華的星球，就像這顆。」

我怔怔看著月，所以為自己贖身基本上是不可能的。

我是不是該感到高興？自己居然值一顆繁華的星球。可是，這天價也再次證明還是逃跑的計畫比較實際。

阿修羅還是失蹤了，即使胖叔和藍爵在靈蛇號上用生命感應器監視整個星球，在阿修羅引爆閃光彈時，依然有強烈的信號干擾了所有的信號，讓阿修羅在那片刻間的紊亂中消失得無影無蹤。

我不知道自己阻止阿修羅是對是錯，但是現在，我和東方要面對的是龍深沉的臉。

「你們這次是不是有些過分了？」龍站在會議室的桌前，東方坐在我對面，抬腳踩在桌沿上，一副滿不在乎的模樣。

我撇開臉，始終沉默。

「如果沒有阿修羅炸開工廠，你們打算怎麼收場？」他再次說，顯然對我們這次私自離開靈蛇號十分生氣。

「哼！」東方冷冷一笑站了起來，唇角高揚地看與他同高的龍：「作為一個男人，自己的女人被別的男人下藥，不出手教訓就不是男人了！還有，自己的女人被別的男人親了，一樣讓人不爽！」

我擰眉抿唇，東方這個準未婚夫做得越來越像那麼回事了。

「那你想怎樣？」龍淡淡地說，像是親都親了，你還能拿我怎樣的語氣。

東方撫額一笑，指尖插入瀏海之間。

「哼，你的女人我看不上，所以我不會動她；揍你一頓，估計小雨會生氣吧？」

他朝我看來，我站起身，沉臉看他們兩個。

「這件事我不想再提，這是我蘇星雨此生最大的恥辱，居然被人下藥……」

我擰緊了拳，在兩人的視線中轉身，直接走人：「如果東方你覺得不爽，你可以去親龍。」

身後瞬間靜默，氣氛緊繃起來。當我走出會議室時，我很驚訝大家都站立在門外。爵、月、小狼、迦炎和巴布，他們宛如都在等一個結果。

心裡因為看到他們而感覺溫暖，他們在關心我。他們看到我出來，視線交錯了一下，準備各自走人。

「哎呀！今晚好累啊！」小狼和月走往一個方向，巴布對我點點頭後朝另一個方向離去。迦炎則走近我，爵還站在遠處，低下臉不看我。

「喂，妳和東方都沒事吧？」迦炎關心地問我。我指向身後關閉的門。

「我暫時沒事，東方就不知道了。」說完，我就走了。

「嘶……啊……」迦炎摸著臉，跟我走往同一個方向：「東方下手可真沒留情啊！」

我笑了，估計是把平日的份都算上了。忽然想到了藍爵，轉身看他時，他已經不在會議室門口，這些天他跟我說的話越來越少了。

到底我們之前發生了什麼？

「嘖，那藥真有那麼厲害？」迦炎好像還是不相信，他在胸口摸了摸，居然摸出了公爵那瓶藥。

「怎麼在你這兒？」我驚訝地看他。

「龍叫我放到保險庫裡，月說這東西不用的時候也會揮發。雖然靈蛇號有換氣系統，終究還是一個封閉的環境，如果揮發開來，會影響每個人的荷爾蒙，比較危險。」

他一邊說著，一邊好奇地察看那瓶香水。

忽然有一絲不祥的預感，我的直覺告訴我，這一次迦炎會闖禍。

我擔心地提醒他：「別玩了，把這東西收好。」

迦炎滿不在乎地抛了起來：「收起來太可惜了，至少也要用一次。」

我立刻停下腳步說：「你要試就離我遠點！」

他還兀自往前走，一邊抛一邊扭頭對我豎起大拇指，壞笑眨眼。

「放心，我一定不會害我們靈蛇號的女神。」

正說著，我看到藍爵從旁邊的走道裡正好走出來。爵……居然繞開我走……

不過現在我們還是遇到了。忽然危險的直覺劃過腦海時，還沒回頭的迦炎已經撞在了藍爵身上。

「砰！」孱弱的爵一下子被撞倒，迦炎也撞得腳步踉蹌，手中的香水瓶脫手掉落，那一刻，我立刻捂住了鼻子和嘴。

完了、完了！

「啪！」香水瓶摔碎在地上，迦炎一屁股坐了下去。好在迦炎的衣服用特殊材質做成，因為要時刻備戰，所以玻璃或是普通刀刃是不會刺破迦炎褲子的。

「啊……」我捂住嘴倒抽一口氣，這下糟了。

迦炎整個人僵硬起來，藍爵慢慢爬起來，他就在迦炎面前，那個距離絕對是一公尺之內。

我還記得阿修羅把一瓶香水噴在公爵身上的效果，那麼現在的迦炎和藍爵……天哪！

「啊！啊！」迦炎這時才驚覺地跳起，連連拍屁股，紅色的頭髮在燈光下閃爍、跳躍。忽然間，我感覺自己也似乎受到荷爾蒙的影響，總覺得此刻的迦炎分外可愛、豔麗和迷人。

我隨即看向爵，他依然低垂著臉，然後甩了甩頭，低下臉緩緩站了起來。迦炎恍然發覺到藍爵，變得全身僵硬，站在原地小心翼翼地問藍爵：「爵……你沒事吧？」

藍爵慢慢揚起了臉，倏然間，他的臉上再無平日的靦腆和羞澀，只有分外認真和深沉的神情，還有銀瞳中霸道和強勢的深情。他灼灼地盯視迦炎，迦炎瞬間石化。

忽然，他一把拉住了迦炎的胳膊，強勢地把他拽到身前，扣住了他的下巴，霸道地拽著他的臉，拉到自己的唇前：「炎。」

「啊！」迦炎登時回神，爆炸似地一把推開藍爵，滿臉通紅，抓亂了一頭紅髮，嚇得逃跑：「我的天哪！」

我躲在遠處看，是不是該叫靈蛇號的人來？可是爵根本不是迦炎的對手，迦炎一定能順利逃跑。

一抹陰笑從藍爵的嘴角揚起，瞬間一陣戰慄莫名地竄遍我的全身。爵揚起臉，銀瞳收縮之時，銀藍的長髮在燈光裡忽然閃現出朦朧的藍光。

我怔怔看著他的頭髮，不僅僅是他的頭髮，他整個人都被一層淡淡的、朦朧的藍光包裹著。我從未見過這樣的藍爵，像是什麼神祕的力量正從他身體裡爆發。也就在那一刻，迦炎完全失去了行動的能力，「撲通」一聲撲倒在地上，甚至連話都說不出口。

我恍然回神，迦炎的狀況就像是微腦細胞對我的作用，是爵！是爵控制了他！

「哼，你以為你跑得掉嗎？炎！」爵一步一步走向迦炎，連聲音都變得深沉遲緩，流露出一種古代君王似的冷然凜冽。

迦炎撲倒在地上，還保持著逃跑的姿勢。爵緩緩蹲在他的身邊，伸手摸上了迦炎的紅髮，比人類更白一分的手指插入迦炎的紅髮，一點點摩挲，半睞的銀瞳裡是不容任何人忤逆他的強勢。

「你跑不掉的，我會對你溫柔的。」

這、這、這！這還是我認識的那個唯唯諾諾、靦腆羞澀的爵嗎？怎、怎麼可能？

對了，我被藥物影響的時候，也對龍說過一些平常不會說的話。那麼說，這藥物還會影響一個人的性格……不對，是誘發出他的另一面。

眼看著爵要抱起炎，我的天啊！若是平常，這根本是不可能的事，想到迦炎被藍爵公主抱，估計迦炎現在自殺的心情都有了。

深吸一口氣，屏住氣跑到藍爵身後，他的精神力只能控制一個人。我伸手一把扣住他伸向迦炎的手就拽起，在他被我拉得轉身時，捧住他的臉就吻上了他的唇。與其說吻，倒不如說撞。

他驚訝地看我，銀瞳閃過怒光，正要反抗時我撲倒了他。不管怎樣，藍爵本身還是孱弱的，所以撲倒還算順利。我壓在他的身上，將他兩隻手扣在他臉邊，跨坐在他腰上壓制他的行動。

就在藍爵被我控制時，迦炎能動了，看來是我打斷了爵的精神力。利亞星人使用精神力的時候，需要集中，不能被打擾。

迦炎爬起來就跑，一邊跑一邊讓衣甲布滿全身，回頭朝我喊：「小雨！我欠妳一個人情……」我對他連連揮手，示意他快走！別再禍害別人。希望衣甲能裹住迦炎身上散發出來「邀你嘿咻」的氣味。他跑出三公尺外，我才敢呼吸。

爵的銀瞳再次收縮，殺氣閃過，令人戰慄。我知道他要對我使用精神力，我不能讓他集中精神，一千年沒接吻了，今天為了救迦炎開葷了！

豁出去地用舌尖撬開他的唇，該死，一千年沒接吻，果然舌頭有點僵。不過，這也讓他登時一驚，他該不是沒接過吻吧？他瞪大了銀瞳，身體在我身下緊繃，他被我扣住的手也紛紛擰緊。

我趕緊學龍迅速吸走他嘴裡的空氣，可是，我發覺爵肺裡的空氣源源不斷，我吸滿了肺，也吸不光他肺裡的空氣。

怎麼……也吸不完……

忽然間，腦中閃現奇怪的畫面，視線開始模糊，一片水藍覆蓋了我的視野，我再次身處那片水藍的水中。

銀藍的髮絲掠過眼前，我追尋而去：「爵！你清醒一下！」

忽然，有人從我身後擁住了我的身體，一句輕語隨即而來：「小雨……我被妳迷住了……」

「嗯！嗯！」掙扎的聲音把我從幻境中拉回，藍爵還在我身下掙扎。

「唔……唔……」我的視線依然有些模糊，像是蒙上了那層淡藍的光。

身下的掙扎和呻吟越來越微弱，被我扣住的手也漸漸失去力量，發軟地垂在地面上。

我感覺到了他的放鬆，視線清晰之時立刻看他，那一刻四目相對，我看到了他銀瞳裡的驚訝、羞澀和一絲迷濛。不知從何而來的水光，正從他銀瞳深處泛出，蕩起層層漣漪，嘴唇在我的唇下輕顫，他的全身也開始微微顫抖。

我立刻離開他的唇，側開臉在他身上大口吐出吸飽的氣。一直吸氣也會死人啊！爵不愧是兩棲生物，氣那麼長。

他躺在我身下，我擔心地轉回臉看他，他整張臉已經被桃紅覆蓋，雙眸水色矇矓地只盯著我的眼睛，被我吻過的唇染上了絢爛的水色珠光，在燈光下絢麗綻放。慌張和極度羞怯的神情讓我明白我認識的爵又回來了。

「小、小雨……」破碎的、低啞的呼喚從他口中而出，我放心地大大鬆了口氣：「啊……嚇死我了……沒想到爵那麼厲害，迦炎都不是你的對手呢！我差點也制不住你！」

「妳、妳說什麼？我、我們、我們……」他羞澀不已地側開臉，貝齒咬住了漲紅的下唇。

我恍然發覺自己還扣住他的雙手，把他壓在身下。臉紅了紅，立刻放開、退後，他撫額慢慢撐起身體，像是藥物的影響還沒散去。

我還坐在他身上，也很尷尬，畢竟這次跟月、小狼和龍都不一樣。跟月是人工呼吸，在他不清醒的狀態下；跟小狼是玩笑，蜻蜓點水而已；而跟龍是情急，是我不清醒。

但是爵……問題是他現在清醒了……

面對總是害羞的爵，我擔心的是之後的相處。他與月、龍和小狼都不同，他單純、簡單、真摯，還有點……羞澀和靦腆。

我臉紅地看向別處：「對、對不起，爵。剛才的事有些複雜，你……」

「我、我好像記起來了，是迦炎……」

「對對對。」我立刻看向他，說清楚總比他誤會我是女流氓好。扣住他的肩膀，我認真看著依然水光迷離的銀瞳和通紅的臉。

「是迦炎打翻香水瓶，你受到影響，用精神力控制了迦炎。當時情況緊急，所以我……我只好……」忽然間，感覺到有什麼硬物頂上了我的下身，登時，我全身僵硬，卡住了話。

爵的臉瞬間紅得彷彿能滴血，一直紅透耳朵、脖子，並向衣領深處的肌膚開始蔓延，隱隱可見已經變得粉紅的肩膀和鎖骨，他正全身僵硬地瞪著我。

下一刻我跳了起來，他也匆匆抱膝縮緊身體，一聲不吭地垂頭坐在地上，氣氛越來越尷尬，溫度好像也越來越高。

我蘇星雨，第一次那麼慌張。

「那個……我先回房了。你放心，你對迦炎什麼都沒做。」匆匆轉身背對他說完這番話就跑了，臉完全燒紅。

太尷尬了。

就算上次東方對我產生慾望，我也沒這麼尷尬過，因為我知道那是他非禮我，所以我打了他一頓，打得他出血，發洩我的怒氣。也知道他那時自暴自棄，縱情縱慾，所以原諒了他，和他再次聯手，是為自由而努力。

可是這次是爵，他沒有惡意，只是正常的生理反應，卻讓我陷入無法言語的尷尬。

一口氣跑到漆黑的天頂，靠在銀黑的玻璃上，久久無法平靜。慢慢雙手環胸、擰眉咬唇，整個天頂沒有開燈，和外面的宇宙一樣黑，銀黑的玻璃上隱約映出我火紅未褪的的臉。手指煩躁地在手臂上輕敲，隨著敲打頻率的減緩，我也慢慢平靜。

今天之後不知該怎麼面對爵。我可以不在意，但是他不行。他之前見我已經總是臉紅，而現在……他一定會更加躲著我。怎麼辦……那幫女人的男人，差不多都親了……有些事中間加上了女人，反而變得複雜了。

腦中忽然一緊，感覺像是有什麼要鑽入我的大腦，我下意識地說了聲：「誰？」

銀黑的玻璃上，圖雅的身影漸漸從身後的黑暗浮出，她雙手背到身後，驚訝地笑看我。

「厲害啊！已經能發覺我要進入妳的意識了！是不是爵哥哥對妳進行了訓練？」她朝我走來，我低下頭想了想，爵並沒對我進行特殊的訓練，除了上次在夢裡遇到他，還有剛才……

臉差點又要發熱，趕緊揮去念頭，以免自亂陣腳。

「見到圖雅，妳不驚訝嗎？」當伊莎的聲音傳來時，她也從黑暗中走出。

我看著玻璃上她和圖雅的臉，也看向玻璃上映出的無限黑暗。

「看來夢公主殿下也來了，出來吧！」

寂靜在這黑暗的天頂裡瀰漫，一聲輕笑幽幽地傳來：「哼……」

然後，夢深紫的身影從黑暗中出現。她婀娜地走到我的身旁，笑看著我說：「星凰，從此以後，妳將不再是靈蛇號上唯一的女人。」

我笑了：「無所謂，反正他們是妳們的男人，能由妳們看住他們，省得他們整天來盯著我，我感激不盡。」

說罷，我走出她們三人之間。

她們轉過身，夢在我身後發出一聲輕笑。

「哼……妳錯了，他們的確不會來看住妳，因為負責看住妳的，將是我們。」

我倏然轉身，夢在我的面前露出燦爛純真的笑。

「以後星凰可要乖乖嘍！不要仗著龍寵著妳，再和東方亂來喔！」

她的笑容漸漸深沉，一抹只有女人才能察覺的敵意，從她與我同樣的黑眸中而來。

哼，我轉身笑了。我蘇星雨連男人都看不住，妳們這些女人更別想看住我！只怕到時妳們看自己的男人都來不及，哪分得出時間看住我？女人，容易感情用事。看來，我和東方會更加自由。

沒想到夢她們上了靈蛇號，龍肯定知道，但不曉得月和爵知不知道。回房經過月的分析室時，發現他還在忙碌，我停在門口，他彷彿有感應似地朝我看來。

對於他，我還是有點擔心，因為現在跟之前不一樣了，伊莎來了。如果讓伊莎親眼看到月往我房裡跑，可不妙。

看來龍的提議，我得好好想一想。

「小雨什麼事？」

他走到我的身前，我看著他：「還不睡？」

「嗯！」他臉上是淡淡的微笑。我想，他可能還不知道伊莎她們來了，不然以他的性格，現在不會有這麼好的心情。他靜靜看我道：「不做完這個測試，我睡不著。」

「那我就放心了……」我暗自鬆了口氣，這說明月今晚不睡了。

「什麼？」他投來疑惑的目光，我立刻說：「沒什麼。對了，如果看見爵，替我跟他說聲對不起，也請他不要在意。」

月清清冷冷的目光慢慢收緊：「妳為什麼不當面跟他說。」

我撫額嘆氣：「以他的性格，出了那樣的事，肯定會躲我。」

「他對妳做了什麼？你們出了什麼事？」月有些緊張地扣住我的肩膀，我垂頭喪氣地低下臉。

「哎……一言難盡……我現在只想睡覺，下次再跟你說吧……」我拂開他扣住我肩膀的手，然後微笑看他：「你也別太辛苦，不然睡不好。」

月抿了抿唇，點點頭。來自他琥珀瞳仁的視線，依然落在我的身上。

第3章 喚醒月王子

這個晚上，我失眠了。

太多太多的畫面揮之不去，不停地出現在我腦海裡。在靈蛇號上平靜的生活，因為一瓶小小的香水而徹底打破。

龍的吻、阿修羅紅色的領巾、夢深沉的目光，和爵被我吻之後……羞紅的臉……顫抖的唇……還有他……居然……興奮了……

從來沒把爵當真正的男人，不錯，他確實是男人，從生理結構上來說。但是他靦腆、羞澀、純真，還有一點點膽怯和迂腐，難以想像他是一個會突然產生慾望的男人。他符合「藍顏知己」最重要的標準，就是睡在一起時也是那麼安全。他的好欺負、他的善良，還有他的認真小心，一切的一切將他的危險指數降到最低。可是今晚之後……原來……他……也會硬……這話真好笑，爵是外星人，難道就不會硬了？

啊……好煩，都怪迦炎手賤。純純的爵原來也是一個生理正常的男人。

頭好痛，當初我還以為爵不會有生理反應，我原以為藍爵被女孩包圍後只會嚇得逃跑。即使發生今晚的事，現在的我依然這麼認為。那時他受藥物影響，如果我不阻止，迦炎貞操不保。

好危險的藥物。我是在救迦炎，也在救爵。他那麼善良，如果知道自己對迦炎做了那樣可怕的事，他一定會自責得離開靈蛇號，而迦炎會羞愧得直接切腹！不是為貞操，而是被柔柔弱弱的爵上了，他肯定會覺得極度丟臉。

不過，真沒想到爵也會有隱性人格。

可問題是，即使我不在意，他也會在意。

啊……明天怎麼面對他，好煩！以後還要繼續待在靈蛇號上，抬頭不見低頭見，這下可真教人尷尬吶……

第二天，龍讓大家在天頂集合。為了避免爵尷尬，我最後一個到，那時大家已經整齊站在天頂草坪的藍天白雲影像下。

夢、伊莎和圖雅也已經身穿靈蛇號女式制服出現在大家的面前。

我想，這才是維多利亞星之行給大家最大的驚喜——靈蛇號上男人們的未婚妻也登上了靈蛇號，從此不離他們男人身邊半步。

藍爵和月愣愣看著圖雅和伊莎，迦炎遠遠站在最後，像是刻意躲避某人。他小心翼翼地遠遠看了驚訝的藍爵一眼，然後看向我，朝我使了個眼色。

「從今天開始，夢、伊莎大公主和圖雅公主，正式加入靈蛇號……」龍遠遠看我一眼，向大家正式宣布。

我慢慢走上前，迦炎則逐漸後退，退到最後，我們一起站在巨大的巴布身後。在龍和大家繼續說話時，他靠到我耳邊輕輕問：「昨晚……最後怎樣？」

我揚了揚眉：「你還好意思問！你呢？沒被別人怎樣吧？」

「沒！當然沒！」迦炎連連拍胸口：「嚇死我了，我回去就泡浴池裡了。呼……幸好有妳。」他大大鬆了口氣，難堪地低頭撓了撓蓬鬆的紅髮：「那個……謝謝妳啊！讓妳……犧牲那麼大……」

「嗯，我用我一千年後第一個真正的吻，保住了你的屁股，你是該好好謝我！」我狠狠睨他。

他的臉騰地炸紅，側開臉一個勁咳嗽：「咳咳咳……」

巴布轉下臉疑惑看我們，然後閃開了身，露出了所有人，小狼和東方就在他身前，他們也朝我們看來。東方挑起眉，眼裡是壞壞的笑意：「寶貝兒，一大清早妳就勾引我的哥兒們？」

他的話立刻引來其餘人的目光。月疑惑地看向我們，爵瞧見是我，匆匆側開臉，臉又通紅起來。月似乎察覺到什麼，來回檢視爵和迦炎通紅的臉，若有所思。夢、伊莎、圖雅也目露疑惑。

我雙手環胸，莫名地看著壞笑的東方說：「是迦炎咳嗽，你看我做什麼？與我無關，他跟你一樣賤，不是我的菜。」

我當不認識迦炎地走開。迦炎咳嗽得更加厲害，似乎想努力憋住，卻怎麼也憋不住，咳得滿臉通紅。

龍掃視眾人，他銳利的目光最後在爵、迦炎和我身上略作停頓，似是捕捉到什麼資訊，然後看向我們，深沉地問：「你們是不是發生了什麼事？」

「沒有！」

「什麼事都沒發生！」

「他們沒發生任何事！」

意外地，我、迦炎和爵異口同聲回答。登時，氣氛開始變得詭異，月的目光停落在某處，思考起來。

小狼摸著下巴，轉著耳朵：「說起來……昨晚的空氣有些怪怪的……」

「怪什麼？」迦炎緊張起來，小狼是所有人中嗅覺最靈敏的。

「小狼，你是不是發現了什麼？」在龍深沉地看小狼時，夢認真地問小狼。

糟了，女人有時比男人更喜歡追根究柢。

小狼轉了轉耳朵：「我好像聞到了和那瓶香水……」

「啊！小狼！」我立刻拉起他的胳膊，認真看他：「我昨天用滑翔器時好像有點問題，你得幫我去看看，不然以後我們怎麼一起玩？」

我對他眨眨眼，他碧藍的眼睛立時圓睜，激動起來。

「對對對！這是我們的遊戲！啊，小雨姊姊，我今天還為妳準備了新衣服，快跟我去換！我們要穿情侶裝……」他興奮得拉起我就跑，小尾巴一個勁地搖。

「好！」我和小狼對大家揮手，看見迦炎臉上出現像是「哈利路亞」得救的表情。昨晚的事，定是他的恥辱，居然被他最看不起的藍修士給制伏了。

意外地看到爵生氣瞪著迦炎的目光。迦炎瞬間全身一僵，臉上的表情也僵硬起來。爵該不會用精神力在跟迦炎說什麼吧？

深沉的目光從龍和夢那裡同時而來，他們定有所察覺。麻煩，只要他們翻看靈蛇號裡的錄影就會清楚一切，真是讓人尷尬吶！不過我相信龍，他一定不會讓這件事外傳。

小狼幫我準備的是和他一樣的小可愛跟短褲，我愣愣看了一會兒，果斷拒絕。他癟著嘴，張大藍眼睛，一直可憐兮兮地哀求我，但我堅決不穿！雖然他充滿期待，渴望我能和他一起穿「姊妹裝」，但是這種衣服我絕對不穿。

當飛船緩緩離開維多利亞星前往下一顆星球時，我獨自來到天頂，根本沒有人來看住我。今天是她們第一天登上靈蛇號，我想她們需要和他們好好相聚一番。

天頂依然是藍天白雲，綠色的草坪讓人寧靜。意外地看到了胖叔，他一個人坐在草坪的中央，遙望遠方。

我走到他身邊坐下，伏上他胖胖的腿。他怔了怔，低臉看我：「怎麼了，小雨？」

「現在我只有跟你在一起，才不會牽動一些人的神經。」

「呵呵呵……」胖叔笑得像是幸災樂禍。

「胖叔，夢她們來是不是龍安排的？」

「呵呵呵……」胖叔摸摸我的黑色長髮：「外界對靈蛇號的傳言太多啦！女王不喜歡負面的傳聞，所以讓公主們上了飛船。而且，妳不覺得正是因為靈蛇號女人太少，才會讓靈蛇號上的荷爾蒙發生微妙的變化嗎？」

我身體僵了僵問：「胖叔……你該不會負責監視靈蛇號上每個監視器吧？」

「呵呵呵……」胖叔只是笑，沒有正面回答。看來多半是了，時常看不到胖叔，想必他就是蹲守監視器的那個人。

「哎……」我長嘆一聲：「胖叔，應付女人可不是我的專長吶……」

「哈哈哈……」胖叔摸著我的長髮大聲地笑：「誰教我們的小雨長得漂亮可愛又優秀，才會讓那些女人神經緊張呢？」

「你的意思是……我應該去毀容？」比如臉上也弄條疤。

「呵呵呵……」胖叔笑得更歡樂：「還是因為小雨優秀啊！龍和夢聯手也抓不住小雨，滑翔器又在短短的時間內學會，現在槍擊類的遊戲只怕迦炎也不是妳的對手。妳現在只要拿上真槍、穿上衣甲，就是跟小狼他們一樣的戰士了，妳說，這樣的妳，怎麼不給那些女人帶來壓力呢？」

我聽了擰眉，不禁犯愁：「麻煩吶……」

「是很麻煩吶……」胖叔也像是深有體會地感嘆：「不過，以後靈蛇號會變得更有趣了……」

「啊啊！胖叔真是悠閒吶！胖嫂不在才敢那麼說的吧！」

「呵呵呵……」胖叔笑得更歡樂。

人工的輕風吹來，我放鬆了精神，緩緩閉上眼睛：「胖叔……」

「什麼事？」

「能不能陪我一會兒，我昨晚沒睡……」

「呵呵呵……」胖叔開心地笑，大大的肚子在我的後腦震顫著：「好，妳慢慢睡，胖叔陪著妳……」

「謝了，胖叔。」胖叔真好。

「小雨啊……今晚……如果月再去妳房間……妳怎麼辦……」

胖叔一邊摸著我的長髮一邊問，他把我的長髮鋪在他的腿上，一點一點爬梳著。

我靠在他軟軟的腿上，閉著眼睛說：「與其讓別人來告訴月，不如我來說。如果是龍或是爵，月會以為我討厭他的……」

「嗯……」胖叔不再說話，我伏在他的腿上漸漸入睡，即使是模擬的日光，也依然感覺到午後陽光的愜意和溫暖。這一切，都是月的功勞。

朦朦朧朧中，傳來淡淡的話音。

「伊莎上了靈蛇號了，月的事必須有個了結。」是龍的聲音，一隻手落在我的頭頂，傳來龍身上熟悉的香水味。

「交給小雨吧！她會處理好。」是胖叔，胖叔信任我。

「交給她嗎……」

「龍，你是不是也該跟小雨保持距離？」胖叔的聲音忽然認真起來，與往昔不同。

龍沒有說話，摸了摸我的長髮。

「你讓伊莎和圖雅上船，也是為了拉開爵、月跟小雨的距離，那麼你自己呢？呵呵，看來有些事已經脫離了你的掌控。」

「胖叔。」忽然間，龍的聲音多了一分深沉。

接下去又是一陣沉默，我能明顯感覺到胖叔的身上也湧現一種緊繃的氣氛。

感覺到龍的手指沿著我的髮際要摸上我耳朵時，我睜開眼，拂開了他的手。他一愣，我起身站在胖叔椅子的背後：「胖叔，我們走。」

「嗯！」胖叔臉上的表情也有些不悅。

龍依然半蹲在原來的位置，微微擰眉。我冷冷俯看他。

「雖然我是你們星盟的財產，但也請勿亂摸，你的女人現在讓我很困擾。胖叔說得很對，我們應該保持距離。」等我說完，胖叔配合地轉椅，帶著我離開。

「呵呵呵……」沒走多遠，胖叔又笑了起來：「從來沒有人敢這樣跟龍說話，就算是夢公主也不敢！小雨可是第一人吶……」

「因為我是超級骨董，我貼著『請勿亂摸』的標籤。」

「呵呵呵……」他像是有意笑給龍聽。

「那昨晚小藍賺到嘍？」

我登時臉紅起來：「胖叔！別再提了！那時是情急！」

「呵呵呵……胖叔真希望當時是自己啊……」

「胖叔！」

啊！荷爾蒙事件後，胖叔也越來越不正經了。

胖叔之後帶我去他蹲守的地方，一個滿是監視畫面的房間裡，整個房間黑漆漆的，無數個螢幕排列在四周，果然能看到靈蛇號的每個角落。

他隨手點一個就能傳來聲音。

此時此刻，東方在睡覺。我暗暗地笑了，這個畫面一定是他迷惑胖叔的。不過，他只有在房間裡才能迷惑大家，因為圖像會經過伊塔麗處理。

然後，我看到了夢和龍，他們正一起坐在靈蛇號的主駕駛艙裡駕駛靈蛇號。夢站起身走向龍，雙手環過龍的脖子，絕對是D的胸部貼上了龍的後背。

「想不想聽聽他們說什麼？」胖叔忽然說。

我眨眨眼：「這……不好吧？」

「呵呵呵，他們監視你們那麼久、竊聽你們那麼久，看他們一兩次，有什麼關係？」

胖叔說著，已經指向那個螢幕，螢幕飄浮過來，影像放大、出現了聲音。

「龍，你剛才去哪兒了？」夢靠在龍的背後慢慢搖晃。

「沒去哪兒，透透氣而已。」龍看著前方的螢幕淡淡地說。

嗯？龍撒謊。不過，女人問這種問題，聰明的男人十個有十個會這麼說。

「你說……藍修士、迦炎和星凰之間，到底發生了何事？」夢的手貼上龍的臉，龍沉默不言，夢看了他一會兒：「你是不是已經知道了？怎麼，連我也不能知道嗎？」

「夢，對不起，有些事還不能告訴妳。」龍站起身，轉身溫柔地看著夢。

他溫柔的目光，讓夢的表情漸漸融化，沉迷在龍溫柔的視線裡。

夢在龍溫柔的注視中，慢慢羞澀起來，低下臉咬了咬唇，紅暈浮上臉龐。

「那……你昨晚吻星凰的時候，有什麼感覺？」

嗯？原來夢也有小女人的時候。是啊，她始終是個女人。

龍的臉上依然是溫柔的微笑，他溫和地撫上夢的臉，輕柔地說：「別亂想，妳知道，當時是情急。」

夢開心地笑了。龍溫柔地看了她一會兒，俯臉吻上了夢的唇。我愣愣看著。

「呃……胖叔……你確定……我們這樣偷看……真的好嗎？」

「呵呵呵……」胖叔笑得瞇瞇眼：「這樣的畫面，靈蛇號上可從來沒有啊……」揚了揚眉，廢話！靈蛇號上都是男人，除非他們Gay起來。猛地一愣，昨晚我不該多管閒事的，壞了迦炎和藍爵的好事！

「喔……這裡更精彩！」胖叔的語氣是少有的激動，只見他點開另一個視窗，居然是藍爵在走道裡堵住了迦炎，迦炎扭頭就跑，藍爵生氣得緊繃身體。

「你不該為昨天的事負責嗎？」

他的大喊讓迦炎停下腳步，轉身驚訝看他：「你記得？」

藍爵咬了咬唇，臉紅地低下臉，雙拳擰緊，情緒相當激動。

「我也想忘記！可是，我的精神力讓我記起了昨晚的一切，如果不是你的失職，小雨怎麼會躲著我？」他憤怒地仰起臉，滿臉通紅，憤恨地指向迦炎，澈亮的銀瞳裡水光盈盈。

「這才是小藍吶，呵呵呵！」胖叔笑著：「昨晚的小藍我都認不出來了。」爵把所有的錯全怪罪在迦炎身上。不過，確實是迦炎的錯。如此氣急的爵，我還是第一次看到。

我贊同點頭：「我也是，要不是他本身體弱，我擔心我也制不住他。」

「呵呵呵，妳昨晚可是奪走了小藍的初吻喲！」

「什麼？」我吃驚地臉紅看胖叔，他笑得更開心。

「小狼、小藍，都是初吻！小雨啊！妳該怎麼對他們負責呢……呵呵呵……」

「那……靈蛇號裡誰還保有初吻啊……我下次……一定小心……」不禁撫額。

「嗯……應該只有月了吧！」

「月！」我的驚呼讓胖叔轉回臉，瞇起小眼睛笑看我：「嗯？難道還有我沒看到的事發生了？」

我眨眨眼，看到走道裡倏然出現月牙身影，立刻指向他：「我是說……月來了！」

胖叔看我一會兒，轉回頭繼續盯著螢幕，我在他身後偷偷鬆口氣。完了完了，月的初吻也沒了。不過那是救人，可不能算吶！

月倏然出現在藍爵的身後，抬手放在他緊繃的肩膀上：「爵，小雨沒有躲著你。」

情緒激動的爵一愣，轉身驚訝地看向月：「月，你說什麼？」

月平靜地看他：「昨晚小雨路過我的分析室時，曾拜託我跟你說對不起，說她不會在意。我當時還問她為什麼不親自跟你說，她說發生了那樣的事，你只會躲著她。所以，她現在應該是不想讓你尷尬，才會暫時避開你。爵，你們……」

月抬臉看遠處也開始臉紅的迦炎。

「到底發生了什麼事？我剛才去過保險庫，發現公爵的香水不在保險庫裡。炎，香水呢？」

迦炎尷尬地乾笑起來，撓起了紅頭髮。

「呵呵，呵呵，也沒……什麼，我不小心……打碎了……」

「什麼？」這下連平日平靜的月也露出大驚失色的神情，倏然間，他消失在爵的身邊，下一刻已經出現在迦炎身前，拎起他的脖領，渾身寒氣地看他：「然後呢？誰用了？」

迦炎的臉更紅了，不敢直視月而把臉轉向旁邊：「那個……這個……」

「你把小雨怎麼了？」月失控地大喊。

迦炎慌忙轉回臉，急急解釋：「我沒碰小雨，那香水灑我身上了，是小雨救了我！」

「小雨救了你？」月鬆開迦炎的衣領，轉身看向爵。爵轉開臉，水藍色的長髮遮住了臉，但卻露出了他尖尖的、通紅的耳朵。

氣氛在他們三人之間變得越來越微妙，靜謐也開始漸漸包裹他們三人。

「當時……爵正好在我旁邊，受了藥物的影響……」迦炎紅著臉，擰著眉，聲音越說越輕：「小雨……為了救我，所以……所以……就幫我控制了爵……」

「迦炎你這個混蛋！」爵忽然揮起拳頭朝迦炎撲去，迦炎紅色的眼睛一睜，轉身就跑。

「爵，對不起啊！不過你賺到了——小雨說那是一千年後第一個真正的吻吶——」

爵的銀瞳立時圓睜，僵住了身體，原本通紅的臉更紅了一分，張開紅唇一動也不動。月擰眉站在一旁，雙手插入衣袋變得安靜。

慢慢地，爵放下了拳頭，頹喪地蹲下，抱住了頭。

「我沒臉見小雨了……明明好不容易贏得她的信任，讓她喜歡我、接受我，允許我可以陪伴在她的身邊、進入她的世界……現在……不行了……不行了……」他的聲音哽咽起來：「我不想離開小雨……不想……離開她……」

月看著他，擰眉輕嘆一聲，蹲下撫上他的肩膀並捏了捏。

「爵，小雨已經說不在意了，你也可以大方一些……小雨當初也為了救我，而……」月頓住了口，似在猶豫。

爵抬起臉哀傷地看他：「我知道，小雨跟我說了，她對你做了人工呼吸。但是我不一樣……我能感覺到……小雨為了打亂我的精神力，她是真的吻了我……」

我的臉在爵哽咽的話中慢慢燒紅。他低下臉，顯得很痛苦，這也是我困惑的原因。爵再次低下頭，而且越來越低。

「是真的……吻了我……小雨的吻……我……我從沒吻過別人……我沒想到小雨的吻……讓我……讓我……我……我真的沒想到會發生那樣的變化……我真的不知道……我褻瀆了小雨……我褻瀆了她……」

「你說什麼？」月吃驚地抬起他的臉，當我看見被淚水染濕銀瞳的爵時，陷入愣怔。我……我把藍爵親哭了。

月捧住他羞澀痛苦的臉，認真看著他說：「當時只是情急，而且是小雨用龍的方法讓你清醒，沒有褻瀆那麼嚴重！」

「不是的……不止那些……我……我……」爵越來越痛苦，我也越來越疑惑，只見他抓住了月的衣領，淚水滑落眼角：「我和小雨精神連接了……」

精神連接？那是什麼？

接下來我卻在月的臉上看到了大驚失色的神情，月吃驚得扣緊他的肩膀，倏然他似乎發現什麼，抱住爵瞬間消失在那條走道中。

我立刻看向別的螢幕，找尋他們的蹤跡。

「不用找了，他們應該是回房了，為了尊重靈蛇號每個成員的隱私，他們的房間沒有設監視器。」

胖叔在我身前解釋，我翻個白眼：「除了我和東方的房間。」

「呵呵呵……是啊……」

我嘆氣看向空空蕩蕩的走道，爵和月的對話其實我聽不太懂。爵好像很痛苦，他居然用褻瀆來形容昨晚的事。說起褻瀆……也該是我褻瀆他吧？是我強吻了他，又不是他來強吻我。

爵……是不是太敏感了？怎會用褻瀆這個詞？

就在這時，走道裡來了圖雅和伊莎。原來是她們來了，難怪月抱著爵離開。

「啊！爵哥哥用精神力阻隔了我的精神力，真是過分吶！都找不到他。」圖雅似乎在找爵，而且因為沒有找到而傷心著。

忽然覺得，原來待在這個監視房間裡會這麼有趣，怪不得總不見胖叔的蹤跡。

伊莎不說話，神色顯得也很低落：「我能感覺到，月在故意躲我，他們剛才就在這兒，月用瞬移跑了。」

「伊莎姊姊，我忽然很羨慕星凰，她好像跟所有人關係都很好。月哥哥最討厭女人了，但面對她的時候總帶著微笑。」

伊莎低下臉，變得更加沉默。

「好不甘心吶！如果爵哥哥是因為她是超級骨董，所以對她著迷，那月哥哥又是為什麼呢？月哥哥不是最討厭考古之類的事情嗎？」圖雅鼓起臉，滿臉的想不通。

伊莎緩緩停下了腳步，臉上浮現一絲不甘：「小雅，既然妳跟藍爵王子是未婚夫妻，你們不是有精神連接嗎？妳可以通過精神連接來探一下究竟。」

「精、精、精神連接！」意外地圖雅臉紅了，甚至害羞地結巴起來。她低下臉，銀藍的長髮覆蓋住她紅透的臉，和爵一樣露出尖尖的耳朵，攪著手指如同蚊蚋地說：「我、我和爵哥哥……沒有精神連接過……」

「什麼？原來他不接受妳？」伊莎的驚語讓我一愣。聽伊莎的話，似乎爵不隨便跟人精神連接。

圖雅害羞地捂住臉。

「我、我、我也不知道，可能爵哥哥也還沒發覺對我的感情，爵哥哥只知道考古、考古，整天只對著文物……我、我都沒機會跟他精神連接……而且……那麼羞人的事……我怎麼好意思……」

伊莎看了她一會兒，猛吸一口氣，再大大嘆出，然後昂首向前，圖雅立刻追上她。

「伊莎姊姊妳要去哪兒？」

伊莎擰緊了眉：「雖然很不甘心，但是我決定去問星凰，她是如何讓月接受她的。」

「啊？那豈不是向她認輸！」圖雅立刻攔在她的身前：「伊莎姊姊，夢姊姊說過，我們不能輸在一個老女人手裡！」

老、老女人！抖了抖眉，這稱呼可真不怎樣。

伊莎神情冷漠：「我從未答應參加夢的遊戲，而且我認為是她過於敏感。我看得出，星凰對藍爵王子、月甚至是龍太子殿下，並沒有其他感情，她沒有勾引他們。」

勾引？原來夢是這麼想我的？看來她確實過度敏感了。大概是因為龍過於優秀的緣故，畢竟龍是太子殿下。對了，他是女王陛下的兒子，不是太子也是王子。

「那、那星凰也不會告訴妳的。」圖雅噘起嘴。

沒想到伊莎笑了，目光篤定而相信地說：「我相信她會告訴我，因為她跟夢完全不同。」

我摸了摸下巴，不愧是我欣賞的伊莎。

「呵呵呵……看來伊莎大公主很欣賞妳啊！小雨妳有一個同盟了！」胖叔揮開了伊莎和圖雅的畫面，我掃視過去，看到巴布在廚房裡滿足地做飯，還有小狼正滿世界找我。

「呀，我要去小狼那邊。」我跳下胖叔的椅子，他轉身看我，胖胖的眼睛還是沒辦法分開。

「小雨啊，昨晚小藍還發生了什麼事啊？怎麼說到褻瀆那麼嚴重？」

我也很茫然，努力回憶每一個細節：「胖叔，昨晚你也都看到了，我……想不到。」

我對著他搖頭，求助地看他。他一直在靈蛇號上，長期觀察每個人，他應該比我更了解他們。

胖叔瞇眼想了一會兒：「利亞星人崇敬自然女神，故以純潔為行為準則，無論是言行舉止還是思想，都必須純潔。他們男女之間不會互相碰觸，那會被認為是不純潔的行為。圖雅和爵也是在走出利亞星，進入學校後，才慢慢接受一些普通的接觸……」

「怪不得爵老是對著我臉紅……」

胖叔點了點頭：「而且，他們如果在腦中胡思亂想，也會被視作是思想不純潔；如果是在腦中幻想與異性發生關係，更會被視為褻瀆。」

我驚訝看他：「連想都不能想？」

如果是這樣，那我們那個世界的宅男不都犯了褻瀆罪，東方那賤人更是褻瀆得不能再褻瀆。

「嗯……」胖叔認真點頭：「確切地說，以小藍的教育和生長環境，他是根本想不到那些東西的，所以我們才放心地把妳交給他來看管，記錄妳的每一項資料。不然像小炎，估計只看到妳的胸部，恐怕就已經心浮氣躁了。」

我不禁揚了揚眉，這話聽起來真彆扭。

「是不是一直感覺小藍很聖潔啊……」胖叔悠然地問我。

我點點頭：「是，所以在月進入我房間時，我只想到讓爵來陪我。這麼說的話……難道是……」

硬物掠過腦間，我立刻臉紅起來。

「小藍提到了精神連接……妳當時正好坐在他的身上，難道是小藍對妳……」胖叔頓住了話，眯起的胖眼睛裡閃過壞笑，盯視我羞紅的臉笑了起來：「呵呵呵……看來小藍不再坐懷不亂了……」

「胖叔！」我撫額轉身，臉熱耳燙：「這件事請你保密，爵已經無地自容了，但我真的很喜歡他，我不希望因為這種正常的生理反應而失去他這個好朋友，況且當時也是藥物的作用。」

「呵呵呵……難怪大家都那麼喜歡小雨，小雨真是善解人意啊！」

「不說了，我去找小狼。」我趕緊逃出。沒想到昨晚的事對爵的打擊會這麼大，難怪他那麼痛苦，他認為那是一種褻瀆，是極度不純潔的行為。

這就是爵給我聖潔感覺的最終原因嗎？原來這是他們利亞星的信仰，所以圖雅給我的感覺也很單純。雖然她對爵的佔有慾很明顯，但是她和夢、伊莎完全不同，她就像一個單純的小妹妹黏著自己喜愛的大哥哥。

聖潔的利亞星，純潔的種族。

靈蛇號繼續前往下一顆星球的路上，龍跟夢在駕駛艙裡，龍這個男人……真複雜。他和夢像是情侶的感覺，但我沒有從他身上感覺到他對夢的強烈感情，但夢身上有。難怪夢會這麼沒有安全感，敏感地認為我會搶走她的龍。

感謝這種感覺，讓夢可以看緊龍，龍是我和東方最大的障礙，必須除掉。

整個靈蛇號變得特別安靜，月抱走了爵，迦炎又害臊得躲了起來，東方估計在房裡改裝文明先生，我還是別去打擾他。

我去的話，會把胖叔的視線引過去，胖叔始終是龍的人。奇怪，他為什麼讓我看龍和夢的畫面，這麼隱私的事是不是不該讓我知道？

胖叔又在想什麼？

經過廚房時，巴布正忙著做飯，他每次做飯都是滿足幸福的神情，會哼著小曲。魁梧巨大的巨人，一時間渾身散發出一種幸福小男人的感覺。

想到小狼在找我，我決定去跟他會合。靈蛇號明明多了三個女人，卻反而比以前更靜了。

走到靈蛇號腹部的生態花園時，我遇上了伊莎和圖雅。

其實靈蛇號很大，大到可以載一個艦隊的人。不過現在是和平年代，所以這座大大的宇宙城堡裡只有我們幾個人。

我走向她們，圖雅看向別處，伊莎則攔住了我：「我有話問妳。」

我點點頭。她和我走到一旁的玻璃牆前，從這裡可以看到懸浮停放的戰船。靈蛇號上的戰船也不少，還有比較大型的戰艦，可以瞬間加入作戰。

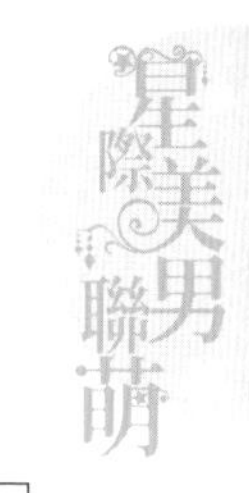

「星凰，我想問妳……」她頓住了口，我轉臉反問她：「問我什麼？」

她咬了咬唇，深吸一口氣看我：「妳是怎麼做到讓月接受妳的。」

果然是這個問題，我想了片刻，卻看到小狼從玻璃外側飛過。他看到了我，折回來隔著玻璃向我揮手，我笑了，轉臉看伊莎：「很簡單，沒有目的地跟他相處。」

伊莎神情一怔，我繼續說道：「伊莎公主，想想十三歲以前的妳和月，想想當初你們為什麼是朋友。」

說完之時，小狼已經飛到我身旁：「小雨姊姊，走了！」他朝我伸出手，開心得尾巴直搖。

我看伊莎一眼，她處於愣怔中。我拉住了小狼的手，躍上了滑翔器，和小狼一起飛起。

「小雨姊姊，妳在撮合月和伊莎公主？」飛遠時，小狼在我身前問。

我笑了：「感情的事豈能說撮合就能撮合的？但是我看到月不開心，我希望看到他多笑，他能與伊莎和好，他的笑容也會多些。」

「啊！這樣更好！」小狼雙手放在腦後，狼尾巴搖擺起來：「這樣月就不會跟我搶小雨姊姊啦！」

「呿！」伸手直接揪住他毛茸茸的狼耳朵，痛得小狼哇哇叫：「啊……小雨姊姊好痛啊！」

「誰教你亂說話。」

滑翔器飛得東倒西歪，響起小狼的哀嚎。

在靈蛇號上，每個人的房間都是可以鎖的，只有我和東方的不可以。是否尊重我們的隱私，要看靈蛇號成員的心情。所以，月才那麼輕鬆地半夜摸進我的房間。

今晚我不知道月會不會睡，但是現在伊莎在了，我必須跟月說這件事。

我到他的分析室找他，他不在，我繼續往前找，醫療室、實驗室、第一生態艙、第二生態艙……一一找過每個生態艙。每晚月會認真查看生態艙裡的植物後才去睡，但是生態艙裡沒見到他的身影。發現這樣找不行，靈蛇號太大，生態艙、生態花園、生態小花園很多，很有可能我會跟他錯過，不如去胖叔那兒找找。

轉身時又發覺自己走得太遠，已經近乎走到艙尾，再走到艙頭要很久，只怕胖叔也已經睡了。我也沒有可以隨叫隨到、屬於自己的滑翔器，而靈蛇號的燈也開始從我身後慢慢熄滅，看來胖叔真的睡了。那監視艙我是進不去了。

「啪。」燈無聲無息地滅了，這下我又得在黑暗中前進。

忽然，直覺感到有人想從我身後偷襲，我轉身揮拳時，一陣寒風劃過身後，一條軟繩瞬間纏上了我的腰，我立刻驚呼：「月！」

就在這時，有人從我身後伸手一把圈緊了我的腰，同時另一隻手捂住了我的嘴，不讓我再出聲。冰涼的觸感，和腰間的「細繩」都在在證明這個偷襲者是月無疑。

他緊緊圈住我的腰，捂住我的嘴，把我按在他的身前，後背立刻貼上了他冰涼的身體，如同跟吸血鬼親密無間。

下一刻，我只感覺到超乎常人的移動。快速的移動讓我一時不適應，腦袋有些暈眩，隨後就和他一起倒落，側倒在柔軟的墊子上。緊接著一層板子在上方關閉，狹小的空間裡閃起了暗暗的紅光。

月喜歡倒掛著睡，或是睡在一個像「棺材」一樣的小水晶艙裡。他喜歡睡在相對狹小封閉的地方，這是他們派瑞星人的習性。最早是因為怕冷，然後漸漸成了遺傳特性。

他依然圈抱我，睡在我的身後。我驚訝的是他今天居然把我擄到他房間裡睡！怎麼會這樣？他依然捂住我的嘴，我動了動，倏然他的尾巴從腰間把我連同雙臂一起捆緊。我怔怔看著面前暗紅色的艙壁，他緊貼在我背後，腿也放在我的腿上，把我像是娃娃一樣抱緊在他身前，汲取我身上的溫暖。

忽然，他原本圈抱我的手慢慢上移，我隨著他的手移到我領口而繃緊了身體，他竟然開始一顆一顆解開我的鈕釦。

「啪，啪。」一顆顆鈕釦爆開，危險的訊號越來越強烈。

「嗯！」我掙扎起來，他不僅用他的尾巴把我捆得更緊，還用他的腿壓住了我的腿，然後他冰涼的手伸入我的衣領，我登時睜圓了眼睛，心臟也緊了緊。月他要做什麼？

他冰涼的手撫過我頸下的肌膚，伸向了我的肩膀，然後用他手大大包裹住。月牙色的長髮掠過眼前，他微微撐起身體，冰涼的臉放落在我的側臉上，他居然把我的頭當作了枕頭！

好、好重，重重的頭壓在我的臉上，傳來他一聲舒服的呢喃：「嗯……舒服……」

我僵硬地睡在他的身前，臉承受著他腦袋的全部重量，呼吸之時，就會吹起他散落在我臉上的髮絲。

又有什麼東西悄悄鑽入了我的衣服內，細細小小、冰冰涼涼，一點點從我衣襬下鑽入，然後爬上我的小腹。慢慢向上，圈住了我衣衫下的腰。

這……好像很不對勁吧！

以前，月夢遊到我的房間時，總是很乖，只是躺在我身邊，用他小小的尾巴纏著我的手臂，像是一個乖寶寶睡在媽媽的身邊。可是今天，他完全綁住我，還摸到我衣服裡，這、這不太像是兒子對母親做的事！

難道月有戀母情結？

渾身起了一陣戰慄，我不該這麼去想月，尋求體溫是他夢遊時的本能，可能是因為我今天還沒脫外衣，冰冷的制服讓他覺得不夠溫暖，才伸到我衣服裡面。

慢慢地，感覺到月放鬆了，應該是陷入沉睡。捂住我嘴的手從我臉上滑落，耳邊是他輕微綿長的呼吸，絲絲月牙色的長髮在暗紅的光芒中染上了血色，如同血液在我眼前流淌。

夢遊的時候不能喚醒對方，會讓對方陷入極度的驚嚇，所以一直以來我和爵都沒有去打擾他。那麼現在月睡熟了，這件事我遲早要跟他說的，不如……趁現在……

「月……」我輕輕喚他，盡量放鬆身體，因為我發覺只要我一掙扎，他的尾巴會綁得越緊。

「月……」

「嗯……」輕輕的囈語從他口中溢出。

「月……醒醒……是我……小雨……」

「小雨……嗯……」

「月……醒醒……放開我……」

「嗯……放開……小雨……小雨！」

他的身體倏然緊繃，我大大鬆了口氣，有了一種解脫的感覺：「你總算醒了。」

他摸在我衣服裡的手僵滯起來，確切地說，他整個人都僵硬了。下一刻，他立刻從我身後抽身，手也從我領口迅速抽離。

「咚！」一聲，他撞在了上方關閉的門上，然後又被撞回這個大小如同棺材的水晶艙裡。他立刻轉身背對我，痛得抽了口氣：「嘶……」

「月，你沒事吧？」空間太小，我沒辦法轉身。

他緩緩從我身後坐起，「棺材板」終於慢慢打開。我小心坐起，拉好了衣領。

「對不起叫醒你。」

「妳怎麼會在我房裡？」他摸著頭問我，月牙色長髮鋪蓋在身上，露出他寬鬆睡衣下的肩膀。

「這個……說來有點話長……」我抱膝坐在他身旁。

他靜了片刻，倏然轉臉看我：「我夢遊了？」

我看著他收緊的琥珀瞳仁，然後點點頭。

他琥珀眸子睜了睜，立刻轉開臉，肩膀微微起伏，像是努力讓自己冷靜。

房間開始變得安靜，我在等他冷靜下來。

「這件事多久了？」他平靜後問。

「也不是很久，從離開地獄監獄開始。之前你只是夢遊到我的房間，我會叫爵一起過來陪你睡，可是今天……而且伊莎也上了靈蛇號，這件事是該告訴你了。我想如果別人對你說，你會和爵一樣以為我討厭你，所以我決定自己跟你說。」

「爵……」他雙手插入月牙色長髮，顯得有些低落：「小雨……對不起，是不是爵要妳不要跟我說的。」

「不，是我和爵一起這麼決定的。」

他似乎有些吃驚地一怔：「為什麼容忍我？」

我看了看他有些緊繃的背影，低下臉。

「因為我跟你一樣，很思念自己的母親。我很想念我的家人，並且一直相信他們也轉世在這個年代，我一直想尋找他們，是不是很傻？」我苦澀一笑，臉埋在自己屈起的膝蓋裡：「如果能跟你一樣夢遊，睡在別人身邊就能慰藉相思之情就好了。對了，你今晚怎麼變了，把我擄到這兒來？」

我抬起臉看他，水晶艙裡暗紅的光芒籠罩在他身上，他還是像往常那麼安靜，抱膝坐在那裡，不知何時也和我一樣把臉埋在雙膝裡。

感覺到腰上怪怪的，我尷尬地提醒他：「那個……你尾巴還在我衣服裡……」

「喔！」他僵了僵身體，尾巴開始從我衣服裡緩緩抽離，慢慢劃過我的腰間，感覺癢癢的。寂靜的房內傳來他尷尬的低語：「對不起。」

我抬手輕輕拍拍他冰涼的肩膀，安慰地捏了捏：「當初也是為了避免這樣的尷尬，才和爵決定不告訴你。可是月，現在伊莎來了，我真的不能……再陪你睡……」

忽然，他轉身像是撲過來一般抱住了我，緊緊把我揉進他的胸前，冰冰的臉靠在了我的肩膀上。

他突然的擁抱，打斷了我的話。

「謝謝……小雨……謝謝你和爵……」他抱緊我感激著。我在懷裡慢慢放鬆了身體，點頭微笑。

「嗯，沒事的，月。我們很快就到派瑞星了，你可以見到你的母親了……」

我伸手撫拍他的後背，至少他還見得到。而我……

他的身體依然冰涼，即使從我這裡汲取溫暖，也無法讓他的體溫上升，因為他是派瑞星人，是像吸血鬼一樣的派瑞星人。忽地，我面對的門輕輕打開，像是有人想要輕輕進入這個房間。

當光芒射入這個昏暗的房間，我看到了龍，他在看到我們的那一刻頓住腳步，深沉地站在門前。整個房間的燈倏然亮起，月有些不適應地把臉越加埋入我的頸項，閃避那突然的亮光。

龍擰眉進入，深邃地看著月的背影：「月，我來帶小雨走。」

月緩緩放開我，從我身旁起身，月牙色的睡衣、赤裸的雙腿映入我的眼簾。他輕輕躍起，長髮飛揚，落在龍的面前，依然渾身的冷然：「龍，我需要適應一下，我要搬到小雨屋邊。」

龍沒有說話，我撐住水晶艙邊緣，在我躍出時，聽到了龍的回答：「好。」

我有些驚訝，走向他們，停在月的身邊：「月，這是不是不太好？伊莎會不會也搬來？」

月低下臉俯看我，微微蹙眉，神情恢復往日的平靜。

「我對妳的氣息已經產生了依賴，如果睡得太遠，我擔心還是會夢遊，再次發生今晚的現象。」

「啊？」

「小雨，我們走吧！很晚了！」龍輕握我的手臂，把我拉出了月的房間。

月看了看龍拉著我的手，淡笑看我，再次說：「謝謝，小雨。」

看著他，想起了爵：「對了，爵沒事吧？」

月琥珀的瞳仁微微出現了片刻的閃爍，再次微笑看我。

「放心，他沒事，不過要給他幾天時間冷靜。」

我擔心地擰眉，月那片刻的閃爍讓我心裡掠過淡淡的不安。

「走吧！」龍再次提醒我，似是擔心伊莎發現。我隨他而去，眼角閃過月消失在門後的身影。月十分內斂，他的情感從不輕易流露。他擅於隱藏自己的感情，不像爵，爵的喜怒哀樂可以輕易從他臉上看出。但是，想看透月是不可能的。他是一個很好的特務人才，所以我才擔心他說的那句「爵沒事」，只是為了讓我寬心。

和龍靜靜走在長長的通道裡，每一盞燈在我們走過後緩緩熄滅。飛船長久在宇宙中旅行，能源很重要，所以需要節約。

很久沒有像這樣和龍走在一起，還記得第一次看見他的時候，我站在胖叔的椅子背後，把他當作飛船的智能艦長，而他也是一直但笑不語，微笑地走在一旁。

他跟胖叔的關係似乎也很特殊，因為經常可以看到他們兩個獨處，胖叔應該是他最信任的人，也是知道他最多祕密的人。

所以今天胖叔讓我看龍的小隱私，確實有些意外。還是……胖叔在暗示我什麼？

「我跟月說了，月應該不會再夢遊。」我打破了沉寂。

龍俯下臉溫和地點點頭，耳垂上的耳釘在燈光裡閃耀，我腦中閃過他和夢在艙室裡親吻的畫面。

我回以一個微笑，低下臉不再說話。

龍是一個複雜的男人，所以我無法與他成為朋友。我或許會把他當作一位領導者，並且和他保持一定距離。我們一直無言地走著，走了很長的一段路。

「從明天開始，爵不再負責看護妳。」他說。

我點點頭，這也是很無奈的事，爵需要時間。我抬臉看他：「能讓小狼看我嗎？」

「呵……」他垂眸一笑：「小狼看妳，等於沒看。」

他深邃的眸中劃過銳光，我擰眉看向別處，雙手環胸。他對靈蛇號上每個人都很了解。

「夢她們陪著妳不好嗎？妳們都是女人，她們可以陪妳解解悶。」他溫柔地說，像是給他的寵物找了幾個夥伴。

「哼……你真的是找人來陪我嗎？」我好笑地轉身走進自己的草坪，伊可從屋裡跑了出來，擔心地蹦蹦跳跳。

「主人主人，妳總算回來了，怎麼這麼晚呀？」伊可蹦到我的身上。

我抱著它，走進自己的小屋，門在身後慢慢關起，我靠在了門上。好不容易讓靈蛇號上每個人信任我，對我放鬆了警戒，彼此成為朋友，但從今之後又多出了三個麻煩的敵人，真是讓人頭痛。

她們對我有所防備，想和她們成為朋友、建立信任，有點困難。本來女人應該是很好攻略的，可惜東方那個賤人沒有龍這樣萬人迷的性格，而夢她們也早已心有所屬。啊！東方這個人渣，把男人女人都推給我，教我怎麼搞定啊！

「刷！」忽然，背靠的門意外地開啟，我失去重心往後倒去，瞬間掉入一個懷抱中，陷入熟悉的、屬於龍的氣息裡。伊可驚得從我身上跳開，我立刻向前離開，他卻突然環住了我的身體，溫柔地扣住我的下巴、揚起我的臉。在那一刻，他俯下臉溫柔看我：「請信任我。」

他深邃溫柔的目光讓我無法看透，一個無法看透的人又教我如何信任？何況還是這樣任意打開我的房門，像現在這樣抱著我。我蘇星雨可不是任何人都能抱的。

寒氣從身上爆發，我抬腳高踢，踢向他的臉，他只好放開我往後躍。我趁轉身時右手拍上門邊的按鈕，冷冷看他：「對不起，這不可能。」

門在面前再次關閉，遮住了他淡淡哀傷的臉。龍想和別人一樣進入我的心，然而他的目的可不是和我做朋友，顯然是想更好地控制我。

現在，我已經成功地把他們的注意力和防備心漸漸從東方的身上轉移到了自己的身上。東方對他們來說，已經不再危險。

儘管東方無論是敵意還是想逃跑的意圖都非常明顯，可是順從的我，反而讓龍更加關注起來。東方，你可不要到最後過河拆橋，自己一個人跑了。如果是這樣，我蘇星雨就算追到宇宙黑洞，也要把你狠狠揍一頓！

「看來月的事擺平了？」忽然房內傳來東方的聲音，我驚訝轉身，卻看見伊可兩隻眼睛裡射出光線，組成了東方立體真實的影像。他賤賤地笑著，雙手環胸站在我的房內看我。

「趁妳引開他們的視線，我順便把伊可也改裝了一下。」

我笑了，他動作果然很快。我走向床沿坐下，提醒他：「你小心胖叔的監視，今天我去過監視艙了。」

他悠然一笑：「別擔心，我會遮罩，不過不能太久，如果被小狼發現有訊號入侵就麻煩了。」

我安心地點頭。忽然，他俯下臉吻上了我的唇，我愣了愣，因為是影像，所以我沒有設防。他吻上我的唇，對我一眨眼，然後起身。

「寶貝兒……之後還是要麻煩妳用美人計，吸引他們的目光喔！」他伸手來抱我，光線的手臂穿透我的身體，絲毫沒感覺。我回過神，他已坐到我身邊抱著我，用臉蹭上我的臉。

「啊！寶貝兒妳可真厲害！把他們都迷住了！」

「滾！」對於影像，我很無力。

他單腿交疊，退開壞笑地看我：「給妳看點好東西。」

他揮了揮手，立時，光線從伊可的眼睛裡射出，一個又一個景象排列在我的面前，即使整艘靈蛇號陷入黑暗之中，夜視的監視器依然能看清靈蛇號每個角落。

東方這賤人真的做到了。從此他只要躲在房裡，便成為靈蛇號上另一個監視者。

「月昨晚通宵，所以今天睡得早。」他在旁邊說：「本想提醒妳，不過看妳在靈蛇號裡瞎轉也很有趣。」

我轉臉看他：「這麼說你也看到龍來找我？」

「Of course！」他無比自豪地聳肩，雙手抬起，賤賤地笑：「總需要有個人把妳從別的男人房裡帶出來！」

「你！」我氣悶地轉開臉。

他湊上來，在我耳邊輕輕呢喃：

「龍看到了什麼？我看到他完全呆立在門口，身為同是男人的我，深深感覺到從他身上散發出危險的訊號。嗯？莫非妳跟月真的做了？寶貝兒，妳這樣讓我好傷心啊！」

「滾！我沒你那麼饑渴！」我躺落床，背對他。

「不想看看唐別嗎？」他忽然說。

我立刻起身，他對著我賤賤一笑，揮手移來一個螢幕，裡面漸漸出現了唐別的臉，他對我揮揮手：「小雨，好久不見。」

我驚喜地看他：「這麼說，網路建成了？」

他點點頭：「還差一點，不過會很快的。暫時還只有三人，之後會聯繫更多的人進入這個加密頻道。不過東方說並不是每個人都渴望自由，所以只會選信得過的。」

「嗯！嗯！唐別你真厲害！」

唐別笑看東方：「東方也很厲害，沒有他，這個網路無法建成。對了，不如我們來給我們的網路取個名字。」

東方在我旁邊蹺著二郎腿：「既然都是星龍、星凰，我們也叫星盟好了。這樣如果被發現，別人還以為是星盟的網路，暫時迷惑一下，給我們時間轉移。」

我點點頭，笑了：「好，就叫新星盟。」

我們三個人相視而笑，新星盟的建立，讓我們向自由又前進一步，逃離開始進入倒數計時。

第二天出門時，我的草坪上又多出了一間小屋，是月的。他正蹲在我的草坪上，像第一次見到般，檢測那些可愛的小草們。我靜靜站在他的身邊，他用他的小平板認真地記錄，直到伊莎到來。伊莎站在我們的草坪外，月緩緩起身，淡淡走回自己的小屋，伊莎的目光隨他而去，但月只給伊莎留下清冷的背影。

伊莎有些失落地低下臉，我走向她，她卻轉身離去。嗯？今天不是她看管我嗎？

從這天開始，夢、圖雅和伊莎開始輪流看管我。圖雅並不喜歡我，因為她發覺只要對我發動精神力，我不僅會察覺，並且會高度集中精神對抗她。其實我並不知道如何對抗，這似乎是一種本能，不讓別人進入我的大腦一窺究竟。

她認為是她的爵哥哥在幫助我，不過我倒是越來越少看見爵，他還是有意避開我，想起月說他需要時間，我也沒有主動去找他。

總是看到圖雅緊緊跟在藍爵身後，牢牢挽住他的胳膊。藍爵的神情看上去很低落，圖雅跟他說話時，他也總是分神，銀瞳經常戴著微縮儀，紋路頻頻閃耀，似乎總是處於工作狀態。而迦炎看見爵時，也還是會遠遠躲開。那天的事他也需要時間恢復，儘管知道這件事的人並不多。

每到伊莎監視我時，她大部分時間都在觀察我，就像爵最初做的，她比爵更認真地觀察我、研究我，像是想從我身上學到什麼。但是，我大部分時間都在跟小狼練習滑翔器。

因為被三個女人盯得很緊，所以小狼沒有機會讓我偷穿衣甲。他改變計畫，開始對我進行體能訓練。因為想要穿上衣甲，對本身的體能素質有很高的要求。沒有足夠的體能，經過戰鬥後在脫去衣甲的那一刻就會脫力，有點類似機器負荷超載。

我們用遊戲來掩飾，比如跑步類遊戲。小狼速度非常快，我很難追上他，也因為追不上，而加強了我速度和體能的訓練。

當我累得癱軟時，月會出現，對我的各項數值進行檢測，那時伊莎會很緊張地站在一旁，像是想跟他說話又不敢貿然打擾他。最後，直到月離開，伊莎也沒跟他說上一句話，又在一旁懊悔不已。

伊莎和月之間的問題，依然無法解決。

相對來說，和夢在一起最輕鬆。因為我強烈感覺到從她身上傳達出想跟我成為好友的慾望。敵和友的關係很微妙，有時瞬間化敵為友，化友為敵。夢和龍一樣，急於闖入我的世界，想探知我的一切。所以她一直微笑對待我，對我也像是好姊妹般聊天說話。

「哎……巡迴展越來越無聊了。」圖雅盤腿坐在草坪上，水藍的捲髮鋪滿整個草坪：「龍野他們馬上要準備星際聯賽，真的好想去參加啊！」

每天飯後是這些女人的下午茶時間。我也被迫加入。

伊莎笑看她：「我們會趕上的，還有兩個多月的時間呢！接下去的星球我們可以加快速度。」

不知不覺間已經遊歷了五個星球，有地球人居住的，也有外星人的。空間跳躍技術縮短了星球之間的距離。

這半個月來，我和月、爵沒怎麼說過話。雖然和月是鄰居，但是他很忙，而我大部分時間也被這些女人給佔據了。除了跟小狼一起訓練，和東方碰面的機會也很少，我們只能在晚上通過伊可來進行連線商討。

「好緊張啊！不知道今年龍野他們要用什麼戰術，一定要趕上，一定要！我們一定要參加！」

圖雅在那裡像是祈禱，我疑惑地問：「什麼是星國聯賽？」

「星凰妳還不知道嗎？」圖雅激動起來：「第一星國裡所有菁英學院的比賽，最棒的就是最後的星際模擬戰爭，大家組隊、一決勝負！」

圖雅看上去真的非常激動，說得面頰緋紅。

原來是奧運會和軍事演習，不過……如果是這樣的話，來參賽的飛船、學生，勢必很多，到時可以趁亂……

「小雨在想什麼？」忽然夢笑著問我，她比伊莎和圖雅更關注我。

我低臉看著自己的小平板，上面已經下載了參加冰凍計畫的男人們的訊息，我正在一個個挑選：「沒什麼，只是也想去看看。」

「當然，下面的行程緊湊一些，我們肯定趕得上，到時小雨和東方可是貴賓喔！」

「真的真的真的！」圖雅激動地跪坐起來：「太棒了，我一定要參加戰鬥，能參加戰鬥真是太棒了。現在星國那麼和平，真想上戰場啊！」

我看向激動的圖雅：「妳……希望打仗？」

圖雅漂亮的眼睛充滿期盼地圓睜。

「每次看到士兵與敵軍的戰艦戰鬥，一想到我的精神力終於可以派上用場，我就熱血沸騰！」

我看看她，果然是孩子。

「看來我們的圖雅小公主把戰爭當遊戲嘍！」東方來了，迦炎跟在他的身旁，他看上去已經完全恢復過來，因為他的臉上也掛著和東方一樣的壞笑：「戰爭可不是遊戲，還有流血和犧牲。」

他和東方坐到我身邊，東方往我身上靠，我本想推開他，不過想想身前的女人，還是讓他靠了上來。

來。

迦炎雙手放到腦後，就勢躺下，枕在東方平伸的一條腿上。

「我可是很喜歡現在悠閒的日子，戰士沒事做才是最好的狀態……啊……」說著，他打起哈欠

圖雅看不起他地賞了一記白眼。

「迦炎真是懈怠！作為一個戰士，要時刻準備作戰！你難道不希望殺退敵人嗎？」

「那圖雅公主可以去邊界啊！那裡每天都在打仗。」迦炎隨意地說，圖雅立刻驚訝地看他。

「哪裡哪裡？我怎麼從沒聽說？」

我也有些吃驚，來這裡這麼久，眼前一直是和平的景象，從沒聽說過戰事。

迦炎不屑地冷笑。

「哪裡都有戰爭，只是妳們不知道。妳們這些貴族，只會看到和平美麗的繁華景象……」

「迦炎！」忽然，夢沉臉打斷了迦炎的話，迦炎「呿」一聲，在東方的腿上閉起眼睛。

圖雅似有所覺地看向夢：「夢知道？」

夢變得沉默，伊莎的目光落在夢的臉上。

「夢是星國大統帥的女兒，自然知道，其實我多少也知道一些，因為我即將接任女王，所以現在也開始接觸一些政務。第一星國的邊界時有戰事，不僅僅是從第二星國、第四星國，也有來自於另一片星際的敵人，至今還不知道他們的目的。圖雅，我們現在的生活很幸福，遠離邊界，妳千萬不要有去前線的想法，因為我發覺真正的戰場與我們所知的完全不同……」

「當然。」東方勾唇笑看眼前的三位貴族小姐：「沒有足夠的仇恨，是無法成為真正的戰士的……」

東方的語氣帶出了一絲悲涼，我側臉看他，他的雙目開始失神，失去笑容的臉多少有些滄桑和沉重。東方是經歷過戰爭的，我沒有經歷過，但是我知道殺人時從剛開始的猶豫、內心的抗爭和到最後漸漸麻木的過程。

而戰場上子彈更是無眼，一將功成萬骨枯，將領活著成就了功名，然而他的功勳是無數亡魂換來的。

「妳們上去，只能做做炮灰……」東方在片刻的失神後，再次恢復賤賤的笑容。

「你才是炮灰呢！」圖雅不服氣地鼓起臉，揮起拳頭：「想要較量一下嗎？」

「哼！」迦炎忽然冷冷地笑了，他依然閉著眼睛，枕在東方的腿上，冷笑的臉帶出一絲輕嘲。

「妳們這些公主殿下知道什麼？妳們知道星國培養特攻隊的特殊學校嗎？妳們知道每年多少孩子被選中，直接進入這所學校，被訓練成戰士嗎？上陣殺敵？哼，他們殺人的時候，妳們還拿著漂亮的茶杯喝茶呢！哼，別身在福中不知福……」

我看著迦炎，他似乎很了解這個部門。

圖雅愣愣看著迦炎，輕喃：「我怎麼……從來沒聽說過……」

她看向夢和伊莎，伊莎微微擰眉，夢則微笑看她。

「每個人的任務不同，伊莎要成為女王，而圖雅妳是王妃，所以……」

「妳們、妳們都知道！」圖雅像是被背叛一般驚詫地看著夢和伊莎。

「欸！小公主，每個時代都有自己的祕密組織，妳們過於認真了喔！」東方壞笑地說，圖雅眨眼低下臉，臉上透露出絲絲失落。東方又朝我貼過來：「寶貝兒，是不是？」

「滾開！別妨礙我選男人！」他這麼重，一貼過來我就要被他推倒了。

「喂！小雨姊姊可是我的！不准你亂碰！」小狼來了，還把東方從我身上一把推開，雙手直接圈住我的肩膀，趴在我後背上對著東方做鬼臉：「不要亂碰我的小雨姊姊，會碰壞的。」

東方看著他呵呵笑。

我看著電腦揚眉，小狼這個種族就是那麼喜歡護食。

為了讓東方更加遠離我，小狼從我身前爬過，毛絨絨的大尾巴掃過我手裡的電腦，也掃到了我的手背，搔癢柔軟，感覺……好奇怪……是個人，卻有著狼的尾巴。總讓我不知不覺想起我家的狗，也這樣用尾巴在我身上掃來掃去。

我怔了一會兒，他已經擠開東方，貼著我坐在我身邊，然後就感覺背後有什麼東西掃來掃去，扭頭看，不禁撫額，果然是小狼的尾巴。

他顯然現在心情非常好，非常自得，毛毛的尾巴在我身後搖來晃去，正好掃到我後腰，像是給我撣灰塵。

「哼哼哼哼！」小狼開心地坐在我旁邊緊貼我的身側，狼耳朵也快樂地豎起。他的體溫很高，和我的狗一樣，所以他貼到我身上時，我感覺很熱。如果他是雌性，我想月會很喜歡，因為他很暖和。

「反正小雨姊姊是我的，小雨姊姊最喜歡我，我是藍眼睛，小雨姊姊最喜歡藍眼睛，哼哼哼哼！」

「呿！」迦炎忍不住笑了。東方也雙手撐在背後笑看得意的小狼。大家對他的話並不當真，都用一種寵溺小孩的目光看著他。

就在這時，伊莎、圖雅和夢的目光同時看向了我的身後。我知道，是那三個男人來了。

一隻手落在小狼頭頂上高高豎起的狼耳朵之間：「小雨可不屬於你，在法律上她屬於星盟。」

伊莎低下臉，月牙色的身影坐到了我的身旁，月牙色的長髮絲絲縷縷垂在了我屈起的手臂上，他看向我手中的小平板。

「小雨，妳還沒選好嗎？」他平淡地問。

「嗯……」我無聊地托腮點選，視角裡看到了藍色的身影坐在月的身旁，龍則坐到了夢的身邊，圖雅跑過來又跟爵黏在一起。爵有些不適應地拉開圖雅環在手臂上的手，往月的方向靠了靠。

「唐別是個殘廢吶！」月看到我點選了唐別，有些驚訝。

我不在乎地說：「現在科技那麼發達，治好就行了，上次跟他見面，感覺不錯。正經、可靠，說話也很斯文，我挺喜歡的。」

我們的組織正在壯大，通過唐別可以帶更多的人加進來。他的主人被關入監獄候審，他反倒獲得了最大的自由。他的主人被抓，但他的生活絲毫不受影響。新加入的人中，有主人對他們很不錯的，但是作為寵物的屈辱感還是讓他們心存不甘，更莫說自由上的限制。他們之中也有人曾試圖自殺，但被微腦細胞控制，使他們每天活在煎熬之中。

我們的新星盟讓他們看到了希望，而我和東方其實在網路上曝光率很高，他們每天都能看到我們，可以讓他們心安。

我們的「新世界」只靠一、兩人是無法建立的，他們加入我們的計畫中，讓他們也開始振作精神，利用主人的資源，開始在暗中為我們自己的新世界打下基礎。

他們當中的主人有商人、有軍人、有礦主、有科研人員、有新星球的探索者等各行各業。買得起我們這些古人的人，自然都是些有權有勢、有頭有臉的人。他們的主人成為我們必不可少的資源，他們在不知不覺中，已經開始被我們這些寵物們偷偷利用。

「那小雨喜歡什麼樣的男人呢？」夢忽然問，她這個問題其實爵和月都問過，而她這個問題也引來了圖雅和伊莎的目光。

大家看向我，東方揚起嘴角，眼瞼半垂，吊著眼看我：「還能怎樣？一定是美男帥哥……」

「膚淺。」我斜睨他：「長得好又不能當飯吃，而且還很沒安全感，總擔心他會不會被別的女人搶走。」

他腿上的迦炎倏然睜開眼，壞笑起來。

「妳是在說夢公主和圖雅小公主嗎？難怪她們都沒安全感啊，哈哈哈哈……」

迦炎的大笑讓夢和圖雅的臉立時發紅，夢看了身邊的龍一眼，低臉咬唇。圖雅更是噘起了嘴，狠狠瞪大了眼睛：「迦炎你胡說！什麼沒安全感，我才沒有！爵哥哥是不會喜歡別人的！」

「難說。」迦炎還故意刺激圖雅，惹得圖雅生氣了。

爵擰起眉，生氣地看向迦炎，沉語：「迦炎，請你不要再開小雅玩笑。」

爵說的話起了作用。迦炎擰擰眉，「呿」了一聲，不再說話。

東方看看他，又瞇著眼睛看看爵，曖昧地壞笑起來。看他那副賤樣，心裡就莫名的火大，這人渣腦子裡肯定沒想好事。

東方感覺到我在睨他，他視線再次落在我的身上。

「寶貝兒，若讓妳選，妳覺得靈蛇號上哪個男人最適合做妳的男朋友。」

他這個問題讓我有些意外，我還真沒想過。

「我！肯定是我！」小狼當即挽住我的胳膊。

忽然間，四周莫名地安靜了！大家都不說話，夢、伊莎和圖雅都看向我，迦炎睜開眼睛，滿臉的笑意，伸起手時，東方又跟他擊掌：「啪！」這兩個有夠Gay！

月在我身邊靜坐，看落別處；爵在他身邊，側著臉像是用眼角偷偷看我。我抬起臉時，對上對面龍的目光，他溫和微笑，沉穩鎮定：「小雨，妳覺得靈蛇號上誰適合妳？」

沒想到他會再問一遍，夢看我的視線因此而落在了他的身上。他只是微笑地看著我，神情坦蕩，似乎這個問題無傷大雅，只是玩笑，一切是夢過於敏感。

我一一看過去，從迦炎開始，迦炎立刻起身送我飛吻。我擰眉，小狼雙手在我面前揮舞，極力引起我的注意，我按落他的腦袋：「別鬧，你太小了，你哥哥淩還差不多。」

立時，他鼓起臉、癟起嘴、豎起耳朵、雙手環胸，哀怨地瞪我。

我再轉臉看爵，爵在我看他時，臉又開始紅起來，圖雅立刻射來警告的目光。我笑了笑，看向身邊的月。月的神情很平靜，似乎這個玩笑與他無關，他一如往常地冷淡。

我收回目光認真深思：「我知道了！」

霎那間，大家的目光不約而同都落在我身上，我笑了：「我最喜歡胖叔！」

在我公布答案後，所有人的神情有片刻的僵硬，隨後響起一片大笑聲。

「哈哈哈哈——」

「寶貝兒，妳口味可真夠重啊！」東方在一邊滿是醋意地說：「這一路過來，妳跟每個男人眉來眼去，現在居然連胖叔都不放過，妳可知為夫心裡有多難過嗎？」

我好笑地看他：「胖叔成熟穩重，對於我這個大叔控來說是很好的選擇。他關愛我，把我當女兒一樣寵著，你只會給我找碴，讓我每天都很想揍你一頓。況且，你這一路好像也沒閒著吧？我看你跟那些美女粉絲也玩得挺開心啊！」

「ＮＯ、ＮＯ、ＮＯ！」他閉眼搖手指：「那只是逢場作戲，我的心裡只有寶貝兒妳……」

我慵懶看他一眼，受不了地搖頭：「是！我是你的心肝寶貝，反正你也沒心肝。」

「噗！哈哈哈哈……」迦炎在東方腿上大笑，伸手扣住東方尖尖的下巴搖：「東方，你快失去準配偶的地位了，連胖叔都比你強。」

東方故作憂傷地聳聳肩：「我本將心向明月，奈何明月照溝渠……」

「你的意思是……胖叔是溝渠？」我挑眉看他，他繼續聳肩，像是顯而易見。我白了他一眼。

「呿，我寧可喜歡溝渠也不喜歡你，你可以去自掛東南枝了！」

他一僵，迦炎立刻坐起來，滿目好奇地問我：「什麼是自掛東南枝？」

發覺大家都來看我，我也學東方笑著聳肩：「上吊啊！哈哈哈，東方，你怎麼不去上吊？」

「噗，哈哈哈哈！自掛東南枝！自掛東南枝！哈哈哈！」迦炎笑得前仰後合，大家也看著東方笑。

東方揚了揚眉角，堅持臉上的笑容。

「是！妳自然會選擇胖叔，因為妳是大嬸！」他惡劣地瞪向我，我懶得理他直接轉開臉。每次都這樣，高興的時候寶貝兒、親愛的套交情，一翻臉就是大嬸。

「原來東方白和蘇星雨對話那麼有趣，以前怎麼沒發覺？」圖雅好玩地看著我們。大家對於我和東方的對話似乎還意猶未盡，盯著我們瞧，似乎想等我們發動第二輪嘴仗。

正好巴布來了，還帶來了美味的糕點。他坐下來的時候，巨大的身影像一堵牆。他拿起自己做的蛋糕，滿臉幸福滿足地吃了起來：「嗯……」

「其實，我覺得小雨跟東方是最匹配的。」忽地，夢笑瞇瞇地看著我們，東方立刻一把推開我身邊的小狼撲過來，我伸手就撐住他胸膛，他順勢握住我的手。

「聽見沒，寶貝兒！連夢公主殿下都這麼說……」

剛想罵他，小狼撲回來了：「離開我的小雨姊姊！跟你說小雨姊姊是我的！」

小狼撲在東方的後背上，東方煩惱地挑挑眉，隨手拿起蛋糕，忽然就拍在我的臉上，蛋糕「吧唧」滑落在我的小平板上，左臉頰留下厚厚的奶油。

霎時，全場肅靜。

「哈哈哈哈……哈哈哈……」東方那賤人在那裡得意大笑，我全身開始散發殺氣。但是，可見這賤人並不怕，他還不怕死地用手指刮了我臉上的奶油，然後放入了自己的嘴裡，吮吸著手指、舔了舔嘴唇，一臉下流地瞇眼看我：「果然很美味！」

「找、死！」我剛想揍他，一個物體朝我撲來，我瞬間被撲倒。在我身上的居然是小狼，他流著口水，雙眼閃亮地盯著我的臉看。

「小雨姊姊……讓我幫妳舔乾淨吧……」

什麼？

小狼的臉一下子就埋了下來，我根本來不及擋，好在有人拎住了他的領子！是月！月一手拎他領子，一手提住了他的尾巴，把他直接橫著給拎了起來，冷冷看他：「小狼，你不能隨便舔小雨！」

「放開我！放開我！」小狼在他手裡拚命掙扎：「我好喜歡小雨姊姊，她老是不給我舔，難得今天有這個機會！」

「不准舔我！」我鄭重地坐起來，揪住小狼的狼耳朵，他叫了起來：「啊……疼疼疼……」

「以後別隨便撲倒我！更不准舔我！」我鄭重警告！

「嗚……可是我好喜歡小雨姊姊嘛！」他委屈地對戳手指，他喜歡舔人這個習慣真不好。

我起身走人，去洗臉！剛才真夠亂的，臉上全是蛋糕。可惡的東方，找個機會再劃花他的臉！雙手伸入復古的水槽裡，清涼的水潑上自己的臉，洗去了蛋糕殘渣，起身時，一塊乾淨、熟悉的帕巾送到我的面前。

我手扶水槽笑了：「以前身上哪裡髒了，爵總是第一個過來擦，那時還覺得很煩。」

「那……我以後還能擦嗎？」他在我身邊怯怯地、啞啞地問。

我起身看他，臉上的水滑入頸項，涼涼的。

他的臉果然紅了，我不禁嘆氣：「爵，你臉又紅了。」

他一愣，匆匆拿起絲帕擦上我的臉，我下意識去拿，他的銀瞳裡浮起一絲淡淡的失落。見他這

樣，我的手便慢慢垂落，揚起笑對他說：「你擦吧！」

立時，欣喜浮上他秀美的臉龐，銀藍的長髮在光亮中閃現淡藍的光輝。他終於恢復往日的神情，認真地開始幫我擦臉。他的聚精會神，也讓他臉上的薄紅漸漸消退。

他細細地擦過我的眉、我的臉，視線匆匆掃過我的唇，有些緊張地擦我臉上的水，然後順著我臉上的水痕擦上我的脖子，手漸漸頓住，目光緩緩低垂：「我總是讓小雨擔心……我真是沒用……」

「爵很厲害。」我拉下他的手，握住他的手臂，微笑看他：「連迦炎都不是你的對手。」

他望著我的臉瞬間紅了，我對他眨眨眼：「所以爵真的很厲害，當初也是爵從夜的手中救出我！爵是我很重要的朋友，我不希望看見你總是躲著我，那樣我會很失落的。」

「小雨……真的那麼想嗎？」爵的銀瞳裡，再次閃爍出我熟悉的激動和喜悅。我點點頭，他激動得忽然有些不知所措起來，他低下臉陷入慌亂中。

「我要跟龍說，我要繼續看護小雨，對對對，我要馬上去跟他說！我也要搬到小雨身邊，順便陪月。」他匆匆跑了出去，我笑著跟了出去。

沒想到他又跑回，一下子撲在了我身上，我踉蹌地往後退了一步，他緊緊抱住了我。我怔怔站在他的懷抱中，他水藍色的長髮貼在我的臉上，帶著水的清涼。他久久抱著我沒有說話，只是抱著我。

「爵，怎麼了？」

「謝謝，謝謝小雨！」他雙手緊了緊，聲音帶著好聽的沙啞：「是小雨告訴我，除了考古，還有更有意義的事情可以去做，知道去守護一個人有多麼不易。小雨教會了我很多，也讓我清楚了自己的感情，小雨，我真的喜……」

「爵。」月忽然站在我的身前、爵的背後。爵抱住我的身體怔了怔，放開我轉身，愣愣看著月。

月的神情依然冷淡，他只是看著爵。

「爵，小雨不僅僅教會你很多東西，也教會靈蛇號上每個人很多東西，至少有一點，就是告訴我們不要小看古人。」月看著爵頓了頓，琥珀的瞳仁帶出一絲柔和。

「我也知道你癡迷於小雨，不過小雨始終是星盟的財產，你無法永遠陪伴。所以，在能和她一起的這段日子裡，讓我們好好守護她，盡自己的職責吧！」

月的話，讓爵的神情漸漸浮起失落。

他低下臉笑了笑，可是那笑容卻帶著一絲苦澀：「月說得對，我們終要和小雨分開的……小雨會和東方，或是和別的冰凍男人生活在一起，而我們……也會回到各自的星球……」

站在忽然安靜的爵和月之間，隱隱感覺到氣氛變得有些悲傷和沉重。

我笑了，抬手放在爵的肩膀上。

「別這樣，雖然天下沒有不散的宴席，但至少我們現在還在一起……」

爵在我的話語中慢慢揚起臉，靜靜地、不捨地注視我。我拉起他走到月的身前，一手挽住他們一條手臂，月俯臉安靜看我，我揚起燦爛的笑容。

「不是說要在靈蛇號上度過快樂的每一天嗎？在分開之前，就讓我們快快樂樂地在一起。」

「嗯！」月的臉上浮起少有的明媚的笑，那是從未見過的快樂微笑，在陽光下如同百合花綻放。

他抬起手，也放在爵的肩膀上說：「爵，小雨說了，我們和她永遠是好朋友。」

「嗯……好朋友……」爵淡淡地、輕輕地重複著，水藍色的長髮在這半個月裡又長了一分。爵的頭髮長得好快啊！不知能不能看到那個夢裡的他。

回到草坪時，發現一切亂了套，東方被巴布高高舉起，像要扔出去，大家都緊張地要巴布放手。龍在旁笑看著，就像在看吵鬧中的兄弟們。但是夢比他緊張許多，努力在勸說巴布；圖雅和小狼卻大聲起鬨，要巴布把東方扔出去。

原來東方把巴布精心製作的食物扔在我的臉上，傷了巴布的心，所以巴布要揍他。賤人東方，我是不會救他的，哼！

「大家別鬧了。」龍溫溫和和的一句話揚起，巴布才放下東方。

龍微笑地看向眾人，像是寵溺著靈蛇號上的每個成員。夢站在他身邊，有些看不過去。她想開口時，龍扣住了她的肩膀，她愣怔地望著龍。

「神域快到了，大家回去準備一下。」龍微笑地朝眾人說道。

又到一個新的星球了。每次去新的星球都要換一身新的衣服。不過這次的星球叫「神域」，似乎跟往常的不同。

東方舒展一下筋骨朝我走來，完全不在意自己差點被巴布當作垃圾扔出去。迦炎整理亂蓬蓬的紅髮，跟在東方身邊。

圖雅看到了爵，跑了過來，一把挽住爵的手臂瞪我：「真討厭，又把爵哥哥拐走了。」

「小雅，不許這樣說。」爵有些生氣，我笑了。爵還來不及說話，就被圖雅拽遠。

月和我住在一塊兒，所以我們同路。伊莎看向他，他已經冷冷轉身。在東方伸手又要來勾我時，月用他的尾巴直接勾住我的脖子帶我躲離，也避開了伊莎的目光。

「小雨姊姊……」小狼追了上來，卻被東方一把揪住了脖領：「小傢伙，你的房間可不是那個方向喔！」

「噗哧。」意外地月笑了。我看向他，隱隱感覺他這一笑吸引了伊莎的目光。

我們繼續往前走著，我問他：「你笑什麼？」

他雙手放入口袋，尾巴從我脖子上離開又圈在了我的手臂上，有點像在遛狗。

「小狼還真是喜歡妳。」

我雙手環胸，連帶提起了他的尾巴貼在他自己身上。他微微一怔，目視前方。

「真的不能和伊莎做朋友嗎？」我看著他說。

他沒有說話，走了一會兒才看向我：「妳希望我和伊莎在一起？」

見到他眼中隱約的怒氣，我搖頭：「我不是在撮合你們，只是……」

「那就別管。」月沉下臉轉向別處，不再說話。

月一向不喜歡別人管他的事，這次我惹他生氣了。

他走在前頭，不再言語，月牙色的背影散發著寒氣。他用尾巴拉著我，我跟在他的身後，在他的沉寂中前進。

每次聊到伊莎，我們的談話就會無法持續。

第4章 頑皮的聖靈小王子

今天的統一服裝為古裝。據說這是一個很古老的星球，宛如第一星國神使一樣的存在，即使是女王陛下也對他們非常尊重，所以被稱為「神域」。

從伊可放出的影像中，可以看到神域星球被一層淡淡的藍色氣體所包裹，飄渺神祕。而它的四周，環繞著四座巨大的神殿，它們建在神域星球之外、宇宙之中。四座神殿在四個方位，像是古代的神獸。

神殿可以停泊飛船，但看不到半個人影。

龍很注重統一性，靈蛇號的整齊劃一會給人深刻的印象。所以每次他都會安排我們的衣服。我們穿上複雜的古裝。說是古裝，依然有所改良，下半身像是漢裙，上半身的設計像是比較開放的大開領，顯得尊貴大氣。

這次是完全的黑色，但上面繡了一朵異常明麗的百合花，花開胸口，花瓣灑落下襬。仔細一看，是純手工繡製。再穿上布鞋，十足的古韻古風。

雙手插入寬大的袖袍出門，我看到了日光下一身潔白的月。他轉過身，我不禁愣住了，有種驚豔的感覺。

月一頭月牙色的長髮編成了大大的辮子垂在一側胸前，直垂白色長衫的下襬。身上白色的長袍繡著黑色龍紋，龍頭在肩膀，龍爪在他另一側肩膀上，加上立領、盤釦，配上他清冷出塵的感覺，像是隱世的功夫大師。

我看著他忍不住笑了，他迷惑地看我：「怎麼了？小雨？」

「覺得月像功夫大師。」說完，我擺出一個功夫架勢，他也笑了。

他拿出了一個紅漆長型木盒，遞給我：「這是龍……」

我嘆氣推開：「都說不用了，他也真夠執著的。」

從維多利亞星離開後，每到新的星球，龍都會託月帶給我搭配的骨董首飾，我也推拒了一次又一次。如果再弄丟，我可沒信心每次都能找回。而且夢會怎麼想？儘管夢顯然也阻止不了龍這個喜歡打扮我的癖好。

我還記得弄丟水之心耳環時夢有多緊張，可想而知這些首飾的珍貴。所以還是不配戴得好。

月笑了。

「事情已經過去那麼久，這些首飾如果不戴在你身上，也會失去歷史的價值。」

「萬一弄丟怎麼辦？」我拂開那個木盒，兀自離開：「我還是不敢。」

月靜靜站了一會兒，嘆一聲跟在我的身旁。

當我們和大家會合時，大家也已經換上了類似月的古風長衫，靈蛇號的俊男美女站在明亮的艙門前，身上古色古香的衣衫讓人眼前明亮。

男人們都是和月一樣的立領長袍，只是不同的顏色花紋。小狼是短衣長褲，正讓一身紅袍的迦炎幫他扣釦子，他最痛恨鈕釦了。龍依然是黑色，上面是金色的龍紋。而他的身邊，是華袍鳳紋的夢，

金色的華裙讓她如同尊貴的皇后。爵是藍色銀龍，意外的是他把右側臉龐的長髮梳了一小縷髮辮，讓他更多一分清爽和靦腆，也多了一絲古韻。他的身邊正是圖雅，水藍的裙衫泡泡袖，可愛得像是水裡的妖精，仔細看時，她的長髮也梳了和爵一樣的髮型。他們身邊是伊莎，大紅花紋的修身長裙，似是女將，又是女王。而聽說巴布不適應神域的生存環境，就不跟我們一起下船了。

東方一身淡金華袍走到我身旁，和我一樣也是雙手放在袖袍裡，交叉在身前。

「噓！寶貝兒，妳果然還是適合古典的衣裳，讓我想用沉魚落雁、閉月羞花來形容妳，我的皇后！」說完他微微彎腰。

我笑看他：「咦？我不是大嬸嗎？看來你口味也很重啊！」

「偶爾也想換換口味……」他起身壞壞地笑著伸手。

我們的話音在小飛船進入神域星球後止住，放眼望下去，只有高聳入雲的山林，滿眼的雲霧如同雲海鋪蓋在這個世界之上，完全無法窺見雲下的世界。

一座座高山像是石柱，在雲海中聳立，如同一個個天然的平台。一些平台上佇立著壯觀的宮殿，有的是白色石屋，山巔之間有神奇的飄浮石板來往，可是明明看見石板在移動，卻不見人影。

飛船緩緩降落，我們從飛船裡走出時，以為會很冷，但並沒有，反而空氣濕濡溫暖，像是在一個大型的保溫箱內。我們的面前是廣闊的平台，平台上雕刻著古老的圓形圖紋，雲霧在我們身邊繚繞，像是進入了天宮。

遠遠的飄來一隊人，不，確切地說他們不是人，他們通體藍色，微微透明，飄浮在空氣中，像是幽魂。我第一次看到沒有實體狀態的外星人。他們飄到我們的面前時，我看清了他們的模樣，真的是如同幽魂一般的透明體。

他們沒有衣服，通透的身體裡隱隱可見同樣透明的器官。他們有眼睛、有鼻子、有嘴巴，但沒有耳朵和頭髮，整個頭部發散著透明的藍色觸鬚，如同長髮飄散在空氣中。他們面無表情地俯視我們，如凌駕於萬物的神尊。

龍帶領所有人屈膝行禮，我和東方也學他們行屈膝禮。

「歡迎各位的到來。」為首的外星人容貌上顯得老成一些，應該是長者，他的聲音和他的身體一樣顯得空靈遙遠，像是來自天界眾神的聲音。

在他的身旁有一個矮一些的小外星人，他的臉上有好奇的笑容，正盯著我和東方瞧。其他人皆飄浮在他們身後，顯然以他們為尊。

「打擾神域了。」龍帶領大家起身：「請聖者給予指示。」

龍的神情和語氣都十分莊重。

聖者飄浮著俯視我們，依然面無表情地看著我說：「嗯……請星凰上前……」

我看向龍，龍對我點點頭。我提裙走到他的身前，他身邊的小外星人好奇地打量我。

聖者慢慢抬起透明的右手，放在我的頭頂。立時，我感覺到一股清涼的氣體灌入我的大腦，我的視線開始模糊，耳邊傳來那空靈的聲音：

「來自遙遠的靈魂改變了世界……一顆勇敢無畏的心成為新世界的基石……靈蛇號會隨之一起消失，每個人的命運將會就此終結……東方的鳳凰會帶領她的守護者們，在新世界浴火重生……」

視線漸漸清晰，聖者的話音在耳邊不斷迴響，這是……在做命運的預言？他說靈蛇號會消失是什麼意思？每個人的命運會終結，是指靈蛇號上的人都會死嗎？

怎麼會？

心不由得沉落，我無法面對這樣沉重的預言。

「聖者，您說靈蛇號會消失？」龍的臉上布滿擔憂，靈蛇號是他的心血。

所有人的神情也因為這個預言而緊張起來。

聖者眨了眨透明的眼睛：「龍，命運是無法改變的。你該做好迎接靈蛇號命運的準備了。」

龍變得沉默，大家擔心地看著他。他視線投向我，我在他的眸中看到了深深的憂慮，我也擔憂地回視。難道是因為我？

「請星龍上前……」東方在聖者的話語中上前，面露一絲憂慮，似是擔心聖者的預言會出賣他真實的想法。

不知聖者對東方又會做出怎樣的預言？

我退到一旁，看著聖者的手放上他的頭頂，立時，聖者的眼中露出大大的驚訝。

「遠古的惡魔與你如影隨形，無法分開……死亡……已經開始……鮮血……將化作河流……只有騎士的血，才能殺死惡魔……」

我驚訝地看著東方，聖者的預言是什麼意思？跟我一樣驚訝的，還有靈蛇號上的每一位成員。

東方的預言是那麼的黑暗可怕，惡魔、死亡、鮮血，每個字眼都讓人心驚膽顫。而且，聖者說死亡已經開始，誰死了？這個世界每天都會有人死亡，難道這也跟東方有關？

我和東方的預言都讓人那麼的不安、那麼的忐忑。

當聖者收回手時，東方的臉上卻依然不正經。聽完預言，他反而輕鬆地笑了，宛如根本不相信預言這種東西，他對預言的內容絲毫不在意。

他怎麼這麼不在意自己的命運？他散漫的樣子，讓我沒來由地生氣。他顯得那麼輕鬆，似是比進入靈蛇號時更輕鬆了，而我卻還在這裡緊張他的命運！

我緊緊盯視東方，他卻對我眨眨眼，笑得越賤。因為聖者在場，我不好發作，只有忍下，等明日回靈蛇號時再教訓他。

聖者沒有對其他人做出預言，而是帶領我們進入了神域參觀和靜坐。神聖的地方讓人不由自主肅然起敬，即使是平日放浪形骸的東方也不再亂來。

參觀之後，聖者讓我們靜靜端坐在聖殿之中審視自己。神域之行，是為了讓每個人靜思，也是心靈淨滌的過程。眾人坐在空曠的聖殿內，聖殿裡沒有地面，只有純淨的水，水面上是一塊刻有特殊符文的飄浮石板。坐在石板上，水面如鏡，會映出你自己，你對著自己開始自省、開始沉思。

我緩緩閉上了眼睛，耳邊傳來靜靜的水滴聲。

「滴答……滴答……小雨……小雨……」

是爵的呼喚。

我緩緩睜開眼睛，眼前已經是爵世界裡的那棵巨大的、淡藍色的樹。

「呼……」一大風刮起時，那些水藍的樹葉再次化作藍蝶飛舞起來，如同一團藍雲緩緩降落，簇擁著那個長髮的身影。

他從藍蝶上躍落，銀藍的長髮在風中飛揚，臉上是開心燦爛的笑容。

「神域能夠加強我的精神力，所以可以和小雨產生連接。」

我眨眨眼，看向四處。

「想妳可能覺得靜坐無聊，所以來陪妳說說話。」爵真的像藍顏知己那麼貼心。

我笑了，看著他純潔無瑕的神情。

「聖者對我們做出的是預言嗎？」

他笑著點點頭，就勢坐下，左腿在藍色的裙筒下屈起，右腿平伸，沒有縫合的裙筒散開，露出了他白皙的側線。

我跟著他一起坐下，坐在他的身旁。

他認真看我：「聖者是思特瓦星人，他們是這個星際裡最古老的種族，我們稱他們為聖靈。他們擁有預見未來的能力，當然，如果我們利亞星人的精神力足夠強，也可以預見未來，但是我們沒有他們預見得遙遠。他們是這個星際裡的預言家，所以女王請他們對妳和東方的到來做出預言。」

「沒想到女王會相信這些。」

他低頭笑了。

「我們靈蛇號上的人，也是因為預言而聚在一起，聖者的預言從未出錯，我們對他們深信不疑。」

「如果很準……那靈蛇號會因為我而消失……」

我擔心地看向他，他銀瞳閃爍了一下，尷尬地笑了起來。

「小雨……不必太過擔心，有時預言未必會準……」

我低下臉，不去看他眸中想努力掩藏的憂慮。

「你剛才說聖者的預言從未出錯，現在這麼說只是在安慰我。」

「呵呵，呵呵。」他乾笑起來：「以前沒出錯，不代表未來一定會準啊！」

他還在安慰我，我抱住膝蓋，擔心地深呼吸：「我很擔心東方的預言……」

「妳……擔心東方？」他輕輕地問，我點了點頭。

一隻手輕輕放在我的肩膀上，他靜靜地安慰著我，我埋入膝蓋，抱緊了身體。雖然東方這個人很賤，如果是以前，我肯定連看都不會看這種人。但是，我們被硬塞在一起、我們成了相依為命的夥伴，命運強迫我去接受他，與他合作。而在與他的相處中，我發覺原來我是可以接納這種賤男人，和他成為好友，甚至現在是戰鬥的夥伴……

晚上我們睡在神域，露天的石床層層疊疊，參差不齊，像是大大的樹葉般長在同一根石柱上。漫天的星光還有神奇的、淡藍的，像是極光的光芒籠罩著我們，意味在聖光下沐浴洗滌內心的迷惘與徬徨，獲得心靈上的重生。

我睡在最上方，圖雅今晚跟我一起睡。如果不是命令，她打死也不想跟我一起睡。往下看，左側三公尺遠的地方是東方，迦炎和他一起睡，迦炎睡相很差，把東方擠到了最旁邊。然後右側六公尺遠可以看到龍，在下面被淡淡雲霧所遮蓋的，應該依次是夢、伊莎、爵、月和小狼。

身邊一個利亞星人，讓我睡得很不安穩。當我熟睡時，圖雅的影像會時隱時現，我會猛然醒來，但是始終抵不過睡意，還是沉沉睡去。

朦朦朧朧中，我回到了自己的家，熟悉的傢俱和熟悉的床。我欣喜地跑出房間，爸爸媽媽正在廚

房裡一起做飯，然後弟弟上學回來了，他越來越帥氣，明年就要上大學了。

我激動地向他跑去，忽然一抹熟悉的水藍身影掠過面前，圖雅已經站在我身邊，好玩地看著周圍。

「這就是妳家啊！不錯啊！」

「圖雅！妳、妳怎麼可以趁我熟睡進入我的世界？」這分明是入侵，跟強盜有什麼區別？

她嘛起嘴，雙手對戳：「雖然不甘願，但是我還是……想問妳……怎麼……討好爵哥哥？」

「哦？」我愣住了，她不好意思地轉身，雙手擱在身後看向別處，可愛的臉漲得通紅：「妳跟每個人關係都很好，爵哥哥也很喜歡妳……我、我也想跟爵哥哥那個……樣子……」

她說得越來越小聲，我恍然明白，她不好意思當面問我，所以跑到我夢裡來。

她偷偷看我一眼，咬唇，鼓起臉說：「不說算了！」

她轉身要走，我立刻拉住她：「我和爵是朋友。」

她停下腳步，轉身認真看我，我繼續說：「我們是以朋友的方式相處，而妳對爵的強烈愛意形成了一種侵略性的舉動，所以爵會躲閃。想想妳和自己的朋友之間，相處起來是不是很輕鬆？」

她側臉想了想，點點頭：「確實……是……」

「如果這個時候，突然有個男生總是纏著妳，說妳是他的，妳會怎樣？」

「我會揍扁他！」圖雅狠狠地說：「他居然對我有企圖，思想不純潔，我最討厭纏著別人的……人……了……」

她的銀瞳陡然睜大，越來越驚惶。

「天哪……原來……我……」她難過地低下臉：「難怪爵哥哥從來不跟我精神連接……我被他……討厭了……」

聽她提到精神連接，我佯裝不知地問：「什麼是……精神連接？」

「是我們利亞星人表達感情的方式，當男女之間產生彼此信任的感情時，會發生精神上連接，達到心靈合一。而我們利亞星人除了繁殖期以外的結合，都是在精神連接裡完成的……」

她說著說著，臉紅了起來：「真的……好想看看爵哥哥的精神樹是什麼樣子的……」

「你是說……你們利亞星人相愛的方式……是神交？」渾身倏然起了一層雞皮疙瘩。迦炎當初還開爵的玩笑，說他們神交……

圖雅害羞地點點頭：「嗯，我們利亞星人之間是禁止過多碰觸的，那會被人認為不純潔，也包括你們人類口中的情慾。除了為了繁殖，是不被允許隨便……那個的……」

圖雅的臉越來越紅，紅得快滴血。

「因為……在我們利亞星，情慾是被視作邪惡的東西，不……可以……雖然現在星球外的利亞星人也開始越來越隨便，但在利亞星裡，是不可以的……」

我盡量去理解，比如有點像我們古代的保守思想，女子不能露身體之類的，所以她才會用隨便來形容外界利亞星人的身體接觸。

「難怪妳想跟爵精神連接，妳……」

「我不是想跟他那個！」圖雅急急解釋，耳朵和脖子完全紅透：「因為在精神世界裡，我才可以更靠近爵哥哥。我喜歡他，希望能得到他的信任、進入他的世界。而他從未對我打開連接，可見

他……其實……並不喜歡我……」

圖雅失落地、難過地低下臉。

「啪答、啪答！」眼淚掉落在我的世界裡，盪出一圈又一圈漣漪，她抹著眼淚輕顫著：「如果失去爵哥哥，我該怎麼辦？我真的好喜歡他，我想跟爵哥哥結婚，永遠在一起，我還想給他生好多好多孩子……可是如果他不想跟我結婚，我該怎麼辦？小雨姊姊，我該怎麼辦？」

她忽然仰臉看我，淚水掛滿了整張臉。

我一怔，她忽然叫我小雨姊姊，我有點……那麼一點……受寵若驚，不由道：「妳可以再去喜歡別人。」

「什麼……不！我不會再喜歡別人的！」她堅決地否定，大力地搖頭：「我只喜歡爵哥哥！就算他喜歡別的女人，我也願意……願意做他的第二王妃，只要能跟他在一起。」

第二王妃？原來利亞星也可以一夫多妻嗎？

「小雨……」

忽然，爵的呼喚在我的世界響起，圖雅驚然看向四周：「爵哥哥……」

「小雨……」

他的呼喚更加清晰，圖雅驚詫地看著我：「妳？妳！你與爵哥哥……能夠精神……連接……」

倏然間，一雙手臂從我身後的空間伸出，閃爍藍光的奇怪圖紋布滿了那條手臂，也圈住了我的腰。圖雅立刻朝我跑來。

「我也要去！」她朝我伸出手，我也想幫她一次，伸手去拉。

手臂把我往後拉拽，我漸漸離開了自己的夢境，眼中是圖雅恐慌的目光，像是有什麼重要的東西，正要失去。

當她的指尖碰到我時，我被徹底拉入了爵的世界，眼前是一個圓形的、透明的鏡面，圖雅在對面用力拍打，始終無法進入。

鏡面在我面前緩緩縮小，最後消失，再也無法看到圖雅哀傷的臉。圈緊我的手臂越來越緊，銀藍的長髮飄過我的臉邊——是爵。

「爵？」

「小雨……妳是我的……」爵的輕喃在我耳邊響起。

「什麼？」

他圈在我腰間的手開始慢慢向上撫摸，撫上了我的腹部，將要撫上我的胸部時，我大吃一驚，本能地扣住他的手腕，用力拿開。轉身，看到了雙眼沒有焦距的爵！

怎麼會這樣？

「爵！」我扣住他的手，他卻露出陰邪的笑容，這個笑容我見過，上次他被藥物影響時，就對迦炎這樣笑過。

「妳是我的。」他說罷，俯臉就吻上了我的唇，銀藍的長髮掠過視角，眼中是爵空洞的眼神。這突如其來的吻讓我猝不及防，因為我從未對爵設防。

他重重吻住了我的唇，我想掙扎時，卻意外發現自己不能動了。他的銀瞳裡閃過一抹銳利的銀光，微微離開我的唇，雙手從我手中輕易離開，扣住了我的下巴，如同冷酷俊王一般地俯臉冷視我。

「妳以為我會讓妳逃嗎？」

「爵！你清醒點！」我大呼起來，幸好還能說話。

眼下的景象，我相信絕對是有什麼控制了他。他揚唇冷酷地笑了，扣住我的下巴，再次吻上了我的唇，輕輕地摩挲，細細地啃咬。有什麼伸入我的嘴，是他的舌頭，濕濡柔軟的舌頭像小魚一樣滑入我的口中，開始翻騰遊蕩，細細品嚐，閉眸沉浸在這個深深的吻中。

心跳開始加速，我的力氣在他的吻中漸漸消融，我站在他身前無法抗拒地承接這個充滿侵略但卻溫柔的吻。這讓我羞憤，無奈受制於爵而無法生氣。我羞紅了臉，甚至可以感覺到全身都紅得發燙，而我卻是那麼無能為力，只能任由他吻著、褻玩著。

他的吮吻、輕咬雖然依然有些生澀，但他在進步，他用他的舌輕壓我無法動彈的舌，然後慢慢離開，一縷銀絲從我們之間扯出，帶著一抹情慾的光芒。

他癡癡地注視著我被他吻紅的唇，伸手癡迷地撫過我的雙唇，忽地，他的食指探入我的口中，我登時全身戰慄。他的指腹撫上我的舌，我的心臟在那一刻收緊、停滯，無法相信眼前的一切……對我做著這一切的竟會是純真善良的爵。

他那沒有聚焦的眼神，讓我既擔心又害怕，擔心爵出事，又怕他在這種情況下做出更離譜的事，我卻不知該如何喚醒他！如果放任他這樣下去，放任下去……會變成……什麼……

大腦開始嗡鳴，眼下的情形我無法冷靜思考。他慢慢從我口中抽出了手指，癡癡地……含入了口中。

「爵！你到底怎麼回事？」我還是無法忍受地大喊，我不能接受爵對我做這種事情！更無法接受他這些離譜的舉止！

他微微蹙眉，捂住了耳朵，這細微的動作讓我察覺到爵出現了片刻的異樣，而這絲異樣在我大喊停止後消失。

他再次朝我無神看來，上前緊緊抱住了我，他赤裸身軀的每一寸肌膚都與我相貼，貼上我的酥胸，發出了一聲舒服的呢喃。

「我想要妳……」他在我耳邊輕喃的語氣像是在撒嬌。我驚詫地睜大了眼睛，那個控制著爵的到底是什麼鬼東西！

他的下身也隨即貼上了我的身體，他的手滑入我的古裙，由下而上地撫上我的胸，柔軟的手按在我的酥胸上，我的心跳越來越急，雙耳止不住嗡鳴。但是我必須冷靜。該死！為什麼會是爵！

我耳中聽到了裙子脫落墜地的「撲簌」一聲，立時硬物插入我的腿間，我腦中緊繃的弦「崩」一聲斷了。我純潔的爵、我聖潔的爵，我絕不能讓他成為那東西的俘虜！不能讓他借用爵的身體來侮辱我蘇星雨！

「啊——」尖叫不由得衝口而出，直接落在爵的耳邊，爵立時痛苦地捂住雙耳，放開我的身體，在我身前痛苦地緩緩跪落。我見狀繼續用盡所有的力氣，發出最高分貝的尖叫：「啊——」

倏然，有東西從爵的背後慢慢浮出，它就像幽魂一樣從爵赤裸的背後一點點弓起、站立，當我看清他的樣子時，吃驚不已。

竟然是跟在聖者身邊的透明小聖靈！

怎麼會是他？

聖靈不是更加聖潔的存在？怎會利用爵的身體對我做出這種淫亂的事？

在我的尖叫聲中，他淡藍透明的臉痛苦地扭曲，一下子從爵的身體裡逃脫，狠狠看我一眼，消失在爵的世界中。

「爵！」我立刻看向爵，那一刻他的身體緩緩倒落，銀藍長髮遮蓋住他赤裸的身體。爵倒落在地上，我慌忙拿起他的衣裙遮住他的下身，扣住他的肩膀搖晃：「爵！爵！」

爵緩緩睜開了眼睛，銀瞳裡水氣氤氳，情慾未消，但很疲憊，他看到我露出往日的微笑。

「是小雨啊……對不起……我現在很累……想睡一會兒……不能……陪妳……聊天了……」

他慢慢閉上了眼睛，那雙漸漸清澈的銀瞳消失在眼瞼之後，似乎聖靈入侵的事他已不復記憶。也好，不然不知他又要如何痛苦了。

周圍的世界開始慢慢消失，自己也被一股強大的力量拽回，猛然驚醒坐起時，還有點模糊的視線裡，飄浮著一個淡藍色的身影。神經立刻緊繃，倏然回神，那個小聖靈正生氣地瞪著我，雙手環胸，藍色的鬚髮在空氣裡飛揚。奇怪，圖雅呢？

忽然他咧開嘴，對我露出一個壞壞的笑就朝我撲了過來，瞬間清涼灌入身體。糟了！我愣愣坐在床上，眨眨眼睛。好奇怪的感覺，身體裡涼涼的，就像一下子吞入一顆冰塊，但是並沒感覺自己被控制了。

漸漸的整個人慢慢興奮起來，思緒開始消失，腦中只閃現一個念頭：「劃花東方白那個死賤人！」

嘴角開始邪邪揚起：「對！劃花他！」

我拔下了髮簪，長髮鬆散。我像女鬼一樣站起，陰邪地笑，身體裡的力量突然爆發。我從床上直接躍起，高高飛向高空，然後頭朝下陰笑地朝下方的東方撲去。

「砰！」我撲在了東方的身上，他一下子被我壓醒。他睜開眼時我拿起髮簪就朝他的臉刺去，他驚得扣住我的手，我邪笑起來：「哈哈哈！讓我再度劃花你！」

「蘇星雨！妳大半夜發什麼瘋！」他緊緊扣住我的手，憤怒地瞪我。

他身邊的迦炎也驚醒過來，見狀匆匆抱住我的腰。

「小雨，妳冷靜！這裡是神域，有什麼事回去再說！」

身體裡力量再次爆發，一下子揮手掃開迦炎：「滾開！別礙事！」

迦炎登時被我體內巨大的力量掃出了圓形的石台邊緣，「啊」一聲墜落下去。

我轉回臉繼續陰邪地看著驚呆的東方。

「哈哈哈！劃花你！劃花你！劃花你！」髮簪一下又一下往下刺，他回過神左躲右閃間，還是被我劃中臉側，一縷血絲飄散在空氣之中。

我看著那道傷口發瘋地狂笑：「哈哈哈哈……哈哈哈……」

殺氣從他身上升騰，他眸光收緊之時，全身也倏然緊繃起來。

「蘇星雨！妳給老子清醒清醒！不教訓教訓妳，妳真不知道誰是妳的未婚夫了！」

他突然伸手扣住我的脖子，一個翻身把我按在了床上。我體內的力量要爆發之時，他忽然俯下臉壓住我的唇，立刻強勢地侵入，封住了我的唇，也封住了我的呼吸。

他近乎粗暴地啃咬我的唇，舌在我的口內肆虐攪動，我漸漸無法呼吸，心跳開始加速，有什麼東西在我心裡產生了恐慌和懼怕，我害怕地在他身下掙扎，他在我脖子上的手越扣越緊。忽然有什麼退出了我的身體，我的大腦陷入了一片蒼茫的中斷點。

長時間的斷片像是一段記憶被人帶走，我站在空白的世界裡久久迷茫不已。

回神時，感覺到被人正粗暴地吻著，他吻痛了我的唇、咬痛了我的舌，還吸走了我肺裡大部分空氣。誰？誰那麼大膽，敢這樣明目張膽地如此對我蘇星雨？

當我看清時，立刻推開身上的人，憤怒地說：「死賤人！你居然敢碰我！」

他賤賤地壞笑起來，舔舔唇：「寶貝兒，妳總算清醒了，看來龍這個方法萬試萬靈啊！」

我的腦中一片混亂，到底發生了什麼？

我看向四周，納悶自己怎麼在東方的床上？我記得我被聖靈入侵了身體，心口猛地收縮，臉瞬間燒紅，我該不會被聖靈控制，跑到東方的床上來求歡吧！

天哪！我蘇星雨的臉豈不是丟盡了？

「怎麼？看來是不記得了？寶貝兒，妳讓我真傷心啊！本以為妳是大半夜投懷送抱，誰知是來劃花我的臉……」

劃花他的臉？我愣住了，安心之餘是更多的迷惑，難道聖靈對每個人的影響不同？隱約感覺到右手裡正拿著髮簪，立刻看向他的臉，果然他的臉上有一道細細的傷痕。

「對、對不起……」

他挑起眉，嘴角漸漸揚起，我立刻陷入高度戒備，這混蛋肯定在想什麼齷齪的事情。

他慢慢俯身下來：「那妳……是不是該補償為夫一下？」

我收緊眉，準備揍他之時，卻吃驚地看到那藍色的小聖靈正慢慢從東方身後的空氣裡隱現，他臉上的笑容極其狡詐頑劣。

我驚呼起來：「東方！小心！」

疑惑劃過東方的雙眸：「小心什麼？」

倏然，小聖靈對我邪邪一笑，瞬間侵入了東方的背後。東方的瞳仁收縮了一下，神情漸漸呆滯，雙目開始慢慢失神。

「糟了……」我立刻吸氣，準備用尖叫再次驅趕小聖靈。但東方已經吻了下來，完完全全堵住了我的嘴！狂猛的吻讓我來不及喘息，他的舌一直頂入我最深處，嘴唇被他完全包裹，重重吮吸，吸住我的舌頭，用他的舌挑弄、翻捲。近乎讓人窒息的吻，使我的身體開始發熱，異樣的感覺正從身體深處被他的吻喚醒，我瞪大眼睛看著他緊閉的眼睛和顫動的睫毛。

我的嘴唇在他的吻下開始發麻、發熱，完全失去了知覺。而他熱燙的手已經毫不猶豫地扯開我的衣帶，直接覆上我的酥胸。

完全跟爵不一樣的熟練和快速，頃刻間攻佔了我的身體。我的心猛烈收縮，陷入高度緊張。我用力掙扎，他立刻扣住我的手拉高，用一隻手牢牢控制。不同於尋常的巨大力量讓我絲毫不能反抗。

這股力量不是他的，難道是聖靈的？

緊接著，他另一隻手插入我的貼身小衣，直接捏上了我的酥胸。他大力地揉捏，熱燙的手完全燒燙了我胸部的肌膚，顫慄襲遍全身，我沒用地開始在他身下輕顫。該死！此刻才知道自己在男人強勢的愛撫下，是那麼的無力，完全無法反抗。

我接受了所有的訓練，只有情慾的訓練被一推再推。一個又一個任務讓我根本無暇去戀愛，更別說和男人嘿咻。結果，讓我此刻像一灘爛泥一樣躺在東方的身下，被他的愛撫完全掌控。

他渾身燃燒火熱的氣息，他的這份火熱侵入我的唇，燒燙了我的身體，他揉捏著我的酥胸，在我的唇上粗喘，並迫不及待地抽回手開始去扯他下身的衣褲。

他顯得很急躁，似乎已經忍耐很久，已經不想在我身上耗費時間，直取目標。

「嗯！嗯！唔……」

我的唇被他堵住，根本無法出聲，在他扯褲腰帶時，我屈起膝蓋，但卻被他的手立刻按住，依然巨大的力道將我反制。若是平常，我肯定可以從他身下逃脫，是聖靈給了他更強大的力量。

他按住我腿的手迅速插入我的裙下，順著我的腿摸向我的深處，熱燙的手撫過我的大腿內側，接近私密地帶，我登時繃緊了身體，開始止不住地輕顫。

不可以！我怎麼可以被一個受聖靈控制的人這樣羞辱殆盡！

倏地有人從旁邊出現，寒氣掃過，瞬間捲走了他。我愣了一會兒，立刻坐起。看過去是月，他正站在石台邊緣，拎住東方的衣領高高舉起，放到石台邊緣外，似要扔下去，渾身的殺氣讓周圍的溫度直線下降。

「別扔他！」我立刻起身，衣領從肩膀滑落：「他被聖靈控制了！」

月的身體微微一怔。看向我時，琥珀的瞳仁倏然收緊，渾身的殺氣更盛一分。東方雙手握住了月扣住他脖子的手，壞壞地笑看月。那熟悉的笑容——是聖靈在笑，聖靈此刻沒有反抗，難不成他又瞄上了月？

這個小聖靈到底想做什麼？

「聖靈？」身後傳來了龍的聲音。我立時轉身，他仰臉看我，黑澈深邃的眸中，映入我衣衫不整的身影，黑瞳立時收縮，寒光從他眸中劃過。

我著急看他：「是的，聖靈先入侵了爵，然後是我，讓我劃花了東方的臉。現在輪到東方，不知道下一個又是誰。」

「哈哈哈……寶貝兒！妳知道我多想抱妳！」身後是東方張狂的大喊：「我都想瘋了……」

「閉嘴！」月冷冷地說。

就在這時，迦炎和夢也腳踏石板飛了上來。到達時，龍忽然伸手把我從床上直接拽起。我驚訝之時，他伸手迅速拉起了我滑落肩膀的衣領，遮住了我裸露的胸口和被東方拉低的貼身小衣。我此刻才想到自己春光外洩，不禁臉紅起來。剛才情急，一時顧不了那麼多了。

他低頭蹙起雙眉，雙手在我腰間拿起被東方扯落的衣帶，一下子收緊。他收得好緊，像是用上了全力，我不由得深吸一口氣，但他依然沉默不語地為我重新繫回衣帶。

「這是……怎麼了？」身後傳來東方迷惑的聲音。我立刻轉身，東方果然捂著頭迷惑地看月：「月？做什麼？」

月睜了睜金瞳，眸中依然帶著戒備。

「這到底怎麼了？」在夢和迦炎跑來時，我立刻離開龍的身前，跑到月的身邊，握住他高舉東方的手臂：「聖靈離開他的身體，你可以放他下來了。」

月看我一眼，點點頭，慢慢放下了東方。

東方落地時立刻擰眉看我：「妳清醒了？」

「你也清醒了？」我也反問他。

他的嘴角扯出一抹冷笑，指向自己臉上的傷：「妳有那麼恨我嗎？居然又要劃花我的臉？」

我拿起手裡的髮簪。奇怪，為什麼我的症狀跟東方還有爵不一樣？

「小雨妳發什麼瘋？居然把我扔下去了！奇怪，妳的力量應該沒有這麼大啊！」石台上響起迦炎不快的聲音。

我把迦炎扔下去了？我迷惑地轉身看迦炎。

「對不起，我當時被聖靈控制了，所以不清楚發生了什麼事。」

「被聖靈控制？」迦炎驚訝地睜圓紅瞳：「難怪力氣那麼大。」

夢露出無法相信的神情：「聖靈為什麼要侵入你們的身體？」

這也是我疑惑的。

「這麼說……我剛才也被控制了？」東方走到我身邊疑惑地看我，月站在他身側，冷冷地看他：

「哼，你知道你剛才對小雨做了什麼嗎？」

「我做了什麼？」東方迷茫地看大家。

大家的目光也各自陷入擔憂和戒備，不時看向四處。

夢看向龍，龍目光變得深邃。

現在出現在這塊石台上的是我、東方、月、迦炎、龍和夢，暫時無人出現被聖靈侵入的現象。

「聖靈侵入人體並不是佔據，而是放大了人隱藏心底的一個邪念，這個邪念很有可能自己沒有意識到，卻能被他啟動……」

龍看向我和東方。

「小雨會攻擊東方，說明小雨心底有過劃花東方臉的強烈慾望……」

「什麼？」東方驚呼起來，一把扯起我的手臂：「妳居然真想劃花我！」

我也很驚訝，那只是我一個小小念想，甚至只能算是閃過腦海的念頭，居然被聖靈如此放大。既然如此，那麼東方對我就是……立刻怒火燒起，憤怒地看東方。

「我不過想劃花你的臉，而你居然想上我，你這個變態！腦子裡除了上床就不能想些別的嗎？」

東方怔了片刻，呆了一會兒，隨後坦然笑了，似是完全接受我的指控。他揚唇而笑。

「寶貝兒，長路漫漫，妳知道男人忍起來有多麼辛苦！我一千年沒開過葷，而妳又只能看不能吃，妳讓我怎能每天不意……」

沒等他說完，我就一拳揮了過去，直接打在他臉上。他踉蹌後退一步，要撞上月時，月冷然閃身，並不打算扶東方。

東方站到了石台的邊緣，正要說話，我直接抬腳，毫不猶豫地一腳把他踹了下去。

月怔了怔，但並沒有阻止，然後下方傳來東方的大叫：「啊……」

「哼！」我冷然站在石台邊緣，長髮在風中飛揚，輕鄙地俯視：「人渣就該被踹下去，別以為你是什麼官方指配的，我就不會殺你，摔死你我再換新的！」

既然迦炎能活著爬上來，我相信這個賤人也可以。

「小雨，妳還記得那個聖靈的樣子嗎？」夢認真地問。

我憤然轉臉：「怎麼不認得？就是聖者身旁的小聖靈！」

大家因為我的話不由得吃驚，龍深沉地擰緊了眉。

「那是聖靈小王子，他很頑皮，看來今晚他不會就此罷休。」

不會就此罷休……龍的意思是，聖靈小王子還要繼續跟我們「玩」下去？然後把每個人心底隱藏的邪念激發出來？

我們看向彼此，顯然此刻沒有人發作。龍認真地看大家，提醒道：「大家要小心。」

大家紛紛點頭。因為大家都無法意識到自己心底的邪念是什麼。

我立刻說：「聖靈小王子對噪音特別敏感，之前他控制爵時，因為我的尖叫聲才逃離，所以我們可以用尖叫把他逼出別人體內。」

「嗯！」月忽然用尾巴捲住了我的手：「現在大家最好不要分開，然後去通知別……」

「小雅——住手！」月還沒說完，伊莎的大喊已經從下方傳來。夜深人靜，尤其神域裡特別安靜，所以一點風吹草動都聽得非常清晰。

「不好了！」大家驚呼一聲，立刻一起躍下浮板，往下飛去。

漸漸地看到了爵睡的石板，圖雅正跨坐在沉睡的爵身上，狠狠掐著他的脖子，對著他歇斯底里地大吼：「讓我進入！讓我進入！讓我進入——」

她猙獰的模樣簡直要把爵掐死，這就是愛你愛到殺死你嗎？

而伊莎像是被人控制，一動也不動站在一旁，此刻連聲音也無法發出，難道是圖雅用精神力控制了她？

之前爵也控制了我，但忽略了我的聲音。而聖靈小王子有過那次經驗，無論是剛才東方用嘴堵住我的聲音，還是現在用圖雅的精神力控制伊莎的發聲，都說明小王子已經有了經驗，變得更加小心。

「吵死了！」小狼也從下方飛來，當他看到眼前的景象時完全傻眼。

我們飛速靠近，我看向夢，夢對我點點頭，於是男人們捂住雙耳，我和夢一起尖叫：「啊——」立刻圖雅捂住了雙耳，下一秒她就癱軟在爵的身上，伊莎也可以動彈了。伊莎能動的第一刻，就是跑到爵的床邊，扶起圖雅輕輕搖晃。

我們一起躍落，夢、龍和迦炎一起，月始終用尾巴圈住我的手腕，現在大家在一起才更安全。

「小雅？小雅？」

「爵？爵？」龍則是扶起了爵。

「這到底怎麼回事？」小狼僵硬地看著我們大家：「怎、怎麼大家都不睡？圖雅為什麼要殺爵？」

大家擔心地看著圖雅和爵，我嘆口氣：「不是殺，是想跟爵建立精神連接，那是圖雅的願望，只是……他們怎麼還沒醒？」

「應該是精神力的關係。」月琥珀的瞳仁裡是滿滿的擔憂：「利亞星人本身有精神力，所以在聖靈入侵時，應該會本能地抗拒、保護，所以會比我們更加疲憊。而聖靈本身有強大的力量，能增強宿體的力量，我們都該小心了，不知聖靈下一個目標是誰。」

月看向龍、夢、迦炎、小狼，在看到伊莎時，他側開臉，伊莎也陷入深深的憂慮。

每個人心底都會有一個隱藏很深的邪念，那個邪念可能只是一時的想法，所以更難捕捉，誰都不

確定自己這個邪念的目標是誰。

「不好，現在只有東方不在。」迦炎想起了東方，現下我們所有人都在，只有東方被我踹下去，變成獨自一人，極易再次成為聖靈小王子的目標。

「既然東方的目標是小雨，只要小雨在這兒，他就會來找她。」月立刻圈緊我的手腕。

我的臉紅了起來，真是又羞又氣。成為這種目標，讓我莫名地發火。慢著，爵被小王子入侵時，也是……

怎麼會？

不由得看向爵，他依然沒醒，沉靜的睡顏像童話裡的睡美人。如此純淨的人，怎麼也會……或許正因為他的純潔，才會將那樣的邪念壓至最深，最不想面對……

總之，即使爵有了那樣小小的邪念，爵也是純潔的。在這點上，我是絕對偏袒爵。

「我去找東方。」龍躍了出去。

「我跟你一起。」夢立刻跟上。

龍點點頭，現在最好不要單獨行動。

隨即，他們消失在石台邊緣，伊莎疑惑地看著我們，月只看著還沒醒來的爵，擔憂地擰緊雙眉。

「到底怎麼回事？」伊莎疑惑問我。

「是啊，到底怎麼回事？」小狼也著急問。

月只是擔心地看著爵，並且把圖雅從爵身上移開，讓她平躺在一邊，而我開始跟大家解釋前因後果。

「聖靈小王子到底有何目的？」伊莎不安地問。

迦炎煩躁地撓頭：「不管是什麼，太危險了！現在知道東方的目標是小雨，小雨的目標是東方，圖雅的目標是爵，爵的目標……呃？怎麼也是小雨妳？」

他朝我指來，我尷尬地轉開臉，引來了月和伊莎還有小狼的目光。

「哼，還用說？爵本來就對小雨姊姊很癡迷，小雨姊姊，爵是不是想把妳解剖啊？」小狼環起雙手不悅地問。

我一時不知該如何回答，但似乎大家都接受小狼的解釋，迦炎驚恐起來。

「好恐怖啊……不過，現在已知的目標大家都很清楚，那未知的怎麼辦？比如伊莎公主妳的目標是誰？月你的目標又是誰？小狼的目標呢？」

當迦炎說起這話時，伊莎側開臉，似是避開月，而月也在那一刻將臉轉向伊莎的反方向，他們都不去看對方，或許他們的目標正是彼此。

「我的目標當然也是小雨姊姊啦，哈哈哈……」小狼大方地承認，還跑到我身邊又霸道地挽起我的手臂：「小雨姊姊是我的，所以我被附身時，肯定是想搶走小雨姊姊。」

嘆氣，他這個附身說得還真具體。

小狼忽然警戒地豎起耳朵，立刻看向一旁。

「他們回來了！」說著，他放開我跑到石台邊緣，往下看。

我們一起看向小狼，就在這時，我們同時看到了聖靈小王子的身體慢慢浮現在小狼背後的空中，那一刻，迦炎、伊莎和我同時驚呼：「小心！」

與此同時，月已經消失在爵的床邊，下一刻已經拉開了小狼，而聖靈小王子也消失在原地。

「沒事吧？」月扣住小狼的肩膀，小狼還迷惑地問他：「月你做什麼啊？」

「剛才聖靈小王子想進入……」在月還在說話時，我的身後有一種危險的直覺強烈襲來。我戒備地慢慢轉身，看到的卻是伊莎低垂的臉龐。而迦炎也站在她身邊，陷入一種高度的緊張。

熟悉的、讓人不安的氣息正從伊莎身上傳來，我登時意識到，聖靈小王子的目標不是小狼，而是……

倏然間，伊莎已經消失在原處，我立刻轉身提醒月：「月！小心！」

而那時，月已經被一抹金紅的身影推至高空，小狼目瞪口呆地站在原地。前一刻，月還在跟他說話；下一刻，月就已經消失在他眼前。

「這下糟了！」迦炎也緊張起來：「若論速度，我們這裡沒有一個是派瑞星人的對手，伊莎會對月做什麼？」

我站在爵的床邊，和迦炎、小狼一起擔心地看著頓在空中的兩道糾纏的身影。小王子這次的目標是伊莎！

「月，你是我的。」伊莎扣住了月的下巴，用她那金紅的尾巴緊緊纏繞月的腰身。月憤怒地冷冷俯視她，顯然一時無法掙扎。

伊莎用尾巴圈住月的畫面好熟悉，月也是用尾巴圈我，看來他們派瑞星人喜歡用尾巴捕捉獵物。

伊莎抬臉湊近月的唇，在他冰冷的目光中勾唇霸氣地邪笑：「我知道，你是因為我先跟夜上床而吃醋生氣，但是我心裡最寵愛的始終是你，無論你願不願意，你都是我的，最終也必然是我的！」

「不愧是……未來的女王……」迦炎愣愣地感嘆：「有氣魄啊……」

「哼！就算女王也不能脅迫月！」小狼生氣起來，靈蛇號上除了我，他第二喜歡的是月。他轉臉看我們：「得想辦法救月。」

我擰緊眉，伊莎會瞬移，如果我們稍有動作，甚至來不及尖叫，她就會把月捲到我們更加看不到的地方，那樣更麻煩。

我想迦炎和小狼應該也是這樣的想法，所以他們按兵不動。

龍和夢輕輕地飛了上來，他們的石板上還站著狠狠瞪我的東方，他右手扶住左手，左手像是受了傷。

我裝作沒看見，反正現代的科技那麼發達，摔殘也能把他拼接起來。龍和夢看到了被伊莎捲走的月，陷入淡淡的驚訝。

「哼，伊莎，別高估自己，我根本不喜歡妳！」月冷冷地俯看伊莎，伊莎在那一刻露出豔麗的笑容，但那豔麗的笑容卻帶有一絲詭異。

「哼哼，哈哈哈哈……你不喜歡我喜歡誰？難道是那個食物？」

食……物？正疑惑間，月立刻擔心地朝我看來。不會吧？伊莎口中的食物是我？

「我知道，你在她身上聞到了誘人的香味，地球處女的血是我們派瑞星男子的罌粟，你抵擋不了她的誘惑，你只是想吸食她的鮮血，不再是那些合成製品，而是真正的血液。你所做的一切、刻意和她一起，不都是在氣我、吸引我的注意？」

我愣愣站著，原來我在月的心裡，只是一個美味的食物？

月著急地、憂切地看向我，他被伊莎牢牢扣住下巴而無法說話，但是我能感覺到他想解釋，想告訴我不是的，一切不像伊莎所說的那樣。

我相信月，更相信自己的感覺。是的，我應該信任他！儘管此刻伊莎的霸氣讓我非常欣賞。但我不會相信她的話，那顯然是她潛意識的臆測，是埋藏心底已久的懷疑。

這個懷疑她甚至自己也不敢確定，而在此刻被小聖靈放大後說出了口。這下糟了，平時伊莎已經知道月討厭她而自覺遠離，一旦她清醒，知道自己對月說過這些話，不知她該如何懊悔了。

一個小聖靈把我們攪得一團亂，暴露了我們每個人心裡最深、最陰暗的一面，等我們回靈蛇號，大家就真的會陷入史無前例的尷尬之中。

我用相信的目光看著月，他在與我視線相觸的那一刻安心地閉上金瞳，再次睜開時，眼神散發出對伊莎的憤怒和寒氣。

「月，我的忍耐是有限度的，我是未來的女王陛下，我有我的尊嚴！你以為我真的會對你搖尾乞憐、祈求你的愛嗎？」她狠狠拽下月的下巴，要強吻月的唇。

此時此刻，似乎所有人都跟我一樣忘記去救月，只是愣愣看著。

伊莎是未來的女王，她有她的尊嚴。旁觀者清，我們平日看得再清楚不過，伊莎為月，其實已經放下了她作為大公主、未來女王的尊嚴，她遷就著月、容忍著月，甚至還為了能靠近月而求助於我。伊莎……是真的愛月的。

眼看伊莎就要吻上月的唇，她卻忽然不能動彈，又停住了身形，懸浮在空中。派瑞星人是無法在空中停留的，所以這應該是小聖靈王子的能力。

一隻手撐上我的肩膀，我立時轉臉，看到了爵擰眉疲憊的臉，和緊盯伊莎的銀瞳。他顯得非常吃力，但他依然努力用他殘存的精神力控制伊莎，好救出月。他整個人的體重壓在那隻扶住我肩膀的手，我立刻扶住他，和他一起看向伊莎。

「走開。」月冷漠無情地推開了伊莎，伊莎從空中緩緩墜落，定是小聖靈離開了伊莎。

龍看向夢，夢立刻驅使石板朝墜落的伊莎而去。空中的月冷冷消失，回到我們身邊時，身上的殺氣騰騰。月最恨被人控制，而伊莎那些被小聖靈激發的話，顯然已經徹底激怒了月。

「月……」爵擔心地看向月，無力地呼喚。

月伸出手把他扶入懷中，淡淡微笑：「我沒事了，你休息吧！」

爵靠在他的肩上，安心地微笑。

「聖靈……好像不會重複進入一個人的體內……」爵在月的懷中吃力地說著。

爵的話，讓大家不約而同地看向還沒被侵入過的迦炎、龍、夢，和小狼……

夢扶回伊莎，伊莎撫額茫然地看著夢：「怎麼了？我感覺有點不對勁，是不是我被……」

夢難以啟齒地點點頭。伊莎立時擔憂地看向月，月直接轉開臉，只是抱著爵不說話。

伊莎開始慌張起來，抓住夢的胳膊：「我、我到底做了什麼？」

夢安慰地撫上她的後背：「別問了，妳還是不知道得好。」

可是這句話非但沒能安撫伊莎，反而更擔心起來。

「小、小狼呢？」忽然，迦炎的喊聲立刻引起所有人的注意。

大家的目光立刻看向剛才還在石台邊緣的小狼，此刻，那裡卻空無一人。

忽然，銀灰的身影從石台旁高高躍出，藍光下的夜空浮現小狼陰沉、布滿殺氣的臉。

大家紛紛陷入戒備，龍立刻喊：「保護小雨！」

啊？又是我？

忽然細繩纏上腰，是月把我牢牢圈緊。而其他人也迅速向我聚攏，連被我劃了一簪的東方也再無玩心，護到我的身前。

當大家緊張保護我時，小狼銀灰的身影卻撲向了另一個人，那個一直站在一旁指揮著我們、領導著我們的人——龍！

「龍——」夢驚詫地呆立原地，大家的神情和她一樣驚訝，怎麼會是龍？難道小狼心底對龍其實有著什麼不可告人的祕密？

龍已經被小狼撲倒在地，他也很驚訝，但依然鎮定。小狼跨坐在龍的身上，一手抓起了他的衣領扯起，扯到自己的面前，另一隻手扣住了龍微尖的下巴，瓦藍的眸中是陰冷的不屑和冷傲。

「快尖叫！」夢對我們大喊。

就在這時小狼忽然張嘴，登時刺耳的狼嚎從他口中而出：「嗷嗚……」

響亮的呼喊震聾了我們的耳朵，震盪開周圍的雲霧，對方先發制人了。

在我們紛紛被震得捂住雙耳時，小狼停止了嚎叫，那嚎叫定能引起輕微的腦震盪，因為我感覺頭暈暈的，其他人也仍捂住雙耳，顯得有些暈眩。我晃了晃腦袋，隱約的話語聲透過耳鳴傳來。

「龍！你別太得意了！你和你的家族不會永遠高高在上！遲早我會替代你成為靈蛇號的艦長！我會取代你！」

小狼的臉越來越猙獰、越來越陰邪，完全不是我們平日看見的活潑可愛、愛向人撒嬌的小狼，他強烈的反差讓所有人驚呆在原地。

「你放心，我不會殺死你！我要看你痛苦，看你絕望！哈哈哈……哈哈哈……」小狼跨騎在龍的身上張狂地仰天大笑。

大家繼續發愣，雖然每個人受到聖靈的影響都會發生出乎意料的改變，甚至是自己完全想像不到的狀態，但是怎麼也沒想到，小狼的心底居然是取代龍、戰勝龍，聽他的語氣，甚至還想殺死龍！這一點可以認為只是他強烈地想戰勝龍的願望，因為以平日的他來說，應該是不可能取代龍的。不過這次的變身確實讓我們所有人大吃一驚，原來喜歡穿女孩衣服的可愛小狼，也有那麼帶種的野心。

這一次，聖靈小王子並沒有久纏在小狼的身上，小狼很快從大笑中醒來，醒來的時候還保持著仰天大笑的樣子，只是沒有笑聲，乾啞地張著大嘴，愣愣看了一會兒天，慢慢低下臉看到了龍。

他又愣愣看了一會兒龍，似乎覺得自己的姿勢過於曖昧，立刻驚慌失措地跳開，臉紅得像火燒。

「龍、龍、龍，你做什麼？」

龍煩惱地撫額。飄忽不定，又能隨時變成透明的小聖靈，讓沉著冷靜的龍也頭痛起來。而基於小聖靈的身分，顯然我們對他無可奈何。不過他那個透明的狀態，貌似我們也沒辦法對他做什麼。

「是你撲到龍身上的。」迦炎狠狠拍了一下小狼的後腦勺。小狼眨了眨眼睛，臉依然紅著，滿臉的不信。

「胡說！我才不會撲到龍的身上！要撲也是撲小雨姊姊！」

他看向我，我向他攤攤手，我可是毫髮無損喔！

小狼藍藍的大眼睛在我們確實如此的目光中越睜越大，越來越難以接受自己撲了龍的事實。

迦炎在一旁悠閒地笑話他：「原來你這小子野心也不小，居然想代替龍。」

登時，小狼藍色的瞳仁猛地收縮，僵硬在了原地，一抹難以察覺的驚慌和緊張劃過他的雙瞳。

「哈哈哈哈……」迦炎大笑起來，拍著他的後腦勺：「小狼，你總算像個男人了。其實不止你想代替龍，我也想啊，哈哈哈……不過，顯然是我先吶，哈哈哈……」

迦炎繼續嘲笑小狼。可是小狼的神情卻是越來越陰沉，完全笑不出來。

「煩死了！」他煩躁地打開迦炎拍他的手。依迦炎那麼惡劣的性格可不會那麼容易放過他，他繼續拍打他，忽然間迦炎不動了，眨了眨眼，垂下了臉。

小狼鄙夷地看他一眼，獨自走開。小狼那鄙夷的一眼，跟他變身後好像，小狼……有點奇怪。大多數少年都有著不同的人格，或許小狼也有另一面。比如有點叛逆，有點不可一世。

「龍！」忽然間，憤恨的、糾結至深的沉吟從垂首的迦炎口中而出。

龍緩緩起身，擔心地看著迦炎：「炎？」

「龍！我要殺了你！」當呼喊從迦炎口中吼出時，我們全都驚呆在原地。確切地說，從小狼變身開始，我們一直沒回神過，而迦炎要殺龍，更讓我吃驚。

迦炎猛然揚起臉，紅色的短髮飛揚起來，揮起拳頭就朝龍急速而去，他臉上猙獰的表情完全不是玩笑，而是認真的！

立時看向龍，令人不解的是雖然迦炎說要殺他，但他的臉上並無驚訝，而是鎮定地站在原處，等迦炎過來。

迦炎滿身殺氣地揮拳朝龍奔去，夢著急起來：「龍！」

龍卻揚起手，對我們沉語：「別插手！讓他來！」還沒說完，迦炎已經一拳揮向龍的臉，龍沉眉閃開，似乎早知迦炎想揍他。

「為什麼？為什麼你可以安安穩穩做你的殿下，而我就被送進煉獄！」

迦炎一邊揮拳、一邊痛哭地朝龍大吼，龍只是躲閃，沒有還手。

「你知道那裡多麼殘酷、多麼可怕嗎？簡直讓人生不如死——你什麼都不知道！不知道——啊……」

迦炎痛苦地大吼，眼角的淚水滑落，那淚水和他的紅髮在夜空下一起飛揚。

他飛起腿踢向龍，痛恨與痛苦的神情扭曲了迦炎的臉，也讓我們漸漸安靜，開始為他心疼起來。

他到底經歷了什麼？讓他如此痛苦，甚至把這份痛苦壓到最深處，不敢去面對，整日和東方一樣用嬉皮笑臉來遮掩。

恍然明白迦炎和東方投緣是有原因的。他們都有不敢面對的過去，和那些讓他們害怕到心驚膽顫的往事。

「憑什麼！憑什麼！」迦炎更像是在向龍控訴：「憑什麼我為你而生、為你而死，憑什麼我們家族的使命，就是保護你的家族……」

原來保護龍的家族是迦炎家族的使命？看來這些不甘在迦炎心底埋藏許久、也壓抑了許久，才在小聖靈的催化下發洩出來。

「啊……殺了你，我就解脫了……啊……」

他直接撲向了龍，眼淚在眼角飄飛。龍沒有躲閃，讓他直接撲在了自己身上。迦炎狠狠揪住了他的衣領，痛苦地、掙扎地看著他，痛苦地落淚。

「可是……我下不了手，我沒辦法殺你……沒辦法……我崇拜你、我敬重你、我愛你……我真的……真的很愛你……」

瞬間，我們石化了！跟迦炎走得最近的東方直接臉抽筋起來！月和爵也面露驚訝，原本爵靠在月的肩膀上，月環抱著爵，可是因為迦炎這一番話，兩個人忽然尷尬地放開彼此，輕咳一聲，分開了一點距離。

而小狼更是目瞪口呆，伊莎不可置信地睜圓眼睛，再看向夢，她……已經直接崩潰了。

「我知道……我知道……」龍心疼地擦去迦炎的淚水，迦炎靠在他的胸膛上開始嚎啕大哭，宣洩著心底一直以來的委屈與痛苦。

龍把他牢牢抱緊，輕撫他的紅色短髮：「對不起，炎，讓你受委屈了……」

不會吧！

龍難道是！

我再次偷偷看夢，大家也不約而同一起看向她，伊莎更是緊張起來，握住夢的手臂搖晃她。

「夢！挺住啊！」

靈蛇號的女主人，離魂了……

可憐的夢……

先前當我是情敵，原來，真正的情敵是迦炎啊！難怪龍喜歡打扮我，原來龍是受啊！不過，這個世界主張性別戀愛自由，聽說很多男人男妻女妻都有，所以……夢還是接受比較好……

「啊啊啊啊！」迦炎再次的呼喊拉回我們的視線，但這次跟剛才痛苦的呼喊完全不同，充滿了驚訝、驚惶。

我們看向他時，他正紅著臉跳開龍的懷抱，跟剛才的小狼一樣驚慌失措。

「你你你你……我我我……我到底做了什麼？」迦炎摸摸臉上的眼淚，嚇得驚呼起來：「啊啊啊啊！到底發生了什麼啊……」

他幾乎是撕心裂肺的大喊了，求助地看向我們。

一時間，男人們尷尬起來，月和爵對視一眼，神情複雜地看向迦炎，兩人皆不知該怎麼告訴他。而小狼依然目瞪口呆中，碧藍的水眸裡充滿不可置信。他們是靈蛇號的成員，一直都跟迦炎在一起。這個世界本就戀愛自由，所以沒必要隱藏自己喜歡同性還是異性，也難怪他們此刻都是一副無法相信的神情。

在一陣尷尬的安靜後，東方抬手撫額：「炎，跟你在一起那麼久，原來你是那個。」

「那個？」迦炎迷惑起來：「那個？哪個啊！你話說清楚點，別說一半好不好？」

現在的迦炎情緒不穩，隨時要爆炸似的。

東方搖頭一笑，仰臉壞笑看他。

「原來你喜歡男人，你剛才跟龍表白了，拉住他的衣領說愛他，我真是感動得快哭了。」

「什麼啊啊啊啊！」迦炎登時面如死灰，跟夢一樣差點離魂，他臉部抽筋得笑了起來：「不、不是你們想的那樣……我對龍不是你們想像的那種愛……不是的，我們是、我的愛是……」

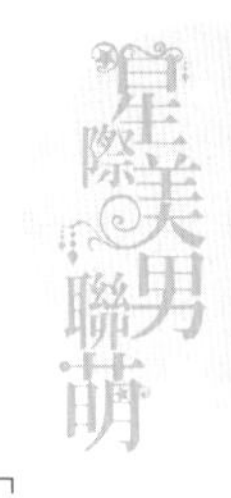

「炎，別解釋了。」龍淡定地拍拍他的肩膀。迦炎一副快哭的樣子，雙手抓頭地看著龍，龍依然淡定地直視他：「無論你怎麼解釋，他們都已經不相信了。」

「不，不是的，不是的……」迦炎抓狂地揪住龍的衣領：「你知道的！我喜歡的是能用胸部把我悶死的女人，龍！你告訴他們！你說他們一定會信的！你不能這樣害我啊……」

他抓住龍的衣領狠狠搖晃。

龍只是淡淡看了他一會兒，臉上露出愛莫能助的表情。

「沒用的，炎，這種事只會越描越黑。所以，炎，認命吧！」

龍的神情，更像是要迦炎大方出櫃，反正也瞞不了了。迦炎從龍的身前滑落，抱住頭痛苦地搖頭。

「不是的，這個誤會太大了，不是的……」

看迦炎那麼痛苦，再看龍沒有任何表情的臉，隱約覺得龍也在捉弄迦炎。如果迦炎的解釋是真的，那麼反推上去，就是他對龍的愛不是愛情，那是什麼？友情？似乎……友情還不至於如此，或許是更深、更糾葛的感情。

龍深表同情地看他一眼，隨即神情轉為嚴肅地看向我們：「必須通知聖者。」

我們齊齊點頭，現在只有月、龍和夢還沒被入侵，不能讓小聖靈的惡作劇再繼續下去，把每個人的小祕密全都抖出來。不能再有下一個犧牲者了。

正好圖雅迷迷糊糊醒來，來不及跟她解釋，伊莎揹起她，帶她一起走。

我們有了兩個精神力者，應該可以對付小聖靈。我們所有人把月、龍和夢圍在中間，站在石板上，朝聖者所在的聖殿而去。

迦炎站在我旁邊垂頭喪氣，轉過臉看我：「我……真的說了那麼噁心的話？」

我點點頭。他面如死灰，嘴裡只剩半口氣：「還不如像東方……」

他這句意思是，上我也比跟龍「表白」好？

心裡百感交集，五味雜陳，無言以對，但也氣不了，反而還覺得好笑，現在我就是被這種又氣又好笑的心情糾纏著。如果每個男人心底的邪念全是來找我洩欲，那我看靈蛇號也可以改為流氓號了。

從我的角度，當然是不希望我平日所認識的，認真、善良、負責的靈蛇號成員們找上我。

東方就在迦炎旁邊，摸著下巴打量他，然後依然要好地勾上他的肩膀，舔舔唇。

「我說，炎，從好的方向看，大家可以更坦誠地接觸了！而且，說都說了，這個世界不是挺正常嘛……我以前就有不少朋友是同志，所以我不會介意的！」

他一邊說還一邊拍迦炎胸脯。

迦炎的臉色越來越蒼白，蒼白到簡直像是死白：「我想死……」

他哽咽地說完，無力地蹲了下去，抱住頭。東方看著他壞壞地笑。大家瞄他一眼，再次看向夢，夢還處於離魂狀態。龍握拳放到唇邊輕輕一笑，滿臉的狡黠。

「寶貝兒。」東方又來招惹我，我們之間沒了迦炎，他可以直接望向我：「我被附身的時候真的對妳……嗯嗯？」

他勾唇挑眉。

我狠狠瞪他：「再說一個字就把你從這兒再踹下去！」

他賤賤地笑了：「那……我們做完了嗎？」

「真是找死！」我無法控制自己的憤怒，朝他揮拳過去，卻被龍扣住了手。

「小雨冷靜，東方的手已經骨折了，再掉下去難保不會死。」

骨折？看到他始終不用的那條手臂，我忍住憤怒轉開臉，東方還是賤賤地笑。對東方，我始終很矛盾，對他可以說是又恨又敬。我敬佩他遇事冷靜，敬佩他的堅韌，骨折怎會不痛？遭受像這種難以忍受的痛苦，至少常人無法像東方這樣如常，還有力氣跟我繼續嬉皮笑臉。除非受過忍痛的訓練，不然就是他以前承受過更大的疼痛。

「寶貝兒……」這個賤人是非要找死啊：「今晚過後，我們可以更坦誠以對了……」

我不看他，不過他說得對。不止我們，靈蛇號的其他成員也變得更加透明，大家心底的小祕密都暴露了。雖然一開始會尷尬，但相信不久之後，反而會讓大家變得更加團結。

大家在石板上變得沉默，各自深思，安靜地抵達聖殿。

寧靜的聖殿裡，水面平靜無波。在微弱藍光的籠罩下，水光泛上聖殿的石柱，波光粼粼。我們再次站上聖殿，龍站在最前方有如巨大荷葉的石板上，每塊石板皆為靜坐所用，所以只能站一人。

他的身後是我和東方，我們身後是夢、伊莎和圖雅，再來是月、爵、迦炎和小狼。龍屈膝下跪，我們依序下跪在安靜無人的聖殿中。

片刻之後，聖者從空中降臨，帶著其他聖靈一起前來，這一次的陣容比早上迎接我們時更多，像是要抓捕某個「壞」傢伙。

他們身上在黑夜裡散發出淡淡的藍光，聖者威嚴的臉上浮現絲絲歉意和無奈。

「小兒的事，我已知道，各位尊客，真是對不起了。」

龍抬起臉，對聖者依然尊敬：「小王子只是頑皮，並未傷害我們。」

聖者點點頭，漂浮在水面上繼續說道：「小兒今年剛滿十三，擁有了附身的能力，神域非常人可入，今日你們前來才讓他有機可乘，你們回靈蛇號吧！」

「是，多謝聖者。」

聖者大嘆一聲，率領眾聖靈消失在神殿之中。原來是小王子有了新的能力，迫不及待想找人試身手，我們來得真是不巧。

踏上飛船時，大家依然彼此不交談，被一種尷尬的低落氣氛所包裹，整個飛船陷入一種低氣壓狀態。大家或站或坐，被小聖靈折騰得完全提不起精神。

我靜靜站在艙門邊，透過透明的飛船，俯視漸漸消失在眼前的聖殿、山柱和那層層的雲霧。神域一行，真是讓人身心憔悴。不過，我們當中打擊最大的應該算是夢了。

「小雨……」爵走到我身邊欲言又止。大家各自陷入失神中，沒有注意爵，只有月淡淡地看著他。

往日最在意他言行舉止的圖雅，也是低下臉失神中。雖然我們沒有明確告訴她，她被附身時發生了什麼，但是她問伊莎時，伊莎欲言又止的模樣，讓她已經隱隱察覺到了什麼。

我看著爵，他像是很難過：「我、我真的……真的想解剖你？」他清澈的銀瞳中是滿滿的哀傷。

我一愣：「你、你聽見了？」

他點點頭，低下臉神情更加失落：「我雖然昏迷，但還是能聽見一點，我……我怎麼會！」

他身體開始緊繃起來，雙拳擰緊，陷入深深的恨意中，這股恨是在恨自己。

「我怎麼會想傷害小雨。我、我還是跟小雨分開比較好……」他失落地轉身走開，落寞地站在月的身旁。

月攬上他的肩膀，安慰地拍著。龍看他一眼，垂眸深思。

迦炎依然處於失魂落魄狀態，而小狼也在走神，伊莎和圖雅目光也不在月和爵的身上，而是失神地看著別處。夢閉眼深深呼吸，她正在努力恢復。

東方賤賤地對我笑，俯到我耳邊壞壞輕語：「第一次沒有被所有人關注，是不是有點失落？」

我斜睨他，誰失落了？要不是平時為了跟他配合，他以為我喜歡成為所有人的焦點？也怪我自己笨，只會開槍打架，對電腦、寫程式和機器人改造完全一竅不通。以前執行任務，無論是入侵系統還是電腦都有儀器，一插、一連，遠方的技術人員自會搞定。

今晚之前，如果爵到我身邊說話，所有人的目光必然會朝我集中過來。說起來也確實有點奇怪，因為只是爵過來，理應只有圖雅；但是往往會是所有人。

因為在爵靠近時，月會看過來，而月的目光一動，伊莎會跟著動。而龍也會看過來，夢的目光自然會追隨。其後小狼會充滿霸道地瞪爵，迦炎和東方則是在旁邊看好戲。這些連鎖反應，導致我往往成為眾人的焦點。

今晚之後，這個現象應該會隨之消失。圖雅以為爵只想把我解剖……嘆！雖然這不是真相……但這也比真相好……

上次爵因為對我動慾而內疚自責了大半個月，這次如果他知道真相，定會因為違背價值觀而深陷痛苦。我不想看他陷入痛苦，就讓他以為是要解剖我吧……

而夢顯然是認為龍和炎有姦情了，龍那時溫柔勸慰炎的畫面，還有親暱地撫摸他的紅髮，一切的一切都讓人對他們的「基情」深信不疑。我想炎將成為夢最大的情敵。

至於月……忽然間有一種強烈不安的直覺因月而起，我立刻看向月，他正在安慰爵。我收回目光狐疑起來，我的直覺從來不會出錯。緩緩靠上後面的艙壁，忽然貼上了一層如冰的清涼。我登時僵住了身體，這種清涼的感覺好熟悉！

我立刻轉身，身後空無一物，只有艙壁。伸出手，摸過去，摸到了冰涼的艙壁，難道是艙壁的溫度？可是，我明明記得我還沒靠上去，那股清涼已經襲來。

飛船在此刻停下，眾人相繼離開。

我繼續摸著，東方拍了我一下：「走了，妳在摸什麼？」

「我不知道，我感覺……算了，可能是我的錯覺。」

心裡劃過一絲不安，聖靈小王子不會跟來了吧？

當我和東方走出飛船時，月帶走了東方，因為東方需要治療。心裡還是有點內疚，這個賤人，總讓我在正邪間徘徊、善惡裡糾結。

「呵呵呵……」胖叔的笑聲響起，他笑眯眯看著眾人，那目光裡顯然有著幸災樂禍的成分。

大家沉默不語地從他身前走過，龍停在了他的面前。

「胖叔，我們明天再啟程吧！大家的狀態不太好。」

「呵呵呵……」胖叔笑看龍：「看來你和炎的關係瞞不了大家多久了，呵呵呵……」

我一愣，雖然大家已經相繼走遠，但我還沒走遠。我尷尬地看他們，龍並不介意地對胖叔微笑起來：「是啊，這次神域之行，我想是神明在指引我們對彼此應該更加坦誠，才能更加信任彼此。」

胖叔微笑點頭，朝我看來：「小雨啊，妳只想報復東方的行為讓胖叔太失望啦！胖叔更希望看到妳狠狠撕掉靈蛇號男人的衣服，比如龍的，然後夢在一旁抓狂。哈哈哈……」

胖叔大笑起來，笑得全身的肉都在亂顫。龍也在旁笑起，毫不在意自己是胖叔玩笑話的男主角。

我白了他們兩眼直接走人。胖叔和龍也越來越不正經，懶得理他們。

即使回到靈蛇號，我想今晚也注定是一個不眠夜。

龍和炎……到底是什麼關係？

不知不覺間我停在了月的醫療室前。我愣愣看著已經無人的醫療室，我為什麼會來這裡？擰了擰眉，為什麼老天爺要賜給我一個賤男做搭檔？不關心他覺得自己無情，關心他又容易犯賤，真是麻煩。

煩躁地回到自己房間，伊可的兩隻眼睛已經進入放光狀態。我匆匆關上門，東方賤人的影像已經成形：「寶貝兒，妳關心我？」

我懶得看他，把自己往床上一扔，他站到我床邊。

「妳沒回房間，而是去醫療室，不是看我，難道看月？」

「我當然去看月。」我轉身背對他：「我要睡覺了，不想找死快滾！」

「哼哼！」他在我背後壞壞地笑：「寶貝兒，現在沒人，妳老實告訴我，那隻藍色的小可愛對妳做了什麼？」

藍色的……小可愛？

受不了了，我要拆了伊可！雖然不擅長改造，但拆機器人絕對可以三秒搞定！

剛轉身坐起來，卻看見東方坐在床沿分外認真地看著前方，我這裡只有他的影像，所以他此刻應該是看到了什麼。

猶豫了一下，還是問他：「你在看什麼？」

他聽到我的話回過神，認真看我。

「好像有點不對勁。」說完，他手劃過前方，將他看到的東西與我分享，透過伊可的眼睛傳輸過來。

一個螢幕浮現在我的前方，只見裡面是夢一個人低頭飄著。她不是走，而是飄，雙腳離地飄著。雖然靈蛇號上也有飄移帶，人在上面可以飄，但並非每條走道都可以，而且那個比較耗費能源，所以一般情況並不使用，走一走還更健康。

螢幕裡的夢始終低垂臉龐，像是幽魂一樣在靈蛇號的走廊裡飄移。一種莫名的詭異包裹她全身。

「她這個樣子多久了？」

東方摸著下巴搖頭：「不知道，我也是剛發現。」

「難道！」

「難道……」他摸著下巴看向我，狡黠的眸中已經玩心大起，看來他也察覺到了。

就在這時，夢飄進了天頂，畫面中我們看到了龍。龍因感覺到有人前來而轉身，這時夢已經落下地面，朝龍走去。

龍溫柔地看著她：「怎麼還不睡？是不是因為炎？」

夢站到他的面前，緩緩抬起臉，臉上沒有絲毫表情。

「我們什麼時候訂婚？」沒有任何語氣的話語低低吐洩而出。

龍的眸光立刻收緊，東方的壞笑隨即而來：「喔——看來那小東西跟回來了。」果然是小聖靈跟回來了。那東西會隱身，我們自然無法察覺。

龍沒有說話，始終深沉地注視夢。

「到底什麼時候訂婚？」夢再次沒有任何語氣地追問。

龍沉臉看她：「小王子殿下，您鬧夠了，請離開夢的身體。」

「呵呵！」夢呆板地笑了起來：「呵呵！呵呵！」

「夢！」

「我問你到底什麼時候訂婚！」夢失控起來，她重重推在龍的身上，龍被她推到天頂的玻璃上。

夢憤怒又激動地看他：「跟我訂婚有這麼難嗎？只是舉行一個儀式、辦一場舞會，我們就能訂婚了！你到底打算拖我拖到什麼時候啊？啊？」

龍擰眉看她，抿唇不言。

「就算不訂婚，難道買個戒指給我都不行嗎？只是一個戒指你都沒時間買嗎？我到底還是不是你女朋友！你一年三百六十五天都在銀河系裡，我只能透過網路看到你，你跟靈蛇號上的男人相處的時間都比我多！你心裡到底有沒有我？到底有沒有？」

夢越來越失控，話聲從大吼漸漸變成哽咽。

「胖叔得到了你的靈蛇號；爵得到了你的星龍、星凰；月得到了你最先進的生態系統；小狼得到了你最尖端的防火牆；迦炎得到了你的愛；巴布得到了你最先進的武器系統。而我……而我什麼都沒有得到……就連蘇星雨那個骨董女人都能得到你的水之心……而我，我有什麼？連個戒指都沒得

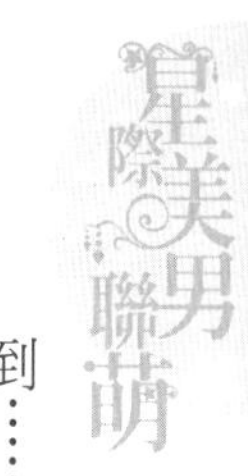

到……嗚……我什麼都沒有……嗚……啊啊……」

夢在龍的面前竟然失聲痛哭起來。我愣愣看著，原來儘管千年過去，女人對戒指還是有著一種特殊的執著。因為戒指是一個承諾，它已經不再只是一個戒指那麼簡單。

「啊……啊……」平日冷靜溫和、自尊高傲的夢，因為一個戒指、一個承諾而失控，像個無助無力的小女人跪在草坪上，毫無形象地仰天嚎啕，聖靈小王子的威力，真是讓人害怕。他已經不再是放大人們的邪念那麼簡單，他甚至可以誘發出人們隱藏心底的一個慾望、一個執念。

夢對龍的患得患失，原來是因為龍未對她做任何的承諾，比如形式上的一個戒指，所以會讓她如此不安。

龍俯臉看她，微擰雙眉，深沉掩藏了他所有的神情，失去他平日溫和的微笑。這讓我很困惑，也覺得奇怪。即使迦炎，他也會把他抱入懷中，柔聲安慰；而作為他的戀人——夢，他卻只是這樣深沉地站在一旁。難道是因為夢被小王子附身，所以他陷入戒備？

「嗯……看來龍喜歡的確實是炎啊……」東方在我身旁說著：「或者，他根本不喜歡夢……」

「怎麼會？」我不解地繼續看著。我對戀愛的經驗很少，所以讓我覺得複雜的人，我會本能地遠離，也是一種潛意識地自我保護。

在夢哭了片刻後，她沒了聲。此刻，龍立刻戒備地看向周圍的空氣，右手放到耳邊沉語：「胖叔，小……」他的話音未落，已經僵立在原地。

「不好！龍被控制了！我要去通知胖叔！」我起身時，東方在我的眼前閃現：「等等，妳去了怎麼解釋？難道說妳看到了？」

我好笑看他：「當然這麼說，難道天頂我不能去嗎？」

東方愣了愣，揚唇笑了。

「有了監控，這裡果然用得越來越少了。」他笑著點點自己的大腦：「不過先別急，不如我們看看龍的目標是誰啊？」他對我挑挑眉。

這個誘惑，有點大。

我和他再次看向螢幕，龍從已經不再哭泣的夢身邊冷冷走過。

夢回過了神，驚訝地揚起臉，天頂的玻璃上映出她滿是淚痕的臉。她吃驚地起身，看到正在遠去的龍。她立刻轉身叫：「龍！」

龍沒有停下腳步，她立時陷入戒備，沉臉沉語：「小王子殿下！請快離開龍的身體！」

夢忽然揚起手，手腕的手環閃現紅光，已經對準了龍。

龍終於頓住了腳步，他慢慢轉身，忽然揚手，登時一道紫光射出，直接射在夢的身上。夢被震起，摔落在玻璃上暈了過去。

「多管閒事！」龍低沉而語，渾身殺氣。

我一時愣怔，就連東方也驚得目瞪口呆。小聖靈可以激發人潛藏心底的某個慾望，龍隱藏的到底是什麼陰暗的慾望？居然讓他渾身殺氣，甚至六親不認？

在我想劃花東方臉的時候，迦炎前來阻止，也是被我直接給揮了出去，被陰暗面控制的我們真可怕。我一直以為自己是個好人，沒想到我也會黑化得那麼變態。

「我去通知胖叔，只有他那裡才能通知大家。」雖然從東方的系統也可以，但是那樣我們就暴露

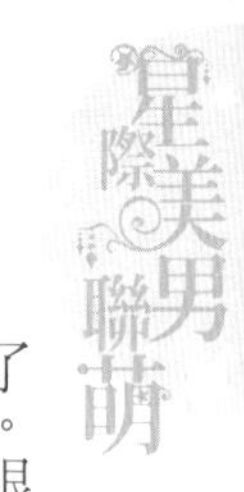

了。眼下的情形必須趕緊行動，不然那個被龍當作目標的人十分危險。

「嗯，我在這裡繼續監視，隨時保持聯繫。」東方也難得嚴肅起來：「看來胖叔收到龍沒說完的口訊起了疑，我這裡看他已經離開房間往監視艙去了。」

「好！」沒想到這麼快又要跟東方合作，真讓人……心情複雜。

我抄近路趕上了胖叔，胖叔看到我愣了愣，我立刻說：「胖叔，小聖靈跟上來了，現在正在龍的身體裡！」

胖叔吃驚地愣了愣，胖胖的小眼睛睜了開來，隨即他的臉上浮起從未有過的認真，對我沉語：「上來！」

「嗯！」我立刻躍上他的座椅，前往監視艙時一邊走一邊說著在天頂不小心看到的一切。

「小雨，龍往胖叔的房間去了。」耳朵裡是東方驚訝的話語，我吃驚地發愣。龍的目標，怎麼會是他最信任的胖叔？

胖叔已經打開了監視艙，當看到龍從他房裡出來時，他擰緊了雙眉，神色越來越深沉。

「我通知大家吧！」胖叔和龍的事，我還是裝作不知道得好。

胖叔點點頭，沒有說話，反而轉身面朝監視艙的艙門。我站在他身後背對他，隨手點開每個人的影像。發現迦炎還在走神，他這個狀態顯然無法戰鬥，和他一樣的還有伊莎、圖雅，而夢還暈在天頂。小狼也一直靠坐在自己的房門邊，臉上再無笑容，變得尤其安靜。小聖靈瞬間挫敗了所有人的鬥志，這樣的力量太可怕、太厲害了！

我立刻點擊月的畫面，他正往爵的房間走去。

「月，小聖靈跟上來了。」

他頓住腳步，面前出現螢幕，上面是我的臉。他面露驚訝，我立刻道：「小聖靈現在正在龍的體內，你千萬別靠近，夢暈在天頂，請趕緊去看看她。」

月的神色立刻肅然：「知道了。」下一刻，他已經消失在走道中。

再連上爵，他正坐在床邊發呆，他看見我時微微一愣，我迅速說道：「爵，小聖靈跟上來了。」

「什麼？他跟上來了？現在附在誰身上？」他面露緊張，我看向龍的畫面，心中開始不安，因為他正朝監視艙而來：「在龍身上，而且朝監視艙過來了。」

「難道龍的目標是妳？」他在驚語之後立時收緊雙眉：「我這就來！」

「不是我，是……」正想告訴衝出房間的爵，胖叔的手從身後抓住了我的肩膀，胖叔不想讓我告訴別人他才是龍的目標。

我於是改口：「應該不是我，他剛才也往別的地方去過，可能是小聖靈想破壞靈蛇號的監視系統，好讓我們不知道他去哪裡。」

爵一邊跑一邊點頭：「雖然聖靈可以隱身，也可以穿透實體，但是他們穿不透電磁層，所以現在我們回到靈蛇號說不定可以困住他，然後再通知聖者來把他接回。」

原來小聖靈是可以捉住的。

靈蛇號上磁場門也很多，不過小聖靈可以到處鑽，這裡還沒有全方位的磁場監獄。對了，有一個！我怎麼沒想到。

「通知巴布在房裡不要出來。」忽然間胖叔沉沉地說：「如果他被附身，會很難控制。」

「是。」我迅速連接巴布，他正在房內雕刻一個雞蛋殼，看到他哼著小曲幸福雕刻的模樣，我一時發了愣。巴布那麼龐大，卻偏偏喜歡做美食、做精細的東西。他做的蛋糕十分精緻，每一朵奶油花都栩栩如生，而此刻他正在雕刻一個雞蛋殼。他明明看上去那麼無害，卻讓胖叔最為擔心。

我看了一會兒，還是不打算打擾他。他那麼聚精會神，相信外面就算天塌了，他也不會察覺、放下他的小雞蛋。

眼角中，龍的監視畫面裡，他已經站在監視艙的門口。我立刻轉身戒備地看向艙門。

「刷！」艙門開了，龍黑暗的身影站在門口，長長的投影落在胖叔的身上，在胖叔胖胖的身體上形成一道像是裂開的痕跡。

龍緩緩走了進來，陰沉的目光始終落在胖叔的身上，他的右手慢慢平伸，朝胖叔的脖子掐來，胖叔絲毫不懼地沉著看他。雖然胖叔沒有做出躲閃的舉動，但是我不能眼睜睜看龍傷害胖叔。

我在胖叔的椅後收斂眸光，命令從意識裡而出：「小蛛，開啟！」

立時，氣壓儀形成的球體磁場，把我和胖叔一起包裹起來。胖叔一愣，龍的手停落在磁場壁上，久久站立。

氣壓儀不僅僅可以轉換氣壓氧氣，也能形成一層防護罩，一般的武器無法擊碎，可對自身形成保護。

龍的手依然平伸，那個舉動顯然是想掐胖叔，至於是不是想掐死，就不得而知了。因為迦炎被附體時，也是口口聲聲說要殺了龍，渾身的殺氣不可小覷，但最後還是痛苦糾結得無法下手，大喊自己愛著龍。

所以，龍和胖叔之間一時也很難判斷。他們兩個之間，又有什麼複雜的糾葛？眼前的龍面無表情，眼神陰翳狠絕，渾身散發著不可見的陰暗之氣，與往日所見溫和溫柔的龍，判若兩人。

他不言不語，只用自己的視線一直鎖定胖叔的臉，而胖叔也和他一樣，不言不語，冷眼相對，宛如在挑釁他來殺了自己。他們此刻的模樣，完全不像是好友，而是——宿敵！

「龍！」爵終於出現在了門口，看見屋內的情形，立刻想用精神力，忽然間龍的瞳仁擴散了一下，迷茫和困惑從眸中漸漸湧出。

他怔怔看我們片刻，黑瞳收縮了一下，恢復了平日的冷靜，慢慢收回手。不愧是龍，鎮定得很快。

爵立刻跑入，著急地看我和胖叔：「你們沒事吧？」

我搖搖頭，撤去了防護罩，這個防護罩還是阿修羅給我的，不知不覺中竟被他保護了。

龍擰起眉，失望地看著胖叔：「看來又讓小王子跑了。」

胖叔也在那一刻揚起了一如往常的笑：「是啊，呵呵呵！看來小藍還是慢了一步。」

我斂眉看龍和胖叔，他們兩個變臉都變得那麼快，瞬間從宿敵又變回了故友。這兩個人都在想些什麼？

「對不起，我太累了。」爵抱歉地、老實地說：「之前被小王子附體時消耗了很多精神力，之後又控制了伊莎，所以暫時無法搜索他。」

他的臉上已有疲憊之色，唇色已經微微泛白。

忽然間，整艘飛船陷入藍色的閃爍光芒中，龍、爵和胖叔立時看向門外。

下一刻，我只覺得整個人瞬間失去了重力，從胖叔後面飄飛起來，身體裡的五臟六腑完全失去了重量，懸浮在身體裡，像是要逃離它們原有的位置，整個人難受得無法形容，想吐卻吐不出。從沒接受過無重力訓練的我，一時無法適應五臟六腑飄浮的奇怪感覺。

胖叔，龍和爵也一一飄飛起來，胖叔坐在椅子上呵呵地笑：「呵呵呵……看來我們的小客人把我們的引力系統給關了。」

我們看向螢幕，螢幕裡所有的人都飄了起來，圖雅、東方、伊莎和迦炎都面露驚訝，開始想辦法找個邊緣，好讓自己彈跳到門口。

再看巴布，原以為他會被驚擾，哪知他飄浮在房內，繼續聚精會神地雕刻他的小雞蛋。

「到底怎麼回事？」小狼的畫面傳來，他正在他昏暗的房內，也是飄浮在他看護的靈蛇號藍光系統前。

龍看向他：「快恢復引力系統，小聖靈跟上來了。」

「什麼？」小狼驚訝不已，立時轉身，滿臉的煩躁：「可惡，居然惹上了這個小惡魔！如果他不是聖靈，真想好好揍他一頓！」

「最好盡快。」胖叔的沉語而來，他指向先前月和夢的螢幕：「月失蹤了。」

他的話讓我們立刻擔心起來，果然，那個螢幕裡現在只剩下夢，而不見月。龍沉沉看著那畫面，已經非常不悅：「必須要捉住小王子，如果讓他進入巴布的身體……」

他還未說完，我們的面前倏然有人擋住了大部分螢幕，月牙的長髮飛揚在閃爍的藍光中，細細的尾巴如同白蛇在他身後升起——正是月！

不好，剛才聖靈小王子隨龍到了這兒，他完全可以通過我們的監視螢幕清楚知道每個人的位置，所以才能那麼快找到月。那月現在出現在這裡，難道我們當中有他的目標？

「月！」驚呼從我們口中一起而出，月微微垂臉，月牙色的長髮飛揚，還有……他露在衣襬外的尾巴。他穩穩地停頓在空中，雙手在衣袋中，左腿伸直，右腿微屈，相對於暫時無法直立的我們，他在無引力狀態中遊刃有餘。

我、龍、爵，還有胖叔和他的椅子一起浮在半空中，與他形成對峙。他還沒動，不知他的目標是誰。

氣壓儀至多能包裹兩人，龍身上不知帶了沒有。

忽地爵緊張地朝我看來。我回他一眼，他看我做什麼？他的神情像是在擔心我。他倏地收緊雙眉轉回臉看向月，像是要用最後的精神力和小王子比拼一下。

月似是察覺到了，他揚起那條細細長長的尾巴。難怪他在沒有引力的情況下也能行動自如，他的尾巴提供他動力和方向。

他倏然消失的時候，龍忽然朝我伸手過來：「小雨小心！」

我立刻啟動氣壓儀，在氣壓儀啟動的剎那間，一股強大的衝撞力衝上了我的身體。轉瞬間，我被撞出了監視艙，身體被一個冰涼的身體緊緊抱住，停落在防護罩之中、監視艙外！

「月！」龍和爵同時在空中轉身，胖叔在轉身時發動座椅，座椅飛過他們身旁，胖叔一手拉住一人朝我們飛來。

一隻冰涼的手順著我的後背撫上了我的後頸，月只用一條手臂將我連同雙臂一起牢牢圈緊，讓我

無法逃離他的身前。月牙色的尾巴正慢慢從他身後揚起，尖尖豎在我的面前，這是……迦炎說過，這是危險的信號！

月的臉始終埋在我的臉邊，我無法看到他的神情，月的目標怎麼會是我？我從來沒得罪過他，他到底要對我做什麼？

忽然，三角的尾巴朝我急速而來，插入我的長髮掀起，下一刻，尖銳的、冰涼的東西刺穿我的頸項。一切發生在分秒之間，任何人都來不及阻止，我也在那一刻心臟猛地收緊，感覺到他正用力吮吸我頸項的肌膚。

月……竟然……吸我的血……

我僵硬著，只看見紅色的血珠從我的頸邊濺出，像一顆又一顆紅色的珍珠飄飛在氣壓儀中，他月牙色的長髮之間。

耳邊是他饑渴的吞嚥聲：「咕咚、咕咚。」

我的頸項完全失去了知覺，呆滯的目光見到龍和爵、還有胖叔驚詫的神情。

「撲通！」引力恢復，他們落於地面，我的防護罩也緩緩落到地面。龍和爵跑了過來，用力拍著我的防護罩。

「小雨！快關閉防護罩！」

「小雨！快關閉防護罩！」

他們的話音變得模糊朦朧，我在月的身前完全陷入愣怔，月……原來真有想過把我當作食物？雙手因為失血開始發麻，我漸漸因為血液的流失而變得無力。月忽然停住了口，抱住我的手開始陷入僵硬。我抬起手，推往他的胸膛。

「月！快放開小雨！」伊莎也來了，所有人都怔立在防護罩外，東方、夢、圖雅和迦炎震驚地看著我們。

月完全怔住了身體，他的身體開始輕輕顫抖，他緩緩地、輕顫地離開我的頸項。當我看到他一隻琥珀的瞳仁被鮮紅所替代時，心底劃過吃驚！月的一隻眼睛成了紅色的！

「小雨……」月的瞳中映入了我蒼白的臉，也溢出了深深的痛苦，他的嘴角還掛著我鮮紅的血液，兩顆尖尖的牙齒微露唇外，他月牙色的長髮也染上了我剛才飄飛在防護罩內的血珠。他扣緊我的肩膀，痛苦地垂臉哽咽：「對不起……對不起……」

「所以……你真把我當食物嗎？」

「不，不是的！不是的！」他痛苦、焦急地搖頭，月牙色的長髮隨著他搖頭而顫抖。

「小雨，不要誤會月。」難得伊莎為月說話了，她臉上的神情越來越複雜。她側開臉，微微抱緊自己的身體：「吸血是我們的本性，月有想吸妳血的想法，在我們派瑞星是正常的。但是，我們可以輕鬆克制，應該是聖靈誘發了月，所以請妳……要相信月，月是不會想傷害妳的……」

夢和圖雅看向伊莎，伊莎低下臉，看似不想再說話。

「蘇星雨！妳快給我離開那個吸血鬼！」東方幾乎是大吼般地命令我，我從沒看過他如此生氣的模樣，即使我把他打到殘廢，他也從不介意。

月在那一刻踉蹌地後退一步，放開我，雙臂和蒼白的臉一起無力地垂下，絲絲哀傷開始包裹他的全身，他宛如要再次回到他的冰封之中。

我看向陷入痛苦的月，心裡陷入沉思。我和月好不容易建立起對彼此信任的友誼，難道就因為他的這個本能，而從此與他形同陌路，把他當作虎狼一般來提防？

他與東方，難道東方不是更危險嗎？

「月，能不能帶我去別的地方，這裡人太多，我好像……有點累。」我乏力地握住月垂下的手臂。

月怔住了身體，有些吃驚地抬起臉，錯愕地看我：「妳不怪我？」

我搖搖頭，淡淡微笑：「這都是小王子的惡作劇，而且這點血沒什麼，很快就會補回。比起這個，我要先困住小王子，以免他進入巴布身體，給靈蛇號帶來不可估量的混亂……」

月雙色的瞳仁立時圓睜，宛如巴布如果被小聖靈附體，後果真的不堪設想。

我無力地握住他的手臂，靠他的身體來站立：「看來今晚你要和我關在一起……了……」

金星與黑暗一起襲來，矇矓中看到聖靈小王子從我們面前的空氣中浮現，淡藍透明的身體，雙手環胸，生氣鼓臉、噘著嘴地看我，在防護罩裡滿是憤懣。

我對他壞壞一笑，總算……逮到你了……

「小雨……」昏迷前聽到了大家的驚呼，幸好……我的防護罩不會因為我昏迷而關閉……

昏昏沉沉中看到大家都在我們的身邊，大家也都沉默不語，我在防護罩裡被月抱著，好像……是要把我送到哪裡去……

睡夢裡，小王子殿下一直生氣地、不服氣地狠狠瞪著我。他不說話，我也不說話，我們在我的夢境裡鼓臉對峙。

★　★　★

「小雨，小雨？」有人輕輕喚醒了我，我睜眼時，看到了月依然帶著一絲歉意的臉：「我們回到神域了，聖者來接小王子殿下了。」

他扶我站起，面前是沉臉的聖者。第一次，聖者對我彎腰行禮：「真的非常抱歉，星凰。」

我恢復了精神，清楚看到面前的小王子，他依然氣鬱嘁嘴，和夢境裡一樣。狹小的空間裡，關著我和月，再加上他，讓他伸展不開手腳和腦後的鬚髮。

身邊現在只有龍，他微笑看我：「可以關閉防護罩了。」

「嗯！」我點頭之時，防護罩關閉，小王子立刻伸展手腳和他腦後的藍色髮鬚，瞬間大了好多。

他飄浮在我面前依然生氣瞪眼。

小王子鼓起臉，不服氣地轉開臉片刻後，才轉回臉正視我們說：「對不起。」

聖者沉臉看他：「還不道歉？神賜給我們的能力，是讓你胡鬧的嗎？」

沙沙的聲音柔軟如同風中細沙，這就是小王子殿下的聲音啊，很好聽。

「那我們告辭了。」龍彎腰行禮，月扶著我，他的手依然冰涼。

在我們轉身時，小王子忽然飛落我們面前，龍微笑看他：「小王子還有何事？」

小王子鼓著臉眨眨眼睛，他揚起手，空氣中倏然隱現一顆碧藍的寶石，寶石連有藍色的細線緩緩飄入他的手中，然後他朝我俯身而來。月緊張地擋在我的身前，小王子嘁起嘴生氣看他。

「請月王子殿下放心……」身後傳來聖者的話音：「這是神域的神石，是小兒送給星凰的禮物，以表歉意。」

小王子在聖者的話音中連連點頭，俯看月示意他離開。

月退開了身子，小王子再次俯身為我戴上了他們的寶石，冰涼的寶石和小聖靈一樣，戴上時感覺到一股如同泉水般的清涼。

他對我咧嘴一笑，站直身體飄浮在我面前，豎起一根透明的手指說了起來。

「神石凝聚了我們神域的特殊能量，妳慢慢會發現它的神奇，希望它能為妳帶來更多的驚喜。同樣的，神石也會識別主人，賜予妳後，其他人若戴上，神石會漸漸死亡。」

「死亡……」我迷惑地看小王子，他雙手環胸連連點頭：「嗯嗯，會死的，它會失去顏色，最後風化。所以，請不要丟棄它，它也是有生命的。」

他忽然雙手抱心哀求地看我，純善地像天使，悲憫一顆石頭的生死。

既然聖者說這是禮物，這顆寶石……應該可靠吧？總覺得小王子不是小天使，而是小惡魔，收惡魔的禮物讓我全身有種說不出的不適感。

乘坐飛船返回時，龍朝我的胸口伸手而來，我立刻後退一步戒備地看他：「你要做什麼？」

他微微一怔，笑了，收回手看我胸口的神石：「沒想到小王子殿下會送妳一顆神石，相傳神石擁有神祕的力量，只有擁有使命的人才會得到，並且會擁有其神祕的力量。」

「是嗎？」我立刻握緊胸口的寶石：「那我要更小心地保管。」

月靜靜看我，在旁一言不發。

「而且，神域只有獲准才能進入，所以，能得到神石的有緣人屈指可數，數百年來，也只有歷史上的傳奇人物擁有過。因為神石隨主人生死，所以他們死後，神石也會在世界消失，無人得知其中的神祕力量。而女人更從沒得到過，妳是第一個。」

他深邃的黑瞳中是一種迫切，他迫不及待地想知道神石的祕密。

「那看來回去後，爵對我又要有一番研究了。」我立刻打趣道。

「呵呵呵……」龍點頭地笑，黑瞳閃亮如星，顯然他也是。

我隨手摸摸頸項，月雖然沒有正面看我，但是他的身體在我摸脖子時開始緊繃。

我摸了一會兒，隱約摸到兩個小洞：「月，你咬我的時候我並不疼，為什麼？」

他的身體再次僵硬，痛苦地垂下臉，背對我：「對不起，小雨，我以後不會的。」

我笑了，如果月真的把我當食物，他就不會這麼痛苦了。

「派瑞星的牙齒會分泌一種類似麻醉劑的液體。」反倒是龍，在旁邊替他解釋：「所以妳不會疼。而且，這種物質也同時催化紅血球的生成，所以恢復很快。」

我一邊聽一邊點頭，難怪我雖被月吸了血，但睡了片刻後依然神清氣爽。

「那我會變吸血鬼嗎？」

我故意問，因為月對此事很內疚自責，也因此而陷入痛苦。可是，我並不怪他。有個比喻或許不太好，但很貼切，即自家的貓抓了自己一下，難道會因此而責怪牠？憎恨牠？

所以我不會怪月，我相信伊莎的話，月不想傷害我。

「哈哈哈哈……」龍大笑起來，伸手撩開我的長髮，視線落在我的頸項。

「當然不會，妳放心吧！」他的指腹落在月留下的傷口上，微笑地看月：「月，你是不是應該對這個傷口負責？」

月深吸一口氣，轉身時已經恢復平日的冷靜，抱歉看我。

「對不起小雨，我不會讓妳留疤的。」他琥珀的眼睛裡充滿深深的自責和傷痛。

他的眼睛……又恢復了。我走近他，他微微窘迫地後退一步，像是刻意與我保持距離。我站到他身前，指向他的眼睛：「月，剛才我看到你一隻眼睛變紅了。」

月琥珀的瞳仁收縮了一下，怔怔看我，就在此時飛船緩緩停下，艙門「嗤」一聲開啟時，倏地有人飛身過來，以極快的速度從我面前掠過，緊接著就是一拳打在月的臉上，「砰！」

月沒有躲閃，以月的敏銳他是躲得掉的，但是他沒有躲。他側著臉，月牙的長髮完全遮蓋了他的臉。

我立刻看向來人，竟然是東方。

龍因為東方突然襲擊月也一時發了怔。站在船艙外的所有人一時都陷入吃驚。

「月！」爵急急跑了進來，察看月的臉。

東方站在我身邊甩著手，他骨折的那條手臂還戴著護套，他是用另一隻手打月的，他甩著打月的手，滿臉不羈地冷笑。

「哼，以後離小雨遠點，打你一拳算是便宜你了！」我愣愣看東方，他勾起唇角轉向我，伸手摸上我的臉：「寶貝兒，別怕，以後我保護妳！」

「誰要你多管閒事了！」我撥開他的手，他愣了愣，我氣惱地撫額：「我從不怪月咬了我，倒是你！你那齷齪骯髒變態的大腦，對我來說更危險！」

東方怔立在原地，周圍忽然變得安靜，月則神情複雜地看向我，琥珀的瞳仁裡浮出絲絲感激。

我看向月，他的嘴角一片紫紅，隱隱掛著血絲，東方這一拳用了十足的力量。

「月，真的沒關係，都過去了，小王子不會再來了。」我微笑著說，月帶傷的唇角顫顫地揚起，露出了感激和感動的微笑。

「哇！」東方在一旁輕嗤出聲，臉上是勉強冷淡的笑：「迷戀吸血鬼的無知少女，很好，原來是我東方白多管閒事……」

他單手背到腦後，轉身之時，笑容逝去，神情瞬間冷沉，隱隱的怒火在他的眸中燃燒。

看著他冷然的背影，我心裡忽然變得很亂，不知道為什麼亂。心裡知道他打月是為了我，卻又有股衝動想去拉住他，而且他對我做的事讓我更加無法接受。

東方是一個縱情縱慾的人，可以想像他以前也風流成性，或許一夜情、床伴是他生活的一部分。在他看來，找我上床是再正常不過的事情，說不定他腦子裡還覺得是恩賜了我，讓我可以享受他給我的特殊服務，帶我一起享受人類最原始的幸福。

但是，我不行。我沒有過那樣的生活，忙碌的工作讓我無法喘氣，甚至連男友都來不及交一個，案子裡的男人十有八九也是花花公子，每天換女人，還喜歡玩變態遊戲。這讓我對東方那種性格的男人，實在沒有好感。

「龍，沒事了吧？」夢問向艙內的龍。我獨自走出了飛船，龍走在我的身旁，在跟大家說沒事時，我繼續往前走。

「小雨！」龍在我身後喊了我一聲，我揮揮手。

「我沒事，我現在想一個人靜一靜。」

身後依然一片安靜，沒有相聚時的聊天，或許大家今天都想一個人靜一靜。

走過漫長的走廊，來到了熟悉的保險庫。想了想，打開保險庫拿出自己的箱子，從裡面取出了手銬。以後跟東方單獨相處，還是帶上手銬安全一點。我也不想每次都揍他。

最後，我還是站在了東方的房間門前。

蘇星雨，妳這個白癡，妳一定會為此而後悔的。

咬了咬牙，敲門。

門開了，出現他修長叼菸的身影。他垂著眼皮看我：「喲！稀客啊！」

我轉開臉，他冷哼一聲轉身入屋。我走進去，門在身後關閉。我靠在門邊，他回到床上，只見床上一堆亂七八糟的線路，伊塔麗站在旁邊，文明先生也已經復活，飄浮在房間裡。

「你……裝好了文明先生？」文明先生朝我飛來，上上下下打量我。

「嗯！」東方懶懶地應了我一句，叼著菸開始整理床上那堆線路，他擰著眉，臉上是從未有過的認真。

那之後，他沒再開口，我們的談話陷入了尷尬。

看看他不能動的手，我低下臉：「對不起。」

「哼！」又是一聲輕笑，他今天不想跟我交談。

「東方，你為什麼要打月？你並不太喜歡我……」

「白癡！」輕嗤從他口中而來：「我當然在乎妳！」

他異常認真的語氣讓我怔立在原地，甚至沒有勇氣抬臉看他，我怕又被他耍弄。

靜靜的房間裡響起他長長的嘆息，他起身朝我走來，我往後靠在了門上，不知為何因為他步步靠近而輕顫，矛盾、憤怒和內疚自責緊緊纏繞住我的心，讓我糾結得無法呼吸，煩躁得想扭頭逃跑。

「對不起……又嚇到妳了……」他伸手輕輕放上我輕顫的肩膀，莫名地我因為這小小的碰觸而安心下來。上前一步走入他的身前，靠上了他的胸膛，傾聽裡面的心跳。

「告訴我，還有多久，我們可以離開。」

「快了，我向妳保證，在這次巡迴展結束之前，一定會帶妳離開……」他輕輕地將我環抱。

「到時如果你過河拆橋，我追到銀河系邊緣也會廢了你！」我安心地在他胸前點頭。

「呵！妳的厲害我可是每天都在領教！哪裡敢得罪妳蘇星雨女王陛下！」他像是在說風涼話，又像是在抱怨我動不動打殘他。可是，這個時候的他，卻讓我感覺到真實、安心和親切。

東方……到底是一個怎樣的男人？他的心裡……到底在想什麼？

「真是可惜……」

忽然間他的話音在大腦中響起。

「能看不能吃……哎……」

這個可惡的東方白！我一把將他推開，他愣愣看我。

「Come on～寶貝兒，不要對我忽冷忽熱，欲拒還迎好不好！」

我看著他的神情，他顯然對我突然的舉動很不解。

回想之前的聲音，那聲音空洞悠遠，而且直接進入我的大腦，與他平時說話完全不同。怎麼會？難道是我的幻覺？

他聳聳肩坐回床上繼續整理那堆線路。我看向他，開始集中精神，想知道他心裡到底在想什麼。

「嗯……」

聲音再次響起，但是他依然在認真整理他的線路，眉頭緊擰，也沒有開口說話。

「真是一個古板的女人！不過這丫頭很明顯沒有過男人，這讓我怎麼忍心下手。啊！最煩的就是正經女孩，還是個處女……跟處女上床是一種罪惡……」

我怔怔看他，在他那副認真做事的模樣下，居然還在想上床的事？果然是變態猥瑣下賤的東方白！

「現在關係又那麼好，我怎麼可以帶壞她？她還是做她自己可愛……嗯……越來越喜歡她了，怎麼辦？這樣更不好下手了……嗯……我和她觀念不同、經歷不同，已經很久沒遇到這麼好的女孩了，別壞了我們的感情……嗯……」

我聽著聽著忍不住笑了，東方的想法很直接，但他心裡真的有我，我已經成為他信任喜愛的夥伴。

「妳笑什麼？」他並沒看我，依然理著他的線路，腦中再次閃現他的話音。

「不妙……東方白，你怎麼越來越在意她？她笑還是哭關你什麼事？這可不妙……不妙啊……」

雖然不明白自己為何突然可以聽到他的心聲，但這讓我更加了解東方白，讓我知道他在我面前其實是他最真實的一面。

我收回心神抱歉地對他說：「對不起踹了你，我當時看迦炎沒事，以為下面有什麼可以接住你，現在你的手臂沒事吧！」

「沒事，三天不能動而已。」

我安心地點頭，再次認真看他時腦中又浮現出了他的話音。

「嗯……就是打手槍的時候不太方便……哎……一隻手太累……」

「噗！」我一下子噴笑出來，臉漲到最紅。這次我真的不是有意要讀他心的，只是不知不覺就會專注看他，這是我的職業習慣。

他朝我疑惑看來：「蘇星雨，妳怎麼回事？妳今晚回來後就有點怪怪的。」

他看出來了？他真的很關心我。

我立刻轉身開門：「沒什麼沒什麼，我回房了，你也好好休息！」

匆匆跑出門，撫上狂跳不止的心口，一絲冰涼映入手心，是……小王子送給我的神石！

霎那間一個念頭劃過腦間，我立刻跑回自己的房間。

「主人！您總算回來了！伊可好擔心啊！」伊可蹦上我的腿、蹭著我的身體。我立刻解下神石，之前一直沒怎麼認真看它。

神石從我身上摘下後會微微飄浮在我的手心，乍看之下，會以為是一顆淡藍色寶石；可是仔細看時，它更像是一團藍色的氣體被壓縮在一粒透明的淚形石裡，在裡面流動。那如同氣體的藍色像是一種能源，在黑暗的房間裡閃爍出和神域裡的藍光一樣的弱光。

漸漸感覺到大腦從未有過的疲累，像是連續三天三夜未眠，只想著作戰計畫。抓住神石倒落時，已經陷入沉睡。

不知睡了多久，發現自己又回到神域的聖殿裡，站在刻有圖紋的石板上，周圍沒有人，只有我。以為是夢，可是眼前的場景、溫度，甚至神域那種潮濕悶熱的環境，都是那樣的真實。還有寧靜的滴水聲，滴答……滴答……

「看來妳已經發現神石的神祕力量了。」聖靈小王子從天而降，飄浮在我的面前，長長的鬚髮在身後飄揚。

「神石裡儲存了我們神域的一種特殊能量，它能夠加強任何生物的精神力，所以妳才能讀心。」

果然是因為神石。

「而且，也方便我們以後見面喔！」他開心地在我面前飛來飛去。

「你跟我聯繫做什麼！」我驚恐地看他。

他停了下來，鼓起臉，皺起眉。

「人家不能離開神域……」透明的臉擰在一起，像一隻被揉成團的小寵物。

「不能離開？」呼，還好不能離開。

「嗯嗯！」他難過地點頭：「我們整個種族都不能離開，父親說神賜予我們神力，我們也要付出相應的代價。只要離開神域，我們就會化作灰塵消失，但是，我真的好想去看看其他星球，看看別人在做什麼，所以神石成了我的眼睛。而妳會去很多星球，妳之後會有更多的冒險，所以我要跟隨妳，這樣我就可以通過神石來看外面的世界了！」

他興奮地再次飛來飛去，原來他們雖然有神奇的神力，卻無法離開星球。雖然心裡同情小聖靈王子，但還是因為他無法離開神域偷偷長舒了口氣。如果讓他自由來去宇宙，真擔心會不會挑起宇宙戰爭。

「妳放心，我是無法再進入妳的身體了，我的精神力只能通過和神石連接來看妳周圍的世界，所以平時妳不會有任何感覺，神石就像是……嗯……你們的攝影機……」

我明白了，我等於在胸口戴了一個針孔攝影機，好讓他隨時看到外面的世界。

「不過，精神力的運用也會耗費精神，妳用過後會很累，所以要節制使用喔！」

小聖靈王子再次停落我面前，好心地提醒。

「而且，有時候知道別人心裡想什麼並非好事，說不定還會影響你們彼此之間的信任和感情。」

我低下臉，看著胸口隱隱發光的神石，它那規律性的閃光與聖靈小王子的心跳變得同步。

好吧！這似乎也沒什麼壞處。

聖靈小王子還跟我說了很多關於精神力和神石的事，儼然以老師自居。

因為每個人的精神力強弱不同，所以神石作用也不同。比如有人擁有的神識能夠以意念移動物體；有人可以控制別人；有人可以讀心，比如我。但是無論哪種，一般人類只會一樣。

經過讀心後，我已經感覺精神疲憊，而且當時也沒聽幾句，可見我讀心的次數有限。希望在之後的訓練中能增加讀心的次數。

他最後提醒我，不要在利亞星人面前使用，因為同樣擁有強大精神力的利亞星人能夠察覺到精神力的異常波動，會立刻引起他們的注意，被他們發現我這個小祕密。他說尤其不要在那個藍爵周圍使

用，他感應到他的精神力非常強大。

我問他怎麼個強法，他說，反正比那個女孩強多了。

所以，藍爵是為了考古而故意隱藏自己強大的精神力，即使被所有利亞星人視為廢柴，有辱皇室顏面，他也無所謂。因為利亞星人是以皇族精神力最強者繼承皇位，那樣他就不得不放棄自己的喜好，也無暇從事考古了。

他真的很愛考古，愛到可以放棄王位。他讓我更加欽佩，明明是那樣一個老實憨厚，還有一點點小怯懦的男人，卻有著這樣的勇氣和執著。

★ ★ ★

第二天準備去和大家會合時，意外看到伊莎站在院子裡。我以為她是來找月的，所以只和她打了聲招呼。

她也對我點頭微笑，很好的開始。熟識之後，發現伊莎是個很好相處的人。我們可以忽略她的陰暗面，因為每個人都有陰暗面。

我從她身邊走過，她拉住了我的手臂。我疑惑看她，她紅色的瞳仁閃爍起來。她在猶豫、她在掙扎，但最後還是做出了決定，肅然地看著我：「我希望妳做月的飼主。」

她突然出口的話，讓我呆立在原地：「飼……主？」

「不錯。」她放下手，回到我身前，異常認真地看我：「與其說人類懼怕我們派瑞星人，不如說是我們派瑞星人懼怕你們人類。」

我靜靜聽了起來，雙手慢慢環胸。

她看向月的小屋。

「因為人類的血對我們派瑞星人來說是毒品。我們派瑞星人以血為食物，我想這跟你們人類以米飯為食物是相同的。但是不知道為何，唯獨你們人類的血，我們喝了之後會上癮。」

「妳是說……我們的血對你們來說，像海洛因？」

她點了點頭：「是的，所以到你們地球的派瑞星人都無法回家，因為他們已經離不開你們人類。昨晚，月吸了妳的血後，已經染上了血癮。血癮發作時，派瑞星人會陷入極度的痛苦。我不想看他痛苦，所以我希望妳成為他的飼主，為他提供血液。」

她近乎帶著一絲祈求地看著我。她是高高在上的伊莎大公主，是未來的伊莎女王，而她現在……

我也認真看她：「妳真的愛月？還是只想得到他？妳知道昨晚妳對月說的話嗎？」

她苦澀而笑，紅色的瞳中劃過一絲糾葛及痛楚。

「我知道，月現在更討厭我了。可是，我還是不想放手。」她抬眸灼灼看我，像是在對我下戰書：「靈蛇號上，現在只有妳能做他的飼主，等月以後回到派瑞星，我會替他購買新的食物，所以我只是想請妳在這段期間，為他提供他所需要的少女之血。」

她漸漸深沉的視線，帶出了她女王的威嚴，她已經從商討，正式變為對我的要求和命令。

我成了月的毒品，成了他的海洛因。是我讓月染上了血癮，我會負責到底。但是，血癮真的不能戒嗎？

身邊月之小屋開了門，他看見伊莎時移開目光，伊莎也在那一刻轉身背對他。

月朝我走來，拉起我的手臂，只是淡淡說了句：「走了。」隨即帶我從伊莎背後離開。

「月，妳不想知道我跟小雨說了什麼嗎？」伊莎說。

月停下腳步，轉身看她：「我知道，我屬於妳。」

月這句沉語，讓伊莎怔住身體，慢慢轉身，吃驚而揪痛地看向月。

月冷漠看著她：「在派瑞星，我無法改變自己的命運。夜已經叛離，如果我不跟妳成婚，我們整個家族都會被判刑，前往蠻荒星球開荒。所以不用妳提醒，我也知道自己的主人是誰。」

月冷冷的話，聽起來是那麼心傷無奈，也讓伊莎的神情越來越痛苦。她緩緩抱緊了身體，左手握緊了右手臂，閉眸深深呼吸。

「但是，現在是在靈蛇號上，所以請讓我跟我喜歡的人在一起。我喜歡靈蛇號上每個人，但不包括妳，所以，請妳在靈蛇號上盡量不要出現在我眼前。這趟旅程三個月後就會結束，到時我自然會回派瑞星跟妳完婚，伊莎大公主，妳滿意了嗎？」

月淡淡說完，沉臉再次拉住我的手臂，拉我離開：「小雨，我們走。」

「呼……」從伊莎那裡，傳來她長長的、帶著一絲不易察覺的顫抖呼氣聲：「我知道你喜歡爵，喜歡靈蛇號，也喜歡蘇星雨……」

月在她緩緩的苦澀話語中慢慢停下。

「我今天來，是想讓蘇星雨成為你的飼主，因為你已經染上她的血癮。」

月的身體頓時繃緊，握住我手臂的手也因此而緊握。他陡然轉身，憤怒地看伊莎。

「我的事與妳無關！我寧可死也不會再吸小雨的血！」

「那你真的會死的！」伊莎也憤怒地、憂急地看他：「你應該知道染上血癮後有多麼痛苦！所以我們派瑞星才會禁止吸食人血！月，我不想看你痛苦，我不想看你生不如死啊！」

伊莎的大吼在我們的小艙裡迴盪。

我擰眉看向月，月的神情也完全緊繃，近乎怒不可遏，我握上他緊繃的手臂。

「月，沒關係的，我恢復很快。」

他深吸一口氣，忽然俯身緊扣我的肩膀認真看我。

「小雨，如果妳的朋友染上毒癮，妳是買毒品縱容他，還是幫他戒毒？」

「可是……你們不是戒不掉嗎？」如果可以，我當然想幫月戒掉這可怕的血癮。

他琥珀的瞳仁猛地收縮，冷絕的目光卻是對著自己：「既然如此，我希望妳能殺了我。」

我驚詫看他，他的唇角揚起一抹苦笑：「與其做籠中鳥，不如去死……」

「月！」伊莎心痛地看他，大聲質問：「和我結婚，真的讓你這麼痛苦嗎？」

月收起了所有的神情，再次把自己包裹在厚厚冰層之內。他沉下了臉，在我面前站起身，月牙色的長髮染上了他身上的寒氣。他沒有看伊莎，而是拉起我直接離開。我回頭看伊莎，她踉蹌一下，沒有站穩地靠在了門邊。

月對伊莎的友情已經加入了太多的恨。他們之間的結因為伊莎的步步緊逼而越來越緊、無法解開。

在走廊裡，我們遇到了爵，他從我們前面的拐角走出，似乎沒有看見我們。這很反常，因為他的精神力很好，無論誰出現在他附近，他都會察覺。

而這一次他依然往前走著，依稀變長的藍色長髮依然梳著昨天的髮型。他顯得心不在焉，只是往前走著。

而月也是，他也沒有追上前，也沒有和爵打招呼，像是沒有看見他，雙手插入衣袋，目光垂落別處，像是遊魂一般走著。

慢慢地身後多了迦炎和小狼，他們也是這副模樣，精神恍惚地走在我們身後。

小聖靈的事，讓大家到今天依然沒有恢復，打擊持續這麼久。

「請大家到天頂集合。」空氣中響起龍的聲音，大家只是略微停頓，然後繼續往前。

靜靜的走廊裡，傳來大家靜靜的腳步聲。

當進入自動移動帶時，他們索性停下腳步，讓移動帶帶著他們移動。

這是第一次，我看到無法打起精神的靈蛇號成員。

爵、月、迦炎和小狼一一走出移動帶，雙目無神地走向天頂邊已經站立的龍還有胖叔。

他們的神情倒是如常，龍還是溫和微笑，看到大家時面露擔憂。

胖叔小小的眼睛也因為眼前還處在低壓狀態的大家而微微睜開。

「這是怎麼了？」巴布走過我身邊問。

我看向他：「你……不知道？」

他巨大的身形站在我身邊像一堵牆。他迷惑地搖搖頭，抬手撓了撓棕褐的短髮。

「嗯……我昨天在雛雞蛋……」

「那你知道昨天引力系統失靈嗎？」

他看了我一會兒，還是搖搖頭：「昨晚引力系統失靈了嗎？你們不是住在神域嗎？」

撫額，看來他連我們中途回來都不知道，巴布的專注力真強悍。

「哈哈哈！巴布，我覺得你還是不知道得好！」東方笑呵呵地從他身邊晃過，他的身後遠遠飄來比迦炎和爵他們好不了哪兒的伊莎、圖雅和夢。

夢的臉色最難看，她的事發生在靈蛇號上，記錄在影像中，可以隨時重播。不過我想她最介意的估計是被我看到了。正想著，她已經抬頭朝我看來，纖眉收緊之時，撇開臉咬緊了飽滿性感的紅唇。

大家零零散散站在龍的面前，龍皺眉掃視大家一圈，面露一絲愁容。

「呵呵呵……看來靈蛇號瞬間就被聖靈小王子挫敗了！龍啊，以後你要注重大家的心理防線了。呵呵呵……」幸災樂禍的胖叔眸光閃閃。

龍也嘆氣起來，黑色的制服讓他看上去像一個高中生，然而年紀輕輕的他，卻已經是靈蛇號的艦長大人。

他單手扶腰，再次掃視眾人。女生們比男生們走神得更加厲害，夢更是轉身側對他，第一次沒有站到龍的身邊，以靈蛇號女主人的姿態站在我們面前。

龍必須說些什麼，讓大家再次精神振作起來。

「小狼。」龍忽然叫小狼的名字。

小狼微微發怔，今天他沒有塗脂抹粉，也沒有穿女裝，看上去和淩一樣清爽。他感覺到龍還在看他，擰了擰眉，顯得有些彆扭，低語：「什麼事？」

龍溫和地笑看他，並不介意之前發生的一切：「我批准你參加銀河滑翔器競技大賽。」

「真的！」小狼立時激動起來，一掃之前的沮喪，耷拉的狼耳朵一下子豎起，碧藍的雙眼睜到最大，興奮地朝我看來。

「但不能跟小雨搭檔。」龍後面的話，讓我心裡一陣失落，也讓小狼陷入失望。

小狼也噘起了嘴，雙手背到腦後，狼尾巴搖來晃去。

「為什麼不可以跟小雨姊姊啊？我跟她練得好好的。」

此刻，龍的笑容裡多了一分認真。

「之前你無法參加，是因為我們靈蛇號上沒有女孩。但小雨畢竟是活體骨董，十分珍貴。滑翔器大賽年年皆有死傷，所以對她來說非常危險，而且她也沒有穿衣甲的經驗，容易脫水虛脫。這次大賽，你可以找圖雅、伊莎和夢她們跟你組合。」龍指向一旁的三個女生。

「啊……」小狼看向圖雅她們，冷不防打了一個哆嗦，然後嘟囔著：「她們都沒小雨姊姊脾氣好……」

他還嫌棄圖雅她們咧！

夢和伊莎各自看向一邊，還處於低氣壓狀態。圖雅沒好氣地看小狼。

「這個比賽有什麼好玩的？你嫌棄我們，我們還不想跟你玩呢。哼！」

小狼懶得理她：「反正像妳這種人去，肯定一早就被淘汰出局。真是的，好不容易和小雨姊姊練習到默契十足了，突然要換人……」

小狼的抱怨讓圖雅漸漸升起了殺氣。大家總算又恢復了一些幹勁。

不過，不讓我參加，讓我心裡很不爽，好不容易有了一個接觸到衣甲的機會。

東方側身貼到我耳邊，壞笑低語：「不錯啊！每年都有死傷，可見很危險，但他卻推薦別的女人，顯然妳現在比她們更重要！」

「呿，那是因為他相信她們的能力。」我咬著牙，不動唇地與他低語。

他斜眼側靠在我身上賤賤地笑：「再相信，也還是有生命危險喔！」

「東方，你有什麼話想說嗎？」忽然龍微笑地看東方，東方攤攤手，微捲的短髮讓他更加像個不良少年。

龍微笑點頭：「很好，既然如此，請你自覺遠離星凰。昨晚的事我們有目共睹，我們第一星國的每個男人都要尊重女人。所以從今以後，你不得靠近星凰。」

東方好笑看他：「噓！我可是官方配對耶！」

「我們可以隨時換，不是嗎？」龍的目光依然溫和，臉上微笑依舊，然而他眸中閃爍的寒光卻是在鄭重警告東方不得靠近我。

東方挑起眉、聳聳肩，勾起唇角與龍對視，完全無視他眼中的警告。

「既然我不得靠近她，那麼是不是有個人更不能靠近她呢？」

當他說這句話時，大家不約而同看向月。月抿了抿唇，正要說話，我說道：「我沒事。」

月怔住了身體，低臉將視線落在地面。

我看向大家：「小聖靈的事已經結束了。每個人心裡都會有一、兩個執念和邪念，這很正常。我們不是神，我們只是一個凡人，暴露心底的小祕密也沒什麼，我們是好朋友，不是嗎？」

大家的目光開始交錯起來。

迦炎看向龍，龍蹙眉望向胖叔，胖叔對他點頭微笑，龍也回以微笑，再轉臉看向迦炎，迦炎鬆了口氣。

龍的身旁投來夢的目光，他回看夢，目光恢復往日的似水柔情。夢的眼中忽然閃現淚光，轉身遮起顯露感動的臉。

圖雅則對爵說：「爵哥哥……對不起……」

爵微笑地摸了摸她的頭，她含淚撲到了爵的手臂上，難過傷心地哭泣。爵疼惜地看她，朝我看一眼，我想說沒關係時，他已經匆匆收回目光，只看著圖雅。

心裡感覺到一絲奇怪，但又覺得爵多多關心圖雅才是正確的現象。可能是我多想了。

只有月和伊莎依然讓大家有點擔心，他們始終不看對方。

龍再次認真掃視眾人，眾人倏然振作精神，目光灼灼地認真注視著龍。

龍面露微笑：「接下來，我們將要穿過星際之門，進入下一片星域。所以，爵，注意座標、導航，還有各項能量平衡值。」

「知道。」爵的神情比往日更認真，也更多了一分男人的氣度。

「月，生態系統進入星際之門後會有所影響，小心水和氧氣值。」

「明白。」月淡淡地說，鎮定自若。

「巴布，推進系統交給你了，離開星際之門後不能馬上減速。」

「嗯……」

「小狼，多關注曲速引擎，以防萬一。」

「了解！放心吧！」小狼對龍豎起大拇指。

「迦炎，看好防護罩和力場。」

「當然！」迦炎恢復常態，嘴角上揚、怡然自得。

龍笑著轉身，面朝天頂的玻璃：「那麼，就讓我們穿越星際之門！」

當他的話音結束之時，面前雲淡風輕的畫面漸漸往兩邊移開，猶如大門開啟。宇宙的黑暗漸漸映入眼簾，而浩瀚無際的黑暗中，出現了一個巨大的、黑色的三角框，就像是一扇巨大的三角門懸浮在黑暗宇宙之中。

那個巨大的三角形呈中空狀，邊框上閃耀著星光般的複雜圖紋，並時刻旋轉。在三角框的周圍有更大的建築群支撐、發散出去，旁邊還有一座人造的宇宙城市。

當我們靠近三角門時，面前天頂的玻璃又成為了螢幕，浮現一位身穿深藍制服的中年男子。

「主席，星際之門已經做好準備，可以隨時進行穿越。」

「好，多謝上尉。」

螢幕消失，龍轉身肅然看向大家：「各就各位，準備穿越星際之門！」

「是！」眾人從我和東方身邊快速跑過，夢帶領伊莎和圖雅也向主控制室跑去，氣氛變得緊張起來。

龍走過我們身旁時，認真囑咐我：「穿越星際之門時會很顛簸，妳還是回房吧！」

我點點頭。然後他也迅速離開。

「星際之門吶……」東方看著大家的背影摸起下巴。

「星球不像城市……」胖叔移到了我們之間，我習慣性地跳上他的飄浮椅，他一邊向前移動，一邊跟我們解釋：「星球之間的距離是以光年計算，之前我們行程快捷，是因為使用了空間跳躍技術。如果要實現更長距離的跳躍，就要通過這種星際之門，跳過一些沒有星球的危險星域。」

「沒有星球？」

「嗯，宇宙是神祕的！」胖叔的神情變得認真：「對它的探索永無止盡。有些區域裡沒有恆星、沒有行星、沒有任何星球，我們稱這些區域為『死域』，或許是我們還沒有探測到。但是，無邊無垠的黑暗總讓人心生畏懼，說不定裡面隱藏了危險或黑洞。總之，在旅程中遇上這些區域時，我們會直接跳過。這裡也很適合建造星際之門，星際之門是雙向的，兩點成隧道，兩邊的星際之門同時開啟時會形成人造蟲洞。雖然現在這項技術已經相當成熟，但還是有一定的風險，必須小心。」

東方在一旁靜靜聆聽，他對科技一直很感興趣。

回房時，飛船忽然顛簸起來，伊可在房內被顛簸地彈了彈去，它覺得很好玩，在地上震來震去。

忽然它雙眼又射出光束，螢幕抖得我眼都暈了。

「伊可！停下！」

「是，是。」它飄浮起來，不再顫動，螢幕裡是東方賤賤的笑臉：「寶貝兒！我想妳了！」

我隨手拿起自己的小平板：「廢話少說，是不是又有什麼事要交代我？」

「嗯！我們真是越來越有默契了。妳說得對，我需要妳再一次吸引大家的視線！」

我抬眼挑眉看他。頃刻間一個又一個螢幕發散在房內，唐別的臉出現後，緊接著又出現了一老一少兩張臉。少年看上去至多十六歲，是一個漂亮的歐洲少年，金髮碧眼、白膚紅唇，看到我時激動地貼上了螢幕。

「妳就是星凰一號？真的是星凰一號蘇星雨？天哪天哪！我真的見到了！我為妳設計了一套衣……」

「噓！噓！萊蒙特，冷靜點！」東方白斜睨過去，我們幾個人形成了視訊會議。

唐別和那位老年人笑了起來，老年人看上去像是日本人，白頭髮、白鬍子，笑容倒是很和藹。

「對、對不起，我、我太激動了……」叫萊蒙特的少年羞澀地低下臉，他的眼睛是碧綠色的，非常漂亮。

我對眼前這兩個新成員還有點發懵。

「小雨，我先幫妳介紹一下。」東方白說了起來：「這位是日本微生物界的科學家和醫學家山田醫生，他對細胞變異和病毒變異非常有研究。」

我笑了，發現日本人在生化和機器人方面，總是特別熱愛。當然，我並無惡意。

「那是萊蒙特，別看他年紀小，他在機械方面很有天賦。」

萊蒙特激動地朝我揮手。

「山田老博士和萊蒙特恰巧被同一個家族的人買入。」東方繼續向我說明：「而這個家族非常特殊，是第二星域的軍火家族，最擅長生產的是……」

東方說到這裡，停了下來，對我壞笑地挑眉：「是衣甲。」

我頓時精神百倍，現在只要聽見「衣甲」二字，我渾身的血液都會為之沸騰。東方果然了解我。

東方笑了起來：「所以，我們要脫離微細胞的控制，這次會面十分重要，而且他們的主人似乎也想幫助我們冰凍人獲得自由和同等的人權。他們的主人不方便露面，但他們已經答應會給予我們技術上和資金上的支持。」

「咦？」東方的話讓我驚訝，這可不多見，我立刻問道：「這樣的主人很少見，而且還是軍火商，可靠嗎？」

只見山田老博士和萊蒙特同時點頭，山田老博士已經說了起來，聲音渾厚有力：

「這跟他們家族的宗旨和原則有關，他們設計衣甲是為了更好地保護人類、守護銀河系的和平。他們宣揚和平、自由和民主，所以他們會支持我們。而且他們告訴我們，還有一小部分貴族也在努力推動冰凍人的人權事宜。他們幫助的其實不只有我們，還有其他種族，比如混種人、人造人等。」

心裡很感動，這是一個尊重生命的善良家族。能得到現代人的支持和幫助是最好的。其實，微腦細胞也有微腦細胞的好處，比如現在算是國際會談，但微腦細胞讓我們沒有任何語言上的障礙。

「而且！蘇星雨姊姊，我爸爸是負責星域探索的，他希望能找到一顆適合我們居住、發展中的星球，讓我們可以永久定居下來，不再受外人的干擾！」萊蒙特激動地說著。

「爸爸？」我疑惑看他。

「嗯！」山田老博士笑了起來：「購買萊蒙特的是一對夫妻，我主人的表妹。他們已經當他是自己兒子，不但替他治好了白血病，也讓他像其他正常孩子一樣上學。其實萊蒙特已經適應這個世界，他可以繼續生活下去。像我就無法適應，真想回到故鄉啊……不過我們已經算很幸運了，聽說還有冰凍人被謀殺了……」

謀殺！為什麼要謀殺冰凍人？是巧合，還是有意針對冰凍人？

「山田博士！」東方忽然打斷山田醫生的話，我看向東方，他顯然在隱瞞什麼。他依然笑著說：「我們還是說正事要緊，星際之門跳躍的時間很短暫，我們多條訊號進入靈蛇號，容易被龍發現。」

「東方說得對，多線聯繫會增強訊號……」唐別也認真點頭，他是這方面的專家：「蟲洞穿越會形成很強的訊號干擾，也會隱藏我們，我們還是快說完比較好。」

「嗯！」山田老博士和萊蒙特都嚴肅起來。

東方再次看向我。

「小雨，所以這次的會面十分重要，妳必須想辦法引開靈蛇號上所有人的視線。」

我擰起眉：「這似乎有點困難，自從小聖靈事件之後，月和爵都像怕再次傷害我而有意迴避我，其他人也有了各自專注的事，我很難……」

「妳放心，我已經替妳想好了。」東方揚起唇角，胸有成足，揚手之間，又一個螢幕在我面前形成。只見螢幕上，正是銀河系滑翔器大賽的報名資訊。

「這次很巧，這個比賽正好在鋼蒂爾星，也就是山田老博士和萊蒙特所住的星球。小雨，只要妳偷偷去參加這個比賽，那麼自然所有人的注意力便會再次聚集在妳身上。這個比賽有半天時間，足夠我與山田博士和萊蒙特會面了。」

我抬手點開銀河系滑翔器大賽的說明和賽程，這是一個非常危險的比賽，正如龍所說，年年比賽都有死傷。這不僅僅是一個比賽，更是一場搏鬥和廝殺，是一場非常殘酷可怕的比賽。

參賽者進入賽道後，每隔一千公尺會有道具，或是武器系統啟動，或是防禦系統啟動，而可怕之

處在於這個比賽沒有任何規則，只在乎誰最後能抵達終點。這意味著你可以用任何手段把對手踢出賽道。

參賽者必須為一男一女，這只是為了讓比賽更好看，男女之間任何一方失敗都算輸，似乎觀眾更喜歡看女人之間的血腥廝殺。

奇怪，鋼蒂爾星的家族不是宣揚和平嗎？怎會允許這種血腥殘忍的比賽在自己的星域舉行？往下看相關報導時，果然這個比賽遭到鋼蒂爾星人的強烈抗議，但主辦的是其他三個星域的軍火商，看來第一星國有四個主要軍火商。

他們獲得了女王的批准，強行徵用鋼蒂爾星外的冰石環作為賽道，並會派各個家族的盟兵進行守護。這根本不是徵用，而是武力威脅！

看到此，我很驚訝。以前聽小狼說的時候，還以為只是普通的競技賽，即使有死傷，我也認為只是因為賽場在宇宙，所以有生命危險很正常，比如開賽車也會有生命危險。

可是現在看來，完全不是那麼回事。沒想到小狼那麼可愛溫順的性格，會喜歡那麼刺激、危險和血腥的東西。難怪他會有替代龍的野心，這也可以理解了。

「小雨，我只希望妳引開他們的注意，所以妳只要落在最後，就沒人會傷妳。」東方異常認真地囑咐，我看向他，山田老博士和唐別也叮囑我小心。

萊蒙特自信滿滿地對我說：「姊姊放心，我特地為妳設計了一套衣甲，絕對保證妳的安全。」

我驚喜地看他：「你幫我設計了一套衣甲？」

「嗯嗯！」萊蒙特非常驕傲：「這也是媽咪的想法，不只是妳，還有東方哥哥的！媽咪把你們衣甲的外觀交給我設計！不過，怎麼交給妳呢？那樣，豈不是讓別人知道我們有聯繫了？」

大家再次陷入沉思，拿衣甲是一個問題，拿到衣甲後又是一個問題，該怎麼解釋呢？

眼前的畫面閃爍了一下，唐別提醒我們快要出蟲洞了。大家紛紛離線，只剩下東方，他從螢幕中化作實體，雙手環胸地笑看我：「寶貝兒，我們戀愛吧！」

他突如其來的話，讓我愣了片刻，然後忍不住大笑起來：「哈哈哈……哈哈哈……」

他撇撇嘴、挑挑眉、皺眉撫額：「不是玩笑，如果我們再不戀愛，我準未婚夫的位置不保，下次妳就要換搭檔陪妳巡迴展了。」

我一下子收住笑容，看著東方略帶尷尬窘迫的神情。真難得，他也會不好意思。他的手從髮間抽出，轉身背對我。

「妳考慮一下吧！」然後，慢慢從我的房間裡消失。

我看著空空蕩蕩的房間，東方的顧慮是不是因為龍對他下了不准靠近我的命令？我不能失去東方，正像他不能失去我。

好，讓我們戀愛吧！東方白。

第6章 跟阿修羅的緣分

無邊無垠的宇宙中，一場隕石海嘯與我們靈蛇號不期而遇。

在靈蛇號離開星際之門，結束第一次空間跳躍時，遇上了罕見的隕石海嘯。巨大的隕石群正朝我們而來，全員進入備戰。

當爵激動地把我拉出房間，站在天頂看隕石風暴時，我因眼前神奇的景象而驚嘆。遠遠的一條暗黑的細線把視野內的宇宙割裂；慢慢地，在靈蛇號的照明下，那條細線染上了銀色，它越來越粗、越來越巨大，如同一場巨大的海嘯鋪天蓋地而來，這就是「隕石海嘯」此一名稱的由來。

無數的石塊飛速而來，它們大小不一，大的如同一座小山，小的也有巨石般大小。即使它們離我遙遠，但我的心還是因為它們越來越近而陷入緊張。

靈蛇號的周圍出現了其他戰艦，它們是從星際之門那裡調派過來的。原來每個星際之門旁邊都駐紮了聯盟的軍隊，主要目的是保護星際之門。而這場隕石海嘯的方向，正是我們離開的第二星域東面的星際之門。

隱隱地看到海嘯中已有光束閃耀，爵說那是附近星球的軍隊。這樣的隕石海嘯無論落在哪顆星球上，都是一場浩劫。即使無法把它們全部打碎，也要把它們打散，至少把對星球的危險指數降到最低。

爵很激動，因為這樣規模的隕石群，成因極有可能是一顆星球爆炸後逃逸的碎片，是一次研究星球爆炸的最好時機。

「真壯觀……」他趴在天頂上激動著、興奮著，其他人已離開靈蛇號，駕駛戰船朝隕石群飛去。無論是靈蛇號還是星際之門，都已經開啟防護罩進行防禦。靈蛇號上現在只剩下胖叔，準備開啟最大的粒子炮，以便擊碎隕石。

一直感覺很安全的宇宙旅行，忽然讓人心驚起來。

「寶貝兒，有沒有嚇壞啊？」東方站在爵的另一邊笑看我，我還沒從如此壯觀的景象中回神。

忽然一道亮眼的巨大光束從天頂上方射出，朝那些巨石而去。緊接著，備戰的戰艦也紛紛射出各種光束炮，瞬間前方一片閃亮。

與此同時，小小的飛船也在巨石海嘯中穿梭，擊碎對星際之門較危險的碎片。好一場激戰。

海嘯越來越近，一塊巨大的隕石正朝靈蛇號迎面而來。

「砰」一聲，粒子炮在我們面前將它完全擊碎，緊接著靈蛇號被海嘯吞沒。

那些大小不一的隕石從我們靈蛇號周圍飛過，我們像是進入一片流星雨中，為了讓我們看得更加清晰，整個天頂全部轉為透明模式。只見一顆巨大的黑石從我們上方而過，給人一種無形的壓力。

「剩下的怎麼辦？」我仰臉看著那些宇宙的過客，它們會去哪裡？

「會在漫長旅行慢慢被其他引力吸去……」

爵溫柔地看著那些隕石塊，宛如在看一個個可愛的孩子。

「它們會漸漸減少，然後成為一場美麗的流星雨……」我們在巨石的包圍中，它們閃耀著奇特的、來自宇宙深處的神祕顏色。

「小雨，妳慢慢看，我要去取一些回來研究！」他激動地跑向主控室。很久沒看到這麼神采奕奕的爵，之前他還刻意迴避我。現在這場隕石海嘯，讓他全心投入新的工作中，這對他來說是件好事。

接下來，天頂只剩下了東方和我。他正凝神看遠方龍他們的戰鬥。我在他的眸中，看到了某種按捺不住的慾望。

在密密麻麻的石海中，我一把拎住了他的衣領，他驚了一跳，隨即揚起壞笑。

「寶貝兒，對我溫柔點，我胳膊還沒好喔！」

我瞇眼看他，隨手把他又按到天頂上：「抱歉，我習慣對你粗暴了。」

他賤賤地笑看我，看到他那個賤樣，不知為什麼，有種奇怪的搔癢從我心底往外冒，拳頭就忍不住想往他臉上揍。

而就在我神遊的片刻間，他那隻完好的手又不老實地摸上我的腰線。我立刻回神從後腰拿出手銬，「喀」一聲，扣住了他的手。

他一愣，見我提起銬住他的手，他挑挑眉：「寶貝兒！原來妳喜歡這種遊戲！」

我對他瞇眼一笑：「是啊，我最喜歡把男人銬住，這樣，他哪裡都跑不掉！」

說話間，我反扣他的手，把他往前一推，在他後膝一踹。在他下跪之時，又扣在他後頸，一把將他按在了地上，整個過程乾脆俐落。他那麼高，說話真不方便。

「寶貝兒，不如等我好了再陪妳玩啊！」他趴在地上壞壞地說。

我跨坐到他後腰上，拎住手銬俯身到他耳邊，壓低聲音：「說！冰凍人被謀殺是怎麼回事？別以為我看不出來，你肯定知道！」

「就知道妳會這樣，才沒告訴你……」他被我壓得沒了氣，話從牙齒縫裡出來：「有人幫助冰凍人，自然也會有人厭惡冰凍人……每個時代……都有陰謀論者、邪教徒、極端分子……」

心中劃過疑惑，只是厭惡嗎？只是陰謀論者的報復？只是邪教徒的制裁？只是極端分子變態的屠殺？

以前也接觸過這類人，比如世界末日那一陣子，那時可把我們忙壞了。我們要維護社會的穩定，為了避免不必要的恐慌，所以有些事，不會對善良的百姓們公開。

我慢慢鬆開東方白的脖子，他趴在地上輕輕說：「陰謀論者或反政府組織裡對冰凍人十分反感，有人認為這是遠古入侵，也有人認為我們身上帶著可怕的病毒，異教徒還把我們說成是復活的惡魔。所以，小雨，不該我們管的事，是不是不該多管？」

他單手拄臉，好整以暇地撐起了頭。

看著他那副事不關己的樣子，心裡就莫名火大。忽然間，腦中閃過一句話：

「死亡已經開始……」

我怔住了身體，預言裡的死亡，難道是指我們冰凍人被殺？而異教徒說我們是復活的惡魔，聖者的預言裡也提到了惡魔，這難道只是巧合？

或許這件事與東方無關。但是保護冰凍人，確保他們安全，安定地在未來生活，是我蘇星雨的職責，我不能也這樣袖手旁觀！

可是沒有人對我說過冰凍人的死。事關冰凍人，為什麼龍不告訴我？

難道他也覺得冰凍人的死，如同一件骨董瓷器被不小心打碎一樣，不值得大驚小怪？所以我們在他們的眼裡，依然只是一件骨董，而不是生命。

「寶貝兒……妳到底還要壓我到什麼時候啊？」某個賤人在我身下扭動：「如果妳那麼喜歡騎在我身上，我更喜歡翻過來。」

他的語氣下流起來，恢復如常，而且我們現在確實對冰凍人被謀殺的事情不能做什麼。甚至我都不能去質問龍，否則他就會知道我們與外界有聯繫，會破壞我們整個計畫。需要想個好方法。

我從他身上起來，順手把他拉起。他挑眉示意我解開手銬，我白了他一眼，拽起他就走。天頂漸漸閉合，巨大的隕石群已經遠遠而去，前方是乾淨黑暗幽深的宇宙，以及正在返航的飛船和戰艦。

我看到了東方剛才的眸光，他渴望戰鬥，儘管他厭惡恐懼戰鬥。但是我想，駕駛戰船、與敵人戰鬥，已經溶入了他的血液裡，並在他身體裡矛盾地糾纏著。

東方白垂著那條殘了的手臂，被我拖著前行，一路拖到了廚房。巴布也出去清掃隕石，廚房裡沒有人。

我把他拉進廚房，他的臉浮上一絲白：「我說，寶貝兒，妳不會想炸了我吧？」

我冷冷看他一眼，隨手把他銬在一根白色的管線上，然後說：「不是想戀愛嗎？今天是你生日，我給你做頓飯。」

他怔了怔，幽深的瞳仁定在我的身上，賤賤的笑容逝去，還他一張正經帥氣的臉。在他還在出神時，我開始點開巴布的廚具、儲物櫃和爐灶，我想他或許沒想到我會記得他的生日。

在翻看所有異性冰凍人時，我的職業病讓我不由自主地記下重要人的資訊，也包括生日。所以，我不是有意去記，而是職業本能，自然而然記住了。嗯嗯，就是這樣！

東方白被銬在一邊，呆呆地看我，此刻他乖得像條警犬。轉身看他，他立刻又揚起賤賤的笑，就像狗狗看到主人興奮地吐舌頭、搖尾巴。

我拿起一根黃瓜，走到他面前，面無表情地命令：「坐。」

他立刻蹲下，吐出舌頭，「哈哈哈」地學狗狗喘氣。

我滿意地摸摸他的頭，捲捲的髮順滑柔軟，像金毛犬。

「嗯，乖。給你。」把黃瓜橫著給他，見他叼在嘴裡，我轉身笑了。我喜歡東方白，我們是可以變成很好的兄弟。

在切黃瓜時，廚房裡開始瀰漫清新的黃瓜味。

「我喜歡吃涼拌的，再加點醋。啊！好久沒吃道地的中國菜了。」他在我後面一邊吃黃瓜一邊說。

我點點頭，今天是他生日，一切都依他。

打開壓縮米，現在的技術比以前好，米粒完全保鮮。別看只有即溶咖啡那麼一小包米，煮起來可以有一大鍋，攜帶相當方便。感謝巴布喜歡美食，這裡各式各樣的食材都有。

拿出菜刀，雖然現在有很多現代化的廚具，但還是菜刀拿在手裡較有質感，寒光閃閃的。我想正因為如此，所以巴布也很喜歡用傳統廚具，包括親手雕刻雞蛋。其實現在的造型儀能輕鬆製作出廚師想要的各種食材的效果，有點類似我們當年的３Ｄ印表機。

很快地廚房開始飄香。我費了好大勁兒，才從巴布的佐料中分辨出各種調味料。把菜端上桌時，發現廚房裡不知何時多了一個人，居然是胖叔。

「呵呵呵！小雨啊，做好吃的怎麼不叫我？」胖叔瞇眼笑看我。

「還用得著叫，胖叔你可真是神出鬼沒啊！」我笑了。

胖叔自得地拍拍自己的椅子，那椅子讓他行動起來悄無聲息。

「喂！寶貝兒，妳銬著我怎麼吃啊？」東方伸長手臂，銬在牆邊的他怎麼也搆不到桌子。

「這就叫——看得著吃不到。」我對他壞笑。

他笑容變得乾澀，呵呵地挑眉。

就在這時，爵也來了，他看著一桌子菜驚訝不已：「小雨！這是妳做的？」

我點點頭：「正宗遠古人做的遠古菜，敢不敢吃啊？」

「吃？」爵白淨的臉又露出急色，「這怎麼能吃！要包起來，做成展品！」

「啊？」我想起了泡麵，爵是真的會這麼做啊！

他一道道菜異常認真地看過去：「太道地了，現在的人已經做不出這樣道地的菜了！真漂亮，還原了蔬菜的本色，不行，一定要包起來！」

胖叔對我使個眼色，我立刻把他推出去：「去去去，別搗亂。」

「小雨……」他急急拉住我手臂，情真意切、苦口婆心地勸說我：「這些菜是可以做成展品的！讓更多的人了解你們那時的飲食習慣。」他急得臉也紅了起來，我宛如看到了最初認識的那個爵。最近接二連三的事讓他也有了很大的改變。

我扠腰看他：「你可以拍下來，可以做模型，但是，別打擾我為東方過生日！」

「生……日？」他愣愣地看進廚房。

東方已經在那裡發急地喊了起來：「喂！臭老頭！我還沒吃呢，你給我住手！」

「呵呵呵！有本事你過來啊，菜涼了可不好吃嘍！」

揚了揚眉！胖叔有時也挺壞的。顧不上爵，立刻進屋解開了東方的手銬，他一下子撲向胖叔，又是扯他胖嘟嘟的臉、又是拉他耳朵，大喊：「你給我吐出來！」

胖叔一點也不介意，穩穩坐在椅子上「呵呵」地笑。

就在這時，走廊裡又傳來小狼的聲音：「好香啊！」然後就看見一個灰灰白白的身影從爵的身邊飛快掠過，出現在餐桌上。

他真的像狗狗一樣趴在桌上，狼耳朵豎起，狼尾巴飛快地搖，兩隻藍眼睛直直盯著桌上的菜，口水都差點滴下來，幸好被東方及時抱開。

東方自得地在一旁說：「這可是小雨做給我的正宗愛心生日中國菜，你們可不許……」

還沒說完，迦炎、巴布和月一一走了進來。迦炎趕緊去拿餐具，巴布也跟爵一樣先認真仔細地研究了每道菜，才小心翼翼地嚐了一口，然後，在他臉上看到了滿足的神情：「嗯……」

得到巴布的認可，我很高興。

「太好了！剛清掃完隕石，肚子正餓，巴布，你的菜還會定時做啊！」迦炎以為是巴布設定的定時做飯，如果主人不在，可以讓飛船上的智能機器人代勞。

月也淡然坐下，看著一桌子菜微微驚嘆：「沒想到巴布你對中國菜也有研究。」

巴布張開嘴，才想解釋，又來人了，是龍、夢、伊莎，還有圖雅。東方眉頭開始抖動，人越來越多，他單手拄臉，我聳聳肩。

「爵，你怎麼了？」龍發現爵靠在門邊，悲哀地看著餐桌上滿滿的菜。

爵難過地低下臉：「這是小雨第一次做的中國菜，有文物價值……」

「什麼？小雨做的！」大家驚訝朝我看來，我大方彎腰行禮：「今天東方生日，根據我們的傳統習俗，是聚餐吃長壽麵。」

大家又看向東方，東方得意地抬腳踩上餐桌，雙手背到腦後，驕傲地搖晃座椅。

「有指定的老婆大人就是好啊！」

登時，一桌子人的神情各異起來。

迦炎面露恐懼，看看我和東方，再看看菜餚。

月淡然地戴上微縮儀，俯視一盤菜。

「小雨突然對東方這麼好，有問題，該不會下毒吧！月，你快檢測一下。」

「裡面只有鈉、維生素、水、有機物、糖，尚未發現有毒化合物，可以食用。」

大家神色各異、不敢動手，而那裡胖叔已經怡然自得地開始吃了起來。巴布緊張地看他，小狼更是抱住他：「胖叔！我們可不能失去你啊……」

「呵呵呵……」

廚房一下子變得好熱鬧。

龍在門口笑著，拍了拍失落的爵的肩膀。

「小雨做的菜，如果只是做成展品太可惜了，你不想吃嗎？」

爵抬起銀瞳，水盈盈的眼中是深深的掙扎。

龍笑了笑走進廚房，夢、伊莎和圖雅還站在外面。龍轉身看夢，夢怔了怔，揚起笑：「我也想嚐嚐傳統的中國菜。」

當她進來時，伊莎與圖雅一起走了進來。最後爵也垂頭喪氣地踱入，把菜放到碗裡，只看不吃。

我不知道外星人是否喜歡中國菜，不過，他們倒是很給我面子地沒說難吃。

根據習俗，我給東方下了長壽麵，送到東方面前時，東方咬著筷子笑看我。

「謝謝妳啊，老婆大人！」

「小雨姊姊！妳什麼時候跟東方這麼好了？」小狼無法相信地看著我，其他人也投來或是疑惑，或是不解的目光。

我笑道：「我們中國有句老話：『打是情、罵是愛』，我現在已經習慣打東方，每天不打，身上總覺得少了什麼，所以不能真把他嚇跑，有時也要哄哄他……」

「嗯嗯……」東方瞇眼點頭，豎起一根手指：「我們還有一句老話：『愛情可以從上床開始』……」

「啪！」我狠狠一掌拍在他的後腦上，他一整張臉全被我拍進麵碗，我冷冷俯視他：「你三句不離上床，你這個下流、下賤的男人！」

東方淡定自若地從麵碗裡揚起臉，滿臉麵湯地笑看所有人。

「看，如果沒有我，小雨想打人的時候又可以打誰呢？如果你們無法理解，你們可以去看我們當年一部十分著名的動畫，名叫『喜羊羊與灰太狼』，你們就會明白我現在有多麼愛小雨了。」

在大家依然懵然時，我冷冷看他：「你現在的意思是我是紅太狼嗎？」

「NO、NO、NO，老婆大人怎麼是紅太狼呢！當然是美羊羊啦！」他此刻，連聲音都學灰太狼了。

不過，似乎大家並沒把我們的話當真，只是開始討論喜羊羊與灰太狼又是什麼？我再次走到龍的面前，在夢不離的視線中認真地看著他，他也微笑仰臉望向我。

「龍，我請求你同意我參加銀河系滑翔器大賽。」

在我說完之時，他的笑容漸漸收起，放下了手中的筷子，沉下了臉：「不行。」

立刻，廚房裡原本歡樂的氣氛陰沉下來，月和爵擔憂看我，迦炎和巴布也朝我看來，小狼有些激動地要站起來。我揚起手阻止他，依舊看著龍。

「你認為我沒有自保的實力？我不是去爭第一，我只想去散心。」

龍微微擰眉，夢揚起微笑看向我。

「小雨，龍也是擔心妳的安全，妳畢竟是超級骨董，還要參加後面的巡迴展……」

「你們可以到處走，但是我不可以。」我打斷了夢的話：「我一直悶在靈蛇號裡，現在只有靠跟東方打嘴仗來排遣無聊。這個比賽我有所了解，只要不爭第一，我落在最後也沒人會來攻擊我。我只是想享受一下除了靈蛇號以外的生活，並不想去爭第一，難道這樣也不行嗎？」

龍依然沒說話，小狼還是有些激動地站起來。

「不錯，當初讓小雨姊姊做我搭檔，我並不打算靠她來贏，我想讓她在後面自保，其他的我來就行了！龍，我不喜歡跟別人搭檔，讓小雨姊姊跟我去吧！也讓她去好好玩玩……」

「你認為這是玩？」龍的神情瞬間陰沉下來。

「對於靈蛇號成員來說，這只是遊戲！」小狼也冷下臉。

「但對小雨來說不是。」龍的聲音發了沉：「這場比賽搭檔中，任何一個人出局就是輸，你認為別的參賽者會那麼蠢地來跟你這個強者對戰？他們一定會圍攻弱勢的小雨。小狼，到最後你只會害死小雨。」

龍渾身的寒氣瞬間壓倒了小狼，小狼咬了咬唇，藍藍的眼睛狠狠瞪著龍。

正好坐在龍對面的東方，依然悠然自得地翹著椅子。

「以我的經驗，武松死了幾千年，這世上應該沒人能殺死小雨……了……」

太陽穴開始發緊，我雙拳又癢癢了，東方這死賤人！

「什、什麼意思？」迦炎一臉迷茫：「武松是誰？」

大家都露出茫然的神色。

爵眨眨眼睛，以一種學者的口吻認真說道：「武松應該是地球人中國古代名著裡的打虎英雄，東方這麼說，是在指小雨是老虎。在中國傳統民俗中，凶悍的女人用『母老虎』代稱……」

他恍然大悟地睜圓眼睛，朝我緊張看來。

我渾身殺氣騰騰：「爵，你打算再賣弄一下你的知識嗎？」

他銀瞳睜了睜，匆匆收回目光，縮緊身體低下頭，用臉側的辮子遮住自己的臉。

「噗。」迦炎笑噴出來，月也低臉輕笑。

「呵呵呵！」胖叔大笑起來，於是大家跟著他一起笑，還偷偷看我。

「胖叔！」我鬱悶地看他，我對他不好嗎？自從上了靈蛇號，我對他們所有人不好嗎？我只是單單對東方那個賤人凶暴而已。

大家努力收住笑容，我再次看向也忍住一絲笑的龍。

「你想要我如何證明我能自保？有實力參賽？」

他沉默片刻，抬手想對我說話時，我以閃電的速度從腰後拔出了手銬，寒光閃閃，「喀拉」一聲已經銬在了他的手腕上。

他一怔，但是我沒給他反應的機會，拿出我抓恐怖分子的速度，反扣他的手臂，並抄起桌上的筷子，用手肘壓下他的後背，加重力度、壓上上身，用上半身把他壓趴在餐桌上，手中的銀筷插入他的耳洞外。

一切快如閃電，一氣呵成，乾脆俐落。

瞬間，整個廚房的氣氛緊繃起來。

「嘩啦！」夢第一個站起來，迦炎也在那一刻站起，兩個人尷尬地對視一眼，再次看向被我壓制的龍。剩下的人也驚詫地看著我！居然敢制服他們的艦長！

忽然感覺到有人要進入我的大腦，我立時冷然瞪去：「臭丫頭別想控制我！」

圖雅怔坐在原位，張口結舌。我能感覺到這次她使用的力量很強，強過以往。但是不知是不是神石的原因，被我立時察覺，阻隔在外。

忽地還有人想試圖進入，我凜然看向爵，沉語：「爵，這是我和龍的事！」

爵發了愣，他的神情像是難以相信我察覺到了他的入侵。確實，他比圖雅更小心，更不易察覺。

應該是神石，是聖靈小王子給我的寶物加強了我的精神力，也加強了我的敏感度。

我轉回臉，唇下就是龍的耳朵，耳垂上的鑽石耳釘在燈光下閃亮。因為要壓制他，難免跟他肢體接觸，所以才會貼得那麼近。

我笑看他露出一絲無奈的側臉：「請問，現在我的實力夠了嗎？」

「呵……」一聲笑從他唇中而出：「妳拿回妳的手銬就是為了銬我？」

他開口的第一句話，竟然是問我的手銬。

我慢慢放開他，對面的東方陰陽怪氣地笑。

「別自作多情！那是寶貝兒用來銬我的！她似乎很喜歡某些遊戲……」東方對我賤賤地挑眉。

我懶得看他，放開龍的手。他提起掛著手銬的手，我打開後收回手銬，把銀筷放回他的手中，再次瞇眼笑看他：「請問，龍先生，現在您是否同意讓我去參賽了呢？」

他握了握被我用手銬銬過的手腕，靜靜想了片刻，抬眸看小狼。

「帶小雨去諾亞城買一個適合她的滑翔器吧！」

喜悅滿溢心頭，小狼激動得雙眼閃亮。

龍再次拿起我攻擊過他的筷子，微笑低語：「沒辦法，有句古語：『吃人嘴軟』。」

我站在他身旁，看著他的臉笑了。東方的目光朝我瞥來時，小狼直接躍過桌子朝我飛撲而來：

「小雨姊姊……」

忽然有人一把拉住了他的尾巴，他瞬間掉落在了餐桌上，「砰」一聲，砸了好幾盤菜。

大家看去，是東方阻止小狼撲我。

「嗯……」忽然間恐怖的、沉悶的怒聲響起，巨大的陰影落在小狼的身上。小狼的身體開始僵硬，東方迅速開溜，大家躲的躲、閃的閃，就連胖叔都眨眼之間退到了門口。

是巴布！巴布要變身了！他最痛恨別人糟蹋食物！

情勢不對！撤！

但是，總算看到大家又恢復生機，打打鬧鬧、蹦蹦跳跳了。

★★★

在茫茫宇宙中，因為星球相隔較遠，所以有很多中間站，可以把它們看作高速公路上的休息站。而諾亞城就是這樣的中間站。當我們到諾亞城時，我看到了久違的、科幻一般的城市。整個城市都是人工打造而成，形狀有點像陀螺，巨大的城市被籠罩在透明的防護罩中，周圍停滿了大大小小的飛船。

諾亞城內飛車來來往往，各色光帶劃分了城市，也區分了哪些是民用飛行道，哪些是緊急道路。不是說車可以飛，就可以亂來，那樣我們看到的就會是蒼蠅亂飛，到處亂撞。所以，光帶劃分區間後，能使密密麻麻的飛車井然有序。

在這個人造城市中，不僅有仿古的商業區，讓人體會步行購物的樂趣，也有公園，公園裡還有溫順的動物，讓人在茫茫宇宙旅行中，可以徹底放鬆休閒。

靈蛇號抵達、申請入內時，螢幕中的城主顯得十分激動和緊張。城主長得像一頭紅色的胖頭魚，見多了外星人，也就見怪不怪。

龍希望城主能夠對靈蛇號成員的到來進行保密，因為一直以來的巡迴展，使我們總像萬眾矚目的焦點，今天我們希望能像普通人一樣購物、娛樂和休閒。

城主緊張得說不出話，只剩點頭。

大家喬裝了一下，穿上普通的衣服，變得像是普通的高中生。

但是臉變不了。於是，他們又一起戴上了各式各樣的帽子，忽然間，他們的容貌都變了。

我一時看得發愣，然後龍就為我扣上了一個女式的圓帽，我並沒感覺到任何變化，但是從別人明亮的眼睛裡，我看到自己已換上另一個女生的容貌。好神奇，只是戴個帽子，就能換顏。

爵說，我們是獲准進入，所以這樣的變裝沒有問題。如果事先沒有跟城主聯繫，在入境過門時就會被發現。

這次只有東方不肯下船。靈蛇號上幾乎所有人都下了船，只剩下胖叔，他當然要好好乘機祕密聯絡。

我們的小飛船在地面人員引導中，停落在ＶＩＰ特區。一個美女機器人來接待我們，我們直接從ＶＩＰ通道正式進入諾亞城。只見旁邊是一條條通道，通道被一道道黃色光束包裹，我想那些應該就是掃描光束。

來諾亞城的人口混雜，有衣著華麗的貴族，也有衣衫普通的平民，我感覺到了一絲親切。看著眼前無論是人類還是外星人，這樣的地方才讓我感覺到自己是個人。

出了VIP通道，城主為我們配備的車也已經準備好，每輛車只坐四個人，滿寬敞的。忽然間，圖雅拖著爵進了其中一輛，跟爵形影不離的月想上車時，伊莎走了過去，我和小狼以及龍和夢此時也正準備上車。

寒風掠過身邊時，月竟閃現在我們的車裡。他單腿交疊，雙手隨意放在腿上，身後的尾巴遊走在身邊，很顯然是不想和伊莎一起。

我們四人微微一愣，夢看向伊莎，伊莎的臉色有些難看。女人的忍耐也是有限度的。想想那晚小聖靈的作弄，伊莎所言正是她長久壓抑在內心深處的話。

「哈！」小狼搖了搖尾巴，直接拉著我進了車。我小心翼翼坐在月身邊，怕坐到他的小尾巴。然後小狼跳上副駕駛座，就在那一刻，迦炎迅速竄上了駕駛座。

我們彼此看一眼，壞笑起來，然後我們一起對龍和夢抱歉一笑：「先走啦！」

迦炎啟動飛車，我們一下子飛上了藍色的光道。之後，跟上了爵、圖雅和巴布，然後是龍和夢。我們坐的飛車行駛於最中間的光道，上下左右還有其他光道，這是一個熱鬧的中型城市。紅色的光道為緊急車道，那裡不准普通飛車同行；而黃色光道為貨車專用車道，上面都是大型的、運載貨物的飛車。

「迦炎，我們找點樂子！」小狼坐在副駕駛座上，耳朵晃晃，尾巴搖搖。

月認真看他：「小狼、迦炎，別惹事。」

迦炎扭頭笑看他：「難道你就不想擺脫伊莎？」

月被迦炎說中，回頭看看跟在我們後面的車，轉回頭對迦炎一笑：「那就麻煩迦炎長官了。」

迦炎對他一眨眼，忽然關閉引擎，我們瞬間從我們原來的位置掉落，穿過藍光，往下面的車道墜去。肚子裡的胃和肚腸都往上掀起，我幾乎本能地抓住小狼的椅背，穩住自己。要是沒有安全帶，我想我可能會飛離座椅。飛車不像飛船，沒有單獨的引力系統，不會把人牢牢吸在座位上。

「喔……吼……」小狼在前面興奮地大喊。

而月非常鎮定地坐在原位上，雙手環胸、單腿交疊，反倒顯出我反應過度。我默默調整呼吸，這並沒什麼，是的，沒什麼。

「呼……吸……呼……吸……」很久沒那麼刺激了，嘿嘿，有點不適應，心臟一千年沒那麼興奮了。

在我們將要掉到下面的飛車上時，迦炎頃刻間再次啟動引擎，從下面的車上方橫飛出去，在空中側翻。有一瞬間，我們和旁邊的車恰在同一水平，不過那時我們的頭正朝下，他們從車窗裡看過來，我們從車窗裡看過去。他們面露驚訝、眼睛大睜，我們對他們做鬼臉、吐舌頭。

然後我們翻滾下去，到了下面的車道，再次前行。

「喔！喔！再來再來！一定要把警察引來！哈哈哈！」小狼格外興奮。

突然變換車道是不允許的，可是想讓迦炎和小狼這兩個傢伙遵守交通規則實在太難了。他們居然還想吸引警察過來，跟他們玩警察抓小偷。

「不行不行，迦炎你技術太好了，不夠刺激！」小狼唯恐天下不亂地說。

我上去抓住了他的狼耳朵：「你還想怎樣？想玩飛車爆炸，還是看別人翻車？」

「哎呀呀！小雨姊姊妳別拉了，耳朵要斷啦！靈蛇號上那麼悶，當然要找點刺激啦！」

「那……要不讓小雨來？」迦炎轉臉對我挑眉一笑，車子進入自動駕駛。

我立刻擺手，我本身是警察，違法的事我是不會做的，更別說還會對別人的生命財產造成危險。這麼說起來，我這人確實古板，難怪和東方永遠無法合拍。

「沒事。」迦炎對我眨眨眼：「和妳以前開的車沒什麼兩樣，只是引擎不同，大部分人都是用自動駕駛，妳一千年沒開車，難道不想開一下？」

我開始禁不住迦炎的誘惑，手癢了。其實心裡很懷念追車抓逃犯時高度專注的感覺。

月冰冰涼涼的手也放上我的手，輕輕握住。

「小雨，沒事的，妳只要遵守交通規則，不像迦炎、小狼他們亂來就不會有事的。」

「ＯＫ，調轉作業系統！」在我還沒同意時，迦炎忽然說。

就在那一刻，我們所有人的椅背收起、轉身。我一下子朝向了後面，看到後車的駕駛員。他還朝我揮手示意，似乎飛車裡調轉座椅是很平常的事，只有我一人大驚小怪。

緊接著，我面前居然出現了車子的操作系統，一個摺疊球從操作台裡浮起、炸開，形成了方向盤。月的面前也形成了一片操作台，他淡定地看我。

「現在我是妳的副駕駛，如果妳出錯，我會及時糾正，所以妳不必擔心。」

還有月這個副駕駛啊！我放心了。

他開始教我怎麼操作，現在的操作系統有兩種，純手控的，煞車、加速以及左右轉，都由手完成。因為是飛車，拉方向盤和按壓方向盤分別為向上飛和向下飛。另一套是手控加腳控，比較適合我。手負責方向，腳負責煞車和加速。一般人用自動駕駛，偶爾聲控一下。不過如果想飆車，就不是自動駕駛和聲控能完成了。

車子開始慢慢轉身，我平穩地開在藍光車道上，熟悉各種操作。

忽然警車來了，果然迦炎剛才的舉動引來了警察，小狼和迦炎激動起來，在我後面直喊：「快逃！快逃！」

於是我方向盤急轉，只聽迦炎和小狼喊：「別——」

可是已經遲了，我沒想到飛車方向盤急轉後不是向右，而是向右……滾！

幾個翻滾後，我穩定下來。心跳加速、呼吸收緊，當警笛響起時，我唇角一緊。好，就讓我們來一次警察抓小偷吧！就當是滑翔器比賽前的熱身！

「你們可別後悔！」當話語從我口中而出時，我再次開啟引擎。

飛車比滑翔器更好控制，尤其是轉換成我熟悉的操作方法後，多出來的無非是引擎控制，比如懸停、比如急速攀升下降，這些在我熟悉後也不成問題。

為了甩脫警車，我立刻加速，所有人後仰。

「喔……」

「小雨再快點！」迦炎和小狼他們喊了起來，接著他們犯賤地趴出車窗外，跟警察挑釁。這兩個傢伙，如果不是變裝，他們絕不敢這樣。

「喂！來追我們呀！小心前面有車！」

「巴魯巴魯巴魯！」小狼做鬼臉。

月在一旁沉臉：「認識這兩個人真是我此生的恥辱。」

「呵呵呵！」我笑了：「人難免有幾個損友……」

「小雨小心！」月突然提醒我，只見我要追撞前車了。

我立刻煞車、右轉，連人帶車滾出了車道，這招現在成了我的專長……雖然我及時離開了車道，不過剛才探出車的小狼和迦炎可吃足苦頭，腦袋上都撞上了車框，「咚咚」兩聲。

「小雨！提前打聲招呼啊！」迦炎揉著額頭生氣抱怨。

月淡定看他：「乘車要在座位上坐好，繫好安全帶，這是安全常識。」

迦炎語塞，見警察又追了上來，我立刻沉聲提醒：「坐好了！否則被甩出車我可不負責！」立時，迦炎和小狼緊繃起身體，眸中已經露出了後悔的神色。

推動引擎、馬力全開，ＯＫ，跟警察玩躲貓貓嘍！

推進、急煞、側翻、熄火、下墜、爬升、懸停，所有的動作越來越靈活、越來越迅捷，車人合一、敏捷迅速。

當我翻轉車，頭朝下躲在一輛車下與它一同前行時，警車已經找不到我們的方向。迦炎和小狼已經臉色蒼白，一副要吐的模樣。

我揚唇一笑，再次倒轉，側飛出去。引擎再次開啟，開始連續翻滾。

當我一個大反轉，準備放正車形時，迦炎「嘔」一聲，真的吐了出來！然後就看見嘔吐物在我們翻滾的車裡因為離心力而飄飛。月鬱悶地直皺眉，小狼也大喊：「迦炎你好噁心啊……」

我淡定地開啟車頂蓋，飛車直接變成敞篷，嘔吐物瞬即被甩飛出去，迦炎和小狼因為繫有安全帶，不至於飛出車外。

「吧唧！」嘔吐物黏在旁邊的車上，旁邊的車悲劇了，還以為受到什麼化學液體襲擊，翻飛出去。

不過我可來不及跟對方道歉，不然又要把警車引來了。還是快點離開比較好。於是我直接保持現在頭下腳上的狀態，關閉引擎，連人帶車一起掉下去。

「啊——下次別讓小雨姊姊開啦！」小狼在我後面尖叫。

「嗯……嗯……」迦炎努力捂住嘴，以免再吐出來。

「啊……」在小狼的尖叫中，我們連續墜落三條車道後，我及時打開引擎，車停止下墜，所有人在那一刻震了震，面色蒼白。

我把車懸停在了一輛大貨車上，然後慢慢翻轉，停落在巨大貨車的車廂上，長舒一口氣，轉身對迦炎和小狼豎起大拇指：「安全降落！」

他們臉色蒼白地看我一會兒，一起衝出車門，蹲在車廂上嘔吐起來。

「哈哈哈！哈哈哈！」我坐在車裡哈哈大笑：「早提醒你們別後悔。」

開車就是這樣，開車的人不暈，坐的人全暈了。

車子依然敞篷，徐徐的風吹在我的臉上，也揚起了我帽子下的長髮。真神奇，無論怎麼翻滾，帽子都不會掉。

我看向身邊一直很鎮定的月，剛想佩服他，他忽然也趴在了車門上：「嘔！」

「……」原來他看似鎮定，其實是嚇到沒什麼表情……

打開車門，我站在了貨車車廂上，上面車道交錯，前後左右已經都是貨車。

微風徐徐，放眼望去是各種漂亮的高樓，車道兩邊也有著播放廣告的大型螢幕。心情莫名的好，這種喧囂、這種真實的畫面，才是真正的生活。

迦炎和小狼吐了很久，然後臉色還是有些蒼白地背靠背坐在車廂上休息，月靠在車座上久久無法恢復。

我獨自靠立在飛車前，欣賞兩邊的景象。

「下、下次再也不坐小雨姊姊的車了……嘔！」

「什、什麼坐，是不能讓她碰！難怪說女人都很瘋狂，我從沒看過有人把車開得像打滾……」

我低臉笑著，然後看到前方貨車的車頭開了一個天窗，有人鑽了出來，是一個身穿灰色工作服的少年。

我看向他，他有點緊張地看我。

我對他微笑揮手：「抱歉，我們很快就走。」

他徹底鑽出了車廂，緊張地對我說：「你們是誰？」

他的態度讓我直覺他有問題。我不由得更仔細地打量他，這是一個和龍野差不多年紀的漂亮少年。白色的齊耳短髮，髮稍微捲，一雙金瞳正緊張地看著我們。

照理說這樣的年紀應該像龍野一樣讀書，不過依據他身上的衣服，顯然已經不得不開始工作了。而且有點像新手，帶著一分緊張。

「路過的。」我說。

他站在那裡變得有些不知所措，只有回頭對著車裡喊：「他們說是路過的！」然後繼續緊張地看我們。

片刻之後，天窗裡又鑽出一個人，這次是一個二十五歲左右的帥氣青年，一頭青色短髮中夾雜深紫色的挑染。是人類，容貌有點像義大利混血，和那白髮少年穿著一樣的灰色工作服。他倒是面帶笑容。

「引起騷動的，是不是就是你們？」他拿出一塊小平板，裡面是一段我們飛車的影像。

我雙手環胸，靠立在車頭笑了！現在資訊真迅捷，瞬間就上網了。我笑著點頭。

「對，是我們，所以我們只是休息一下，很快離開。」

「呵呵！」他笑了笑：「那請你們盡快離開，因為如果警察來了，以為我們是同黨，會很麻煩的，謝謝了。」

星盟法律程序的繁瑣我已聽說，警察的審查也非常麻煩，甚至會有表格填到你吐的現象。比如你只是吐一口痰，可能也要填上上百張表格。這種特殊的處理方法，讓人越來越自律，因為大多數人都不喜歡去填上百張大致相同、只是部門不同的表格。

在我看來，這還挺變態的。

所以這輛貨車司機請我們離開也可以理解，他們送貨本來時間就是金錢。我們要是害他們被查扣，就麻煩了。

我抱歉地對他們點頭：「我們這就走。」

青年司機和少年露出安心的神情。我想他們之前的緊張可能是怕被我們連累，耽誤了工作。

「兄弟，有水嗎？」迦炎向他們討水。

青年跟少年說了聲，少年爬下天窗，不久後拿出了一瓶水。

青年遞給迦炎，迦炎接水的時候隨意看了青年兩眼：「你名牌忘了戴了！前面就要過檢查站，不想惹麻煩的話，記得去戴好。」

青年愣了愣，立刻點頭：「多謝提醒，我這就去。」

他匆匆離開，我問迦炎：「名牌？」難道是我們那時的工作證？

迦炎一邊喝水一邊指胸口，小狼在旁邊說道：「是身分牌，尤其是貨運公司，沒有名牌不能進入諾亞城以及貿易區。他們看來是新手，以為過了入口，就可以不戴名牌了。」

小狼說完，從迦炎手中接過水喝了起來。

果然是工作證，只不過我們那時對貨運人員應該還沒有那麼嚴格。

然而，他的話讓我起疑，名牌小小的一片，也不佔地方和分量，誰會那麼無聊戴上又取下？除非……他們進來時沒有名牌。可是，如果沒有名牌，他們又是怎麼進來的？用其他身分？

這就有點奇怪了。

忽覺自己可笑，我想那麼多做什麼？

就在這時，先前的少年再次鑽了出來，那神情應該是看我們走了沒有。

我看了一眼，那少年灰色的工作服右胸口此刻已經別上名牌了，那名牌似乎由微型電腦做成，因為名牌上的人像還會三百六十度旋轉。因為距離比較遠，看不清名牌上的人像是否跟少年一致。

忽然那少年看向空中，神情緊張起來。原來警車還是逮住我們了，正把我們團團包圍。少年驚嚇得瞬間鑽回天窗。我再次起疑，這少年確實有點問題。

「你們已經違反星盟交通法第六款第三十四條：任意變更車道；第六十八條：任意超速降速……」

降速也要管？不過我們以前也有，比如高速公路上不能開太慢。

「還有第八款第……什、什麼？」忽然在一聲驚呼後，他沒有再說下去。

我們笑看周圍警車，迦炎和小狼也站了起來，月的尾巴抬起，從小狼手中接過水瓶淡定地喝了起來，絲毫不把周圍的警察放在眼中。

「呃……」警車的揚聲器看來是忘記關了：「收隊！」

下一刻，警車從我們身邊飛離。少年從天窗裡小心翼翼地鑽出，驚疑地看我們，我對他微笑。

「沒事了！看來警察還有更重要的事。」

他眨了眨金瞳，不可思議地看著我們。忽然像是有人把他喚回，他匆匆鑽回車內。

我轉身看應該算是和我同行的迦炎：「炎，你有沒有覺得那孩子有點不對勁？」

迦炎勾起了唇：「確實有點不對勁，他們似乎比我們更怕警察。」

內心懼怕警察，說明他們心裡有鬼。

「當然不對勁。」小狼也站了起來，閉眸深吸一口氣，再次睜開，嘲諷地一笑：「哼，一股人造人的氣味，而且車廂裡還藏了不少。」

我有些驚訝地看向腳下的車廂，他們是人造人？這是我第一次見到人造人，他們跟我們人類完全沒有兩樣，不管是髮色、瞳色，只是現今的時尚，人類也染了各式各樣的顏色。如果硬要說不同，就是他們比我看見過的純種人，長相更加完美漂亮。

「別管閒事，可能只是偷運物資。」月總算回過神，說完隨手扔了水瓶，那姿勢很酷。人造人現在是流放狀態，聽說很多物資都奇缺。各地也有人造人偷竊食物的事情發生。

迦炎笑著跳進車：「沒錯，我是幫人造人的，所以他們的事我只會當沒看見。」

迦炎老實承認自己的立場。小狼也跳回車。

「我是來玩的，星盟給警察發工資，他們總得做點事情。」說罷，他佔據了駕駛座。

我聳聳肩，他們都不管，我多管做什麼？我不是英雄，而且在人造人的事上，我跟迦炎看法相同。

我們的飛車再次飛起，飛落貨車旁時，我們一起對貨車裡的青年和少年揮手告別。明明都是人類，卻被人類歧視著、流放著。是誰造出了他們又遺棄了他們？是人類！這個答案，真教人心寒。

和他們告別後，我們直接往下面的商貿區而去。小狼先帶我去了滑翔器中心，玲瑯滿目的滑翔器讓我眼花撩亂。他為我選了一個最適合我的，然後抱著就走。

接著我們去吃冰淇淋，經過剛才的過度刺激，他們還有點暈車。月自然是選他喜歡的鮮血。他喜歡純血，不加冰或是其他東西，就像喜歡黑咖啡的人。

在我們一起喝飲料、吃冰淇淋休息時，耳邊傳來東方不客氣的命令：「小雨，再給我捉個文明先生來。」

東方的話來得突然，只有說去洗手間，才能跟他通話。

「你說得容易，這次這麼多人在，你讓我怎麼下手？」

「我需要一些線路，只有智慧型機器人和文明先生有，難道妳想活捉智慧型機器人？」

我無語地坐在廁所上：「只要是智慧型機器人就可以是嗎？」

「對。」

「幸福伴侶算不算？」

耳朵裡是一陣無語，半晌才傳來一個字：「算……」

「那好，我就說買給你的，這樣就能光明正大帶回來了。」

於是，耳內再無聲息。

當我面色如常，淡定坐回原位時，耳中是東方咬牙的聲音：「蘇星雨！算妳絕！」

我微笑地吃著冰淇淋，小惡靈事件後，我相信買幸福伴侶給東方，不會有任何人起疑。

到幸福伴侶店門前時，我們果斷地派迦炎去。他難得臉紅了！可是，他又羨慕起東方來，說東方真有福利。

在諾亞城購物可以選擇送貨，因為幸福伴侶確實比較特殊，就連迦炎也不好意思帶著，於是讓店家直接送去靈蛇號。當商家得知是靈蛇號上的星龍要使用時，說什麼都要免費贈送，只要求星龍跟他們店裡的產品合影即可。

這種事，讓東方自己去做。

「炎，你給東方選了個什麼？」我們四人坐在街道邊的休息椅上，小狼好奇地問。

月淡然地坐在一邊，左顧右盼。

迦炎下流地挑挑眉：「當然是最新款，胸大得可以悶死東方白……」

鄙視男人！胸太大有什麼好？跑起來晃蕩、衣服也費料、還容易胸悶，打鬥時重心也容易偏離。不過倒是可以保護心臟，大一點一刀捅不到心臟。

啊咧啊咧！我在想什麼呢！

「嗯……乾脆找他借來用用……」迦炎的眼睛淫蕩起來。

「咳！咳！」我重重打斷他的話，非常嚴肅地看迦炎：「小狼還是孩子，請你不要在孩子面前說這種話！」

他白了我一眼：「早跟妳說小狼不是孩子了！」

「我不管他們獸族是不是十三歲算成人可以生孩子，總之小狼沒接觸過這些，不准你帶壞他！」

迦炎好笑地看我：「我帶壞他？小雨，你確定這隻小狼狗需要我們來帶壞？」

他一把勾過小狼的脖子，小狼鼓起臉，豎起耳朵：「炎哥哥最下流了！以前人家穿女裝的時候就喜歡摸人家胸部！」

迦炎一下子下巴脫臼，我在旁邊連連點頭作證。我第一次見小狼時，他就摸他胸部。

迦炎倏地放開手，受不了地看小狼兩眼。

小狼滿臉無辜地整理他的頭髮，最近他把腦後的短髮留長，說是要準備梳個辮子，到時他前面依然短髮造型，後面一根長長髮辮，也很好看。

突然他眼睛閃亮起來，指向前方：「小雨姊姊，陪我去買首飾！」

小狼很喜歡女孩的首飾，他每次扮女裝時都會掛一堆在身上，他似乎特別喜歡閃亮閃亮的東西。

他已經拉起我往前面跑，月淡然起身，走在我們身旁，迦炎笑呵呵地跟在我們身後。

高貴的首飾店中，人寥寥無幾。雖然諾亞城是一個中間站，但正因為宇宙茫茫，所以像這種人造城裡，反倒是首飾和寶石品項最齊全的地方。各種精美的項鍊、戒指、手鐲，各式各樣的古怪首飾，琳瑯滿目。見過的、沒見過的寶石，亮瞎人的眼睛。

小狼興奮地挑來選去，迦炎直接去看男人的飾品。月也在靜靜地看著，一副耳釘進入他的眼簾，他似乎想為自己換一副耳釘。

我一排排看過去，然後看到了一種奇怪的首飾，它有兩個小小的、中空的圓錐體，圓錐上鑲滿寶石，圓錐之間有許多細細長長的寶石鍊。

「這是什麼？」我隨口問。

櫃檯裡是一個藍皮膚的美女外星人，她身穿像是旗袍的制服，銀光閃閃的。

她對我掩面笑了笑：「小姐，這是胸飾。」

我一下子沒有理解過來，不解地看她。

她很有職業素養，眼中沒有嘲笑我土包子的神情，而是慢慢拉開了銀色的衣領。我疑惑地看，她突然脫衣服做什麼？

然後我就看到了她說的胸飾……

兩個鑲嵌了紅色寶石的圓錐體罩在她的乳頭上，鍊子掛在高挺的乳房之間，非常性感撩人。這東西……取代了我們原來的胸罩。原來，這就是胸飾……

胸飾也分大小，款式也各異，我看到的為常用款，還有設計成花瓣的、鳳爪的，或是很另類，比如手之類的。然後也有男用的……

這是自「幸福伴侶」後，再次讓我陷入囧境無語的未來玩意。

「小雨喜歡哪個？」竟然還被……月看見了。月溫柔地問我：「喜歡哪個我幫妳買。」

「……」此時此刻，我好想找個地洞鑽下去。

「我們還有情侶的呢！」好會做生意的外星美女。

我直接拖走月，跑到比較正常的項鍊戒指區，深深呼吸。月靜靜看我片刻，低臉噗哧笑了。

「原來小雨覺得不好意思啊。那並沒什麼，在現代那是和項鍊、戒指一樣重要，女人不可或缺的飾……」

「我知道。」我紅著臉打斷他：「別再說了，至少我暫時還接受不了。」

就算在我當時所處的年代，也有類似胸飾的乳環，但我在那時也有點接受不了，儘管現在的更好看、更大氣，也不用進行穿刺。

月溫溫和和地笑了，琥珀的瞳仁純淨閃亮。

我趕緊提醒：「千萬別說出去。」

他笑著點頭。

「真巧。」忽然間傳來龍的聲音，我和月同時看過去，果然是龍。

他溫和地看我，黑眸中帶一絲淡淡的責備：「妳給我惹了不少麻煩。」

我尷尬地笑了笑，發現夢沒在他的身邊，立刻轉移話題：「夢呢？」

他指向不遠處：「去洗手間了。」

我看了一眼旁邊密密麻麻的戒指，笑看他：「買個戒指給她吧！她的怨念真的很深吶！」

他怔了怔，眨了眨眼睛，長長的睫毛濃密而修長。然後他微笑點頭，轉身開始挑選戒指。

心裡起了一絲怪異的感覺，和之前在童話星球的感覺一樣。但到底是什麼怪異感覺，我卻一時無法判斷，這種現象對我來說從未出現過。但這份奇怪的感覺，讓我不知不覺看著龍的側臉出了神。

「怎麼了？」月忽然問，我收回視線，這樣盯著龍看確實不好。

月琥珀的瞳仁注視在我的臉上，我抬眼看他，回問一樣的問題：「怎麼了？」

他的唇角微微揚起：「沒什麼。」

然後他轉身站在龍的身邊，也挑起了戒指。

「月要送給誰？」我好奇地問，他轉臉看我：「我說我想送給爵，妳會覺得奇怪嗎？」

我笑了，他也笑了。

「開個玩笑，我想在我結婚前，能把這個戒指送給我一直偷偷喜歡著的女孩……」

他的視線漸漸放遠，宛如那個他偷偷喜歡著的女孩，就站在那裡。

原來月也有喜歡的女孩……

龍停下來溫和地看著月，輕輕拍了拍月的肩膀，月緩緩收回視線，龍微笑看他。

「或許到最後，伊莎會放手的。」

我再次看向龍，他今天……給人的感覺有些不同，似乎……更加體貼。

月苦澀一笑，反問他：「那你娶夢也是真心的嗎？」

龍收起了笑容，神情漸漸沉凝，他轉回臉，繼續挑選戒指。

「小雨不選一個嗎？」月轉臉問我，我從他們身上收回視線，單手托腮撐在展示台邊看了看。

「在執行任務時，身上不宜戴首飾，所以已經習慣不戴了。」

「那小雨幫我一起選吧！太多了，我有點眼花。」他對著我說。我看向他，他身邊的龍正在細心挑選戒指。

龍……感覺怪怪的。

哪裡怪，我也說不上來。

我對月點點頭，幫月一起挑選戒指，顯然那個女孩比夢幸福許多。

「這個怎樣？」月選出一個深綠的寶石，很大一顆。

我搖搖頭：「這個寶石有點大。」

他放下再選另一個，他選得很認真，僅僅是這份心意，那個女孩也該因此而感動。想到月最終要和伊莎結婚，心裡感覺很無奈。難得龍說伊莎可能會放手的話來安慰月，龍……

我是怎麼了？今天腦子裡全是龍。食指輕輕放到唇間，環手沉思。確實，今天的龍和平日的龍並無兩樣，但是他說得越多，表情顯露得越多，就讓我感覺越加不同。

難道是因為今天算是跟夢約會，所以他比往日更加溫柔體貼？

就在這時，夢回來了，她看見我和月時有些驚訝，我對她頷首一笑，指指月旁邊的龍。她像是受到什麼震撼，感動地怔立在原地，紅唇微張。

就在這時，視野內進入了一個灰色的人影，是之前遇到的貨車少年。

他左顧右盼了一會兒，佯裝隨意地走到了櫃檯邊，然後取出裡面的戒指看著。這裡的首飾雖然可以自由觀賞，但可不能隨便帶出去的。

這孩子有問題，他到底在想什麼？

當精神集中在他身上時，他的心語也隨之而來。

「這就是貴族的奢侈品？哇……好貴，一個戒指是我一年的糧食了……世界為什麼這麼不公平？同樣是人類，他們可以享受，我們卻在邊緣地帶自生自滅，受盡饑餓和貧窮。姊姊結婚連個像樣的戒指都沒有……這裡沒有人……我、我……我……偷一個……不不不，不可以！偷東西是不對的。可是！可是！可是世界對我們人造人就公平過嗎？拿一個吧，是你們欠我們的！」

他緊張地快速拿起一個戒指緊緊捏在手心裡。

可是他卻不知道，他是偷不出去的，因為這裡的戒指設有星際定位系統，倘若沒經付錢，只要他拿走這個戒指，就構成偷竊，那時他就成為一個真正的罪犯了。

當我要上前阻止時，發現另一個青年匆匆跑來，生氣地一把扣住他手臂，壓低聲音道：「你知不知道這樣亂跑很危險！」

白髮少年揚起笑，在我看不到的角度給青年看某樣東西，應該是那個戒指。

青年雙眸吃驚地睜了睜，立刻抬眼掃視四周。我隨即低下頭，用長髮遮住自己的臉，餘光裡青年立刻把戒指從少年的手裡挖出，要放回原位。

就在這時，夢突然大步朝青年走去，扣住了他的手腕。青年一驚，身邊的少年也大驚失色。

「先生，請把戒指交出來。」夢沉沉地說。

青年皺皺眉，把戒指交出。夢看了看，淡淡地揚手，放到耳邊，出聲命令：「接警局。」

現在的通訊器很迷你，或是耳飾、或是像放在我耳內的氣壓儀，都可聲控命令撥號。

青年立刻面露緊張：「我們沒有偷戒指！請不要報警！」

夢揚起笑：「先生，剛才的一切我看得很清楚。」

「這位小姐！我們真的沒有！」

展示櫃裡的外星美女們漸漸朝這裡過來，看到底發生了何事。文明先生也飛了過來，在警察未到之前，他們暫時控制了罪犯。

「他們沒有。」我大聲地上前說。

夢驚訝地看我，青年和少年看向我時也面露一絲驚訝。

夢認真而嚴肅地對我說：「剛才我看得很清楚，他們一人負責偷戒指，一人負責轉移。」

小偷一般團隊作案，一人負責偷，數人負責轉移。

我也笑看他：「剛才的一切我看得也很清楚，白髮少年確實因為一時貪念，想偷一個戒指，但是被這位先生阻止了，他是打算放回戒指。」

「那也說明他們是想偷，只是沒有偷成。」夢沉沉的聲音在大廳裡迴盪：「我們不能說一個人作案未遂，他就不是罪犯！」

「確實，殺人未遂，不能說他就不是凶手。」我微笑點頭：「但是，我們還是要就事論事。我相信這個少年只是一時的錯念，同樣地，我們不能因為他一時的錯念，而斷定他就不是好人，而是百分百的壞人。每個人都會有那麼一刻產生邪念，不是嗎？」

我相信那孩子，就憑他在心裡掙扎時的那句：「偷東西是不對的。」

夢陷入怔立，回神時擰起雙眉，眸中是銳利的目光。我笑看她：「相對於管教，我還是更相信原

星際美男聯萌
2
未婚妻們齊來襲
台灣角川
© 張廉 Illustration：Ai×Kira
Kadokawa Fantastic Novels DX
台灣角川華文新視野

諒和感化給人帶來向善的力量。所以……妳打算繼續抓他，還是……給他一次重生的機會？」

我看向夢，夢一直盯視我。

「這位小姐，請不要報警，我弟弟平時很乖，他從來沒偷過東西，這次可能是受不了誘惑，所以才走錯了路，請再給他一次機會吧！」青年苦苦哀求。少年不服氣地低著頭，始終不語。

啊……叛逆期吶！這個時期最敏感，也最容易走錯路。

月走到我身旁，在夢看見龍走向她時，她側開臉：「你們走吧！」

青年長舒一口氣，連聲道謝，急急拉走了少年。在他們經過我時，青年對我點頭致謝，看看他左手中指上的戒指，我想這個青年八成是少年未來的姊夫。

「慢！」忽然夢再次叫住他們，他們緊張地停在我身邊，慢慢轉身。

夢銳利的視線落在他們的胸牌上：「你們是蒙特貨運公司的？」

青年和白衣少年漸漸緊張起來。

龍走到她身旁，溫和看她：「怎麼了？」

只見夢黑色的眼中紋路閃現，因為她是黑眼睛，忽略了她也會戴微縮儀的事情。

忽然夢收緊瞳仁，指向青年和少年時，他們突然揚手指向我，手腕上是閃光的腕槍。青年的反應非常快。

那是一種武器，迦炎也有，直接戴在手腕上，隱藏性很好。

「啊……」尖叫聲四起，周圍的人迅速撤離。

「你們如果再動一下，我就殺了她！」青年用腕槍對準我的太陽穴，月就在我身旁，他不動聲色，但是他的尾巴已經慢慢纏上我的手臂。

龍的神色開始下沉，夢對我輕笑一聲：「現在妳還覺得他們是好人？還想再給他們一次機會？」

我擰起眉，青年扣住我的手臂抱歉低語：「對不起，我們也是迫不得已！」

「你們的名牌是偽造的。」夢鎮定自若地看他們：「你們到底是誰？來諾亞城什麼目的？」

青年沒有回答夢的話，而是對白髮少年厲聲說：「你先走！」

「姊夫！」少年急急地喊。

果然是姊夫。

「他們是人造人！」小狼和迦炎也過來了，當小狼的話出口時，這對人造人驚詫地站在原地。

小狼雙手背到身後，無聊地看著他們。

「啊……之前懶得理會你們，你們卻在這裡惹事。月，你怎麼還不動手？這不太像你啊！」

身邊傳來一聲月的輕笑，下一刻，我瞬間進入瞬移之速。站定時，我已經站在龍和夢的身邊，對面是驚訝的少年。

青年驚訝片刻後，倒是越發鎮定，雙眸緊緊盯視我們。

「你們果然不是普通人，否則警察不會收隊！」

「算你有眼光。」迦炎從懷裡掏出了槍：「之前不想多管閒事，但你們傷害小雨，就讓人火大了，而且她還那麼幫你們。雖然我維護人造人的權益，但你們的作法實在讓我生氣。」

青年把白髮少年擋在了身後：「阿衍，你快走！」

叫阿衍的少年咬牙憤恨地看著我們所有人，他痛恨所有的貴族。

「你們誰都走不了！」當圖雅聲音傳來時，白髮少年已經僵立原地，發現不對勁的青年看向正朝我們走來的圖雅、伊莎、爵和巴布。

爵看見我沒事，露出安心的神情。

圖雅已經摘下帽子，露出她美麗可愛的面容，和利亞星人的特徵——一對又尖又長的耳朵。她高傲地站在青年面前，青年的瞳仁收縮起來，眸光閃爍不停，他咬牙切齒地看著圖雅：「利亞星人！」

圖雅雙手扠腰，得意地看他們：「你們別想跑！」

巴布騰騰上前，一手一個，像拎小雞一樣把他們拎在手中就準備走。

「轟！」忽然爆炸聲起，整個大地都在震盪。驚叫聲四起，熟悉的白色光亮瞬間侵吞了我們所有人！這熟悉的手段，難道是？

忽然有人來到我背後，我戒備之時，有什麼東西蒙住了我的眼睛，減弱了光亮對我眼睛的刺激。這個人帶著善意，可是我沒想到因為這份善意，讓我放鬆了對他的警戒。下一刻他就摟住我的腰，把我直接撈起，急速橫飛起來。我頭朝下隨他急速移動，明顯感覺到蒙眼的長帶在臉邊飛揚。小心睜開眼睛，朦朧中看到的是一片紅色。

這速度不是月的，因為月更快。但是常人也無法達到這個速度，否則我不會那麼容易就擒，是衣甲！

他帶著我飛起，我能感覺到我們往店外飛去。然後光亮漸漸消失，眼睛可以慢慢睜開。看到的果然是紅色的布，是和阿修羅紅色領巾一樣的顏色。

我一手捂住眼睛，一手握住環在我腰間的手臂，那像蛇皮一樣的觸感果然是衣甲。我緩緩直起身，心裡已經有了答案。這個擄劫我的人，絕對是阿修羅！

我慢慢拉下蒙眼的布，適應光亮睜開眼睛，只見自己已經站在半空，四周圍滿了警車和文明先生。遠處是小心圍觀的路人。龍和夢，還有其他人站在下方盯視阿修羅；巴布則是一手抓著青髮青年，一手抓著少年阿衍站在路旁。

每一次，阿修羅都要弄出那麼大的動靜。

爵和伊莎著急地看著我們，爵一直無法控制阿修羅，因為阿修羅和我、和龍一樣，有很強的精神抵抗力。

迦炎換上衣甲飛了上來，大聲說：「阿修羅！放下她，她只是一個平民！」

「哼！」阿修羅在我身後笑，依然是那渾厚的金屬聲音：「你們以為我不知道她是誰嗎？」布滿銀黑衣甲的手臂揮過我的面前，揭落了我的帽子。立時，遠處圍觀的人中發出了聲聲驚呼。

「是星凰！」

「星凰又被阿修羅擄走了！」

「他們兩個也太有緣了！」

「是啊！該不會阿修羅盯上了星凰？」

「這很難說，星凰確實很迷人。」

這些事不關己的百姓，此刻居然還有這樣的心思。他們不畏懼阿修羅，因為阿修羅不是恐怖分子。他是邊緣地帶的英雄，是人們心目中正義的化身。

阿修羅收緊了我腰間的手臂，在我身後笑語：「蘇星雨，我們看來很有緣。」

我在他身前輕笑：「是啊，真有緣。連我喬裝也能認出，你該不是在靈蛇號裡安插了內應吧！」

我本是開玩笑，卻引來他仰天大笑：「哈哈哈！那妳認為會是誰呢？」

我一時無話。本是玩笑，但因為這句話，反倒讓我不由得深思一番了。為什麼阿修羅彷彿跟我們靈蛇號如影隨形？難道僅僅只是巧合？

「哼……」他在我身後發出一聲輕笑：「龍，今天你沒有穿衣甲，也只是一條蟲了！哈哈哈哈……」

他張狂的大笑，讓面前的迦炎殺氣瞬間升騰。龍在下方收緊雙眉，今天除了時時備戰的迦炎帶了衣甲外，大家都沒帶，沒人料到阿修羅會突然在這裡出現。

「本來，今天我不打算露面……」阿修羅指向被巴布拎在手裡的兩個人：「但是我的人現在在你們的手上，所以，龍，交換人質怎樣？」

真難得，阿修羅也會跟人討價還價。

「不可能！」夢厲聲否決：「你如果敢傷害星凰一根汗毛，就別想離開諾亞城……」

「不。」龍揚手打斷了夢的話，夢著急看他，他只瞪視阿修羅：「我同意交換人質，請不要傷害小雨。」

阿修羅沒有說話，只是揚了揚手，接著三輛貨車從上方飛落，停在了巴布的身前。巴布看向龍，龍對他點點頭。於是巴布放開那二人，他們上了車，迅速和其他兩輛貨車飛離。

龍再次看向阿修羅：「人我已經放了，你也該遵守承諾放了小雨。」

「不急，我要等我的人安全離開這片區域。放心，空間跳躍很快會完成。」阿修羅不疾不徐地說。

龍收緊雙眉，眸中已露出惱怒之色。

「蘇星雨……」阿修羅俯到我的臉邊，左手抬起時，一顆閃爍藍光的球體已經懸浮在他的手心：「把眼睛蒙上。」

他輕輕提醒我，我心裡十分不甘，拿起熟悉的原本屬於他的紅色領巾。蒙上眼睛時，我咬牙沉語：「早晚有一天，我會親手抓住你！」

「哼，那我拭目以待。」當他話音結束時，我的眼前強光炸開。我閉上眼睛的同時，他轉過我的身體，抓住我的手臂，讓我不至於掉下去。

如果我沒猜錯，他會把我扔下去。因為他知道我有他當初送給我的氣壓儀，掉下去不會有危險。

但是，他沒有放開我，我正疑惑間，突然一個吻猝不及防地重重壓在了我的唇上，我立時感覺到了屬於成年男子的柔軟雙唇。他重重含住我的唇，帶著一種強勢。他用力地，像是要在這短促的時間內一次吻個夠一般，貪婪地吮吻我的雙唇。

我的心跳因為這個突如其來的吻而加速，憤怒和無法反抗的不甘讓我全身陷入緊繃。火熱的唇印在我的唇上，他的舌還想強勢地進入。怒火登時上升，我毫不猶豫張口一口咬住他飽滿的下唇，即使嚐到了血腥，依然沒有放開！

「呵……」空氣裡響起他充滿玩味的笑，火熱的氣息吐在我的唇上，他根本不介意我咬了他。

「放開我，不然我咬死你！」我惡狠狠地說。

他抵在我的額頭上，火熱的唇還覆蓋在我的唇上，一縷熱熱的液體滑落我的嘴角，是他的血。

如果沒有這強烈的光芒，我真想看看這混蛋的真面目！

「好，如妳所願。」當他把話語火熱地吐在我的唇上時，緊扣我雙臂的手慢慢放開，我從高空直接墜落。

眼前依然是強烈的光芒，紅色的領巾讓我眼皮下一片血紅。阿修羅！我蘇星雨一定會揭開你的真面目！

光亮慢慢消失時，我的防護罩帶著我安全落地。

「撤銷。」氣壓儀關閉時，我拉下他的領巾，睜開眼睛細瞧，原本繫在他脖子上，屬於他阿修羅標誌的紅色領巾，現在正在我手裡隨風飄揚。領巾的一角，用銀黑的顏色烙印了一個龍形的「修」字，巧妙的設計讓「修」這個字化作了一條騰飛的黑龍。捏緊了手中的紅巾，總有一天，我會親手抓住阿修羅，讓他不再狂妄自大。

抬手抹去唇角的血，這個世界的男人一個比一個自大，居然敢強吻我，我一定要讓他為這個吻付出代價。

「龍！」突然夢的尖叫聲從身後響起，我立刻朝聲音方向看去，登時愣在原地。

只見不遠處，龍像是被人狠狠嵌入牆壁一樣，嵌在商店銀白巨大的柱子上，鮮血從他的嘴裡、右肩流出，染濕了他的衣衫，並沿著龜裂的銀白柱子蜿蜒而下，在那根石柱上繪下血腥的花紋，猶如耶穌當年被釘在十字架上，接受血的洗禮。

「啊……啊……」四周尖叫迭起，警察迅速控制了現場。

夢和靈蛇號所有成員都聚攏在石柱下，迦炎小心地從石柱上抱下龍，那一刻，一束怨恨的目光朝我射來——是夢！她大步朝我走來，黑色的大捲髮在風中飛揚，在她絲絲髮縷間，我看到了一個淡紫色長髮男子的背影，他身穿一身不顯眼的衣服，正從人群裡快速離開。

龍是星盟主席，他受重傷可以說是大事中的大事，即使是無關的路人，也會因為圍觀心理而圍上來，而那個人卻忙著離去。難道他是……

我立刻想追上去，突然夢出現在我面前，一把扯住了我的手臂。

「妳還想去哪兒？妳出盡風頭了！難道妳不該為龍的傷負責嗎？」她朝我失控地吼著。

我立刻看向人群，已經不見那淡紫色長髮男子的身影，一切都晚了。

「如果不是妳之前阻止我抓那兩個人造人，阿修羅怎麼可能趁龍沒有穿衣甲時重傷他？」

遠處，迦炎他們正小心地把龍放入醫療艙。

我雖然也擔心龍的傷勢，但是此刻我們更要冷靜下來。

「夢，阿修羅以前從不傷害靈蛇號的人，妳不覺得整件事很奇怪嗎？」

「是很奇怪！」夢憤怒地瞪視我：「最奇怪的就是妳！到底是誰救了妳，把妳從宙斯集團買出來，供妳吃、供妳穿，給妳一切想要的東西！可是，妳在做什麼？妳只會給我們惹麻煩，從維多利亞星開始，妳就不停地給我們惹麻煩！妳只想出風頭，好讓全銀河系的人都來關注妳、崇拜妳！妳不聽龍的命令也就算了，這次居然還站在阿修羅那邊，害龍受了重傷！星凰！我斯圖爾．夢在這裡鄭重警告妳！如果龍有任何生命危險，我不會放過妳！這次巡迴展之後，妳做好被更換的準備吧！」

「夢，走了。」伊莎到她身邊提醒。

夢深吸一口氣，恨恨看了我一眼，沉沉交代：「看好她！」

「知道了。」伊莎走到我身前，夢冷冷轉身回到醫療艙邊，擔心地看著醫療艙裡的人，滿目的心碎。

「看來妳並不擔心龍的傷勢。」伊莎扣住了我的手臂，淡淡地說。

我點點頭：「相對於現在的醫療技術來說，龍的傷並不重。」

「妳很偏袒阿修羅。」她血紅的瞳仁看著我。她比夢鎮定許多，因為龍不是她愛的人。龍再小的傷，在深深愛著他的夢眼中都是大事。

我淡淡看她：「我沒有偏袒任何人，在夢來找我前，我看到一個可疑的淡紫色長髮男子正急著離開。發生這樣的騷亂，急著離開的只有可能是……」

「阿修羅！」伊莎的冷靜讓她迅速做出了判斷，她吃驚看向左右，我嘆口氣。

「已經追不上了，剛才被夢打斷，讓他跑了。我想他製造這樣的混亂，應該就是想逃跑。」

伊莎擰了擰雙眉，立刻下令全城封鎖，任何人不得離開諾亞城，嚴格盤查擁有淡紫色長髮的男子。

立刻，諾亞城全城陷入一級戒備。

在月的醫療室前，夢緊張擔憂地站在門外，圖雅正陪著她。

迦炎一臉凝重地靠在離門邊最近的地方，宛如隨時準備闖入月的醫療室。小狼、爵和巴布靠在另一邊，看著醫療室的大門。

當我和伊莎到醫療室時，夢立刻大步上來，對我只說了兩個字：「妳滾！」

我擰眉看了看醫療室，不遠處胖叔正坐著他的移動椅慢慢而來，椅子後面則是東方。

他嬉皮笑臉地看著所有人說：「這麼多人當時都在龍的身邊，龍還是被阿修羅重傷，看來你們沒有保護好你們的船長喲……」

東方的話，讓迦炎更加懊惱自責。他負責守護靈蛇號、守護龍，而他當時卻沒在龍的身邊。

「是我的錯！」迦炎咬牙切齒，轉身一拳砸在了門邊的牆上：「是我對阿修羅太放鬆警戒了！可是，這傢伙以前從不與我們正面衝突，今天怎麼會……」

「是蘇星雨！」夢憤怒地再次指向我：「如果不是妳阻止我捉那兩個人，龍怎麼會受傷？阿修羅就是看龍沒有穿衣甲，才乘機傷他！」

「龍受傷跟小雨姊姊有什麼關係？」

小狼陰沉沉地說了起來，雙手環在腦後，耷拉眼皮看著夢。

「妳如果聽小雨姊姊的，放過那兩個人，也就不會引出阿修羅了，不知道是誰非要贏過小雨姊姊……」

「小狼你胡說什麼？」圖雅生氣地瞪他，夢怔立在原地，大大的黑瞳裡面淚光閃爍。

「別吵了！」爵拿出了從未有過的威嚴，一聲厲喝讓所有人安靜起來：「龍受重傷是誰也不希望的，東方說得對，只能怪我們當時沒有保護好龍。」

我低下臉托腮沉思，阿修羅真的跟靈蛇號算是如影隨形。從最早的議員刺殺，到今天的人造人偷運物資。他出現的時候，我們靈蛇號也必然在。

「人造人……偷運物資做什麼？」我抬臉問胖叔，除了龍，他應該是知道最多的人。

胖叔小眼睛瞇了瞇：「補給。」

「補給？」

他點了點頭：「當年人類把人造人全部送到一顆邊緣星球上，但是沒有為他們留下任何食物、藥物還有所需的科技……」

「怎麼會……那豈不是讓他們自生自滅？」我對人類如此的行徑大感吃驚，難怪那叫阿衍的少年會說人類讓他們自生自滅。

人造人的話題，讓醫療室外的氣氛變得沉重起來。

胖叔也是面露無奈和嘆息。

「確實是讓他們自生自滅。人造人的存在在當時是很大的爭議，這給當時的政府帶來了很大的壓力。一是人造人的生產是否符合人道；二是人類再次繁衍起來，人造人的生產成本過高；三是完美外

型的人造人給當時帶來了一股豢養性寵的糜爛之風。所以，政府在社會輿論中，終止了人造人的生產。但人類對人造人的厭惡、排斥，以及各種複雜因素形成的恨並未停止。於是，要求政府驅逐人造人。」

胖叔的話音在安靜的走道裡迴盪，揭開了人造人的過去。人類與人造人的不容，似乎有著更多複雜的原因。

「人造人由人類生產，但是他們與別的產品不同，不能銷毀。如果銷毀，政府就是屠夫。人類雖然排斥人造人，但同時又不想自己成為屠戮者。於是，人類就把人造人流放到了那顆邊緣星球，從此不再過問，由此可見人類這個種族的偽善。」

聽到此，我心裡只有哀傷，即使是平日不正經的東方，也漸漸露出了怒容。但是我又覺得胖叔的話有些怪異，比如他說「人類這個種族」。一般情況下，自己是人類的話，會說「我們人類」，他說話的語氣，讓我感覺到他似乎不是人類。

「因為沒有足夠的科技，人造人也無法離開邊緣星，那顆邊緣星成了他們的監獄，幸好有善良的人類偷偷運送物資給他們。即使如此，食物和藥物依然是奇缺的物資，所以他們開始在一些物資齊全的中間站裡偷運。不過，他們也有自己的尊嚴，想與星際海盜有所區別，所以他們會扮作人類前來購買。」

「扮作人類？人造人不能買嗎？」

胖叔再次無奈地點點頭。

「星盟規定，任何人不得提供人造人物資，因為人造人的邊緣組織已被劃入恐怖組織範圍。他們在第一星國裡再也沒有人權，他們是等同罪犯的存在。哎……是人類製造了人造人，卻不承認他們是人類。這不是人造人的悲哀，而是人類的悲哀吶……」

「胖叔，您現在的話，我可以視作是在詆毀我們人類嗎？別忘了，你也是人類。」夢再次認真起來。

胖叔瞇了瞇眼睛，隨即大笑起來。

「呵呵呵……夢，妳就是太認真了。如果妳對那兩個人造人睜一眼閉一眼，後面的事又怎會發生？」

夢的眼睛再次睜了睜，惱恨地咬唇：「所以，這次的事，你們都認為是我的錯！」

「喏喏喏，不肯承認錯誤，又是人類的一個特點。」胖叔點點夢，開玩笑地說。

夢氣得咬牙，圖雅不服氣地看胖叔。

「人類有好也有壞，哪有自己說自己不好的！我覺得夢姊姊很好，她做事認真，正因為有些人睜一眼閉一眼，才會被那些人造人混入諾亞城，也才會讓阿修羅混入！」

「人類是有好有壞，」小狼也生氣起來，瞪著圖雅：「我倒是覺得小雨姊姊人很好，不像有些人類充滿了野心和侵略性！銀河系裡多少星球本來平靜、安靜地生活，可是人類入侵了他們的生活，佔領他們的星……」

「哪個種族沒有野心？」夢大聲地打斷了小狼的話：「整個星系裡，我們幫助了多少星球抵抗外族入侵？我們又提供科技給多少發展中的星球？是我們打開了星際之門，才有了現在偉大的星國，這有什麼不好？難道你們獸皇星沒有侵佔過其他星球嗎？」

一時間，話題轉到了星際侵略上。

小狼惱怒地瞪大碧藍的眼睛：「對！我們也曾侵略別的星球，但始終沒有你們人類多！因為你們人類太能生了！你們每到一個星球就生孩子，不斷地生、生、生，比我們獸族人還能生！像蟑螂一樣，瞬間佔據了整個星系的每個角落！」

小狼的一句話，登時讓醫療室門口所有人陷入無語。也讓我想起當年爵對人類的評價，和小狼居然是相同的，甚至，他還對人類的繁衍力產生了一絲恐慌。儘管那絲恐慌從他雙眼飛速閃過，但依然被我清楚捕捉到。

我看向不語的爵和巴布，他們陷入沉默，似乎也在認同小狼的話。

小狼氣呼呼地甩開臉：「如果多生一些像小雨姊姊和東方這樣的人類，我沒意見，但是像你們斯圖爾家族這種喜歡侵略的，還是免了！」

「夠了！小狼！」迦炎忽然從我們面前掠過，直接揪住了小狼的衣服，生氣地看他：「你別忘了，是誰把你們從邪惡的綠爪星人手中解放出來！」

小狼冷冷一笑，垂落眼角，無神地看向一邊。

「是你們人類……但是，從此我們也成了你們的殖民星，不是嗎……」

迦炎怔怔看他，走道裡的氣氛比剛才更加沉悶。因為人造人而衍生出來關於人類、人性的話題，讓人感覺越來越沉重。

看看眼前的情景，自從小聖靈事件後，靈蛇號的團結在不知不覺中出現了一絲不可見的細微裂痕。或者，只是這些話題大家都不想提及、刻意迴避而已。

他們的不合對我和東方的逃脫，其實是件好事，但是我的心裡卻為此而難過。我還是希望大家回到從前，回到我最初所見的團結的靈蛇號。

我決定結束眼前這個互相指責的狀況。

「或者，傷龍的根本不是阿修羅，而是有人趁阿修羅放閃光彈藉機偷襲呢？」

我的話，引來了大家的注意，迦炎慢慢放下小狼，陷入沉思。

「妳還在幫阿修羅？妳這個靈蛇號的叛徒！」夢憤怒地幾乎快要失控朝我打來。

「不對，我覺得小雨說得有點道理。」迦炎攔住夢，認真看她：「以我對阿修羅的了解，他不會攻擊不穿衣甲的人。他和我一樣自大，自大的人是不屑打比自己弱的人，所以小雨說得很有可能。」

夢愣愣看他，眼中是無法置信的神情。

伊莎上前輕握她的手臂：「夢，妳要冷靜，或許對方正想藉此讓星盟向人造人開戰？夢，現在的局勢妳比我更清楚，別因為龍的傷讓妳失去理智。」

夢在伊莎的話中慢慢平靜下來。就在這時，月醫療室的門開了。大家的話音就此打住，不約而同地一起看向從門內走出的月。

夢第一個想衝進去，月卻淡淡把她攔住，看向我：「小雨，妳進來，龍有話要問妳。」

夢微微一怔，所有人朝我看來，我擰了擰眉。

「吁……」東方不知道什麼意思地，在胖叔身後吹口哨。

「小雨。」月再次提醒：「龍在等妳。」

難道是審問？

我擰眉一步一步上前，每一步都沐浴在夢火辣辣的注視之中。從我到醫療室，其實至多兩公尺，但這兩公尺，是我從出生以來走得最胸悶的兩公尺。

當我跨入醫療室，門在身後關閉時，我反而鬆了口氣。

月也留在了門外，看來是龍想單獨問我一些事。

明亮整潔的醫療室裡，是那個已經移出牆壁的巨大醫療艙。透明的艙壁是像水晶一樣的材質。裡面充滿了銀藍色的液體，隱約可以看見有人躺在裡面。

龍的治療還沒完畢，為什麼要急著見我？

我走上前，龍躺在銀藍的液體裡，他赤裸的身體被那液體覆蓋，只露出他的一小部分臉，雙耳隱約看見有像貝殼一樣形狀的銀灰色護體覆蓋保護。

他閉著眼睛，神情很平靜，沒有重傷後的痛苦難受，躺在銀藍色的液體中更像是泡溫泉般的享受。

我雙手放落醫療艙的邊緣，抱歉看他：「對不起，害你受傷了。」

他沒有睜開眼睛，但是唇角揚起一個小小的幅度：「妳沒有任何錯，為什麼道歉？」

「我……」

「是不是因為夢責怪妳？」

我沉默了一會兒，說：「如果不是你寵著我，允許我去諾亞城買滑翔器，也不會遇到後來的事，也不會遇到阿修羅。」

他的眼睛在我的話語中慢慢睜開，長長的睫毛在燈光下閃亮：「原來妳知道我很寵妳。」

我低下臉，我不是傻子，很多事我能感覺到。比如爵對我的再次刻意迴避，比如月對我的特殊依戀，比如小狼喜歡黏著我，比如龍……對我的遷就和容忍。

現在，他已經給了我最大程度的自由。

看到他唇角的淤青和嘴唇上的裂傷，我轉身走向藥櫃。

「小雨，妳現在站在哪一邊？阿修羅？還是……我？」寂靜的醫療室裡響起他淡淡的提問。

難道他醒過來第一個想知道的，是我會贊同誰？

我憑著記憶從藥櫃裡取出上次月幫我治療的藥刷與藥膏。

「龍，其實這次的事，我不認為是阿修羅傷了你。」

「哼……看來妳還是很喜歡那個阿修羅……」他的語氣裡並沒有怒意，更像是在跟我閒聊。

我拿回藥膏走回醫療艙邊，他的雙眼平靜地看著上方，黑色的瞳仁裡映出醫療室的屋頂。

椅子移到我的身後，我坐下來，一邊在藥刷上塗抹藥膏一邊說：「正好相反，我不喜歡他。」

「喔？」他的黑瞳朝我移來。

我俯身輕輕把藥膏擦向他的嘴唇，手頓了頓，問他：「這藥膏吃進嘴裡沒事吧？」

他揚唇笑了，對我眨眨眼：「沒事。」

「嗯！」我放心地擦上他受傷的、飽滿的嘴唇。他的右嘴角，以及靠右半邊的嘴唇都有輕微的裂傷。

我一邊輕輕地擦，一邊說：「我不是偏袒阿修羅，只是根據他的性格來判斷，他不會做這種蠢事。如果他對沒有穿衣甲的你出手，那豈不是在默認自己不是你的對手？因為他無法戰勝穿了衣甲的你，才會在你沒有穿衣甲時偷襲你。」

龍微微動唇，我看他一眼：「別說話。」

他止不住地笑了。

我繼續說著，藥刷沿著他的唇線，擦過下唇的裂傷，腦中閃過阿修羅強吻我的畫面，難免一時臉熱。我擰了擰眉，察覺到他落在我臉上的目光，我看過去，與他的視線相觸，他微笑看我。

「怎麼了？」

我眨眨眼，將自己的注意力只集中在他嘴唇的傷上。

「阿修羅是一個狂妄自大的人，而且是一個極具個人英雄主義和正義感的人，這樣的人是不會做偷襲這種卑劣的事。所以……整件事非常奇怪……」我的藥刷停落在他紅腫且布滿淤青的嘴角。

「怎麼奇怪？」他忽然問。我收起藥膏趴在醫療艙邊緣看他。

「龍，我剛才聽胖叔說過，人造人物資緊缺，科技上也無人支持，那阿修羅的衣甲從哪裡來的？我看得出他的衣甲是和你、還有迦炎他們同樣的型號，是現在最好的衣甲。衣甲那麼貴，他哪裡來的資金？」

龍深邃的雙眸微微瞇起，唇角帶著一抹富有深意的淡笑：「所以妳在懷疑阿修羅是貴族？」

「嗯！」我認真看他：「就像我們那個年代，有一個漫畫人物叫『蝙蝠俠』，他也像是個貴族，所以他有錢製作各種先進的機器，來打抱不平、維護正義。阿修羅跟他有一個共通性，就是獨來獨往。這次忽然和人造人一起，還是第一次。所以，我覺得可能是某個具有正義感的貴族之子，用自己的力量在偷偷幫助人造人。當然，也有可能他比較叛逆，在向世人宣揚他所認為的公正公義，並挑釁這個時代的律法、政權以及星盟，嘲諷星盟統治的偽善……」

「偽善？」他的眸光銳利起來，我立刻收住口。

「抱歉，只是假設。少年都很叛逆，不是嗎？」我微笑看向這位星盟的主席——龍宇。

我看看他，他看看我，然後我繼續趴在醫療艙的邊緣。

「所以，尊敬的主席，您叫我進來，就是想看我的態度？是崇拜阿修羅，還是忠誠於星盟？」

「不，是忠誠於我。」他眸中劃過狡黠的銳光，瞬間，我不能動了。

我驚詫地趴在原處，這種感覺自從爵把控制密碼歸還給我後，從未再發生。我一直以為只有爵能控制我，原來是我錯了。

是龍買了我，而爵效忠於龍，當初也是龍允許他控制我和星龍，那龍有我們的控制密碼非常合理。

「嘩啦！」龍在我的面前從醫療艙中慢慢坐起，銀藍閃光的液體順著他的脖子一點一點褪落，它們像是有生命的有機物，不像水那樣一下子滑落，而是慢慢褪落，漸漸露出龍帶著淡淡小麥色的赤裸肌膚。他光潔結實的後背慢慢進入我的視角，那赤裸的後背擁有清晰的肌理，銀藍色的液體順著那深深的肌理線條慢慢褪落。

他右邊的肩膀是一片淤青，淤青中央有一塊圓形的鮮紅肌膚，那層薄薄的皮膚像是剛剛長成，透明得可以看見肌肉和血管，宛如那裡之前存在一個小洞。

神奇的液體褪落他的後背後，他的後背乾燥如初，還帶著皮膚的光澤。他依然坐在醫療艙裡，窄細的腰身下被銀藍液體覆蓋。他緩緩抬起浸沒在銀藍液體中的右手，一個銀黑迷人的細細小環懸浮在他的手心，小環上鑲滿一顆顆黝黑深沉的紫黑寶石。

「這是調教戒指。」他看著手中的小環說。

我已經無法動彈，即便是眼神，我的視線依然落在他身下銀藍的液體中。

「嗚……」空中緩緩落下兩條機械手臂，在他的右肩開始輕輕安裝一個奇怪的，像是護肩的薄甲，護住那裡的傷口。

「以前這東西用來調教貴族的寵奴，現在改造後常用來調教罪犯。我想，似乎也適合妳。」

我驚訝得心臟收縮，因為我的臉、視線都無法移動。

「請不要認為我有惡意，我只是因這次的事，對妳做一個小小的懲罰。妳不認為妳應該對我的傷負責嗎？」

他轉身用手輕輕抬起了我的下巴，我的視線上移看著前方，視角裡是他赤裸的上身，和他透著玩興的眸子。

「在我的傷痊癒前，我不希望看到妳再惹任何麻煩。完完全全聽我的話，待我痊癒後，我自會幫妳取下。」

他說話之時，那細細的小環在我面前忽然上下分開，裂成了兩個小小的戒指。兩個戒指像有磁力吸引一般，在他的手心裡旋轉，各自分成一片片的小碎片。然後他執起我的右手，戒指們一一飛起，附上了我的中指，瞬間合攏，並迅速延伸至我的手背交錯起來，最後更繞上我的手腕，形成一件美麗的首飾。然而，我的心裡卻對這未知的東西產生一絲惶恐。

越是美麗的東西越是危險。

接著，他再執起我的左手，中指同樣依附上了那個戒指，它們像是某種活生生的邪惡生物，從此寄宿在了我的雙手手背上。

「既然妳喜歡手銬，我想妳也會喜歡這對戒指。」當他滿是玩味的話音停落時，我的視線終於可以移動了。我立刻去拔中指的戒指，扯手背上的鍊子。

「沒用的，現在只有我能取下來。」他的聲音裡透出了濃濃的笑意。

我立刻到他身前，生氣地問他。

「我知道我不該攻擊你！我知道最近我不太乖！你放心，滑翔器比賽後，我會乖乖留在靈蛇號上，不再給你惹麻煩，你別把這種奇奇怪怪的東西戴我手上好不好！」

「哈哈哈……」他坐在銀藍的液體裡大笑不已：「小雨不先看看這對戒指的作用？」

我氣惱地看他，他唇角一揚，忽然「嘩啦」一聲站了起來。

當他赤裸裸地從醫療艙裡直接站起，銀藍液體褪下他腰線時，我太陽穴發緊，立刻轉身。

「我先出去了！」把我當男人應該有個限度吧！他不介意，我很介意。

「幫我穿衣。」他忽然說。

我好笑地雙手環胸：「你自己有手！」

我準備繼續離開，雙腳卻不能動了！怎麼會？我明明可以說話，可以眨眼睛，甚至可以扭頭，但是我的雙腿宛如失去了我的控制，站在原地無法動彈。

這不是微腦細胞對我的控制，難道是……

我抬起自己的雙手，手背上的鍊條正閃爍著隱隱的光芒。

「我肩膀骨折了，所以需要人幫忙。」他在我身後悠然淡定地說。

「你可以找月、找夢，甚至可以找智慧型機器人，為什麼偏偏找我？」我憤怒地咬牙。

「哼……」他滿是玩興地一笑：「因為我想享受從星凰給予的特優服務。妳願意在這段時間照顧我嗎？」

「當然不願意！我很忙，我還要玩遊戲！」我毫不留情地拒絕。

「哈哈哈哈……」他在我身後大笑：「知道妳不會自願，所以才在妳身上裝上調教首飾，這樣妳就會乖了。」

果然是這鬼東西在控制我，憤然轉身，直視他狡黠的雙眼：「你是在逗我玩嘛！」

「不錯，我是在逗妳玩！」

我眯了眯眼睛，嘗試朝他揮拳而去，果然拳頭到他面前就無法再進一寸。這東西到底用什麼控制？腦波？

他微笑地看著我，左手悠閒地放上赤裸的胯部，毫不臉紅，全身一絲不掛地站在我的面前。而那從容悠閒的站姿，反倒讓他充滿一種野性的性感魅力。

我目不轉睛地瞪他的臉，我對他的身體沒興趣。

機械手遞來了一件泛著絲光的乳白色長袍，我本來揮拳的手已經去拿衣服，我恨恨地咬牙。

「你這人真是惡趣味！」

他依然笑看我：「從妳發覺我喜歡裝扮妳時，妳就應該知道，我這人確實有一些不良趣味。」

他倒是大方承認。

我的雙手不受控制地開始替他穿衣服，我冷冷瞪視他的眼睛，他用沒有受傷的左手扣住了我的下巴，拉到他赤裸的身前。

「不要用這種眼神看我，妳會漸漸喜歡在我身邊照顧我。」

「我想如果是夢，她會更高興。你要小心，我怕我一個不小心，把你照顧死！」雙手開始收攏他的外袍，明明雙手已能觸及他的頸項，我卻無法掐死他，只能扣攏他的衣領。

「哼……我倒是拭目以待……」他放開我的下巴，再次單手扠腰俯視著我。

一絲熟悉的感覺迅速從腦中劃過，他剛才的語氣，還有「拭目以待」這四個字，和那個自大狂妄的阿修羅好像……

他們都是那麼狂妄自大的人。

柔軟而像是活物的衣衫在貼上他的肌膚後開始做調整，腰身漸漸收攏，鈕釦從領口往左邊斜下，一一扣住後，內側會自行貼合。到腰時再無鈕釦，不過這衣服的邊緣仍會在靠攏時自行貼合。

順著釦子慢慢蹲下，目不轉睛地開始貼合他左側腿邊的衣襬，腰下赤裸的腿從腿根開始慢慢消失在我的手指之下，也包括那男人的私密地帶。

「小雨，妳不是普通警察，妳對男子的裸體很淡定，如果我沒猜錯，妳應該是一名戰士，或者……是比戰士更加精銳的特種部隊。」他蹲下身，正對我的臉。

我揚起嘴角，冷冷一笑：「抱歉，讓你失望了！我以前是掃黃科，抓的是嫖客，所以男人經常在我面前光屁股。閣下這麼問，是想讓我對閣下的身材做出評價嗎？」

他黑瞳微微瞇起：「如果可以，我想聽聽。」

今天的龍一定是吃錯藥了。

我隨口道：「很好，肌肉很結實，可見一直在堅持鍛鍊，也很勻稱，沒有過度誇張。順便說一聲，替你穿衣服已經是我的底線，如果你想讓我再幫你穿內褲，那你最好永遠別摘了這套首飾，否則我肯定會滅了你！」

我臉紅了紅，轉開臉，不想見到他目光裡的狡黠。

「嗯。知道了。」他忍住笑地說：「因為我還想跟小雨繼續做好朋友。」

做你個鬼！

他起身坐上了和胖叔一樣的移動椅。穿上乳白色、像病人衣的他，更加黑白分明，清爽許多。脫去了靈蛇號的制服，他少了一分軍人的氣度，多了一分君子的儒雅和孱弱的美。

然後他對我說：「過來，跟在我身後。」

我起身不動，想反抗，但知道在微腦細胞和這對鬼戒指的雙重桎梏下，反抗根本沒用，反而會延長他對我的調教時間。

「別讓我使用戒指來控制妳。」他倒是很直接地提醒，而且說這話時滿臉的微笑，語氣比往日更加溫柔，這混蛋簡直是披著天使外衣的惡魔！

我咬了咬唇走到他椅子後站了上去，跟以前站在胖叔身後一樣，但是心情可說是南轅北轍。雙手放上他的椅背，醫療室的門在我們面前打開，他帶著我一起走了出去。

立刻所有人圍了上來。

夢在第一時間走到他身前，上上下下看了他一番，安心地笑了，然後轉身對大家說：「大家可以回去了，讓龍好好休息。」

「嗯……」巴布渾厚的聲音蓋過眾人的應答。

爵露出微笑，看向月：「月，你辛苦了。」

月淡淡地看他：「應該的。」

「龍，你這次嚇到我了，下次我絕不允許你離開我的視線！」迦炎鄭重、認真地說。

當他灼灼盯視龍時，周圍大家的表情開始變得怪異，不約而同地看向夢。

夢眉毛顫動的同時，迦炎似乎感覺到了氣氛的怪異，登時臉紅了起來，急忙解釋：

「不是的！不是你們想的那樣！不是的！」

龍微笑而溫和地抬手握住迦炎的手：「別解釋了，這樣很好。」

「好什麼啊！」迦炎再次崩潰了，幾乎是失控地揪住龍的衣領：「你故意！你就是故意的！你想讓我永遠待在靈蛇號上是不是！啊！是不是？」

「迦炎！龍受傷了！」夢生氣地拉開迦炎的手，大家神色各異地笑看他，東方趴在胖叔的肩膀上，和胖叔一樣一臉壞笑。

小狼正好在迦炎身邊，睨他一眼。

「都是成年人，喜歡男人還是女人有什麼關係，你不好意思什麼，真是丟我們男人的臉。不過，以後別隨便進我房間，還有，以後不要跟我一起洗澡。」

迦炎臉上的紅瞬間變成了灰，再次想死的神情代替了一切，隨後小狼看向我。

「小雨姊姊，既然龍沒事了，妳跟我去玩吧！」說著，他搭上我的手，這時他碧藍的眼睛倏然圓睜，眸光激烈地閃爍，他猛地扯起我的手，挑起我手背上糾纏的鍊條和寶石：「調教環！」

他的驚語讓所有人靜了下來，本要離去的巴布停下腳步，朝我雙手看來。月怔立在牆邊，爵吃驚地上前，拿起我另一隻手查看。東方目露疑惑，胖叔擰起了雙眉，迦炎回了魂，夢深深地看向龍，伊莎和圖雅面露吃驚。

小狼從爵手中扯過我另一隻手，立時雙眸被怒火覆蓋，瞪向我身前依然從容淡定的龍。

「龍！你這是什麼意思？小雨姊姊是我們的朋友，不是你一個人的寵物！」

月在小狼的話中漸漸擰起雙眉，眸光轉淡。

爵立刻走到龍的身前，急急地說：「龍，這次的事不能怪小雨，一切只是巧合。我知道是我看管失責，讓小雨給星盟惹了很多麻煩，但是……但是我們也不能對她用調教指環，限制她的行動！」

在他急切的目光中，龍溫和微笑地揚起臉，柔聲而語：

「我對小雨並無惡意，在我受傷這段期間，我既然無事就負責看管她，並加以調教，這也是為她安全著想。等我痊癒之後，自會除去她的指環。」

為我安全著想？是不想我再給他惹事生非吧！我渾身黑氣地在他身後冷冷盯視他後腦勺。

大家看向我，小狼抓緊我的手臂：「小雨姊姊妳怎麼不說話！」

我依然冷冷盯視龍。

「哼……我的寶貝兒現在很明顯是不想說話，只怕她一開口就想咬死某人。」

東方滿臉的笑意，他果然最了解我。

「龍，如果我是你，我會一直給她戴著那個什麼調教指環，她可不是那麼好馴服的，一朝獲得自由，必然會弒主！」

東方說得對，想馴化我蘇星雨，簡直癡人作夢！我只會服從我的隊長，可惜，他早在一千年前就死了。

「呵呵呵……龍啊，你確定要讓小雨照顧你？她可是渾身殺氣喔！我可不想最後只看見你的屍體，呵呵呵……」胖叔笑得非常開心，肚皮顫動得像是在跳舞。

「讓大家多慮了，我發現我最近警戒心有所下降，需要小雨來對我進行特訓。大家可以回自己房間休息了。」龍依然淡定地說。他這種微笑淡定的語氣，讓我更加火大。

「小雨……」爵擔心地朝我看來，我現在不想對任何人做出回應，因為我很火大。

龍從眾人之間前行，夢跟在他椅子之旁，月擰眉看我一眼，在爵要跟上來時拉住了他。爵看向他，他搖搖頭，拉他進了醫療室。

胖叔帶著東方轉身與我們背道而馳，當他們與我們交會時，我轉臉看東方，他也勾唇壞壞看我，我用俚語跟他說了一句：「查查這東西。」

在胖叔轉臉看我們時，東方對我眨眨眼，我轉回頭隨龍前行。

東方，這東西不知道能不能監聽我們的訊號，所以沒查清這東西前，這段時間別再找我了。

「調教指環到底是什麼東東？」圖雅好奇地跟了上來，一邊說一邊點我手上的寶石：「以前只是聽說，還弄不清它什麼作用。」

「大約在八十年前，調教飾品在貴族裡十分流行。」伊莎一邊走，一邊說了起來：「因為當時貴族流行豢養美麗的人造人。」

「豢養？豢養他們做什麼？」圖雅依然不解地問。

伊莎看看她，繼續說：「妳來自利亞星，利亞星是一個純潔的星球，所以不接受人類這種行為。簡單地說，就是作為貴族的性奴。」

「什麼？」圖雅不可置信地臉紅起來：「怎麼會……」

伊莎看著我的指環：「那時不僅有這樣的指環，還有手環、項環，種類繁多，也分男女款，聽說還有用在私密處的。調教環的工藝越來越精美奢華，價格也隨之變得昂貴，有的甚至擁有收藏價值。蘇星雨戴的這款應該也是骨董，是那個時候遺留下來的。」

說完，她看向我，我隱忍殺氣，面無表情，沉默不言。

她低臉一笑，卻是看向走在另一側的夢：「夢，你現在還羨慕蘇星雨佩戴骨董嗎？」

「呵……」龍在伊莎話音之後發出了一聲笑，夢怔了怔，轉開臉，用滿頭的黑髮對著伊莎。

伊莎繼續說道：「不過人類貴族這種糜爛的生活在政權交替，以及對人造人的流放後停止。此後指環經過改造，用於調教一些冥頑不靈的罪犯或是不良學生，所以也算是用在了正途上。」

「呃……那不就是說蘇星雨以後都被限制行動，不能亂跑了？」圖雅故作同情地看我，順便還對我做了個鬼臉，偷偷一笑。

伊莎笑著說：「不僅僅是限制行動，只要龍下命令，她還會做出相應的動作。」

「真的？真的真的？」圖雅好玩地立刻看向龍：「龍宇哥哥，讓我見識見識，好不好？」

我盯視龍，你敢！

然而，他真的敢，只聽他悠然地說：「做個可愛的動作。」

什麼？

只見我的右手慢慢舉起，握拳放到了臉邊，然後，我聽到了從我嘴裡永遠都不可能發出的聲音：

「喵～」

Orz……讓我死了吧！

「哈哈，哈哈哈哈……好玩好玩！」圖雅開心地在旁邊直呼好玩，不過在她第二次要求時，龍拒絕了。

在通過走道後，伊莎識趣地拉走了圖雅。迦炎出現在遠處，看我們一眼便轉身離開。最後，只剩下夢走在龍的旁邊，一直沉默地跟著我們前行。

她也在隱忍，到龍的房間門前時，她終究忍不住甩手指向我，之前隱忍的一切終於爆發。她開口第一句話，就是問龍：「你為什麼要把她留在身邊？」

龍微笑抬臉看她：「因為我覺得妳說得對，她最近確實給星盟惹了不少麻煩。因為她是個女人，所以靈蛇號上的男人們一直善待她、謙讓她、寵溺她，結果反是嬌縱了她。今天的事我也要擔起對她疏忽管教的責任，既然我正好受傷不能做事，不如藉這段時間好好調教她，讓她學會聽我的命令。」

當龍說完後，夢怔立在一邊，馬上啞口無言。

「夢，妳現在被個人情緒控制，已經失去了理智的判斷。」龍轉開臉，語氣忽然嚴肅起來：「妳知道，我不喜歡意圖拴住男人的女人，等妳冷靜了，再來找我吧！」

我在龍的話中微微一怔，對自己的戀人說這樣的話，很奇怪。說這樣的話不是冷酷無情的人，就是自大專制的人。抑或……因為龍的身分，讓他習慣凌駕於任何人之上，即便是自己的戀人。

我看向夢，夢竟沒有反駁，而是咬唇側開臉龐。

「我知道了，我會好好冷靜一下。」她的聲音有些哽咽顫抖，隨後她轉身離去。在她轉身的那一刻，我看到了這個強勢而高傲的女人默默流下了眼淚。

那一刻，我的心竟同情起夢來。

她做了幾乎所有女人都會做的事，關心自己的男人，排斥自己男人身邊的女人。她愛龍，所以無論吃醋、還是想拴住龍的身心，都是再正常不過的現象。

此時所表現出來的失控和歇斯底里，旁人也是可以理解的。

然而，她在龍的面前卻顯得那麼卑微。這也是大部分女人在陷入愛情後，會犯的同一個錯誤——以這個男人為中心，害怕失去他，接著失去了自己。

我低臉看向身前這個表面溫和的男人，他真是可怕，能讓這樣高傲的女人對他如此死心塌地。在他眼中，他不允許任何不聽話的人存在，比如……我。所以，對我用上了這種奇怪的東西。

為了擺脫他，我只能變得更加乖順、更加聽話。

龍的宿舍區很大，門前有花園小徑，也只有他住的地方種有美麗的鮮花。那些不知名的紫色花朵，在人造的小太陽下絢爛綻放，散發迷人的花香。他那如同小宮殿的居室，在花園裡透著童話般的氣息。

兩扇雕刻著精美花紋的奶黃大門開啟時，我竟然看到了久久不見的智慧艦長，原來他是龍的智能管家。居然有人會讓和自己一模一樣的人服侍，難道是自戀？

當進入龍的寢室時，我對龍的了解似乎更深了一層。這個人的內心世界複雜得如同宇宙，他的多變，讓人更加無法探知真正的他。就像宇宙一般深邃，讓人永遠看不到它的真面目。

「主人，女王陛下和龍野王子殿下已經在線上。」

女王陛下？龍野？我還從未見過這位第一星國的統治者，那會是一個怎樣的女人？會不會很嚴厲？

「扶我到床上。」他說。

「你的腿又沒殘。」我隱忍憤怒地說。

他沒說話，但我的腳已經不受控制地走下他的座椅。我心裡恨得咬牙，胸口的怒火快要爆炸，可是這對我的現狀絲毫沒有改變。我還是走到他身邊扶起他，他的左手環上我的肩膀，軟綿綿地完全靠在我的身上，臉也靠在我的肩膀上，熱熱的。明明腳沒殘，還要這樣靠著我，跟撒嬌一樣。

我在他的控制中扶他到床邊，他靠坐在那張也像是骨董的宮廷大床上，然後我還幫他蓋上了毛毯。他的智慧艦長始終站在一旁，他明明有人可以照顧！

隨後，他看向那個和他一模一樣的智能管家，溫柔地說：「連線吧！」

我雙手交疊在身前，和智慧艦長一樣聽話地站在床邊，唯一不同的是，他的智慧艦長眼神溫和如同天使，而我是凶惡如同地獄裡爬出來的惡魔。

兩個螢幕在床的上方拉開，出現了一身校服的龍野和一個極為性感的年輕長髮女人。那個女人年輕得像是龍的姊姊，一身大方華麗的青瓷花紋華裙引人注目，大大的裙襬帶出古風的大氣。長長的黑髮微鬆地盤繞，形成一束大大的髮辮，垂掛在左側高挺豐滿的胸前。臉上是淡雅大方的妝容，顯得平易近人又不失美麗高貴。她的眉眼間和龍宇兄弟有些相似，小小的紅唇格外性感。

剛才聽智慧艦長說女王陛下在線上，這、這個女人，該不會就是龍的母親吧？看來科技在美容駐顏上，也突飛猛進。

「星凰？」當連上線後，龍野吃驚地看向我：「妳怎麼會在我哥哥房裡！」

我陰沉地壓住怒火，從女王陛下身上收回目光，現在我不想跟任何人說話。

「小宇啊，看來你讓小雨不開心了喔！」女王調笑的聲音從螢幕中傳來，帶著一種俏皮。很難相信眼前這個年輕、性感又有點小俏皮的女人，會是龍的母親，第一星國的女王陛下！

「小宇、小雨，嗯哼，分不清了呢！你們還真是有緣，我還是叫星雨好了！星雨，今天我們算是第一次見面，妳果然是一個可愛迷人的姑娘哪！」

女王陛下……是在跟我說話？

我看向她，收起陰厲之氣，溫和行禮：「女王陛下您好，謝謝您的誇獎。」

「是小宇強迫妳照顧他是嗎？」她問，我擰眉抿唇，她溫柔地笑看我：「靈蛇號上面都是男人，小夢又從小嬌生慣養，高高在上，怎麼會照顧人呢？智慧型機器人也有缺陷，無法做到細緻悉心。我聽小宇說了，妳的中國菜做得可是非常好吃喔！我也想嚐嚐呢！這段期間，小宇就拜託妳照顧了喔！」

我看看她，頷首說：「女王陛下您這樣的囑託，讓我很為難。」

「不用太在意小夢那孩子，她只是在吃醋。反過來說，能讓小夢吃醋，星雨很厲害喲！」

對於這句話，我不知道該露出怎樣的表情。

「小宇身邊一直美女雲集喔！」女王笑起來分外迷人：「可是小夢從沒把她們放在眼中，而星雨卻讓她失控失態，連我對星雨也越來越感興趣了喔！真想快點見到妳本人，一定更加有趣呢！」

女王陛下對我瞇瞇笑，我卻在想，或許那個時候我已經離開靈蛇號了。我對女王陛下淡淡點頭。

「我也很期待與這麼年輕美麗的女王陛下見面。」

「啊呀！真會說話！」女王陛下「嬌羞」地捂住臉，我深吸一口氣，盡量保持平靜，去面對這位賣萌的女王陛下。

「老媽，大哥有手有腳，還有智慧艦長，又不是重傷，何需星凰來照顧他？」龍野在旁邊斜睨他的哥哥：「大哥，你什麼時候變得這麼嬌弱？你真是矯情得讓我噁心。」

「喔呵呵！小野你這是在嫉妒嗎？」

我一愣，女王陛下居然在調侃自己的兒子。

龍野一甩臉：「我為什麼要嫉妒？」

龍看著他揚唇微笑：「你就是在嫉妒。」

「龍宇！」龍野登時轉回臉瞪龍：「你別得意！遲早靈蛇號和星凰都是我的！我還會親手抓住阿修羅！誰像你，居然被阿修羅打得像狗一樣狼狽，哈哈哈……」

這對兄弟，這個喜歡互相調侃的家族……不過，這倒是讓他們看起來更相愛、更有親情的味道。

這些貴公子們因為身分而變得格外要強，即使是兄弟之間，也充滿了濃濃的火藥味和激烈的競爭。

「你先贏了比賽再說。」龍不以為意地看他。

龍野雙手環胸，高傲地抬起下巴：「呿，不就是一個聯賽，小意思。」

「好啦好啦！兄弟倆吵架可不好喔！龍野，媽媽再給你買一個星凰好嗎？」

我揚了揚眉角，他們當星凰是玩具嗎？這三個母子，我完全無法理解他們的大腦結構。一個龍已經那麼複雜，他的母親看上去又慈母得過頭，可見這女王絕對腹黑。恍然明白，這才是一家子啊！

「我不要！我就要星凰一號！蘇、星、雨！」龍野揚唇踐踐地看我，一副志在必得的模樣：「妳放心，我沒我哥那麼惡趣味，喜歡給人戴調教指環，還喜歡幫人偶打扮！我真該讓妳看看他的房間，哈哈哈，真變態，全是人偶。」

「服裝設計是我的喜好。」龍微笑垂眸，似乎並不介意龍野暴露他的惡趣味和祕密：「如果不做這個星盟主席，我會是最好的服裝設計師，小野。」

龍抬頭再次溫柔地看向他的弟弟。

「而你喜歡畫漫畫，你喜歡在漫畫裡當營救公主的英雄，我還記得你第一次畫的戰服醜得無法入目……」

龍野在龍的話中漸漸臉紅了起來，倏然瞪眼。

「所以我才要把星凰從你的惡趣味裡拯救出來，她可不是你的人偶！」

「嗯嗯！」女王陛下對著龍野瞇眼微笑：「小野，我可不認為你能制住星雨喔！別忘了她當初是怎麼制住你的，嗯……媽媽記得好像是秒殺吧！那次你可是半天沒有爬起來喔！」

登時，龍野的臉完全漲了個通紅，轉開臉鬱悶地抬手擰眉。

「女王老媽，妳非要在大哥面前羞辱我嗎？」

「這樣才能不斷激發你的鬥志，努力超越你的大哥吶！作為本女王的兒子，輸給別人可不行喔！會丟家族的臉喔！媽媽要打你小屁屁喔！媽媽現在還好懷念你的小屁屁，是那麼柔軟、那麼飽滿……」女王陛下依然瞇眼笑。

「老媽！」龍野徹底紅透了脖子：「妳能不能別在我哥面前說這些！妳沒看見星凰也在嗎？」

龍野在網路的另一邊羞得跳腳，女王陛下在螢幕裡一臉狐狸笑。

我看著、聽著，內心因為這個奇特的家族開始產生一絲「恐懼」。果然出自同個家族，一樣的腹黑、一樣的惡趣味啊！女王的惡趣味在於調侃自己兩個兒子！我戰勝不了這樣的女王的，我還是……逃跑吧……

「小宇，」女王瞇眼再看向龍：「媽媽想要提醒你喔！就算你再喜歡星雨，有些事你也不可以對她做喔！」

龍的目光裡微微露出迷惑。

「老媽知道你現在正是年輕氣盛的時候，雖然傷了一條手臂，但以我們家小宇的體能來說，只用一條手臂完成伏地挺身是完全沒有問題……」女王陛下長長的睫毛在閃光。

登時，我僵硬了，隱隱感覺到床上的龍也僵硬了。瞄向他時，他臉上已沒了微笑，和龍野先前一樣，抬手擰上眉間。

「啊！我可愛的小宇，眨眼之間也是一個成年男人了呢！身強體壯、精力充沛，不知道一個晚上能……」

「母親大人！」龍揉緊眉頭，低沉地打斷了女王的話。

女王露出一臉無辜的神情問：「什麼？我的寶貝小宇？」

龍抬臉之時，竟是渾身的殺氣，讓女王也露出害怕的神情：「哎呀，小宇，你嚇到媽媽嘍！」

「那請妳不要再亂說話！小雨不是白癡，她聽得懂！」當他沉沉的話語出口之時，女王陛下再次恢復迷人微笑。

我撫額，如果我有這樣的母親，想必也會露出和他們一樣的神情吧！

「探視完畢，斷線。」當龍沉沉說完，女王的畫面在床上斷訊，只剩下龍野的。

龍野長舒一口氣，不停地揉太陽穴：「她到底打算折磨我們到什麼時候？」

「恐怕是到我們死的時候。」龍變得格外無奈，渾身陰厲的氣息，像是想一把「掐死」他們的母親，他調整了一下心情：「最近淩有什麼動靜？」

「淩？沒有啊！」龍野面露疑惑：「怎麼？小狼不聽話了？」

我斂了斂眉，怎麼，小狼和淩又有什麼事？

龍垂下臉，左手放至下巴沉思了片刻：「沒有，可能是小狼的叛逆期到了。」

「叛逆期？我看是你搶了他的食物吧！」龍野訕訕地笑看龍：「聽說小狼很喜歡星凰，還想跟她搭檔參加滑翔器大賽。獸人族很難相信別人，一旦達成信賴關係，會對他的夥伴極度忠誠、守護，並有強烈的獨佔欲。大哥，雖然我很希望你的靈蛇號能屬於我，但不是以你死的方式，而是讓你徹徹底底輸給我，所以你還是盡快把星凰歸還小狼比較好。」

龍在龍野的話語中，左手隨意地放在下巴，垂臉沉思。

原來小狼這個種族還有這樣的性格，難怪他那麼黏我，之前我還以為是像黏姊姊那種，現在看來並不是。尤其是在他看到我指環時的憤怒，以及他的那句：「小雨姊姊是我們的朋友！」讓我心裡很感動。

能被戒心最高的獸人族信賴，是我蘇星雨的榮幸，我以後要對他更好些。

「還有，大哥，你這次怎麼那麼不小心，被阿修羅打得那麼慘？」

龍抬臉看他：「不是他做的，是別人乘機偷襲。」

「喔？」龍野踟踟笑看他：「難道是女人？你這個博愛的花花公子。星凰，小心我哥，他最喜歡把女人拐上他的……」

「啪！」影像忽然斷了，雖然龍野沒有說完，但是以他的嘴形來判斷，應該是「床」。

我面無表情地看龍，他也不動聲色地坐在床上。

「還有什麼吩咐嗎？我想去洗手間。」

他靜靜地坐了片刻，轉臉看我：「我房裡有，我不希望身邊太久沒人陪。」

我揚了揚眉：「我可以理解成你在跟我撒嬌嗎？」

他瞇眼一笑：「是的，我在跟妳撒嬌。」

立時，我在他的笑容中渾身止不住地肉麻，忍不住對他說出了龍野說的那句話：「你真是矯情得讓人噁心！」

「呵……」他垂臉笑了：「因為在我和弟弟小的時候，無論生病還是受傷，母親總是陪在我們身邊，直到我們痊癒。可是自從母親進入政壇後，不知道從什麼時候開始，就變成母親的智慧型機器人陪伴我們。希望她親自陪伴，反而成了我和弟弟的奢望。」

我愣愣看著漸漸落寞的他，他為什麼突然跟我說起他的事？他說的時候顯得很平靜，可是這份平靜，卻讓人為他和龍野沒有母親陪伴的童年感到一絲揪心。

「我和弟弟是女王的兒子，必須堅強、必須勇敢，我們不能像別的孩子向她撒嬌，或是在受傷的時候落淚，那只會顯得我們很軟弱，會讓母親對我們失望。所以，我們一直在努力變強。小雨……」

他抬起臉，再次朝我平靜地看來，目光裡帶著一絲期盼。

「所以，我現在真的希望能有一個真正的生物體、活的地球人來陪陪我，而不是智慧型機器人。」

這是龍第一次跟我說了那麼多話，可以說是內心話。我在他房內與他久久對視，我想看清他，至少判斷他此刻的話是真、還是在攻心。可是細細一想，我只是一個骨董，對他來說，無論是政治上還是利益上，都沒有利用價值，他沒有必要來攻我的心。

或許他只是跟月一樣，需要一份來自於生物體的溫暖。只是月比他更直接，表露得更明顯。而他只是把這份需要隱藏在心底。正像他說的，他需要表現得比任何人堅強。

看到他眼底清澈無垢時，我說：「你可以跟我好好說，不用這樣。」

我舉起雙手，手背對著他。他看了看，純淨地笑了：「那妳願意嗎？」

我想了想，還是搖搖頭。他笑了。

「是因為夢吧！因為她的存在，所以妳不會願意接受我的請求來照顧我。因為妳蘇星雨不喜歡有人給妳帶來感情上的糾紛和麻煩。但是，我需要妳。因此，我給妳戴上了指環，一切只是我個人強制性的命令，與妳無關，夢也無法反對，因為我就是那麼霸道和強勢。」

我沒想到他會承認得那麼徹底。

我看著他，看了他好久，即使那麼小的事情，他也要一步步來布局，他設計了那麼多，最後的目的只是為了讓我照顧他。

這個男人真可怕。

我在他的目光中轉身準備離開，對此完全無法理解。明明覺得很牽強，感覺事情遠遠沒那麼簡單，可是放在龍的身上又覺得那麼順理成章。他是這裡的主人，他可以利用他的霸道和強勢要求任何人為他做任何事。他想要怎樣，就能怎樣。

在自己年幼的時候，母親被一個和母親一樣的智慧型機器人替代，他和龍野是怎樣的心情？我無法想像用一個機器人來代替自己的媽媽，那樣我寧可沒有。

所以，這才是他受傷後變得分外矯情的原因？他希望能有一個大活人照顧他，感受被一個真正的人關愛體貼的感覺，像母親一樣溫暖他。和她母親特性最相近的當然是一個女性，而夢是大小姐，她自然不會照顧人，所以他選擇了我。

「妳去哪兒？」在我走到門口時，他又矯情地追問：「不是說上洗手間嗎？在那裡。」

我沒有轉臉，只是淡淡回答：「我餓了，想去吃飯，順便幫你帶一份回來。」

「好。」他淡淡地說：「我想吃妳做的。」

我揚了揚眉，看一眼雙手的戒指：「知道了，你想吃什麼？」

「妳做什麼，我吃什麼。」他溫柔地說，輕柔地帶著一絲撒嬌的語氣，能讓所有女人為他神魂顛倒，心軟身軟。

我抬手按上門邊：「那我去了。我不在的這段時間，你可以休息一下。」

「嗯！」他說。門開之時，他的話音再次響起：「對了，妳剛才跟東方說了什麼？」

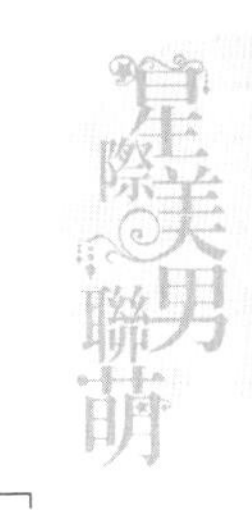

「沒什麼，我叫他別擔心。」

「叫他別擔心？妳不是討厭他嗎？」他笑著說。

這次，我轉身看他，微笑地說：「有一種愛叫作又愛又恨，也叫歡喜冤家，我和東方就是這樣。當你說要替換他時，我心裡忽然很痛，那時我就知道，我是喜歡東方的。我和他……不吵不鬧不成夫妻，一天不見彼此又會很想念，所以我離不開他。」

他的笑容漸漸收起，眸光再次變得深邃難懂。

我繼續微笑地說：「我忘了，你沒有真正愛過一個人，愛情是一種比你更複雜的東西，所以你是永遠不會理解我和東方之間這種感情的。」

說完，我轉身踏出了他的房門，那一刻，我看到遠遠走道的盡頭，東方正站在那裡。他叼著菸，雙手環胸像是等我走出龍的房間。

東方在擔心我。心裡暖暖的，對他的感覺，真的是「又愛又恨」。心莫名地「撲通」一跳，我怔立在原地。我對東方，難道……

他看見了我，對我遠遠招手，見我不動，拿掉菸頭朝我直接走來。我的心跳不知怎地因為他的靠近而失去了片刻的控制。

他擔心地看我，微捲的髮梢在他加快腳步時跳躍著，然後他站在我面前，單手不羈地插在褲帶裡，半瞇眼睛打量我。我愣愣仰臉看著他，他看了我一會兒，像是在確定我到底發生了什麼事。

然後他拿起我的雙手，擰眉瞧了瞧我手背的戒指，忽然壞壞一笑。

「這東西好，下次想親妳，妳就不會打我了。」

太陽穴開始發緊，掄起拳頭就朝他揮去，他依然沒有躲。我每次打他，他其實都不躲。以前以為他躲不了，後來和他屢屢合作後，發現他身形敏捷，速度上不輸於我。所以他是躲得掉的，可是他從來不躲。

我的拳頭停在了他的面門，他挑挑眉，勾唇一笑：「嗯？被調教好了？」

我懶懶地白了他一眼：「不是，是捨不得打你了。」

他一怔，愣在原地。

心裡莫名地浮出一絲笑意，從他身前走過，他還愣在原地。想用神石的力量去聽他此刻會想什麼。然而卻在走道的盡頭看到了迦炎、爵和月，還有小狼巴布的身影。

大家都在擔心我。

「龍怎樣？」迦炎跑了上來。好吧，除了迦炎，他顯然更擔心龍。

大家看向我，我笑了笑：「沒事了，現在我要去為他做飯。」

迦炎總算面露安心，抬手放上我的肩膀：「呼……現在有了妳，我就安全了。」

看他一臉輕鬆的神情，似乎，也不像是擔心龍，好像更像是擔心自己。他這句話我怎麼……有點聽不懂？

「喔……我忘記做飯了……」巴布恍然大悟似地愣了一會兒，立刻急忙離開，跑走時發出重重的「砰砰砰」腳步聲。

「小雨姊姊，龍這次真過分！我一定會幫妳取下來的！」小狼豎起狼耳朵、鼓起臉，抓住我的雙手生氣著。

月抬手放落他的肩膀：「沒用的，調教指環有基因識別，強行取下會弄傷小雨。」

「可是！可是龍怎麼可以這樣對待小雨！」小狼生氣地說著，捏緊了我的手。忽然，指環上的寶石閃出幾道紫色的光芒，立刻小狼「哎呀」一聲收回手，惱怒握住自己的手，齜牙咧嘴，小小的犬牙都露了出來。

月攤開他的掌心，淡淡道：「指環也有保護的作用。」

「所以你不能隨便再碰小雨了。」迦炎在一旁壞壞地補充。

我看著指環，是指環自動保護我？還是龍？

「小雨……」爵難過地看著我，他抱歉的神情像是今天的一切是他造成的：「對不起……我、我……」

「這不是你的錯。爵，你不要總歸罪於自己身上。」可是我的話似乎沒能安慰到他，他的銀瞳裡依然是自責的神情，低臉緊緊盯視我的指環，擰緊雙眉。

「啊！同樣是骨折，待遇果然不同啊！」

東方不正經的話緩和了此刻的氣氛，他一邊朝我們走來，一邊揚起他那條已經快要痊癒的手。

「我骨折的時候，可沒人二十四小時照顧吶！那時我要是也有這指環，肯定也會用上！龍真會享受！我不管，我今天也要寶貝兒做飯給我吃！」

他撒嬌了，他撒嬌的語氣讓大家露出肉麻的神情。

他張開雙臂就要朝我抱過來。忽然我身體朝前，大步離去，讓他撲了個空。

「老婆大人！」他在我身後像灰太狼一樣地喊，我不受控制地繼續向前：「抱歉……不是我自己動的……廚房見……」

可惡，又被龍控制了。我會讓他為這個惡趣味付出代價。

廚房裡，巴布正在忙碌，他今晚似乎準備做牛排。

他看見我進來，問我：「今晚妳做什麼？」

我拿出米：「人受傷的時候，最好吃清淡一些，所以，我打算給他煮粥。」

既然他說我做什麼，他吃什麼，這些天他就喝粥吧！

「粥？」巴布托腮深思：「嗯……那東西喝多了，廁所也上得多，他一條手臂不方便，妳確定？」

我雙眉一緊：「他不是還有一條手臂嘛！」

巴布那意思，怎麼像是提醒我龍可能要我幫忙他上廁所。

如果他真敢，我絕對切了他！

我再度殺氣騰騰。巴布看我一會兒，似是被我的殺氣所懾，有些僵硬地轉回頭：「嗯……」繼續切他的牛肉。

就在這時，夢意外地來了。她站在廚房門口，猶豫著遲遲不進來。

巴布放下刀，說了一聲：「嗯……我去拔點菜，小雨妳需要什麼菜？」

「胡蘿蔔吧！還有上次那種外星的藍葉菜。」

「好……」巴布走了出去，看了夢一眼，無聲離開。

夢走了進來，她的臉色有些白，眼圈也還是有些紅腫。

我開始繼續切巴布的牛肉：「妳冷靜好了？」

「嗯！」她站在我身後：「我想幫忙。」

「好。那裡有馬鈴薯，洗乾淨就行。」

夢默默地洗馬鈴薯，我遞給她一片冰的生牛肉。

「妳眼睛腫了，用這個敷一下會消腫。」現在煮雞蛋也來不及了。

她猶豫了一下，還是拿了過去：「謝謝。」她隨手抽了一張紙巾墊在眼睛上。

廚房裡靜得只有水聲和我切牛肉的聲音。不一會兒，粥開了，米香飄了出來。漸漸地，走廊裡也傳來嘈雜的說話聲和腳步聲，大家來了。

「我的寶貝兒被龍控制了，這讓我這個官方丈夫情何以堪！」外面傳來東方打趣的抱怨聲：「這可真是我們作為男人的恥辱啊！」

「東方，龍只是跟小雨開個玩笑。」迦炎在替龍說話：「我了解他，他沒惡意，他這人就這樣，無聊一陣子後就想找人捉弄。」

「如果他捉弄你老婆，你也願意？」東方的語氣很不正經，像是開玩笑，卻隱隱透出一絲寒氣。奇怪，我現在怎麼對東方的話特別敏感？

自從他的聲音出現後，我已經不知不覺停止切牛肉，聽著他的話。

「這個……」迦炎變得語塞。

「喔！我忘了，你喜歡龍！」

「不是的！不是的！」當迦炎的喊聲響起時，他們已經站在廚房門前，見到我和夢在一起，登時全部吃驚地收住話，不可置信地看著廚房裡和諧平靜的景象。

「這是怎麼了？」圖雅和伊莎來了，圖雅看著呆呆的男人們笑了笑，和伊莎直接走了進來。

她們似乎早知夢會來找我，並不驚訝。伊莎直接對我認真地說：「小雨，諾亞城有淡紫色長髮的男人不少，妳能不能來認一下？」

伊莎一邊說，一邊拿出了小平板放上餐桌。

「好。」我放下菜刀，圖雅跑到夢的身邊，瞪大了水藍的眼睛。

「我也要幫忙！做飯看起來好有趣的樣子。」

夢看看她，點點頭。

我走到餐桌旁，伊莎的小平板有很多漂亮的裝飾，到底是女孩的東西，然後螢幕上出現很多淡紫色長髮的男子。

「能不能3D呈現？」我問。

伊莎點點頭，於是一個個淡紫色長髮男子站立在螢幕上，我仔細分辨每個人的背影。

「嗯？寶貝兒，妳又喜歡上淡紫色長髮了？」東方話到人到，後背一沉，他已經趴在了我的後背上，黏得比萬能膠還牢。

「東方！你不可以！」爵在旁邊又發急。

迦炎勾住了爵的脖子，壞笑。

「爵，人家可是官方配對的準未婚夫妻，你老不讓他們在一起是什麼意思？」

爵的臉一下子紅了起來，微微沉臉拉住東方的手臂：「請下來，小雨不喜歡。」

東方的臉靠上我的肩膀，壞壞地說：「小雨這次可沒說喔！」

「下來，不要影響小雨找嫌犯。」月一把拽下了東方，他顯然比爵更直接乾脆，我的後背也得到解脫。

我看向東方，他對我攤攤手，對上他依然壞笑的眼睛時，我第一次匆匆移開視線，專心在認嫌犯上——這可不是一個好現象。忽然間，我想起上次聽到東方的心語，他也因為過多關注我的心情，而覺得這並不是一個好趨勢。難道……

小聖靈說得對，會讀心術不一定是件好事，它讓我更加胡思亂想，無法再集中精神，反而更想知道東方心裡在想什麼，他對我們的關係和未來又是怎樣的看法。

走神時，東方已經被月和爵夾在中間，坐在餐桌邊，不讓他再靠近我。

東方又不正經地一腳踩在桌沿上，翹起椅子，閒散地用他的目光遠遠注視我。就像小時候讀書，暗戀我的男生在遠處偷偷注視，讓我心煩意亂，無法集中精神。

深吸一口氣，強迫自己專注起來，眼中只有各式各樣的淡紫色長髮男子。

「小雨姊姊，龍那樣對妳，妳還幫他找嫌犯做什麼？」

小狼沉著臉說，狼尾巴不滿地豎起，一副要殺人的模樣。

我認真分辨過每個人後，說：「這是兩件事，調教指環的事，我以後會找龍算帳。嫌犯我也會認真尋找，可惜這裡沒有。」

伊莎擰眉看著那些人：「看來是變裝了。」

我隨即看向月：「月，龍在獲救後，誰接近過他？」

月微露一絲迷惑：「胖叔，怎麼了？」

殺氣立刻從身上燃起，我擰緊了雙拳：「那就是胖叔把指環給了他。」

大家目光交錯，此刻唯獨胖叔還未前來。

「啪！」我重重拍在桌上：「我一進醫療室，就被龍裝了這個破東西，龍受了重傷，哪有時間去拿什麼調教指環，除非有人給他。難道會是月你嗎？」

我看向月，他第一次緊張起來，沉臉肅然解釋：「不是我，靈蛇號上除了胖叔，無人能私自進龍的房間。」

「果然！」我瞇起雙眼：「枉我還那麼喜歡胖叔，他居然背叛我！」

「咳，咳。」廚房裡的男人們紛紛咳嗽起來。

當我把煮好的牛肉粥放到東方面前時，他瞇眼笑了。小狼立時抗議，因為我只做了兩份，我只好充滿歉意地看他。今天傷者最大。

爵拉住他，月平靜地吃著巴布做好的牛排。

我把放有粥碗的托盤放到夢的面前，那一刻，廚房再次變得安靜無聲。無論是廚房裡的男生還是女生都只看著我們。

夢看看我，我對她揚起鼓勵的微笑，她擰擰眉，接了過去。既然龍對機器人照顧他反感，那麼我想，夢親自送粥，會對他們的和好有些幫助。

她朝廚房門外大步走去，我也跟在她的身後。我和夢靜靜走在走道裡，我們誰都沒有說話。

夢端著牛肉粥，整個靈蛇號的光芒漸漸調暗，經過中央花園時已經顯現黃昏的顏色，金色的流雲在上方飛過。

「對不起，這次的事我處理得不夠冷靜。」夢停下腳步，看向我的雙手，眼神裡是複雜而又糾結的情愫，讓她無法正視我，變得有口難言。

「沒關係，任何人在自己心愛的人受傷時，都無法保持絕對的冷靜。正好，我有件事想問妳。」

「什麼？」她抬眸看我。

「聽說妳和龍是青梅竹馬，那麼對他應該有所了解。龍和龍野如果生病，女王陛下會來看他們嗎？」

夢對我這個問題有些迷惑，但還是說：「當然，無論女王陛下再忙，只要龍和龍野受傷或是生病，必然會陪伴在他們身旁，所以女王才深受星民的愛戴，她顧家的慈母形象讓人深為感動。」

果然！又在騙我！哼，龍宇，你要知道你是在跟誰打交道，我蘇星雨可不是光憑片面之詞就能隨便輕信的！

我沉下了臉，夢疑惑地看我一眼：「怎麼了？」

「沒什麼？我回房了。」我準備轉身離開。

「我和龍雖然從小一起長大……」忽地，夢說話了。我看向她，她顯得很失落：「但是……我一點也不了解他……」

她擰眉說完，發出一聲輕輕的嘆息，轉身走在暮色之下。

從小一起長大的青梅竹馬，卻不了解自己的愛人。龍對夢到底是什麼感情？

隨後我搖搖頭晃去這個念頭，他對夢抱有怎樣的感情與我無關。

「怎麼，寧願相信夢的話，也不相信我？星民看到的慈母，是智慧型機器人。」在我往回走時，耳邊忽然傳來龍的話音，我吃驚摸上耳朵。

「原來你真的看得見、聽得見？」

「不錯，而且看得很清楚、聽得很清楚。」

「可惡！我現在要回去洗澡！你最好自重一點！否則我絕不放過你！」不想再聽他解釋，直接回自己的草坪。

第8章 如何面對爵的愛

氣得吃不下飯，打開草坪上的遊戲狠狠殺了一遍也沒辦法出氣。想去揍東方，可是東方又手殘了。忽然覺得我真的和東方打上了癮，而他這個變態，顯然也很享受被我揍的日子。

Orz……這個M。

泡在浴池裡，太陽穴又疼又緊，抬手再次看閃光的調教指環，想起龍的那些話，胸口還是胸悶不已。左手是阿修羅的紅領巾，既然東方能監視靈蛇號，那阿修羅能不能？我的直覺告訴我，阿修羅跟靈蛇號必然有緊密的聯繫，只是我一時無法找到。

「主人，這樣舒服嗎？」伊可為我揉肩搓背，它的耳朵比人類的手打在身上更舒服。從今天開始，我不能再聯繫東方。

每天晚上，東方必然會用伊可來騷擾我，有時是正事，有時是純粹的騷擾。可是那卻是我們單獨相處的時候……

東方應該已經查過調教指環，知道這指環與主人相連，所以我們暫時是無法單獨聯繫了。

起來時隨手套上了浴衣，鬆散的浴衣掛落肩膀，滿頭的濕髮也不想吹乾。

「主人主人，不吹乾嗎？」伊可在我身下蹦蹦跳跳。

我搖搖頭，它有點難過地看我，開始打掃浴池。

無精打采地穿好小褲褲走出浴池，門忽然開啟，地面上映出了一個僵硬的黑影。我吃驚抬臉，看到了已經滿臉通紅的爵。

我的臉也紅了起來，我剛洗完澡，差點被他撞上。

「對、對、對不起，我很擔心妳，所以，我、我……」他窘迫地結巴起來，指指門，再指向我，侷促半天也說不出話。最後抱歉地低下通紅的臉。

「對不起，我習慣自己開門了……沒想到妳在……」他顯得有點委屈，也有點懊惱。

我看著他，慢慢恢復平靜。爵的簡單和單純讓我無法對他生氣。他是一個急性子，著急起來就顧不上其他事情。比如上次我說月在我房裡，他鞋也沒穿就跑來了。所以，我不會去懷疑爵對我會有什麼企圖。

濕髮上的水順著長髮滴落，染濕了露在衣領外赤裸的肩膀和這薄薄的浴衣。

「下次要記得敲門，幸好我洗好了。」我說。我小小的房子，可不像龍那樣還有獨立的浴室。

「對、對不起。」爵臉紅地點頭，他只會跟我不停地道歉，白色的制服在燈光下染上一層暖暖的黃色，襯托他水藍的長髮越發鮮亮。他侷促不安地站在門口，顯得有些進退兩難。他好像有話對我說，但似乎因為這突發的狀況讓他陷入混亂。

把阿修羅的紅領巾交給伊可，引來了爵的目光。他走進房，看伊可取走的領巾道：「那是阿修羅的吧？」

「嗯！」我點點頭，抬起赤裸的腳走向他。而他卻在我的靠近中慢慢後退，視線始終不落在我身上，四處遊移。

爵怎麼了？我心裡迷惑著。我走到他身前，他靠在牆邊，無處可退。我低下臉低聲問：「爵，你能不能讓我打一頓。東方的傷還沒好。」

他站在我身前陷入怔立。

我抬手拉住了他制服的衣袖：「你是我最好的知己，對其他人我無法開口，所以……」

「沒問題！」他竟然有些激動地答應，我心裡很感動。

「妳能不能抬一下臉？」他小心翼翼地，手指輕托起我的下巴，我看向他微露安心的銀瞳。

「我只是想讓你跟我進遊戲，那樣不會傷到你。」

他輕托我的臉微笑：「我有更好的辦法。」

在我疑惑之時，忽然精神受到了衝擊，我立刻收緊雙瞳，封起精神。

爵皺眉看我：「小雨，讓我進去，那樣我才能把妳拉到我的世界，建立連接……」

他想跟我精神連接。想想之前，都是在夢中，那時我的精神狀態比較鬆懈，所以圖雅也得以進入。雖然不明白爵為什麼突然提出精神連接，我還是沒有懷疑地點點頭，然後放鬆了精神。他再次認真地直視我的眼睛，他的銀瞳在我的眼中漸漸放大、放大，侵佔了我視野中其他的景物。我眼前的一切開始模糊，漸漸失去了爵的銀瞳，只剩下一片虛無的白。

忽然間一點藍色從面前的蒼茫世界中化開，瞬間侵染了我周圍的世界。回神之時，我已經站在爵的小島上，四周靜謐無聲，也沒看見爵的身影。

「爵？」我疑惑地看向四周，倏地，有東西從他那棵銀藍的巨樹後出現，竟是一團軟綿綿人形的雲。

他好不容易挪到我的面前，雲朵上出現了爵的眼睛、鼻子和嘴巴。他笑著看我。

「好了，現在妳可以打我了，其實……我也是挺怕疼的。」

「爵……」我感動地看他，他在我的目光裡靦腆地低下臉。

「是我不好，沒看管好小雨，讓小雨受到懲罰，以後東方不方便，我可以做妳的出氣包……其實……我有時很羨慕東方……」

「羨慕他？」我不解地看他：「羨慕他什麼？羨慕他被我打？」

他竟然點了點頭。

「我……看過『喜羊羊與灰太狼』了，原來紅太狼是喜歡灰太狼才會打他，所以我……」

我在他的話中漸漸發愣，呆立無言。「喜羊羊與灰太狼」把爵的愛情觀給毀了，他不會認為人類的感情真的是「打是情、罵是愛，愛到打殘才是真」吧？

「我……我也想……我想……如果小雨願意拿我出氣……」他在我的面前靦腆地、羞澀地輕輕說著：「說明……小雨……也是喜歡……我的……」

「噗！」我終於忍不住噴笑出來，捂住嘴在他面前笑得前仰後合：「哈哈哈……哈哈哈……」

「小雨……」爵的神情反而認真起來：「我是認真的，我沒辦法接受自己想要傷害妳的邪念，我真的、真的……」

他說著說著又著急激動起來，可是胖胖的身體卻讓他無法運用雙手。

我止住笑看他，然後伸手，抱住了他軟綿綿的身體。

「呼啦！」銀藍的蝴蝶忽然從樹上飛起，「呼啦啦」地混亂急速盤飛在我們的四周，把我和爵包

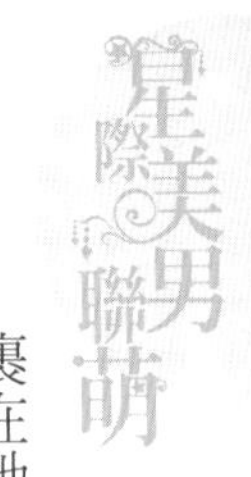

裹在牠們的世界之中……

「謝謝你，爵。那天你沒想殺我。」我埋入這團溫暖的、柔軟的雲朵裡。看到他總是糾結在那個「夢魘」中，我覺得還是應該告訴他真相，至少讓他知道他不是想要解剖我。

「那……我想做什麼？」他輕輕地、低低地問。

我抬臉看他，他在雲團裡的臉漸漸發紅，咬唇看向一旁。淡藍色的雲似是受到他的影響，也開始漸漸變成粉紅色。

我低下臉，也不知道該怎麼說，想起那天的事，臉也不由自主地熱了起來。身邊的蝴蝶漸漸變成粉紅色，我抱住他軟軟的身體，藏起自己發紅的臉。

「你只是……一直追著我……追著我……」

「我……一直追著妳？難道……還是想解剖妳？」他輕輕的聲音顫抖起來，出現一絲沙啞。

我立刻搖頭：「不，不是的，是想要我還你泡麵……」

我紅著臉，編造了這個謊言。爵，對不起，那個真相或許會讓你更糾結、更痛苦。

「呼……」長長的一口氣，從他口中吐出，他雲團的身體變得更加軟綿：「我終於放心了……我真的好怕自己會傷害小雨……」

「你不會的。」我相信他。

「那妳……不打我了？」他輕輕地、沙沙地問。

我抱了抱他雲團的身體。

「你這麼萌、這麼可愛，我怎麼打得下手？我又不是暴力狂……下次記得穿套怪獸的衣服……」

「果然……我不能替代東方嗎？」他的語氣流露出失望。

我放開他，奇怪地看他：「為什麼要替代他？你是你，他是他。」

「但是、但是我也想被小雨喜歡。」他失落地低下臉，我看著他落寞的神情，心裡的某個地方忽然被觸動。

「爵你……說的到底是什麼喜歡？」心情忽然緊張起來，腦中不知怎地閃現了爵的那句話：小雨，我被妳迷住了……

爵知道我喜歡他，我也一直不斷強調。可是，他還是一而再、再而三地說著希望我喜歡他。顯然他說的喜歡，已經跟我說的喜歡不再一樣。

心跳開始加速，如果不是我理解中的喜歡，難道是……

如果是……就讓我有點……意外了……

爵緩緩抬起臉，清澈的銀瞳裡滿溢掙扎而又急切的激烈感情。他整個人在那團粉紅的雲中，他想要告訴我真實的感情，可是因為某種原因讓他始終無法說出口。

當小聖靈進入他的身體時，他所表達出來的，是強烈的對我的……想要……

臉不受控制地紅了起來，我在他糾結到陷入痛苦的目光中不由退了一步，他是那麼一個純潔的人，但是……他那時想要我……

跟東方完全不同，他的心靈是純潔的，他的感情是純潔的。純潔的他，卻想要我……所以，只有那個可能……他是真的……迷上……

「爵哥哥……」忽然，圖雅的大喊闖入了這個世界。

爵低下了已經通紅的臉，我在他的臉上反而看到了一絲輕鬆，那是不用回答我的輕鬆。他還是沒說出來，他似乎不能說出口。

紅雲在他身上炸開的同時，我已經回到了自己的身體，圖雅正生氣地站在我的身前、爵的面前。

「爵哥哥！我今天一定要知道，你到底喜歡誰？」

我怔立在圖雅身後，忽然身體不由自主地動了起來，往門外機械地走去。

此時此刻，我倒是要感謝龍的控制，不然我會進退兩難，陷入最尷尬的境地。

「爵哥哥，我們利亞星人從不說謊，雖然……雖然我已經感覺到你喜歡的人是蘇星雨……」

我怔怔看著前方，身體依然不受控制地繼續前行，月正靠立在自己房門前，看到我身上的浴衣微微皺眉，轉身進房。

「但是……但是我還是……」圖雅的話音在我身後漸漸顫抖，也隨著我的離開越來越輕：「還是想聽你親口說……」

當我走過整個草坪時，傳來爵抱歉而又認真的話語：

「對不起，小雅，妳說得對，我們利亞星人從不說謊，所以，我這次回去會去退婚。」

他堅定地說出了口，不再怯懦、不再猶豫。

「退……婚？爵哥哥是要退婚嗎？嗚……爵哥哥果然不喜歡小雅……小雅明明那麼努力……一直、一直追尋爵哥哥的腳步……一直想成為第一個可以進入爵哥哥精神世界的女人，可是……可是還是不行嗎……依然……依然不被喜歡、不被接受嗎……」

圖雅的哭泣在我前行時，漸漸消失在了身後。

心裡……很沉……喘不過氣……比剛才……更胸悶了……

月閃現在我的身邊，手裡拿著一件他的外衣。腰間一緊，是他的尾巴拽住了我，而我依然往前行。他有些生氣地站到我身前，琥珀的瞳仁裡迸出寒意。

「龍，讓小雨暫停一下，我要讓她穿衣服！她不能穿著一件浴衣到處亂走，她連鞋都沒穿！」身體終於停了下來，雙臂垂下。月把外衣放到我面前，我隨手接過穿在身上。即使是他的外衣，穿在身上也開始收縮起來，變得合身。

月依然用他的尾巴拴緊我，雙手插入衣袋沉眉看我。

「現在妳知道了爵的感情，妳會接受他嗎？」

我拉了拉衣領看他：「我想起了很多事情，上次在洗水槽外，你是不是想阻止他對我告白？」

月沉默了，側開臉，抿唇蹙起雙眉。我輕嘆一聲。

「一直以來，我以為他說被我迷住，是因為對一件骨董的癡迷。小聖靈作亂的時候，我還在奇怪他的行為，現在明白了一切。但是，我又能怎樣？」我看向月：「我的官方配對是東方，我的未來在博物館，我的主人是龍，我也不知道自己會不會喜歡爵，至少現在我很喜歡他，儘管不是他對我的那種喜歡。但是凡事皆有可能，到時我該怎麼辦？爵又該怎麼辦？他總不可能不做王子，跟我進博物館吧？他也不可能用他的利亞星來換我自由，他根本買不起我。我們……」

我頓住了口，有些話語是那麼讓人心傷。

「你們沒有未來。」月淡淡地說出了這個讓人悲哀的結果，他總是能看到最後的結局。

我喜歡爵，他誠實、單純、純潔，他擁有所有美好的特質。在見過各式各樣的罪犯後，我對爵這種像白紙一樣純淨的人沒辦法免疫。我甚至願意把心「交」給他，他成為我最信任的人，最貼心的知己。

我對他一開始存有戒心，因為他利用微腦細胞控制我而對他產生反感，但他始終用他的真誠來對待我，用他的真心來照顧我。現在，他告訴了我他真正的感情，他對我是那麼的誠實。一個男人對一個女人很難做到完完全全的誠實，可是他已經做到了。所以我不能傷害他，我也要對他誠實，用我的心來對待這份真摯珍貴的感情，我必須對爵有個交待，不能選擇逃避。

只是，現在我還沒想好怎麼去跟爵說。

我默然從月身邊走過，他的尾巴在我們之間漸漸繃緊，像一根繩子一樣把我和他拴在一起。他還未放開我，是不是還有話想說？

因為他和爵是最好的朋友。

「小雨，如果妳獲得了真正的自由，妳會和爵在一起嗎？」月輕輕的話語在我身後響起。

我的心有點亂，我承認被爵忽然表白，讓我很意外。雖然爵沒有正式說出口，但是我不會因為他沒說出口，而藉機逃避這份感情。爵對我一直很用心，這份用心的感情，我應該負責到底。我本身就是一個認真負責的人，尤其是在感情上，我會更加認真。

我一時沒有回答，即使我獲得了真正的自由，我的首要任務也是「新世界計畫」。我要聯繫冰凍人、救出冰凍人，然後找尋適合我們的家園，讓他們安頓下來。這些遠比男女感情更重要的事情，也讓我根本無暇顧及能否跟爵培養感情，和他在一起。

我也不能邀請他和我一起，因為他效忠於星盟、效忠於他的國家。我不能陷他於兩難，最後連累他的星球。這樣的罪責我擔不起，我也不能冒這個風險。

「是因為他是外星人，所以妳無法接受吧！」月帶著一絲哀傷地說著。

我立刻轉身看他，而且是鄭重地看他，說出我的答案：「我不介意。」

他琥珀的瞳仁在我的臉上倏然聚焦，映出我格外認真的眼神。

「我是喜歡爵的，他也是我比較喜歡的類型。但我是一個對感情很認真的人，一旦喜歡一個人，我不會負他。同樣，我也不喜歡被背叛。所以，在對靈蛇號所有男人行為、性格上加以判斷後，我會覺得爵是一個很好的選擇。」

月怔怔看我，神情因為我也認真起來。

「但是，正像你說的，我們沒有未來，我也不接受假設性的事。」

「難道假設一下也不行嗎？」他忽然著急了，沒有了平日冷淡的神情，而是灼灼地注視我。他是在替他最好的朋友關心嗎？

我擰了擰眉，伸手輕握他冰涼的手臂，手背上的黑紫手鍊在燈光下閃耀。我依然認真地看著他。

「月，如果我獲得了真正的自由，我沒有時間去像一個普通女人那樣去享受愛情，因為我要建立屬於我們冰凍人的王國！」

月琥珀的瞳仁驚詫地圓睜，裡面映入我堅定的臉和堅毅的眼神。

「我喜歡爵，所以不想看他傷心，我還有很多事情沒有完成。在此之前，我沒有時間去擁有自己的感情，去愛任何一個男人，因為我不能對他的感情負責到底。我也不能去要求他等我，那是一個不負責任的敷衍。所以，無論假設是否成立，我都無法回應爵。我更喜歡現在的狀態，我想他或許也是這麼認為。」

我認真注視月的眼睛，他雖然沉默寡言，但他往往能看清一切。

他在我的目光中漸漸變得平靜，然後揚起淡淡的笑。

「我知道了。爵那裡妳不用擔心，他早知這個結果，他最近只是在矛盾如何跟圖雅開口退婚的事。正如妳所說的，他更喜歡現在的狀態。」

聽他這麼說，我放心地笑了，壓在心裡的大石總算消失。爵是第一個欣賞我、喜歡上我的人，對這份珍貴的感情，我會一直珍藏在心裡。

「小雨，妳是不是經期快到了？」

我一愣，這個突然有點跳躍的問題讓我一時有些尷尬。雖然知道月也是醫生，問這樣的問題也很正常，觀測我和東方的身體健康狀況一直是他的責任，每個月他也會定期為我和東方進行體檢。

我微微臉紅地低下臉：「咳，是。你突然問這個做什麼？」

「因為……妳身上已經開始散發淡淡的香味了……」月的聲音，漸漸沙啞起來，拴住我的尾巴將我緩緩拉近他的身體。

香味……這個詞語讓我感覺十分古怪，好像我是一道美味的食物。

我抬起臉，卻看到他的視線有些渙散，琥珀的瞳仁失焦地看向我的頸項：「真的……很香……」

他緩緩俯下了臉，我吃驚地發覺他右邊的瞳仁已經慢慢泛出了血色，心跳因為他瞳仁的變色和此刻的反常而加快。

難道是……血癮？

他的臉已經落在我的頸項，一陣溫熱的濕濡劃過我的頸項，是他的舌舔上了我右側脖頸上的肌膚。渾身倏然緊繃，如果真的是血癮，我願意讓他吃。

我下定決心時，他圈在我腰間的尾巴卻猛地一緊，下一刻瞬間抽走，他在我面前急忙轉身，月牙的長髮掠過我的面前。他捂上了自己的右眼，顯得有些痛苦。

「對不起，我有點失控了！這段期間，妳最好離我遠點。」說罷，他已經消失在幽靜的走道裡，燈光從遠處一盞接著一盞熄滅。

我怔怔站在漸漸昏暗的走道中，月……這樣的月，讓我很擔心。

「看來月的血癮要犯了。」耳邊是龍的聲音。

我立刻問他：「那會怎樣？」

耳邊卻再無聲音。伊莎說過，派瑞星人是熬不過血癮的，如果我的血是派瑞星人的海洛因，發毒癮的人我自然見過，我不想看見那樣的月。

腳步不由得朝龍的房間而去，我開始跑了起來，他知道，他知道一切！

當我拍開龍的房門時，我直接問：「月發了血癮會怎樣？」

黑暗的房間裡很安靜，我看向床，床上沒有人，智慧艦長也不知去向，整個房間空空蕩蕩。難道他是控制我到別的地方？

我站到他的床前，撐上他的床柱微微喘息，跑得太急，心還在激烈跳動。

忽然有股直覺劃過腦間，有人正從我身後飛速靠近。他的速度很快，沒想到這個傢伙受了重傷還能有這樣的速度！我要轉身應對時，發現身體又不能動了。絕對是龍！這個陰險的傢伙！

一條手臂從我左側肩膀伸出，一下子環住了我的肩膀。熱熱的手捏緊我右側肩膀時，也把我往後用力一帶，我的後背進入了一個溫熱結實的胸膛。

他從我身後環住了我，下巴靠上我的肩膀。

「妳離開太久了……」輕柔的聲音，像是對我撒嬌的低喃。

我渾身起了一層雞皮疙瘩。

「我不是你的母親！請你不要這樣對我撒嬌，請你不要破壞你平時在我心裡沉穩的形象！」

我隱忍憤怒，雙拳擰緊，如果不是受到控制，真想狠狠揍他一頓。

「還有，你大半夜不好好休息，叫我來做什麼？」

他久久抱住我沒有說話，包裹我肩膀的手正透過我的衣服傳遞那隱隱的熱量。接著他的下巴在我的肩膀蹭了蹭，說：「沒有妳，我睡不著。」

「嗡……」耳鳴從耳中響起，我已經無法形容此刻這份怪異難當的心情。

「你是個孩子嗎？」我終於忍不住大喝。跟這個惡魔在一起，我快要瘋了，我終於有點理解迦炎那時的失常，他一定也被這惡魔逼瘋了。現在不止迦炎想殺他，我也想了。

「就算你想找人陪睡，你不能找夢嗎？為什麼要找我！」

「嗯……」他貼著我的臉故作思考：「夢是我的女友，和她睡在一起，我會做一些不利於我康復的事情。」

瞬間我心底的殺意爆炸，咬牙切齒：「我真想現在就殺了你！」

「好。」他只說了一個字，我擰了擰拳，發現手能動了。我毫不猶豫地扣住他橫在我頸下的手臂一扯，在他被我拉出身後時，另一隻手迅速重重推上他的肩膀，他直接被我推倒在床上，提起膝蓋壓上他的胸腹部，一手扣住他左手在他頭頂，一手已經掐在了他的脖子上。

他前前後後，沒有做任何的反抗。

從房頂射下一束模擬的月光，銀白的月光灑在他的大床上。

床上的深色床單因為他的倒落而滿是皺褶，而他躺在床上卻是一臉怡然的微笑。他深黑的眸子裡反射著銀白的光輝，溫柔的笑意宛如可以融化冰封的春日。這個傢伙……到底是不是人？怎麼複雜得我完全不知道他到底在想什麼？

我掐住他的脖子，無法用力。我不能真的殺了他，也不會真的殺了他。我怎麼也沒想到，他會這麼配合，甚至比東方還要配合。這些男人是怎麼了？一個個都是M體質嗎？都喜歡被我施虐嗎？

他黑色的短髮在月光下染上鮮亮的銀光，耳垂上的耳釘也在月光下閃爍曖昧的星光。他溫柔地注視我，那近乎寵溺的視線讓我渾身感到肉麻。他的喉結在我的手心裡滾動了一下，劃過我的手心帶來一絲酥癢。

他銀白的衣服因為我的拉扯而使領口一排鈕釦散開，露出了裡面因為月光而變得白皙的肌膚。絲薄貼身的衣衫讓他胸口的粉紅若隱若現，凸起挺立，頂起了衣衫。

我憤怒而複雜地看著他，單腿跪在身上壓制他，一腿靠在床沿，正好在他掛落床沿的雙腿之間。本是正常格鬥的肢體碰觸，卻因為動作的靜止而曖昧起來。我體會到了迦炎想殺他又殺不得的複雜心情。迦炎定是進入了龍的最深處，得知他這惡趣味的本性，並且被他折磨了無數次，才會在心底那樣吶喊：「殺了他，殺了他，一定要殺了他！」

一如此刻我心底的吶喊。

然而，我和迦炎都不會因為惡作劇而真的殺了他。這種想殺而殺不得的糾結心情，真是讓我……痛苦。

我鬆開了他脖子上的手，他微笑地看我：「消氣了嗎？」

「沒有！」毫不猶豫地一拳下去，可是在看到他嘴角還沒褪去的淤青時又下不了手，果然我只對東方下得了手，我難道是個S？

我只喜歡打東方，天哪！我的大腦倏然一片空白，我居然對東方白那個死賤人真的動心了！我怎麼能對那個死賤人動心？他非得死不可。真不甘心，真不想承認，明明是那樣賤的一個人。我蘇星雨居然會動心，難道是我冰凍太久，腦子凍壞了？

不過……貌似我沒冰凍前也有點不正常，我……是個大叔控……撫額……明明大叔和M體質是風馬牛不相及的品種。

「我第一次看到妳打人也會走神。」話音從面前響起，我立刻回神，發現他已經掙脫了我的壓制，用左手撫上了我的臉。熱熱的手指劃過我的臉，癢癢的。

他正深深地看我，柔柔地細語：「為什麼走神？」

我的心開始發亂，這個男人擅長「精神侵入」。他先是用他的方法軟化你，然後在你精神放鬆時輕易侵入，探知他想知道的一切。這個可怕的男人。

「與你無關！」我立時揮開他的手，退開他的身體，轉身直接走人。

可是在我轉身後，我再次無法動彈，僵直站在原處。他這次是用微腦細胞控制了我，因為我的視線再次鎖定，無法移動。心裡恨到極點，他熟練地控制著我，不知道迦炎以前是不是也被他這樣捉弄過。

我聽到他起身下床窸窸窣窣的聲音，然後他從我身側走出，走到我的身前，對我依然溫柔微笑。

「我說過，沒有妳陪，我睡不著。」說罷，他抬起左手，手指點上我的眉心，輕輕一推，我便往後直直倒去。

「砰！」我倒在床上，直挺挺的像是一條死魚躺上砧板，任人擺布。

他俯了下來，左手撐在我的身旁，右膝和左膝也紛紛壓在我的腿邊，床因為他的體重而下沉一分。他居高臨下地微笑看著我，把我包圍在他的身下。他鬆散的衣領垂落，可以清晰地看到裡面一片赤裸。

他好整以暇地看著我的臉，不厚不薄的唇開啟。

「不是想知道月和血癮的事嗎？我可以告訴妳。」

我筆直看他，因為我現在已經無法移開目光，只能看著他，我的眼中只能是他一個人。

他瞇眼笑著。

「月對妳的月事敏感，是因為他喝了妳的血。妳的血可以說開啟了月身體深處的一道封印。尤其妳還是個處女，這對他來說，無疑吞食了禁藥，他已經無法再接受血液的替代品。雖然我也不希望看到他吸妳的血，可是相較於看他血癮發作痛苦不堪，我只好選擇犧牲妳，而且定期抽點血，對人的身體也有益。」

「……」

「我相信妳也不忍心看他痛苦。派瑞星人血癮發作和人類毒癮發作有相似之處，但是遠比那更痛苦、更可怕。」

我認真看他，他的語氣不像在騙我或是嚇唬我。

他深邃的目光漸漸認真起來。

「派瑞星人的血癮一般是每月一次，但因為開啟他封印的是處女之血，所以他的血癮會比普通派瑞星人更厲害、更無法抵抗。他會徹底失去理智，直到找到妳、吸取妳的血液。如果妳受傷流血，或是比如月事來臨，妳身上所散發出來的血的氣味，就會誘發他的血癮。如果我們把他關起來，他會出現極度脫水、枯竭，最後不成人形，就像乾屍一樣可怕。」

我的心裡相當震驚，那麼美的月，最後會因為血癮而枯乾以至成為乾屍……我實在無法想像，也不想讓他變成那樣！

「這就是派瑞星人害怕地球人的原因，地球人的血會讓他們變成沒有理性的怪物。有理智的人都不想變成怪物，不是嗎？」

他對我揚起如同天使一般純善的微笑，這個微笑讓我即使處於微腦細胞的控制下，全身依然起了一層雞皮疙瘩。

「所以，月現在已經無法離開妳，嗯……不過妳最後還是要回地球，他也要跟伊莎結婚，我想伊莎應該會為他找一個替代的食物，以免他因為失去妳而死……」

「如果伊莎願意放手呢？」話出口的那一刻，我發現原來我已經可以動了。我抬眸看向他，他微微擰眉。

「放手？」

他的反問讓我直覺地起疑，我揚起微笑反問他：「不是你說的嗎？和月一起挑戒指的時候，你說過，伊莎或許會放手。怎麼這麼快就忘了？」

他深邃的黑瞳倏然收縮了一下，笑意再次浮現。他緩緩屈下手臂，放低身體，靠近我的臉。

「是的，凡事皆有可能，所以……我在想既然妳現在洗乾淨了，而我又覺得身體有點冷，不如……」

我立時充滿戒備地看他，他的目光閃過狡黠的光芒，讓我心底產生一絲恐慌，這傢伙又想幹什麼？

「不如……我幫妳打扮打扮？」他的話音一落，左側忽然響起櫥門開啟、牆壁挪開「嘎……」的聲音。

我僵硬地轉臉，登時目瞪口呆。只見大半個房間頃刻間變成了一間化妝室，左側是無數各式各樣的女式衣物，古裝、時裝、中式、歐式、外星外族式樣，五花八門，讓人看得眼花撩亂。而中間部分全是首飾，層層疊疊，在月光裡閃耀寶石的光芒，足有千餘件。最右側是配件，比如假髮、手套、鞋子，還有各種耳朵和尾巴！

果然惡趣味啊！大半夜打扮人偶啊！誰會想到堂堂的星盟主席居然有這樣邪惡的趣味！夢到底知不知道？龍簡直是一個衣冠禽獸啊！

「開門！快開門！」忽然東方懶散的拍門聲從門外而來：「寶貝兒！我來陪妳一起陪龍！多一個人多點照應！」

龍頓住了身體，我在他身下噗哧咬唇而笑，抬眸時，撞上龍格外陰沉的臉。我笑著抬手幫他扣好領口的鈕釦，遮住裡面的一片春光。

「抱歉，我沒管教好我的老公，你還有沒有多餘的調教物品，讓我可以好好管教他？」

然而，他卻再次揚起了笑：「他來得正好，人偶要一對兒，打扮起來才有趣，不是嗎？」

他的笑容邪惡起來。我立刻大喊：「東方！快……」走字還沒有出口，我再次被微腦細胞控制，化作僵硬的人偶。

而因為我的大喊，東方在門開啟的那一刻就衝了進來，然後……

然後……

然後我和他就僵硬地站在化妝室裡，接受龍的打扮。

東方你這個白癡！你也有微腦細胞的！

我們最後僵硬地坐在龍的床邊，他一臉殭屍白，身上是清朝的官袍。我是一身白裙，一頭黑色假髮長到腳踝。

真奇怪，龍在這樣陰森的氣氛下也能睡得安心。

這微腦細胞該不會還有定時功能吧？為什麼龍睡著了我們卻依舊被定身？我明顯感覺到東方身上的殺氣。

月光灑在我們的身上，我卻因為和他肩並肩坐在一起，而感覺溫暖和安心。我們一起靜靜地坐著，一起靜靜地呼吸。我們第一次一整個晚上都在一起。

東方，你為什麼要來？是在擔心我嗎？現在你又跟我一起患難，東方，我的心裡，真的感覺很溫暖。謝謝你今晚能來陪我，雖然你很賤，但我還是對你……動心了。

第二天一早，我和東方的微腦細胞控制自動解除，我們沒有去揍躺在床上依然安睡的傢伙，因為我們一刻都不想在他的房間裡停留。

我們無精打采地走進廚房，東方用水洗乾淨臉上的妝，然後趴在餐桌上，我開始烤麵包做早飯。

「記得給我做早飯。」耳邊是龍溫柔的命令，我雙拳擰緊，把麵包擰成了團。可是，我還是要為那個惡魔做早飯，只為早點擺脫指環的控制。

「哈……」

「哈……」我跟東方接連打了一個哈欠。我想今晚之後，東方再也不敢為我獨闖龍窟。英勇的騎士最終還是敗在了邪惡的魔龍爪中……

我把牛奶放到他面前，他沒好氣看我。

「我陪妳被折磨了一個晚上，就一杯牛奶？」

他不提也算了，一提我兩天的火全起來了。

「你白癡啊！我明明叫你快走的！」

「妳叫我快走？」東方氣惱地咬咬牙，忽然抬手指我：「大嬸，妳搞清楚，妳那時在一個男人的房間裡，還洗那麼乾淨，渾身都是香氣、光著腳、衣服又薄得一撕就碎，突然對我喊：『快！』我怎麼知道是快走？我當然是以為妳叫我快進來救妳！」

「那你沒事跑來龍的房間做什麼？你以為每個男人都跟你一樣好色！喜歡滾床單嗎？」

「我、做、什、麼？」東方騰地站起來，一把扯住我的手臂，惡狠狠地瞪視我：「我就是怕妳被別的男人給上了！妳了解男人嗎？妳知道成年男人內心是怎麼想的嗎？妳大半夜被一個身心健全的成年男人拐到他房間，妳知道我有多擔心嗎？早知道現在還被妳這樣數落，我管妳做什麼？反正每個處女都會變成女人，妳早晚都要被男人破……」

「砰！」一拳狠狠打在他臉上，果然東方打起來最消氣。

他被我打回座椅上，不再說話，胸膛大幅度起伏著，雙手環胸撇開臉不看我。

我甩了甩手，回到灶台邊，麵包正好烤好。

「早知道那混蛋那麼惡趣味，我就不該來救妳！」他悶悶地、狠狠地說。

我不看他，誰遇上這事都會鬱悶，更別說東方是一個自尊心極強的男人。

隨手再幫他煎了一顆荷包蛋，然後塞在麵包裡，放到他面前。

「以後別再提什麼處女的事。你以為我願意？一直都是任務、任務、做不完的任務！好不容易暗戀一個學長，還被調到少年特訓組，從此就是訓練、訓練、魔鬼訓練！」

我做了一個大大的深呼吸，有些無力地撫額。

「我都快二十五了，一場真正的戀愛都沒談成，性格也被軍事訓練得像個男人，對男人也不會柔聲細語，只會揮拳頭。結果和我相親的男人還嚇跑了，甚至搬家、換手機，好像怕我一槍轟了他全家，這難道不是我人生的悲哀？」

他雙手插在褲帶裡沉默地聽著，我說完時，他看了看桌上的麵包，沉悶地說：「番茄醬。」

我轉身去拿，身後傳來他的聲音：「那是他們沒眼光，不用去惋惜。男人這種東西，應該是寧缺勿濫，妳看看這船上，最不缺的就是男人。」

他算是安慰我，我心裡也煩躁，拿起番茄醬轉身扔在桌上，番茄醬從桌子的一端「咻」地滑向他，他伸手「啪」地接住。

「不過男人婆還有那麼多人喜歡，妳可真有魅力！」他忽然陰陽怪氣地說：「那個爵不是現在對妳完全死心塌地？我看他……」

下一刻，他的話音因為掀開麵包準備放醬時停滯。他愣住了，愣愣看著麵包裡心形的荷包蛋半天沒有動靜。

我的臉開始紅了起來，心跳也撲通撲通如小鹿亂撞，這讓我很煩躁。小女生什麼亂七八糟的心情我完全無法理解，我也不知道如何表達，這讓我越來越煩躁，最後，我還是用我蘇星雨的方式，從刀架裡直接抽出一把水果刀轉身就甩了出去，「砰」一聲，插在自己做的心形荷包蛋上。驚得東方一跳，登時抬臉朝我大喊：「大嬸妳又發什麼神經！」

我煩躁看他，用俚語沉沉說道：「東方白！我現在鄭重警告你，我蘇星雨對你動心了！你如果不想失去整片森林，以後我的事你少管！既然你已經無情地利用我那麼久，就繼續利用下去！別再來關心我、關愛我、對我好！也不要管我到底跟哪個男人滾床單！不用你守護我的處女之身，反正也是要破的！不然，被我愛上你會很麻煩！像你這種管不住下半身的男人，我會毫不猶豫地切了你的香腸，然後放在油鍋裡炸到金黃再給你吃！還有，這是我們之間的事，別把爵拖進來。」

說完時，我感覺瞬間輕鬆了、舒服了很多。從爵對我表白開始，一切逐漸失控，也讓我第一次陷入混亂，胸口一直像是被一塊大石壓著，無法維持平日的鎮定和冷靜。整個廚房靜得像是被抽走了所有的空氣，我看著他，既然說了出來，我就不會再退縮或是逃避。

他平靜、無神地看我片刻，慢慢低下臉，面無表情地拔出心形荷包蛋上的水果刀，然後淡定地拿起番茄醬像是血一樣倒在了那顆心上。接著用手裡雪亮的水果刀，平靜地、緩慢地，開始一點點抹開，宛如一顆心被匕首割開，血從裡面汩汩湧出，染紅了周圍的一切。

他異常平靜的反應讓我完全發懵。以他的性格，他此刻不該為我動心而沾沾自喜、洋洋得意嗎？抑或奚落我一番，比如對平胸大嬸沒興趣之類的？可是，他是那麼的平靜，不發一語，只是靜靜地抹著番茄醬。他沒有任何神情的臉讓我莫名地揪心起來。他到底在想什麼？

我不由自主地專注看他的臉，那空靈的話音就此而來：

「居然讓女生先說了，東方白你真是太差勁了！哎……太晚了……太晚了……這該死的女人，妳非要說出來做什麼！我已經夠煩了！聽到那隻裝聖潔的小藍妖精跟妳表白，我已經煩得睡不著！妳還來添亂！」

我愣了愣，他居然還怪我！我蘇星雨跟他表白，卻被他嫌煩！這個混帳賤人！慢著，他說的「裝聖潔的小藍妖精」是誰？難道是爵？混蛋，自己沒底線、沒節操，居然說爵是裝聖潔！

「混帳笨女人，不知道我已經他媽的喜歡妳喜歡得沒救了嗎？」

瞬間我怔立在原地，心跳漸漸停滯。他、他說什麼？他、他喜歡我？

「見鬼！為什麼我會喜歡上她，見鬼蘇星雨妳為什麼要對我動心？我已經做了那麼多讓妳討厭的事情，妳為什麼還動心？我們根本沒有未來，妳知道嗎？我們不會有未來的，我是一個連命都不屬於自己的人，我怎麼給妳未來，怎麼對妳負責？」

我驚訝地看著他面無表情地蓋好麵包，開始一口一口吃著。在他平靜的外表下，此刻竟是如此激烈掙扎！

他到底什麼意思？

我們不是可以一起離開嗎？

既然我們現在彼此喜歡，為什麼我們會沒有未來？

為什麼他連命都不屬於自己？

「幸好她現在只是對我動心，一切還來得及。我不能讓我們的距離再靠近，我會徹底愛上她，會徹底地……我會害了小雨，會連累她有生命危險。小雨，妳那麼優秀，不會缺男人的。爵、月，都是很好的選擇，雖然真是看不慣那個善良純潔得要死的爵，見鬼了！說不定他連上床都不會！可是不得不承認，那藍妖精是一個好男人。他們會好好照顧她，是啊，他們會無微不至地照顧她。真不甘心把小雨交給別的男人！可是，我必須要殺了那個人，為婧報仇，為所有犧牲的兄弟報仇！完成我的使命。」

使命……原來東方也有自己的使命！

「該死，小雨還在看著我，我該說點什麼？快說點什麼？本來以為我只是玩單戀，可以他媽的沒有任何牽掛地離開。可是現在，這個蠢女人害我更捨不得放開她了！該死，我怎麼這麼捨不得這個笨女人。她已經對我動心了，只要我努力，我們就能在一起！混蛋！真捨不得，真他媽捨不得，真想現在好好去吻她，怎麼辦，控制不住了！為什麼要讓我有了希望？東方白，你必須控制住、控制住！你還有未完成的使命，在此之前，你什麼都給不了她，不能對她負責到底！」

我愣愣地看著他，他有他的使命，使命……這兩個字是那麼沉重。就像我，妥善安頓冰凍人在未來生活，也是我的使命。我很慶幸我們幸運地遇到了這樣和平的世界，否則我還要親自殺了他們，維護他們最後的尊嚴，不淪為外星人的試驗品。這樣沉重的使命，讓我的心都會顫抖。更不敢向任何人提起，我也害怕他們知道後，會用可怕的目光來看待我。

我和東方其實也是普通的人類，可是「使命」兩個字，卻讓我們背負了更多的責任。

「可是，如果把她留在靈蛇號，即使爵和月會全心全意對待她，龍那個混蛋怎麼辦？他現在明顯是想要得到小雨，我不能把小雨交給一個已經有未婚妻的男人，這男人很明顯會娶不少老婆。那隻藍色妖精雖然已經回絕了他的小妹妹，可是他怎麼給小雨徹底的自由？不知道這些男人會為小雨做到怎樣的程度，真讓我不放心。對了，還有唐別那裡，我怎麼把新星盟給忘了。看來新世界計畫要提前，我相信小雨能夠做到，即使她一個人也能順利離開靈蛇號。她有這個能力，她太聰明了，是她的聰明吸引了那條龍！這個混蛋不知道在打她什麼主意，他對小雨肯定不會是真愛！這傢伙是小雨最大的阻礙，不過小雨應該能搞定他。她……哎……如果小雨知道我會一個人走，她……會恨得想殺了我吧！嗯！不如就讓她恨我！我愛她，我不能傷害她，與其讓她對我抱有幻想，不如就在此刻！」

他忽然仰臉朝我看來，在他揚起壞笑想說話時，我搶了先：「東方白！婧是誰？」

登時，他怔坐在原地。

在我盯視他時，我的大腦忽然脹痛起來，就像是要炸開一樣痛。不好，一定是讀心讀得太久，大腦陷入極度疲憊。

我身體晃了晃，東方立刻起身，那一刻眼角卻映入一抹藍影。也就在那時，東方沒有再邁進一步，而是站在原地，收起擔心的目光，改為壞壞的笑意。

我撫額吃驚地朝門邊看去，果然是爵。他正驚訝地站在門口，銀瞳圓睜，大為吃驚地看我。

「小雨！」他急急走到我身邊，突然額頭抵上我的額頭，像是要探查什麼。我立刻用力推開他，他驚詫地看我：「小雨，妳怎麼會？」

「對不起，爵，我現在心很亂。」匆匆拿起龍的早點，撞開爵的身體直接走了出去。

被爵發現了！還是被爵發現了！

我不明白！我不明白東方既然喜歡我，為什麼要努力克制他的感情，做出讓我討厭的事情，拉開我們的距離，不惜任何方法也要讓我討厭他。頭好痛、好亂，大腦就像被煮沸一樣沸騰起來，所有的思緒成為混亂的泡泡，咕咚咕咚往上冒。

爵喜歡我。

東方逃避我。

爵給不了我未來。

東方有自己的使命。

爵和東方混亂地在大腦裡交替出現。

東方到底要殺誰？

爵想要我……

月的血癮快犯了，他要吸我的血……

東方的使命到底是什麼……

頭越來越痛，精神越來越恍惚，視線也跟著模糊起來。爵的聲音、東方的聲音混亂地在大腦裡交織，就像收音機波段凌亂時的噪音。

當進入龍的房間時，我看到了他微笑的目光。他的面前有個大螢幕，正在播放著今天的新聞，好像是說靈蛇號就快抵達鋼蒂爾星。與此同時，滑翔器大賽也會在靈蛇號抵達時開始……

大腦越來越脹痛，痛得像要爆炸，我用最後的毅力把早餐放上龍的餐桌。他似是察覺了什麼，立刻扣住我的手臂，肅然地看我：「小雨，妳怎麼了？」

我還來不及回答，眼前已經發黑，頭重腳輕地一下子栽在了他的身上，再也無法起來。

一直陷入黑暗之中。

像是……

大腦……

當機了……

耳邊，傳來遙遠模糊的聲音，很亂、很雜……

「小雨到底怎麼了？」好像是龍的聲音。

「是累了，我帶她去醫療室……」是月。

「不行，月，小雨現在還是在我這裡比較好，我不想她提前誘發你的血癮，她現在的狀態也不適宜供血給你……」

「……」

「……」

「你說得對……留在你這裡，會比較安全……」隱約感覺一隻冰涼的手撫上我的額頭，然後輕輕落下了一個輕柔的吻……

我想去拉住他，可是我的身體沉重得不受控制，我的大腦也彷彿徹底消失，空洞得只有他們模糊的話音環繞……

「……」

「……」

「記得給她吃生命丸，她可能要睡上兩天。」

「睡兩天？怎麼會？她只是昨晚一夜沒睡，以她的體能來說，三天三夜不睡覺應該也沒有問題……」

「不知道，她現在大腦處於極度混亂狀態，或許是太過生氣，而形成強烈的大腦脈衝，使大腦超負荷運作。簡單地說，她可能進入自我休眠，比如不想再見某個有惡趣味的人……」

「月，你在跟我開玩笑嗎？小雨怎會進入自我休眠？我們人類沒有這樣的本事……」

「我沒心情跟你開玩笑，信不信由你。自從小雨上了靈蛇號，她的潛能屢屢讓你吃驚，說不定她有讓自己休眠的本事呢？既然她在你這裡，你可以看看她什麼時候醒……」

「哼……」

「……」

「……」

靜了好久，眼前只有黑暗，好靜……好靜……

「小雨……」是爵，抬不起的手傳來了一絲溫暖，好像被人握在了手中。

「爵，她跟東方說的那段話，你破譯了嗎？」

「……那可能是一種古老的方言，小雨可能是在責罵東方……龍，我覺得沒必要監聽他們說的每句話，你是不是也該給他們一些私人空間？龍，你到底在擔心什麼？」

「擔心他們計畫逃跑。」

「怎麼可能？這裡不是地球，這裡是宇宙！沒有空氣和水，他們能跑到哪兒去？他們出去完全沒有生存能力，更別說星域裡已知的星球都有星盟的網路，可以隨時偵查到他們的微腦細胞。龍，你調教的玩笑和捉弄應該適可而止，我們知道你打扮人偶是你減壓的方式，但是小雨不會理解的，她只會更生氣！如果你非要找人繼續捉弄解悶，我代替她！」

「哼……爵，你生氣了？是因為你喜歡小雨吧……」

「我……等小雨醒來，請你摘掉那對指環！」

「呵……爵，你是不是發現了什麼？比如……小雨為什麼會突然陷入昏迷……」

「……沒有……她只是情緒過於激動了……」

「……」

爵……沒有……出賣我……手上的溫暖消失了，是爵走了嗎……

「小雨姊姊沒事吧……」

「要不是你折磨她……」

「……小雨……」

「……她沒事吧……」

人聲越來越模糊，小狼的聲音、迦炎的聲音，大家的聲音越來越遙遠，也變得無法分辨，最後消失在黑暗的盡頭……

第9章　悶騷的境界

不知在黑暗裡沉睡了多久，耳邊漸漸傳來神域的水聲：「滴答、滴答。」

我疲憊地睜開眼睛，模糊的視線裡出現了聖靈小王子飄忽的身影。

他眨巴著大大的像水泡泡的眼睛，擔憂地看我。

「妳這樣可不行喔！凡人過度使用精神力，會對大腦有損傷的。」

視線慢慢清晰，我坐了起來，揉著太陽穴。

「從你們醫學的角度來說，就是神石加強了妳大腦的電脈衝，但你們人類大腦的開發度還不夠，如果妳使用過度，大腦會像超負荷一樣燒毀的！下次可不能再這樣了！」他認真好心地提醒著。

我坐在石板上點點頭，即使知道自己在睡眠狀態，大腦還是火辣辣地痛。休息了片刻，我揚起臉微笑看他：「對了，一直沒問殿下你的名字。」

他咧著嘴笑了：「我叫艾利．摩西，妳可以叫我艾利。」

他飄浮到我面前，下方清澈的水裡是他透明的倒影。

我繼續揉著太陽穴：「在我使用讀心時，爵會聽到我偷聽的內容嗎？」

「當然不會。」他的身體在水面上飄忽不定：「利亞星人只能感應到妳在使用精神力讀心，但他們無法闖入妳的精神軌跡，所以無法探聽妳在聽些什麼。這次妳被那個藍爵發現了，會很麻煩喔！不過，他好像很喜歡妳，應該不會出賣妳的。」

他雙手放到腦後，平躺在水面上，好奇地看著我：「我一直很好奇愛情是一種什麼樣的感情。」

「你們沒有愛情嗎？」我看著他。

他搖搖頭，仰躺在水面上開始繞著我漂浮：「我們不是生物體，我們是虛無的精神體。我們是一種靈魂體，長得都差不多，既沒有身體，也就沒有性別。」

「那你從何而來？」我的目光隨他的漂浮而移動。

他指向神殿的上方：「我們是由這裡的能量和遊走在宇宙的靈魂凝聚而成，我們也超脫了生死，能活上千年，死後靈魂獲得解脫，可以離開這裡再次進入宇宙空間遊走……」

「這麼說，你們也可以投胎成為其他種族，比如人類？」

他的身體懸停在了空中，迷茫著：「或許吧……」

神域的世界漸漸消失在他這聲嘆息中，我想睜開眼睛，可是困倦讓我無法睜眼。艾利說他沒有性別，但我覺得他還是有性別觀念的，比如他入侵我身體的時候，被東方吻他就覺得彆扭，最後選擇逃跑。呵！所以，他應該是少年。

朦朦朧朧間，我感覺到一隻手在輕柔地摸著我的臉。我緩緩睜開眼睛，眼前是白茫茫的世界。沒有其他人，只有我自己。

我側躺在這個白花花的世界裡，身體沉重得無法起身，手腳也像是失去了知覺，不再屬於自己。空氣裡出現了一隻透明的手和一個模糊的人影。他用手背輕輕擦過我的臉側，我迷濛地看著他。

他一點一點撫過我的臉，將我的髮絲一縷一縷順在我的耳後。然後，他似乎又對我的耳朵產生了

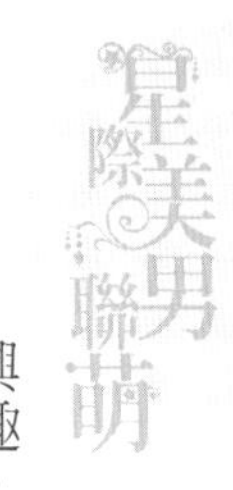

興趣，不停地揉捏把玩。漸漸地，這隻手有了溫度，熱熱的。他捏了捏我的耳垂，然後久久沒有離開，用他的指腹一下又一下摩挲著。

忽然像有什麼貫穿了我的耳垂，不痛，但有感覺。我微微擰眉，不舒服的輕吟：「嗯……」接著有什麼含住了我的耳垂，輕輕吮吸，像是月在吞入我的血液。我漸漸感覺到了身體上的重量，想把他推開，但身體完全不聽使喚，沉重得像巨石。我被他壓著，任由他吮吸我的耳垂。

漸漸地，那個吮吸我耳垂的人停了下來，我聽到了一聲長長的呼吸聲：「呼……」

我昏昏沉沉躺在這個只有白色的世界裡，甚至不確定自己的身體是否也在這個世界裡。慢慢地，有什麼東西舔過了我的耳廓，癢癢的、怪怪的、熱熱的。他一點一點舔上我的一側頸項，像一條熱熱的蠕蟲慢慢在我的頸項上蠕動，好癢，好想把它拿掉。

「走……開……」

「哼……」一聲男人的輕笑迴盪在這個世界裡，他扣住了我的下巴，我模模糊糊看到了空氣裡一張透明的臉，他扣起我的臉，俯了下來，我的唇被兩片飽滿的唇覆蓋。他開始親暱地親吻摩挲，火熱的氣息吐在我的唇裡。我有一種熟悉的感覺，我認得這兩片唇，我的直覺一直很敏銳。

他的吻好像開始失控，從溫柔優雅的紳士變成了狂野不羈的浪人，他近乎瘋狂地吮吻我的唇，在我的唇內粗重地喘息。他的舌在我的唇內翻來覆去，帶起我的舌和他一起狂舞。他吸住我的舌開始吞吐舔弄，最後，他在我的唇內深吸一口氣，在我的下唇輕輕一咬，吐出他沙啞的話語：

「這只是利息……蘇星雨……從此妳屬於我了……」

我無力地吸入他火熱的呼吸，在那兩片燃燒的唇下低喃：「你是……阿修……羅……」

他倏然放開了我的下巴，我重新跌落，蒼白的世界漸漸吞沒了這個無形的男人，也帶走了他火熱的氣息。

阿修羅……

這兩片唇……

是阿修羅的……

哼……

我的嘴角，不自主地上揚，再次閉上眼睛，陷入深深地休眠……

「龍，蘇星雨還有多久會醒？」黑暗的世界裡又傳來了人的話音，這次好像是夢。

「夢，妳還在吃她的醋？」

「我……我沒有，我知道你把她放在這裡，是為了月，伊莎說月最近很不穩定。」

「嗯，第一次血癮會特別厲害，之後會好些。小雨現在的情況，不適合供血給月。」

「我看月可能在第一次見到小雨的時候，已經在想像她鮮血的味道，才會被聖靈小王子觸發。」

「月對小雨鮮血的渴望，是他們派瑞星人正常的生理和心理現象。不過，我倒是覺得月對小雨的慾望，應該不止她的血那麼簡單……」

「龍，難道？」

「對了，夢，小雨手裡有樣東西，妳幫我取出來。」

「好。」

東西，什麼東西？

黑暗的世界裡，我依然失去對四肢的支配，感覺有人掰開了我的手心，然後聽到了有些激動的呼吸聲：「龍！你！」

「抱歉，戒指早該買給妳了，是我不好。」

「龍……」我的手跌落在地，頭漸漸發沉，又要再次陷入沉睡了……

「……那時那麼危險，你怎麼還拿著戒指……」

「……因為是買給妳的……」

「龍……」

我想起了東方的話……龍……是一個會娶很多女人的……男人……他很會……哄女人……

鼻息裡滿是熟悉的淡淡男性香水的味道。是龍，是龍的味道。

我睡的地方很溫暖也很柔軟，舒服得讓我的大腦始終無法復甦、無法醒來。

「嗯……我看你還是讓她參加滑翔器大賽吧！她這股殺氣需要發洩掉，否則對我們而言是一個危險……」朦朦朧朧中，我聽到了胖叔遙遠的、開玩笑的聲音。

胖叔，這個龍的絕對同黨。

有人在溫柔地撫摸我的長髮，一下……又一下……像我在撫摸自己的愛犬一樣……

「呵……我沒說不讓她參加，只是我有一點顧慮。她一夜未睡，然後忽然昏迷，睡到此刻都未醒，我很擔心她是否能適應衣甲……」

是龍，是龍的聲音，他的語氣裡充滿對我的憂慮。

我可以的！我只是過度運用了精神力。

「確實很奇怪吶……」

胖叔也變得疑惑起來，他們的話音越來越清晰，我已經感覺到自己的眼球在眼皮下轉動。

「以小雨的體能，沒道理會昏迷吶！雖然月做出了那樣的解釋，可是我還是無法相信人類會擁有自我休眠的能力。龍，你該不是對小雨做了什麼吧，呵呵呵……」

「哼……以她的性格，我暫時還不敢有這樣的想法。」

「哈哈哈……」胖叔笑得更響了：「居然也有龍怕的女人，哈哈哈……」

胖叔……好想醒來，好想說話，胖叔……

「胖叔……」終於我睜開了眼睛，雖然只有一條細小的縫隙。

睫毛的顫動，形成了一片模糊的世界。在模糊的視線裡，出現了一抹暗黑色的光芒，那深黑的鋒芒就像蒼白世界裡刺入一道黑色的裂口，朝我不斷逼來。然後，它化作了一隻黑色的蝴蝶，在我的眼前起起伏伏，像是隨著呼吸震動翅膀。

哪裡來的……蝴蝶……

我動了動手指，發現能動了。

於是我摸上了那隻蝴蝶，硬硬的，不過帶著奇特的體溫。它在我視線漸漸清晰時，變得越來越小，最後我看清了那隻黑蝴蝶居然是一個精美的飾品，它的身體和翅膀布滿細小的黑色與紫色寶石。

「喜歡嗎？」我的上方傳來了龍溫和的聲音。

我摸在蝴蝶身上的手開始僵硬，我瞪大了眼睛，終於看清了眼前的一切。我正枕在他的腿上，正對他的小腹。眼前微微開合的衣角露出了他的腹部，而那隻寶石蝴蝶，正嵌在他的肚臍裡！

我居然還摸了！

瞬間全身發麻，感覺手要爛掉！

我觸電一樣一下子從他腿上起來，想都沒想直接一手推在他的脖子上，把他狠狠推在床頭。

「砰！」他絲絲縷縷的黑髮在明亮的光亮中輕顫，劃過道道流光。

「你這個人不僅矯情，居然還這麼悶騷！」

他雖然被我重重按住，然而臉上依然是愜意的微笑。溫柔的眼神裡，充滿對我各種行為的包容，和讓我起雞皮疙瘩的寵溺。

這個男人，有著可怕的繞指柔的力量。

「呵呵呵……小雨，妳觸及他靈魂最深處了，這可不好喔！龍會殺人滅口的喔！」

我立刻收回手轉身看向龍的幫手——胖叔。

渾身的殺氣升騰到最高點，冷冷從床上站起，俯視胖叔。

「胖叔，枉我那麼喜歡你，像愛聖誕老人一樣愛你，可是你讓我太失望了！看在你是老年人的分上，我現在不會揍你，但我保有隨時揍你的權利！」

雙拳擰緊，我躍下了龍的床，髮絲飛揚，手背上的珠鑽在光中劃過寶石的光芒。

胖叔小小的眼睛瞇起：「龍，還是讓小雨去吧！讓她殺別人，也比殺了我們好。」

「呵……好。」

我單手扠腰站在龍的床邊，不看房內狼狽為奸的兩個人。

「我現在要去吃飯，喂！床上矯情的那個，在我吃飯的時候別來煩我，你現在的傷應該差不多好了……」肚子一陣抽筋，我捂住胃：「該死，怎麼這麼餓。」

「因為妳已經昏睡兩天了。」龍不疾不徐地說。我吃驚看他，身邊傳來胖叔的聲音。

「呵呵……小雨，妳昏睡在龍的身上，可真是太危險了，如果不是我每天在這兒，他對妳做什麼，妳都不知道喔！所以，算是我給龍調教指環的補償怎樣？」

我愣愣站在龍的床邊，我在這裡昏睡了兩天？一直和龍睡在一起？渾身登時起了一陣戰慄。

「哈哈哈……」胖叔仰天大笑：「我還是第一次看到和龍睡過的女人露出這樣厭惡的表情來，哈哈哈……」

「胖叔！我……」

「咕嚕嚕！」肚子叫得厲害。

算了，沒工夫去糾正他「和龍睡過」這句話。我捂著胃直接走向房門，龍的智慧機器人在旁邊溫柔地、擔憂地注視我。

「小雨，妳可以在我的房間用餐，我讓人送飯過來給妳。」

「我不要！」我扶著牆，捂著胃咬牙：「跟你這種既矯情又悶騷的人在一起，我沒胃口。」

「呵呵呵……」胖叔無比開心地笑著，然後移到我的身旁：「讓我送妳去吧！如果妳願意，妳可以坐我腿上。」

胖叔說完，還拍了拍他那對像靠枕一樣柔軟的大腿。

「去死！」我狠狠白胖叔一眼，他也越來越不正經。無視胖叔開心地笑看我，我費力地站在老位置，他的椅子開始帶著我移動。

當門開的時候，我忽然浮現東方那天等我的畫面，不由自主看向門外的過道，那裡沒有人。但是我知道，東方一定在他的房間裡，等著我走出龍的房間。那天之後……他會怎樣？

煩，說也說了，我也不怕承認！

喜歡也喜歡了，還能怎樣？

不過，現在還真是沒有時間讓我們去矯情到底要不要戀愛。因為，我們都有重要的任務。他到底要向誰復仇？那個他必須要殺死，甚至為此要放棄機會和我在一起的人，到底是誰？

這個人應該是他第一次解凍時遇到的人。這個人害死了他口中的婧，還有很多人。婧……會是他的誰？

人類不可能活那麼久，除非，那個人也被冰凍來到了這個世界。是被冰凍……還是……有意逃脫？難道是一個罪大惡極的罪犯？

我不該去讀東方的心，結果搞得我越來越煩，越來越無法專心在我們逃脫的計畫上……

「小雨，對不起。」胖叔忽然在我身前說。

我捂著胃，看他的後腦勺，我們在寂靜的白色走道裡前行。

「如果你說一切是龍指使的，從軍人忠誠方面考慮，我會原諒你。」我也入過伍，能夠理解士兵的絕對忠誠。

「是的，是龍的命令。」胖叔說的時候毫不猶豫。這份像是趕緊推卸責任的速度，讓我不由笑了起來。

胖叔還是那麼可愛，我俯下身來到他臉畔，轉頭看他。

「胖叔，你那麼沒原則地忠誠於龍，該不會胖嬸在龍的手裡吧！」我忍著饑餓問。

「不是胖嬸，是整個種族吶……」胖叔的一聲長嘆，宛如道不盡滄桑般的源遠流長：「胖叔還來不及娶胖嬸，已經被龍拐上了靈蛇號，從此把身心都給了他……」

嗯？胖叔這短短的一句話裡，訊息量非常大。

「來不及結婚？」我疑惑地反問，使胖叔頓住了聲，我敏銳地盯視胖叔的側臉：「胖叔，你幾歲了？」

他沒有說話，看著他微微緊繃的臉，我繼續說：「你說整個種族，你提到我們時也都是用『人類』來稱呼，胖叔，你到底是什麼種族？你不是人類？」

「呵呵呵……身邊有個警察，說話果然要小心啊，呵呵呵……」胖叔用他的笑敷衍過去。

我也笑著繼續看他，開始打趣：「你說你把身心都給了龍，所以，你說了那麼多是想告訴我，龍不僅矯情悶騷，而且還重口味喜歡大叔嗎？」

其實，我們常說把身心獻給國家，所以這句表達他忠誠的話，算是胖叔說得最正常的一句。

「嗯……」胖叔抿緊了唇，嘴角微微上揚：「如果我說是呢？哈哈哈……」

胖叔不正經地承認，讓我反而一時陷入無語。這個胖叔，還真是越來越可愛了。

我本想繼續追問，但因為他這副不正經的模樣，也無法再認真起來。胖叔很狡猾，想必再問下去也不會有結果的。假設胖叔不是人類的懷疑成立，那麼他在靈蛇號上的作用又是什麼？他真正的身分又是什麼？

胖叔並不笨，而且還很狡猾。他說這些話絕對不是沒有意義，或是隨口說說的。他在傳遞一個訊息給我，至於是什麼，應該是要我自己去查。從他上次讓我看監視螢幕開始，我便有了這種感覺。胖叔似乎在有意無意地暗暗幫助我，雖然還不明白他真實的目的。

因為時間還早，靈蛇號上很安靜，大家也還沒起來。靈蛇號上也有速成的食品，而且比我們的泡麵更快捷、更營養、更健康，只不過巴布不喜歡而已。胖叔幫我把速成營養餐放入電磁爐，十秒不到就ＯＫ了。拿出來時是一盆像青蟲絞成爛泥的東西。

如果是平時，我肯定吃不下。但是此刻，我就把它當作溶化的抹茶冰淇淋吃下去了。這味道……說不出的怪異，也難怪巴布不喜歡這些速成的營養配餐。

我狼吞虎嚥地吃著，胖叔在旁邊一直溫和地看著我。有那麼一剎那，我覺得他溫和的目光和龍很像。

一碗吃下去後，總算有了點力氣，在吃第二碗時，我問胖叔：「胖叔，我在龍房間睡了兩天，夢不管嗎？」

隱隱約約記得昏睡時聽到人的說話聲，可是說了些什麼，現在卻記不得了。

「哼，她有資格過問嗎？龍的事，輪不到任何人來過問。」胖叔微微帶著一絲冷笑的話，讓人心裡多少有些替夢心寒。

我看向他，他轉為微笑。

「或許在遇到小雨前，無論是爵、月還是龍，都認為跟誰結婚並無所謂……」

無所謂？這就是他們對婚姻的看法？是不是和自己喜歡的人結婚都無所謂？胖叔此刻又想傳遞什

麼資訊給我？

「爵是從小訂下的婚約，他也是喜歡圖雅的，只不過是妹妹的喜歡之情。他靦腆老實，認識的女人不多，也不擅於和女孩交往，再加上他們利亞星人純潔保守，所以在爵看來，小雅是他最熟悉的人，跟她結婚也很好……」

我慢慢停止舀那堆綠色爛泥的動作，湯匙就此頓在手中。

胖叔依然微笑著：「而月，即使想掙脫也無法掙脫。那是他的命運，他逃脫不了，不是嗎？沒人可以救他的。如果我們出手，就是干涉了派瑞星的內政。」

胖叔的話讓我無奈，也很哀傷。我和月有相同的地方，也有不同之處，至少我還能選擇自己的結婚對象，而他卻不能。星盟各國互不干涉內政，這是星盟的法律。所以伊莎要強娶月，龍也不可能為了救月而進行軍事威脅。

「至於龍，只要在政治上、軍事上對彼此家族有益的女人，都可以。夢和龍是青梅竹馬，從小一起長大，她又是星盟大統帥的長女，他們的婚姻從他們還沒出生前就已經注定。幸好，這個世界不是一夫一妻制，龍還可以娶自己喜歡的女人，否則就可憐嘍！呵呵呵……小雨，妳知不知道，因為斯圖爾家族掌握兵權，所以其實龍非常抗拒他們喔！現在還要娶夢，他這生都要活在斯圖爾家族的陰影中，真是痛苦啊！哈哈哈……」

「那跟我又有什麼關係？」我放下湯匙，低臉看著那堆草綠色的泥，一旁的胖叔笑得完全像是幸災樂禍：「那是他們的命運、他們的選擇、他們的生活，什麼叫遇到我之前？難道遇到我就會有所改變？」

「說不定真的會喔！」胖叔瞇起胖胖的眼睛笑看我，我莫名其妙地看他，他眨了眨眼睛，笑了起來：「因為小雨已經觸動了他們……」

「觸動？」

「他們雖是高高在上的王子殿下，接觸的也都是貴族，可是小雨，這樣他們所接觸的女人類型，是不是也就少了呢？」

我托腮想了片刻，確實是。胖叔對我像慈父一般地微笑。

「他們從沒見過像小雨這樣的女孩，喔……說實話，胖叔也沒見過像小雨這樣的女孩。鎮定、果敢、頑強、有敏銳的洞察力和精準的判斷力，還有妳那份第六感般的直覺，以及龍也不一定是妳對手的格鬥術，包括妳那精準的槍法。呵呵！胖叔還記得妳跟東方第一次槍戰，那時妳每次射偏，起先龍並沒看出，但經過資料分析後，才知道妳是故意射偏，而且每次的偏率都相同，這說明妳是一個非常精準的射手。從那之後，龍開始真正關注妳，他相信妳絕不是警察那麼簡單，妳一定接受過更專業化的特殊訓練。根據我們的研究，你們那個年代，普通警察的配槍只是一些普通的手槍，也不可能接觸到狙擊槍。可是妳的行李裡都是當時最先進的高端槍械和武器，小雨，妳是不是特種菁英部隊成員？」

我沒有回答，只是看著他，即使他們知道我是特種部隊，那又怎樣？在他們眼裡，我依然是星盟的財產、一個寵物。現在龍有了調教指環，只要發現我有異動，他就可以輕鬆控制我。所以現在的我，對於他們這些掌握更高科技的未來人來說，依然沒有威脅。

「小雨啊，神祕的女人，對男人來說是毒藥吶……」忽然間，胖叔說出了這句話：「妳看龍，正因為女人們看不透他，所以才對他更加著迷。反過來說，也是因為大家看不透妳，才吸引了靈蛇號上的男人。雖然我不確定龍對妳是否會動真情，以我對他的了解，他應該是一個不會對任何女人動情的男人，但是以目前的情況來看，妳已經成功吸引到他了。」

我不由冷笑：「哼，獵奇心理。」

「呵呵呵……小雨總是看得那麼透徹，也只有小雨知道自己吸引了龍會那麼鎮定冷靜，哈哈哈！不知道有多少女人想吸引龍、成為他的女人，即使只是情人也願意。所以小雨才那麼難追到手啊，哈哈……妳讓胖叔也想年輕幾歲試著追追小雨，如果贏了，龍肯定會鬱悶很久，哈哈哈……真想看到他輸的樣子啊，哈哈哈……」

我斜睨胖叔，他又在開玩笑了。

無奈嘆一聲，伸手捏住胖叔胖嘟嘟、像加菲貓的臉，左右搖晃。

「胖叔！就算你不年輕，我也一樣最喜歡你了！」

「呵呵呵……」胖叔在我的手中像聖誕老人一樣地笑。我放開他，他笑眯眯地看我：「小雨啊，既然現在沒人，不如妳告訴胖叔，誰是妳最理想的男人？」

我想也沒想地說：「爵，他最聽話，也最簡單。」

「哈哈哈！」胖叔仰天大笑：「小藍聽到一定會很高興的。不過，胖叔倒是覺得妳和龍很匹配吶……」

「胖叔你什麼意思？」我沉下臉拍案而起：「你是在說我跟他一樣有惡趣味，還是悶騷？胖叔你說我和龍匹配，是在侮辱我！」

「哈哈哈……」胖叔大笑不已：「看來龍是連一點機會都沒啊！不過我了解他，他想要得到的東西，最終會是他的。」

我看他一眼：「胖叔，你真的很了解龍，你這輩子都屬於他了嗎？」

他小小的眼睛微微下垂，一句似是無意識的感嘆從他口中而出：「是啊……屬於他……」

「果然胖叔跟龍之間有很深的羈絆。」當我說完這句話時，胖叔發起呆來，他呆呆地放落視線，很久沒有說話。

我為自己再做了一盆那綠色的鬼東西，雖然難吃，但確實很快恢復了體能。走回胖叔身邊時，他還在發呆，我不再說話，俯身在他身邊開始靜靜觀察他的容貌。

眼睛，人類。

鼻子，人類。

耳朵，人類。

皮膚，人類。

無論怎麼看，胖叔都是標準的人類。難道是和外星人混種的人類？可是混種人按星籍也屬人類，而他說的是「自己的種族」，可見他不屬於人類這個種族。

抬手，手指戳上了胖叔胖胖的脖子，奇怪？脈搏呢？難道因為脂肪太厚？我再往深處戳去。

「我說寶貝兒，妳是不是餓久了饑不擇食，連胖叔都想吃啊？」熟悉的話音喚回了胖叔遊走的神思，也讓我心跳加快起來。

他為什麼要來？他不是說要和我保持距離？他已經監控了整個靈蛇號，他完全可以避開我，為什麼現在要來找我？

胖叔恍然回神，我起身看向東方，我不想再用讀心術去讀他的心了，因為我覺得那樣我好累，是心累。

東方雙手環胸地靠立在門口，唇角微勾，依然帶著賤賤的笑容：「寶貝兒，我來接妳了……」

我站在胖叔身邊發愣。東方……怎麼了？

他的笑容漸漸柔和起來，他一直笑得很賤，忽然不賤的笑容，讓我反而有些陌生。他慢慢放開環在胸前的手，然後站直身體對我伸出了右手。

「還在發什麼愣？還不過來？」

我依然愣愣看他，兩天後再見他，他……變了……

他挑挑眉，朝我走來，我的心跳在他一步一步靠近、以及目光的注視中開始紊亂。

「撲通撲通撲通！」

他在胖叔的視線中走到我的身邊，目光放落時，也放下了右手。我跟著他的手看去，他的指尖滑過我的手心，緩緩插入了我的五指之間，然後握緊。

那一刻，我心跳不知不覺停滯。我訝然地抬臉看向他，他俯下臉在我的臉側落下輕輕一吻。雖然沒有過度使用精神力，我的大腦也已經出現一刻的空白，東方……他改變主意了嗎？

他含情脈脈地拉起我：「走吧！小雨。」

我的臉開始紅了起來，我低下臉，跟隨他的腳步前進。

我們一直沒有說話，他牽著我在走廊裡走著，周圍安靜得像是半夜的靈蛇號。我看向一邊，所有的精神卻集中在他那輕微的、平穩的呼吸中。

被他握住的左手也熱熱的，左手和右手的溫度完全失調，感覺快要出汗，我想抽回自己的手，不想因為手汗被他笑話。

然而他卻把我握得更緊，傳來了他的話聲：「既然握住了，我東方白不會那麼容易放手。」

心跳，快得幾乎無法呼吸……

「蘇星雨，妳做好被我愛的準備了嗎？」他緊握我的手，筆直地站在我的面前，我抬臉怔怔看他，他以掙扎而痛苦的複雜眼神注視著我。

我看不懂他的痛苦，他為什麼要痛苦？

他緩緩抬起手，撫上了我的臉，然後把我輕輕按上他的心口，低臉吻落我的頭頂，撫上我的後頸在我上方低語：「小雨，聽聽我的心，我的心會告訴妳一切。」

我睜了睜眸，在他心口閉上眼睛。從我問婧的事情開始，他應該已經猜到我會讀心。我伸手環抱住他溫熱的身體，然後集中了精神。

「小雨，別愛上我，讓我一個人承受和妳分開的痛苦。答應我，不要愛上我，只讓我好好愛妳，就夠了……」

果然，還是要分開嗎……

我離開他的心口，再次抬臉心痛地看他，他微笑深情地注看著我，我難過地低下臉。他撫上我的臉，輕柔地把我垂下的髮絲順在耳後。他似是看見了什麼，手微微一頓，再次拉起我，安靜地走在走道裡。

以前我們打打鬧鬧，每次以吵架開場，然後以他被我揍收場；而現在，我們變得無話，變得安靜，變得……沉默。以前，他總是對我動手動腳，上下其手；而現在，他只是緊緊地握住我的手……

當我們走到中央花園時，意外地遇到了所有人，似乎……少了一個圖雅。月、伊莎、夢、巴布、迦炎、小狼和……爵，他們看向我們，我們看向他們。

他們有些驚訝，爵已經高興地朝我們而來。他身後的月，目光落在我和東方拉起的手上，若有所思。迦炎和巴布也在為我的再次出現而高興，小狼則陰沉地也緊盯著我和東方拉起的手。

「太好了，終於沒事了！」爵已經來到我身前，欣喜地握住我的肩膀上上下下仔細看著，他忽然像是要摸上我的臉，這時東方伸出手扣住他的手。爵一時發愣，東方揚唇笑看他。

「爵，你又想隨便摸我的寶貝兒？」

爵怔了怔，臉倏然紅起，急急解釋：「不不不，我想檢查一下她的大腦，看她的精神……」

他倏然頓住口，銀瞳閃爍：「算、算了……」

東方扣著他的手腕，挑起一邊眉俯看他片刻，放開他說：「那你看吧！我也不希望我的寶貝兒有什麼後遺症。」

說完，他放開了我的手。手被他握得熱熱的，周圍的空氣反而顯得冰涼起來。

他獨自向前走去，我靜靜看著他的背影，他再次雙手環胸，然後走到迦炎身邊。迦炎笑著對他舉起手，東方卻沒有像以前一樣與他擊掌，而是直接從他身邊走過。他走到花園旁的玻璃牆邊，靠立在透明的玻璃上，微微抬臉卻不是看我，而是盯視爵。

爵的銀瞳微微收縮，似是感覺到了東方盯視的目光，在我面前一時出神。

「爵。」我輕輕提醒他。

他回過神，目光再次回落我的身上，揚起笑容：「很快的！我只想確定妳是不是完全好了。」

我點點頭，爵的話我一直相信。

他雙手輕輕按上我的太陽穴，然後緩緩俯落，也慢慢閉上了銀瞳。

他藍色的長髮滑落我的面前，還有他右臉的髮辮。額髮相觸之時，他的額頭再次抵上我的額頭。

我在他的藍髮下眨了眨眼，他探查片刻後安心地輕語：「好了，好了！終於沒事了！」

他開心地轉臉看向大家：「小雨沒事了！」

月在他的話聲中微笑點頭，迦炎笑容變得燦爛，小狼也露出鬆一口氣的神情。

巴布發出沉吟：「嗯……」

連站在一起的夢和伊莎也面露微笑。我心裡不由奇怪，夢似乎真的不介意我在龍的房內。腦中又閃過一些話語的片段，但還是模模糊糊，回憶不清晰。

靠立在玻璃牆邊的東方也揚起唇角，從爵的身上收回目光，低下了臉。

「小雨姊姊，既然妳沒事了，該和我去訓練了，馬上要比賽了！」小狼鼓起臉不悅地走到我身邊，緊緊抱住我的手臂又貼在我身上。他的體溫高於常人，所以貼在我身上感覺熱熱的。

「小狼，蘇星雨剛剛痊癒，你要給她時間調整。」伊莎有點擔憂地看我，她總是顯得認真而客觀：「不過，蘇星雨，妳這樣的身體怎麼穿衣甲戰鬥？」

我擰了擰眉，爵在旁輕輕環住我的肩膀：「沒事的，小雨可以穿。」

我看向爵，他清澈的眼神讓我安心，他不會說出我的祕密。

「蘇星雨，這次真是對不起，害妳在龍的地板上睡了兩天。」夢忽然抱歉地對我說。

「地板？」我完全懵然地看她。

她不再醋意翻騰，反而同情地看著我，可是她的神情裡，卻透露一絲普通人難以察覺到的隱藏神情：「我真的沒想到龍會那麼……喜歡捉弄人……還讓妳睡在……睡在……」

她依然故作難言地看著我。

「讓我睡在哪裡？」我沉下臉看故作欲言又止的夢。她和龍一樣，擅長隱藏，而且隱藏得很好。只有接觸過特殊的心理訓練，才能察覺到她眼神裡最深處的想法。

我想她應該是想讓我對龍更反感，好讓我更加遠離龍。她似乎以為我和別的女人一樣，對龍趨之若鶩。正像胖叔說的那樣，沒有一個女人能抵擋住龍的魅力。嗯，好，那我順她的意，我也嫌煩。

她咬了咬唇，最後猶豫不決地拿出她的小平板：「妳自己看吧！」

小平板上出現了一幅畫面，只見一個奢華的、圓形的、鋪著純白柔軟毛茸茸的毯子，像狗窩一樣的小圓床上，睡著一個有貓咪耳朵的金髮女孩。她蜷縮在裡面，金色的長髮鋪蓋全身，一條同樣是金色的，像是波斯貓的尾巴從她白色單薄的裙衫下露出。

她看上去是那麼楚楚可憐、讓人憐愛，尤其是她的裙襬下裸露的雙腿和雙腳，讓人更加想把這個安睡的小貓咪抱在懷中，好好疼愛。不過……這女孩的側臉……怎麼那麼……眼熟？

「雖然龍這次很過分，但是小雨姊姊這樣的打扮好可愛啊！」小狼的語氣瞬間一百八十度轉變，從陰鬱瞬間變成激動得雙手抱心，再次露出他平日少女的形態。

「我已經把這張照片放在我每個小平板裡，我真的好想親眼看看小雨姊姊的貓咪打扮啊！嗯嗯！

下次我也要這樣穿，一定超~可愛！」

我僵硬地站在大家的中間，抽搐著嘴角。所以這個求人包養的萌物，是……我？

我這麼純爺們的一個人，居然也有這種時候？

如果讓我以前的弟兄們看見，他們一定會當場戳瞎雙眼！

我相信，以龍那種陰險的性格，也絕對不會允許我這個形象外露。

再仔細看，小平板上的照片角度傾斜，很顯然是偷拍。

很好！夢，不用妳那麼處心積慮地把這張照片給我看來惹怒我！我現在已經下定決心在離開前，一定要把他鍔起來狠狠地抽他的龍皮！

殺氣逐漸升騰，力量集中在雙手。只聽「啪」一聲，脆弱的小平板在我面前成為兩截。

瞬間，所有人在那一刻凍結。

我淡定地把兩塊小平板還給石化的夢。

「抱歉，我是個粗人，這東西太薄，我不小心捏碎了，妳讓龍賠給妳。」

夢嘴巴半張地看我，伊莎驚訝地打量我的身體：「怎麼會有那麼驚人的爆發力……」

「終於……有人……能體會我的痛苦了……」忽然，迦炎哽咽地在我身邊艱難地說著：「小雨……謝謝！」

說著，他一把抱緊我，像是看到救星一樣緊緊抱住我，我被他抱得渾身骨頭都有點痛。

他亂七八糟的紅髮在他低臉時刺進我的眼睛裡，他感激得像是快要哭了。

「如果沒有妳，受罪的就是我！真的！太謝謝妳了！終於有人能理解我的痛苦了，知道我心裡是多麼的委屈……多麼的痛苦難言……」

我的太陽穴開始發緊，正想狠狠揍開他時，卻看到了遠處一抹小小的、躲藏著的藍色身影。是圖雅，她在小心地偷偷看爵。

然後，我看到了東方壞笑的目光，我生氣看他。

「你女朋友我現在被另一個男人抱那麼緊，你一點都不介意嗎？」他像是看懂了我的眼神，雙手攤了攤，聳聳肩，那神情像是「讓我好好享受」。這傢伙，讓我忽然又火大了。

真是久違的感覺，果然是打他打上癮了，不打手很癢。

「呵呵呵……看來大家精神都很好啊！」胖叔從我身後來了，與此同時，抱住我的迦炎身體僵硬了。

像是看到什麼魔鬼一般立刻放開我，轉過我的身體、躲在我的背後，雙手放在我肩膀上不安地顫動。

在我轉身的那一刻，我看到了那個人。他的傷顯然好得差不多了，穿了一身黑色立領長袍，那是我最初見到的這個時代像是傳教士道袍的款式，威嚴而神氣。右邊的胸口掛有閃亮的銀鍊，那不像是我所知的銀，因為它更閃亮，像天上星辰的光芒。原來，是龍來了。難怪迦炎會那麼恐懼。

龍正溫和地微笑看著我們：「有什麼有趣的事嗎？」

他的目光看向了夢，夢鎮定地把破碎的小平板放到身後，微笑地說：「沒有，我們正在祝賀小雨痊癒。」

我對龍的惡趣味已經十分清楚，與其醒著被他打扮來打扮去，我寧可昏死過去，只當那照片裡的

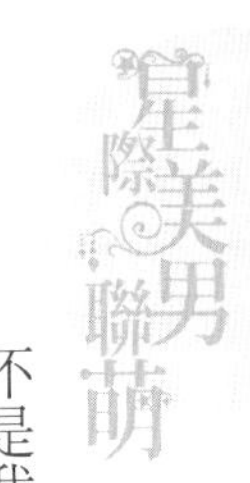

不是我，反正我不知道。

但我依然克制不住自己的殺氣，黑氣開始慢慢將我籠罩。倏地，迦炎抓緊了我的肩膀，附到我耳邊小心翼翼地說：「冷靜，不然妳摘不掉指環。」

他說得對，龍對我用調教指環，無非是想讓我臣服，滿足他征服的心理，讓他有成就感。

我真的被這個外表溫文儒雅的男人騙了，原來他這麼強勢霸道。這樣的男人，自然不喜歡被要脅。而夢的家族掌控了兵權，在龐大的星國裡，這無疑對他和他的家族是一種要脅。難怪胖叔說龍內心並不喜歡夢的家族。

「炎，你在說什麼？」龍一如往常溫和地看著炎。

迦炎在我身後連連擺手：「沒什麼、沒什麼。」

龍又溫和地看著我：「小雨，他跟妳說什麼？」

迦炎緊張起來，因為他扣住我肩膀的手捏得越來越緊，幾乎要嵌到我的骨頭裡。

我揚起微笑：「沒什麼，說你這兩天讓我睡貓窩。」

如果我沒猜錯，我應該一直睡在那個貓窩裡，我雖然記不起那些對話，但是可以推測出這兩天裡，有不少人出入龍的房間來探望我。

所以，大家看到我時，應該睡的都是那個像窩一樣的小床。他是真的把我當寵物養。至於其他時間……我也希望自己是睡在那個貓窩裡，一想到跟他睡在同一張床上，我就渾身發寒。這樣變態的人，不知道會對我做出什麼事來。

可是……為什麼今天醒來，會是在他身上？我看著龍瞇起了眼睛，難道他還把我搬上搬下？

他以聖人般的微笑看我。龍熟悉我的性格，知道我不喜歡惹麻煩和節外生枝，所以他料準我不會說出自己醒來是在他的床上而去刺激夢之類的。

「如果你夠紳士，應該把大床讓給我！」我不客氣地說。龍瞇眼笑看我。

「對不起，小雨，妳知道……大床很舒服……」他特意頓了頓，他在暗示我，他瞇起的眸光閃過曖昧的神色。我臉一熱，撇開臉不再看他，他繼續說著：「我還需要養傷。」

「是啊，小雨，龍重傷還未痊癒。他需要好好休息。」夢走到他的身邊，挽住他胳膊時，她右手中指上的鑽石光芒正閃耀著。

那些記得不太清晰的對話從我腦間閃過，我好像想起了一些內容……有關於月的，也有關於夢的……

「小雨……」在我陷入回憶時月已經走到我的身旁，在龍的面前拿起了我的手，看向龍：「龍，既然你也快痊癒，是不是可以摘掉這個了？」

龍的唇角揚起，在我擔心時，他溫和地點了點頭。

「好。」說話間，黑色的鍊條從我手背上褪去，縮回戒指的寶石之中。

「啪啪」兩聲，我中指上的戒指像手銬一樣散開旋轉，然後化作兩道流光，朝龍飛去。

經過這件事，我發現龍是嚴重的雙重人格。另一個他不僅矯情、悶騷，而且非常小氣。一定是我上次用手銬銬了他，他才用這種東西來回敬我。

「這是妳的利息……」腦海間莫名閃過這句話，到底是誰說的……又一時想不起。想的時候，腦袋又疼了起來。

那兩道黑色的流光在龍抬起手心時，懸浮在他的手上，再次合攏形成上下兩個指環，然後如同磁鐵一般合攏，落在龍的手心。他隨手拿起，套在自己的中指，溫和地看向我。

「指環我暫時收回……」

「暫時？」當我驚呼之時，龍的黑瞳銳光閃耀。

「怎麼，有意見？」

「沒意見。」我咬唇撇開臉。你想要聽話的、馴服的蘇星雨，好，我給你！

「很好，我這裡還要再送妳一副手鐲。」說罷，他右手伸出，胖叔從屁股後面拿出了一個長方形的黑盒子。

指環事件之後，我對龍送的首飾產生了莫名的恐懼，猶如巫婆送給白雪公主的梳子一樣，讓人心慌。

大家的目光落在盒子上，浮現淡淡的笑意，而小狼更是激動起來。

「不打開看看嗎？」龍輕柔的話語誘惑我去打開那只黑盒子。

「去吧，小雨，放心，這次絕對不是什麼古古怪怪的東西了。」迦炎在我身後鼓勵我。

我不放心，眼神轉向爵，爵肯定不會騙我。爵對我揚起笑，露出鼓勵的目光。那時我才上前一步，抬手打開了盒子。立刻，兩個粉藍色的手鐲飄浮在盒子之中。

這是……

「果然是初級衣甲！」小狼激動地拿起兩個鐲子：「這是適合初學者的衣甲，小雨姊姊！妳快穿上試試！」

小狼說著就要幫我套上手腕。

「等等！」月攔住小狼，從他手中取走手鐲放回盒子：「小雨剛剛甦醒，我還要幫她做一次全身檢查，確定是否現在能穿上衣甲。小雨，我們走吧！」

「好。」我跟在月的身旁，爵也跟了上來。

「我也去。」爵跑到我身旁，微微笑著低下臉，帶著他往日的一分靦腆。月和爵用最正當的理由把我從大家眼中和龍的面前帶離。

我看向月手中的盒子，這就是衣甲？我終於拿到衣甲了。現在的科技好神奇，明明只有兩個小小的手鐲，卻能成為戰甲。

不遠處投來了東方柔柔的目光，心跳因為這束目光而再次失常。我深吸一口氣，毫不閃躲地抬起臉回應他，與他的目光相接。他勾唇一笑，像剛才在廚房一樣朝我伸出了右手。那一刻，不知為何周圍變得安靜，目光從各處而來，看向東方，也看向了我。

爵在我身邊頓住了腳步，月也隨他慢慢停下，只有我依然前行，從他們之間走出，然後笑著走向了我的官方配對，我的未婚夫——東方白。然後，我伸出了左手，和他十指交纏，緊緊相扣，在燦燦的陽光下和眾人的目光中，緊緊握在一起。

第10章 開始走進東方的世界

東方白笑看我，目光閃亮如星。

他握住我的手放到他的唇邊，在我的無名指上輕輕一吻，軟綿綿的吻化作一注甘露流進我的心田。他雙手包裹住我的手，宛如那是他的寶物般小心包緊。深情的視線落在我已經發熱的臉上。

「恭喜，自由了。」他說。

「嗯！」我有些臉熱地低下頭。

他依然深情地注視我，然後抬手慢慢輕輕地撥開我的瀏海，再次把我臉邊的長髮順在耳後，他的目光就此落在我的耳垂上，沒有移開。他臉上的笑容逝去，眼神露出了寒意。我有些疑惑，之前在廚房外他幫我順髮時，好像也因為看到我的耳垂而變了心情。

驀然，他抬手捏上我的耳垂，我立刻感覺到耳垂上有異物。

下一刻，他從我耳垂上取下一物，放在手心。我看去時，是一個蝴蝶耳釘。

「這是……什麼時候？」

「哼！」他冷冷一笑，撥開我另一邊長髮，取下了另一只，捏在手中冷冷注視，殺氣從他的身上升騰而起。

我立時看向龍，龍從容淡定地站在原處，微笑地看著我們。

轉眼間，東方捏緊耳釘就要朝龍走去，我立刻拉住他，感覺到他手臂已經發力、變得緊繃，顯然他要去給龍一記拳頭。

他半瞇眼眸，隱忍憤怒地看著我，我對他搖搖頭。

他微露一絲不解，但還是忍下憤怒，轉身拉起我直接離開。揚手之時，手心裡的蝴蝶耳釘已經被他拋扔而出。

寶石的蝴蝶耳釘在空中劃過兩抹暗光，往我們身後飛去。

「為什麼阻止我？」他低聲問。

我擔憂地擰眉：「我怕你被關起來，到時會很麻煩。」

他緊緊地握了握我的手。我能感覺到他這份為我生氣的心就已經足夠了。但是當下的情況，我們之中任何一個人都不能被軟禁起來，也不能與龍公然敵對。惹怒這條龍，或許就不是調教指環那麼簡單了。

他的胸膛大大起伏了一下，勾唇笑了，再次恢復平日不正經的紈褲模樣。

「親愛的，我扔了那寶石，妳不會怪我吧！」

見他冷靜下來，我笑了：「不會，因為那不是你送的。」

他勾起唇，笑瞇瞇的眼睛裡還是帶著他本有的壞意。

「好，下次我買給妳……其實……我覺得妳戴耳環很好看……」他的語氣忽然認真起來，我看向他那認真的微笑。

我甜甜而笑，為他沒有逃避而喜。即使我們有彼此的使命，我也不想他藉這個原因故意迴避我們

彼此的感情。那樣的話，我會瞧不起他東方白，認為他不夠男人！

我都承認了，他還不承認，那他才是真正的賤男、人渣！

在醫療室內，東方依然靠立在門邊，手裡幫我拿著衣甲的盒子，他現在儼然一副我的騎士模樣，不離我分毫。

月對我做完所有的常規檢查後，露出放心的神色。他讓爵說話，而爵只是欲言又止地看我。

他看看我，再看看東方：「東方，你能不能出去一下？」

東方對他揚唇輕輕一笑：「你想問什麼，也是我想問的。」

爵微微一愣，東方已經直接看向我：「小雨，妳怎麼會讀心了？」

當他話音出口時，爵和月都愣了愣，似在疑惑東方怎麼察覺到我讀了心。畢竟精神力的運用，只有利亞星人才能察覺。

他們怎知是我問了婧的事，才讓聰明的東方推測出我會讀心術。

我看看周圍。

「放心，我們可以單方面遮蔽監視器。」月淡淡地說。

靈蛇號上的男人都很聰明，這讓交談變得簡單。

我點點頭，從衣領裡取出了神石：「是神石加強了我的精神力，但是我只會讀心。」

「果然是！」爵的手伸到我身前，小心翼翼地托起神石：「傳說原來是真的！」

「這麼說，小雨上次昏迷是跟神石有關？」東方的語氣是少有的認真。

爵放下神石，沉下了臉，低著臉不看東方地說：「跟神石無關，應該是她過度使用精神力，去讀你的心。」

「讀心還有危險？」東方擔憂地看向我，爵忽然生氣地轉臉看他。

「當然！讀心會損耗精神力，過度損耗精神力還會導致她大腦癱瘓，甚至是腦死！所以，東方白，以後無論小雨想知道什麼，都請你老老實實告訴她！不要讓她再來猜測你的想法！你們人類為什麼都那麼不願坦誠！喜歡說謊！」

爵生氣的大吼讓我怔坐在原位，也讓東方怔立在門邊。月雙手插在衣袋中微微蹙眉看著爵。說起來，讀心應該是我不對吧……窺探別人隱私……而此刻，卻被爵說得完全是東方不對，是他對我不坦誠。

爵……你的這份情，我該怎麼負責？

爵真的生氣了，氣得臉都紅起來。他撇開臉，身體因為憤怒而更是緊繃。

東方怔了怔，看他片刻後低下臉。

「我知道了。謝謝你那麼為小雨考慮，如果哪天我不在了，也希望你能好好守護她。」

當東方話音結束的那一刻，爵怔然看向他，月也微露驚訝。

東方朝我伸出手，認真看我：「走，我告訴妳想知道的一切。」

當他拉住我要出門時，他轉身看爵，揚唇壞壞地笑。

「小藍貓，如果你什麼時候也能對龍那樣咆哮，我就真的安心把寶貝兒交給你。不過現在，還是由我來守護比較好！」

爵張了張嘴，銀瞳裡露出一抹黯然，自卑地低下了頭。月淡淡一笑，抬手放落爵的肩膀，輕輕拍著。

我想安慰他，但最終還是擰眉離去。

「你不該對爵那樣說。」在走道裡，我對東方說：「他畢竟是靈蛇號的人，他也有他的責任和使命。」

「哎哎……」東方嘆息搖頭：「有時忠義兩難全吶！」

我黯然看他：「你是在說你自己嗎？」

他微微一怔，臉上不再玩笑，微微沉眉看落別處。心裡真的有很多很多話想對他說，但是現在，不可以。

又是漫長而無言地走路。

他一直牽著我，緊緊地扣住我的手，手心貼在一起，可以感覺到微微的脈動。我的注意力會不由自主地集中在他牽我的手上，心跳撲通撲通加快，手也越來越熱。

我出手汗怎麼辦？那樣會很丟臉。撇開目光，轉去看手中衣甲的盒子，心跳緩緩恢復了正常。他沒有帶我去他的房間，而是停機艙的方向。

我疑惑地看他，他臉上帶著淺淺的微笑。自從和他被命定為官方配對後，他一直不正經，紈褲不羈、任情任性，而且還很變態，總是調戲我。漸漸地，也知道他那是一種自我保護，和我的表面順從、百分之百配合一樣。

他牽著我默默走著，然後我們進入了巨大的停機艙。像蜂巢一樣的停機艙從上而下停滿了戰鬥的飛船。他帶我走上了升降平台，平台開始上移、飛行，最後停落在一個蜂窩前。意外地，我看到裡面停放的不是戰鬥飛船，而是上次在水星監獄看到的機甲。

「從上次監獄回來後，我經過他們的允許，帶回了這台機甲。」他目光柔和地落在那台已經褪色的機甲上，上面傷痕累累，記錄著戰爭的痕跡。

他的目光裡浮現出絲絲懷念，忽地朝我看來，唇角上揚。

「做好認識真正的東方白的準備了嗎？」

真正的東方白？他的笑容在我眼中越來越壞，眸光促狹起來。

「小心會真的愛上我喔！在我的年代，我可是比龍更受歡迎喔！」他得意洋洋地說。

我立刻沉下臉，最討厭龍那樣的萬人迷。他壞壞地笑了起來，拉起了我的雙手。

「不過，這個萬人迷，現在只屬於妳蘇星雨了。」

我看他一眼，低臉笑了，心裡有種甜膩膩的感覺。

他拉著我的雙手，我臉頰發燙地笑，一時間我們又變得無話起來，只是拉著彼此的手。我的右手裡還有一個盒子，但那並不影響他熱意的傳遞。

我們不再說話，他始終看著我，我始終看著他的雙腳，頓時感覺時間在我們之間慢慢停下，再也聽不到它齒輪轉動的聲音。以前常聽人說，談戀愛不覺時間過，我還不信，原來……是真的……我和他就這樣拉著彼此的雙手，一言不發地站在巨大的機甲腳下。這就是戀愛的感覺？

心跳總是快速跳動，無法恢復正常的心率，這可不利於狙擊的瞄準。

嗯？我愣了愣，我果然是一個很無趣的女人，明明應該像小女生一樣去享受這從沒有過的心動感覺，而我卻想到狙擊槍去了。哎，正常的男生應該都不會喜歡我這種女孩。

「怎麼了？」他似乎察覺到我的低落。

我咬了咬唇，尷尬地說：「剛才我心跳加快的時候，只想到這樣不利於狙擊槍的瞄準。東方，你確定你真的喜歡我嗎？」

第一次，我有了一種自卑感。我不敢去看東方，也不想去讀他的心，我低著臉抿唇。

「我……是不是很無趣？」

他沒有說話，我只好繼續低著臉，忽然他大大的手落在我的頭頂，摸了摸。

「從認識妳的第一天，就知道妳很無趣了，大嬸……」

失落湧上心頭，果然……

「傻瓜，我有趣不就行了？」他忽然推了推我的額頭，我愣愣看他，他寵溺地瞧我：「性格互補知道嗎？小笨蛋。而且，妳不是無趣，妳是天然呆……」

我在他愛憐的目光中笑了。東方對我坦誠感情後，完全不一樣了，我得到了從他那裡而來的呵護和寵愛。

我再次看向身邊的機甲，不知道它是怎麼動的？我果然無趣。該死，小女生到底是怎麼談戀愛的？我怎麼滿腦子都是狙擊槍、機甲、戰鬥機器人……

「想進去看看嗎？」東方對我揚起孩子般純真的笑容，邀請我進入。

我愣愣看他，眨著眼睛，心裡其實有點激動。

他勾著唇角挑眉看我：「怎麼了？」

我又眨了眨眼，低臉不好意思笑了：「感覺自己的人生回不到正常女孩的生活了。」

「什麼意思？」

我抬起臉，看向那個巨型的戰鬥機器人。

「正常女孩的男友一般給女孩看的是自己的車，而你給我看的是戰鬥機甲，我蘇星雨這輩子，是離不開戰場了。」

「呵呵呵……」他也笑了起來，牽起我的手認真看我：「為什麼要跟別的女孩一樣？這樣的妳才吸引人。」

我臉紅了紅，東方是在老王賣瓜。

他再次摸了摸我的頭，轉臉對大傢伙喊道：「魁拔，該醒了。」

「嗚——」一陣引擎運行的聲音從大傢伙身體裡傳來。立時，眼前黯淡的機甲閃耀出銀白的紋路。同時傳來一個洪亮的機械男音：「好久不見，東方。」

「咦？原來這機甲已經那麼有智慧了？」

東方對我神祕地笑笑，那機甲已經半蹲下來，頭部的眼睛部位閃爍著能源的光芒。

「東方，這是你的女朋友嗎？」

我的臉一下子紅了起來。

東方單手扠腰笑看他：「魁拔，你很聰明吶！怎麼樣？不錯吧，她可是獨一無二的。」

聽到東方對我的誇讚，我感覺自己沒他說得那麼好。

「因為你牽著她的手。」魁拔在一旁嘹亮地說著：「根據以往經驗，十指交纏的牽手法，僅出現

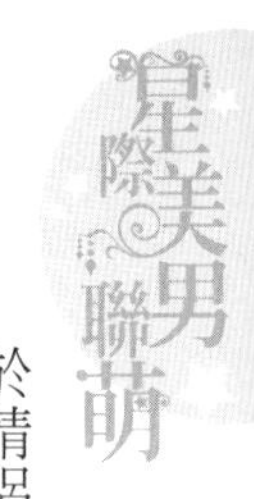

於情侶之間。而當我說她是你女朋友時，她心律開始加快，血液輸出量開始加大，大腦有了害羞臉紅的反射，我基本可以確定，她是你女朋友。」

我愣愣看著魁拔，它也太……厲害了吧！它掃描我了？而且，它說話的方式也很有趣，雖然沒什麼語氣，但讓人感覺分外可愛。

「那你還在等什麼？讓我寶貝兒進去見識見識。」東方像對待老夥計一樣拍了拍魁拔的腿。

「嗤——」一聲，魁拔打開了頭部的面罩，右手已經向我伸出。

東方拉起我跳上了它巨大的手，它平穩地把我們送到駕駛艙前。

駕駛艙裡沒有我想像中會有的凌亂線路或是擁擠的儀器，而是很乾淨、很空蕩，相對來說也算寬敞，可以站三個人，當中有一個小型的駕駛椅。

東方拉我進入，魁拔的面罩也在那一刻緩緩關閉。與此同時，駕駛艙裡光徑閃耀，宛如銀白的血液輸送到了魁拔的頭頂，裡面一片明亮。緊接著，3D螢幕已經在駕駛椅前展開，外面的景物看得非常真切。

「原來那個時候已經那麼先進。」我摸上3D的螢幕，隨手把衣甲的盒子放上駕駛椅。這樣的螢幕並不陌生，「鋼〇人」裡已經出現。

「他們還不知道魁拔其實是我的戰鬥機。」東方牽著我的手站在駕駛椅旁。

「你的？」我吃驚看他。

「嗯！」東方略帶自豪地點頭，微捲的髮梢在魁拔能源的光亮中染上了銀光，顯然在魁拔裡說話很安全。

「他們只當我對機甲很喜歡，允許我研究魁拔，但他們沒想到，它其實是我的夥伴，它和我一起戰鬥了兩年吶……」他懷念地摸了摸駕駛椅，目光中流露出絲絲對座駕的思念。

「是的，我和東方共同完成兩百七十項任務，殲滅敵機五百三十一艘，殺死敵人三……」

「魁拔，你想讓小雨以為我是殺人機器嗎？」東方有些生氣地阻止它說下去。

「非常抱歉，東方，我認為這是榮耀，想說給你的女友聽，她會為你驕傲。」魁拔依然沒什麼語氣地說。

他們的互動讓我很喜歡，也很羨慕。

東方挑眉地撫額：「你這塊破鐵，小雨來自和平年代，你只會把她嚇壞的……」

「沒關係！」我緊張起來，東方看向了我。

我不知道為什麼緊張，但是我很認真地看著東方。

「我可以理解，我也槍擊過暴徒、在水星監獄也殺了罪犯，不過我不想在這點上找尋我們的共通點或是以此拉近我們的距離，殺人畢竟不對，是迫不得已的事情，我只想……我……」

我咬了咬下唇，有些鬱悶地低下臉。

「算了，我還是不說了，說得自己也像個殺人狂……」

「小雨！」東方忽地叫我。

我尷尬地抬起發紅的臉，他忽然俯了下來，蓋住了我的視野。一個吻，猝不及防地落在我的額頭上，柔軟的嘴唇帶著與以往完全不同的熱度，宛如他要在我的額頭上，烙下屬於他東方的烙印。

我僵硬地站著，我變得……好奇怪，呼吸和心跳不知何時停滯……

還記得以前他吻我，我不是拳打就是腳踢。可是現在完全不一樣了，他只要吻我，我便會像是沒電的機器人一樣，一動也不動。

回神時他已經離開，眸光閃閃地看著我。

「小笨蛋，別再這麼可愛，妳這是在誘惑我，會讓我忍不住想吻妳。」

我的臉在他深情的注視中一下子紅了起來，又熱又燙，剛才因為他的吻而停頓的心跳倏然狂亂起來，撲通撲通撲通像子彈一樣亂射一通，真害怕自己的心臟被射成馬蜂窩。

「什麼……可愛……」我垂落目光，心跳始終無法恢復。

「這就是妳可愛的地方，沒有任何修飾、沒有任何做作，小雨，妳給人一種乾淨的感覺。最初認識妳的時候，以為妳跟別的女人一樣，是裝正經、裝矜持，所以我才那樣對妳。對不起，那時的我有些自暴自棄，以後不會了……」

他撫上我的長髮，俯看我許久，忽然長嘆一聲：「哎……妳讓我覺得越來越配不上妳了。」

看他開玩笑地自嘲，我不開心地撇開臉：「不是說不在一起嗎？還說什麼配不配得上……」

駕駛艙裡靜了下來，我看落別處，他也只是握著我的手，不再說話。

我果然……很無趣……又把氣氛搞壞了……

「你可知愛別離，你為何不能讓我喘息……」

忽然，魁拔裡居然放起了歌，我和東方一陣僵硬，看向魁拔，它還在放歌曲。

「你可知我的記憶，不能從此沒有你，你可知愛別離，你為何不能與我相依？為什麼我們總得生生世世，苦苦的追尋……」

「魁拔！你突然放什麼歌？」東方再次無語地撫額。

「喔！對不起，東方，我根據你與女友的對話判斷，覺得放這首『愛別離』（註：此曲由方維珍作詞、作曲）比較合適。」

我無語而又驚嘆地看東方：「魁拔的智慧系統誰設計的？怎麼這麼奇葩？」

東方咳了咳，對我再次得意地揚了揚唇。

「正是在下。是我在程式設計時加入了情感類比系統，很有趣吧！所有的機甲，只有它有情感反應，雖然也只是比較簡單的，不過如果再給我一些時間讓它升級，它會和現在的智慧型機器人一樣感情豐富。」

我僵硬地看他半天，忽然覺得我自己也很奇葩，居然會喜歡這麼奇葩的男人。

我服了他地撫額，靜了一會兒，盡量平靜地問：「真的要分開嗎？」

他握住我的手慢慢收緊。我轉開視線，看落一旁。

「我也是士兵，知道『使命』兩個字的意義，所以我會尊重你的選擇。但是請你務必小心，活著回來見我！」我抬起臉，握緊他的雙手灼灼看他。

他在我鄭重的目光中擰了擰眉，低下目光。

「對不起，這點我無法保證！」他也用軍人的嚴肅語氣說。

我看著他，他擰緊雙眉，褪去偽裝的他，正經肅然地化作真真正正的將領。

他思索片刻，放開我一隻手，抬手拂開一塊３Ｄ螢幕：「這就是我要殺的人。」

當他話音結束，我的面前已經出現了一張人臉。當我看到時，我驚訝地完全僵立在原地，目瞪口呆。

這個世界原來真的是有輪迴的，眼前的人跟他完全一模一樣！

「就是他下令解凍了我們……」東方並未察覺我的異樣，在一旁緊緊盯視那個人說著：「除了老人、年紀較長的女人、孩子，以及唐別這種癱瘓的人，其他冰凍人都被他解凍，訓練成為死士，加入戰鬥。起先，他還有點人性，聽了婧的建議，留下一些特殊人才，作為人種保護計畫。可是最後，隨著戰事越趨激烈，他漸漸入了魔，他甚至用一些冰凍人作為人體炸彈。他到最後徹底瘋了，還想解凍剩餘的人，那是為人種保護計畫留下的三千人，是為了給人類留個種！」

東方激動起來，緊緊握住我的手，連聲音和身體也開始止不住地顫抖，可見那段經歷對他來說，是多麼可怕、多麼不想回憶。

他握緊了我的肩膀，讓我與他面對面，他心痛地看著我。

「小雨，剩下的三千人裡大部分都還是孩子，只是孩子！妳能想像讓七、八歲的孩子成為人體炸彈，成為殺人的武器嗎？妳能讓像萊蒙特那樣的孩子去送死嗎？」

我沉重地看著激動的他，視角裡是那張我再熟悉不過的英俊臉龐。真想不到，同樣的臉卻是完全不同的兩個人。

東方閉眸做了一個大大的深呼吸，讓自己慢慢冷靜。

「東方……」我心疼地伸手抱住了他的身體，在那一刻，他宛如找到家人一般，把我深深擁緊。

「所以，最後我帶著剩下的人，在婧的幫助下發動了叛變。那時正好盟軍對我們的基地發動攻擊，我們趁此機會想跟那個惡魔同歸於盡，可是他逃入了一個冰凍艙。我們一時無法把他找出，而盟軍也已經攻入基地。婧不想讓剩下的冰凍人被發現，她希望他們能生活在美好的未來，而不是這個一切未知的、只有殺戮和鮮血的世界。於是，她決定引爆基地，把冰凍人長埋於基地之下。本來是我引爆，讓婧去未來，卻沒想到她給我打了一針，把我塞入了冰凍艙。是她救了我，也把追殺這個混蛋的使命交給了我……」

他深深埋入我的頸項，說出了全部的一切，那一刻，我感覺到他的身體不再像之前那般沉重。這個祕密、這段痛苦的往事，埋在他心底幾百年，讓他被沉重的巨石壓著。即使和我一樣獲得了重生，他卻因為這個使命，而無法徹底擺脫過去的一切。

心裡很痛，為東方的過去、為他的痛苦，和為他犧牲的婧痛著。

「小雨……」他緩緩放開我，撫上我的額髮：「我還清晰記得婧對我說的最後一句話，說她愛他，沒有辦法殺他，所以，請我為所有人報仇……」

我怔了怔，原來婧是那個人的女人。看著自己的愛人入魔，與最初所愛的人越走越遠，那是怎樣的心情？

東方再次看向那個螢幕，收緊的目光變得格外深沉。他抬手拂去那個螢幕時，我心中有了決定。

「你去吧！我知道了，我不會逼你留下的。」我握上他的手臂道。接著擰眉，看落一邊，視野裡正好是龍給我的衣甲：「你放心，我也不會等你！」

當我說出這句話時，我感覺到他在微微一怔後的放鬆。

「謝謝，謝謝妳成全我，小雨。」他輕輕地，微帶一絲苦澀地說，然後拉住了我的手，久久不放。

我只想讓他安心去完成他的使命。只要他活著，我相信我一定能找到他！

「對了，要不要駕馭魁拔？」忽地，他笑著摸上我的頭。

我抬臉看他，他的臉上再也沒有半絲偽裝。褪去不羈表皮的他，也能露出真誠乾淨的微笑。他微笑著拉起我到駕駛椅前，拿開上面衣甲的盒子，然後他坐了下去，拉我坐在他的身前。

我被他拉到身前，慢慢坐在他的兩腿之間。大腿的碰觸讓我的心跳一下子失控，我努力把注意力集中在眼前。

我能感覺到他在我身後也在努力和我保持距離，可是駕駛椅只有這點空間，我們……還能怎麼保持距離？

忽地駕駛椅開始升起，左右兩側的操控桿移到我的面前，上方落下一個頸環，東方拿起它後，輕輕幫我從後套上我的脖子。

「套上這個頸環，妳的大腦就可以對魁拔做出直接的指令。好了，開啟魁拔。」

當他發令時，面前一個又一個3D螢幕閃現，兩條安全帶從我後面、肩膀兩旁倏然飛出，「嗖嗖」兩聲，在我身前交叉，迅速插向我腰的兩側。猛地收緊時，我被硬生生拉壓在了東方的胸膛上，身後立時傳來一聲痛苦的悶哼：「嗯！」

我趕緊看身後：「東方，你沒事吧？」

「沒、沒事……」他吃力地說，安全帶勒得好緊，讓他似乎沒有呼吸的餘地，也讓我們……完全地……相貼……

後背壓在他熱熱的胸膛上，他的手臂在我身邊揮舞：「魁拔，太緊了，我喘不過氣……」

「抱歉，東方，你應該知道安全帶的長度是固定的，沒有多餘的寬鬆空間。」

「噗哧！」我忍不住笑了，是真的沒有寬鬆的空間？還是魁拔這傢伙使壞？

「好吧！」東方在我身後顯得很難受，我們完全被魁拔的安全帶綁緊，他不得不把下巴放上我的肩膀，微微側開臉，以免貼上我的側臉。

我的心跳早已脫離控制，而我們緊貼的身體，也讓我清楚感覺到他胸口劇烈的心跳。我們以往每次的親暱接觸都是不良回憶；而現在，他卻越來越和我保持距離了。

「小雨，我們開始吧！」他在我耳邊說著，明明火熱的氣息，卻用分外認真的語氣說出來。

我想，他現在應該和我一樣，努力轉移自己的注意力。

「嗯！」我也認真點頭，用長髮遮住自己已經發燙的臉。

他的手從我身旁伸出，指向我面前3D螢幕上的一個按鈕。

「小雨，按下這個鍵，讓魁拔和妳建立腦電波的連接。」

「好。」我認真地聽，按下面前的按鈕。

忽然頸環一下子收緊，隱隱感覺到一陣電流竄過脖子直上大腦。雖然有點麻，但可以忍受。片刻之後也就適應了。

「開始連接，腦電波傳感。」魁拔的聲音迴盪在安靜的駕駛艙裡。周圍螢幕跳躍，顯示出各種我還不熟悉的數值，還有一塊螢幕裡似乎顯示出了我的身體狀況。

螢幕裡的心跳正在劇烈跳動，那快速的起伏，東方看得很清楚，讓我的臉越來越熱、越來越無法平靜。

我收回目光，把手放上了兩邊的操控桿，那一刻，東方的雙手也慢慢覆蓋上我的手。熱燙的手帶著不尋常的、我熟悉的溫度。

他慢慢包裹住我的雙手，和我一起握緊了操控桿。我的心跳忽然漏了一拍，身體也開始隱隱發熱。

「讓我們一起跳舞吧……」他在我耳邊，帶著一絲沙啞輕輕地說。

輕柔的音樂在駕駛艙裡響起，他握住我的手，帶領我操控魁拔躍起、轉圈、揮舞手臂。從沒想過一架滿身傷痕的機甲，也能這樣優雅平和地在空中跳舞。

朦朦朧朧中，宛如他帶領我在浩瀚的宇宙中、在魁拔的身體裡、在美麗的銀河上，一起……跳著華爾滋……

靠在他的胸膛上，他雙手圈在我的腰間，包裹著我的手。雖然安全帶已經收回，但我卻不知為什麼，有點依戀他溫暖結實的胸膛，不想離開……

「雖然神經感測器能讓妳和魁拔動作協調一致，也能讓魁拔在妳的大腦命令下，直接做出相應的動作……」

他在我身後依然不停地說著，像是害怕在這幽閉的空間裡、在這種狀況下，讓一些事失控……

「但有些複雜的動作還是需要手動操作完成，比如拔槍、戰鬥、加速、懸停等等，具體操作都在操作桿上。那個時代的機甲技術相對於現在還比較落後，不過這段期間我會幫魁拔升級，所以需要智慧型機器人裡的線路……」

「現在……也有機甲嗎？」我在他胸口前揚起臉問他，他俯看我勾唇而笑，上挑的眼角帶媚。

「自然有，不過現在都用在工程建築上了，沒有配備戰鬥系統，各方面技術反而弱於我們那個年代，因為現在被衣甲替代了。」

說著，他抬手已經拂開3D螢幕，更加高端、更加先進也更加漂亮的機甲，呈現在我的面前。

「我已經把魁拔和伊塔麗聯網，所以在這裡也能看到網路……」

他一邊說，一邊熟練地操作3D螢幕。

「現在的人更喜歡衣甲，因為衣甲輕便貼身，哼，適合喜歡耍酷的人。和平年代的人類，就喜歡做這種事，華而不實。不過，機甲在戰鬥中因為體型大，所以目標也大，容易成為敵人的目標。而衣甲貼合人體設計，在戰鬥機作戰時，很容易忽略一個人的存在……」

面前又是各種衣甲的資料。

「所以，如果真有戰爭，我覺得現在的衣甲和機甲都不可缺。我們用機甲來吸引敵機，然後以穿上衣甲的人來進行潛行和突襲。衣甲的缺點就在於無法進行大規模的攻擊，這個時候機甲就更合適。而且以現在的技術，機甲如果用於戰鬥，防護罩和攻擊力一定會更加厲害。」

說起了衣甲和機甲，東方又換了一個人，認真、專注，帶著學者的風采。

聽了他的介紹，我自己腦補理解為坦克和特工隊。機甲相當於坦克，可以吸引敵人主要火力，以及大規模的殺傷力；而特工隊就是我們，穿上防彈衣、潛入敵人後方、摧毀他們的基地、掌握整個戰局。真是越來越喜歡機甲和衣甲了。

「啊！這架機甲好漂亮！」我指著3D螢幕上一架紅色機甲歡喜地說。忽然，那螢幕關閉了，消失在我的眼前。

我疑惑地看魁拔，東方在我身後單手拄臉：「嗤，魁拔生氣了。」

「咦？」

就在這時，傳來魁拔不悅的聲音：「魁拔覺得，那些都是花瓶，中看不中用。」

「啊？哈哈哈……」我止不住大笑：「果然是東方造出來的，跟東方一樣臭美。」

「不是臭美，是實話。」魁拔語氣平平地解釋：「魁拔有豐富的戰鬥經驗，而它們只能搬貨物、裝機器，在戰場上只會被打成鐵片。」

「哈哈哈哈……」我大笑起來，魁拔真可愛。

東方也在我身後笑了起來。

「哎哎！既然是男人，大方承認吧！臭美不是壞事！」東方坐在我身後揮舞手臂。

「魁拔在審美觀上，完全無法和你們溝通，請原諒魁拔暫時不理二位。」魁拔語氣平平地說完，不再出聲。

我和東方相視而笑，東方聳聳肩，大有自己的孩子拿它沒辦法的意思。

雖然魁拔待機，但是網路依然開啟，東方繼續向我介紹衣甲的利弊。然後我拿起了龍給我的衣甲手鐲，我很疑惑衣甲怎麼會在這兩個小小的手鐲裡。

東方神祕地笑笑，說這是現在突破的空間技術。不過現在的空間技術有限，只能裝一件衣甲。這也是方舟能源的功勞，它強大的能量供給讓很多邊緣理論得以實現。

「對不起，魁拔想打擾一下二位。」說不理我們的魁拔又再次開口說話了，面前的３Ｄ螢幕出現了一個偷偷摸摸，在牆角探頭探腦的身影。

「她已經在那裡偷窺我三個小時了，請問如何處理這樣的狀況，要驅趕嗎？」

看到她藍色捲髮時，我有些驚訝——是圖雅！

「讓她去吧！」東方隨意地說，繼續一手圈著我的腰跟我講解衣甲，他像一個專業導師一樣詳細地為我分析衣甲運作的原理，以便我在穿上時能夠更快掌握。

不知不覺，我在他吧啦吧啦的講解中睡著了。

雖然我蘇星雨抄起一樣武器就能殺敵，可是聽課實在不是我的強項。當他跟我講解衣甲的原理和裡面智慧系統的設計時，我完全如墮五里霧中，彷彿回到了高中沒完沒了地背各種公式的時代，自然而然地，我睡著了……

我靠在他的胸膛上，似睡非睡、似夢非夢，隱隱感覺到他不再說話。可是我不想醒來，我喜歡這樣安靜地躺在他的身上，然後聽著他胸口裡平穩的心跳：「撲通……撲通……」

「東方，她很漂亮。」隱約中傳來魁拔的話。

「是啊……所以才覺得配不上她……」

「是的，你配不上她。」

「……你什麼意思？」明明東方自己說配不上我，魁拔說他，他又不高興了。

「根據分析，她各方面不比你差，並且她還有你沒有的穩定心態。她的情緒很平穩，應該接受過特殊訓練，她比你更能冷靜地處理事情，不讓事態失控。」

「啊啊！魁拔，你這塊破鐵，有時真想把你給鎔了。」

「是因為魁拔只會說真話，但是，有時候真話往往不被人類喜歡。你們人類喜歡甜言蜜語，喜歡虛偽的稱讚。」

我不由得笑了，睡意更沉一分。

魁拔放起了輕音樂。

「東方，你睡嗎？」

「哎……她睡在我身上，我哪裡睡得著？」

「你起生理反應了？」

「沒有！我還沒那麼禽獸，你給我放部電影吧！」

「好。」

在我幾乎快睡著時，被奇怪的聲音驚醒。

「嗯……啊……」

「嗯……嗯……」

「魁拔！」東方咬牙忍痛：「你在整我嗎？」

抖眉、手癢，東方就是欠揍。毫不客氣地，擰上他大腿內側的嫩肉。

「嗯……啊……啊……」

手勁加重了力道，東方立刻扣住我的手：「不，不是我要放的。」

「魁拔很喜歡。」魁拔老實地說：「裡面的女優很漂亮，你以前經常和魁拔一起看，魁拔以為你想看。」

「我……我不是！」我聽了繼續擰！東方急得大喊：「魁拔！快關了！」

終於安靜下來，我鬆開手，在他的身前側過身。那一刻，他全身變得僵硬。我舒服地靠在他的胸膛上，雙手圈住了他窄窄的腰，他的腰像抱枕一樣細。

他的心跳一下子加快起來，我睡意漸濃地說：「說……現在在想什麼？你知道我會讀心，老實說……」

「在想……能這樣一直抱著妳，就好了……」輕輕的吻落在我頭頂髮間，他慢慢抱緊了我的身體，貼上了我的臉。

我睡眼惺忪地睜了睜眼睛，昏暗之中，我看見東方也閉上了雙眸，面帶微笑地安詳入睡。長長的睫毛在暗光中隱隱閃爍。

如果我們一開始就這樣……多好……

番外　月之光

派瑞星常年籠罩在紅色的天空之下。那是一顆血之星——地球人這麼稱呼它，因為它的大氣是紅色的，很多植物也是紅色的，以及生活在血之星上，會對血產生渴望的特殊種族。地球人稱他們為「吸血鬼」。

在地球漫長的歷史裡，人們對吸血鬼有著恐懼但又神往的複雜心情。他們害怕吸血鬼的嗜血，可是又被他們這種特性所迷。

而地球人卻不知道，對於派瑞星來說，地球人才是真正恐怖的生物，因為他們會對地球人的血上癮，就像地球人對毒品上癮一樣，所以他們盡量和地球人保持距離。當然，只要不讓他們嚐到第一口地球人的血，他們是不會主動咬人的，誰也不想成為嗜血的怪物。

月站在離開派瑞星的飛船前，他將成為第一個離開派瑞星前往地球留學的派瑞星人。派瑞星是女王制，女少男多，所以男人的地位遠遠不如女人，更別說是混血的派瑞星人。他們的社會有點像螞蟻。

女王是最高的權威，然後派瑞星男人各司其職，分工明確，有被挑選出來繁衍後代的，也有一輩子只能在最底層做工的。

派瑞星之所以會變成這樣是因為派瑞星純種生育力低下，即使女王有上百個男妃，可能最終也只能懷上一、兩個孩子。

月是一名混血的皇族，他還有個弟弟，名叫「夜」。他們的父親是派瑞星人，母親是地球人，諷刺的是，混血的派瑞星人繁殖力有所改善，反而比較容易生孩子，可迂腐的教會堅持最高皇族必須純種，所以月和夜雖然被挑入大公主後宮，但卻不能生育；僅僅因為他們是派瑞星最美的男子。

大公主伊莎是未來女王的人選，月和夜被選入後宮的時候才七歲，他們什麼也不知道，只看到母親默默流淚。他們入了宮，和其他男孩一起被帶入長公主的房間。派瑞星人習慣混居，因為那樣會讓他們感到溫暖。

大大的房間裡有很多暖墊，他們開始在這裡陪長公主伊莎一起成長。他們和伊莎成了好朋友，被選入的男孩裡，即使是純種的皇族也沒有他們與伊莎親近。伊莎喜歡他們，他們也喜歡伊莎。

漸漸的，他們長大了，月開始明白了一切，他驚訝於自己的現狀，尤其是得知他和夜一輩子都只是伊莎的男寵，他們連一場正規的婚禮也無法得到。

「夜，我們的生活不應該是這樣的。」一身月牙色長衫的月和一身黑色長紗的夜躺在紅色的草地上，他們也有衛星，但他們的衛星在紅色大氣的影響下，看起來像橘紅色。

「我們為什麼只能做男寵？」

夜無所謂地笑了起來。

「我覺得挺好的，又不用生孩子，阿魯夫他們壓力比我們大多了。他們是純種，若生不出孩子，地位會跟我們一樣。我喜歡伊莎，只要能和她一直在一起，我怎樣都無所謂，你不喜歡伊莎嗎？」

夜轉過臉看月。月坐起身，搖了搖頭。

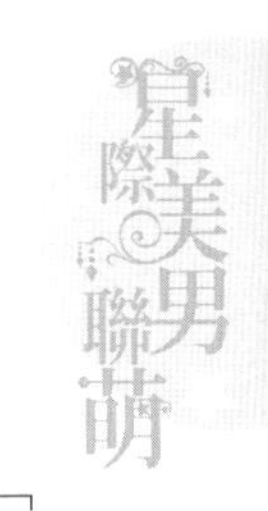

「不，我和你不一樣，我是喜歡伊莎，但跟你不同，如果要我留下，我就要做夫王。」

「嗤，那不可能。」夜也坐起身：「夫王必須是純種，然後要跟伊莎生下第一個孩子。首先，我們不是純種；其次，混血不能生孩子，這是教會的規定。」

「那把我們選入宮是為了什麼？」月憤怒地大喝，把夜一時喝得迷懵，月難過地站起身：「我要離開，我不會在這裡做什麼伊莎的男寵，我們是朋友，我不是她的玩物！」

月難過地胸口發沉，曾經美好的友情在他們長大了解現實後，一切都變得那麼地醜惡。真希望自己只是一個工兵，真希望自己從沒進入皇宮。

而更令他氣憤的是，和他一起長大，知道他夢想的伊莎，卻什麼都沒告訴他，對他隱瞞所有的真相。

他憤然離去，走了許久，平靜下來後，他想到了夜，發現夜沒有跟隨自己，他再次折回，卻在血色的月光下頓住了腳步。敏銳的聽覺讓他聽到不遠處那撩人的聲音。

「嗯……嗯……」

「啊……啊……伊莎……伊莎……」

「嗯……嗯……夜……」

「啊……喜歡……嗎……」

「嗯……喜歡……」

他低下臉，靜靜地轉身，月牙色的長髮在血色的月光中染上了一層淡淡的薄紅，他知道，夜是不會離開的，他真的喜歡這樣的生活。

而伊莎也已經和別的女人一樣，貪圖他和夜的美貌，把他們強行留在身邊。伊莎可以不要他的，那樣他就可以自由；然而她沒有。他不明白，伊莎已經有了夜，為什麼還要把他關在這裡，她明明知道自己有多麼討厭這座後宮，有多麼想探知外面的世界。

伊莎最終因為私心和貪念背叛了他們這麼多年的友誼，他對伊莎徹底失望。曾經他以為伊莎會跟女王不同，如今看來，女人皆自私好色。

第二天，他站在了伊莎的面前，伊莎開心地看著他：「月，找我有事嗎？」

月擰了擰眉：「我想去地球留學，妳……能幫我忙嗎？」

他抬起臉期盼地看著伊莎，他知道，從小到大，無論他向伊莎祈求什麼，伊莎都會滿足他。

伊莎在月祈求的目光中亂了神，因為從沒後宮的男子可以離開派瑞星去留學，除了國家需要的軍事人才，才會特地批准離開派瑞星，前往地球學習最新的戰鬥技術。

伊莎變得越來越為難，她看向月：「為什麼？」

月美麗的瞳仁閃爍了一下，說：「妳知道，我在藥物學上非常有研究，我想去地球深造，研發可以增強我們派瑞星生育能力的藥物。」

伊莎的神情變得認真起來，月他們雖然入住後宮，但依然有學習的資格。月確實是派瑞星在醫學、藥物、化學和生態學上最具天賦的人，現在也在皇家科學院協助科學家們。

伊莎點點頭：「我會跟母親說明。」

月對伊莎揚起了微笑，他知道，伊莎對他的微笑沒有抵抗力。

果然，伊莎癡迷地看著他的微笑，走到他的身前，撫上了他的臉。他察覺到了不對勁，回神時發

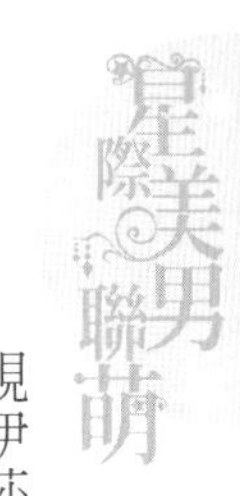

現伊莎正要吻向他，倏然昨晚伊莎與夜的一切浮現他的腦海，他胃部不適地轉身。

「對不起，我肚子不舒服。」說罷，他匆匆逃離。他感覺到了伊莎對他散發出雌性荷爾蒙的氣味，伊莎在邀請他做那種事。他無法想像，曾經可愛純真的伊莎怎麼也會變得如此淫蕩！

終於，事情如他所願，他坐上了前往地球的飛船，他很慶幸自己能夠這樣逃離，即使只是短暫的逃離。

他到了地球，終於來到了母親的故鄉，看到了傳說中的藍天白雲，還有那輪晚上美麗的明月，一切讓他興奮和幸福不已。

他還有了一個比他還要靦腆膽小的室友，名叫「爵」，是利亞星的王子，他們的俊美成了女學員們注目的焦點，每當女生癡迷地盯視他們時，爵總會躲到他身後，宛如恨不得把臉都埋在他的後背裡。

他對這種熱切盯視再熟悉不過，也很厭惡，他擺出了冷酷的姿態，冷漠地對待身邊任何人，他發現只要這樣，那些女生就不敢靠近他們，只要他一個嫌惡和冷冽的眼神，那些女生們還會立刻收回目光。漸漸的，冷成了他的習慣，他的表皮。

學院的生活讓他認識了全新的世界，但也讓他越來越想家。那是他第一次夢遊，夢中他回到了母親的懷抱，在地球人特殊的氣息和溫暖中安睡。

找到他的是爵，爵尷尬地不知道是否該叫醒他，因為他睡在一個地球女生的懷裡。

爵找到他的時候，那地球女生正在脫月的睡衣。

「你在做什麼？」爵生氣地大吼，嚇到了女生也驚醒了月。月呆呆地看自己身邊的女生，爵的臉已經通紅，一把拖下月直接離開。

從此，月睡覺變得尤為警覺，對女生也是更加嫌惡，避而遠之。那個僥倖靠近他的女生也被他冷臉指責，哭泣離開。

月心想，這輩子他或許真的不會再喜歡女孩了。

在他小時候，他最喜歡的是母親，有一次母親問他：「你長大了想娶什麼樣的女孩作妻子？」

小小的月說：「和母親一樣的地球女孩。」

母親笑了，那慈祥美麗的笑容讓月畢生難忘。他以為，他會娶一個地球女孩兒，可是他發現，原來地球女孩兒跟伊莎一樣，也是那麼地好色不知自重。

當他得知伊莎也要來地球進修時，他變得失措，他不知道這次又該以怎樣的原因逃脫。

這時，第一星國女王陛下召見了他和爵，問他們願不願意上靈蛇號在星際裡歷險，他義無反顧地答應了。只要能逃離伊莎，無論去哪兒，他都願意。只有第一星國女王陛下的命令，伊莎不敢違抗。

於是，他登上了靈蛇號，靈蛇號成為了他新的歸宿。

而他更沒想到的，是他在靈蛇號上遇上了她……

那個他一開始並不在意，最終卻成為他希望之光的女孩……

且試天下 1待續

傾泠月◎著　伊吹五月◎插畫

霸者籌謀算計了天下，
卻獨獨忘了算上愛妳的心……

時值東朝帝業飄搖，群雄為爭奪象徵天子的「玄極」各用心機。狂放不羈的俠女風夕，偏偏捲進了這場爭鬥，途中更與豐息公子重逢，遠謀深算的他，在濁世中又當如何崛起？蒼茫山頂的棋局只需兩人；掌握天下的至尊只需一位……她與他，將如何下完這盤命裡的殘局？

Kadokawa Fantastic Novels DX

台灣角川華文新視野

史上最萌、最悸動、
最揪心的另類異界穿越劇！

永晝之城 1~2（完）

狂言千笑◎著　Ai×Kira◎插畫

擁有翅膀的外星主人 × 潛藏超能力的人類寵物
萌翻天的寵物飼養計畫，爆笑又悸動地展開⁉

在漫長生命中，艾吉喪失了與肯特人相處的興趣，他開始想要擁有一隻寵物。潘敏確實很好養，不需要幫她洗澡，也不用每天帶她出去遛……然而，艾吉逐漸發現，地球人真的是一種非常非常複雜的生物。就像現在，潘敏想要他的擁抱，是出於害怕、憂慮，還是……喜歡？

Kadokawa Fantastic Novels DX
台 灣 角 川 華 文 新 視 野

國家圖書館出版品預行編目資料

星際美男聯萌 / 張廉作. -- 初版. -- 臺北市：臺灣角川, 2013.11-

冊；　公分

ISBN 978-986-325-666-3(第1冊：平裝). --
ISBN 978-986-325-784-4(第2冊：平裝)

857.7　　102020209

星際美男聯萌2
未婚妻們齊來襲

2014年2月5日 初版第1刷發行

作者：張廉
插畫：Ai×Kira

發行人：塚本進
總監：施性吉
主編：陳正益
責任編輯：林秀儒
美術副總編：黃珮君
美術主編：許景舜
美術編輯：宋芳茹
印務：李明修（主任）、張加恩、黎宇凡、張則蝶

發行所：台灣角川股份有限公司
地址：105台北市光復北路11巷44號5樓
電話：（02）2747-2433
傳真：（02）2747-2558
網址：http://www.kadokawa.com.tw
劃撥帳戶：台灣角川股份有限公司
劃撥帳號：19487412
法律顧問：寶瀛法律事務所
製版：尚騰製版印刷有限公司
ISBN：978-986-325-784-4

香港代理：香港角川有限公司
地址：香港新界葵涌興芳路223號新都會廣場第2座17樓 1701-02A室
電話：（852）3653-2804